二見文庫

2034 米中戦争

エリオット・アッカーマン／ジェイムズ・スタヴリディス／熊谷千寿＝訳

2034 : a novel of the next world war

by

Elliot Ackerman & James Stavridis

Japanese translation rights arranged with
Janklow & Nesbit Associates and The Wylie Agency
through Japan UNI Agency, Inc., Tokyo

この世の獣のいかなる愚行も、
人間の狂気には比べ物にすらならないのだから。

——ハーマン・メルヴィル

2034

A Novel of the Next World Wa

登　場　人　物　紹　介

サラ・ハント	米海軍第21駆逐艦隊司令官。大佐
クリス・ミッチェル	米海軍パイロット。少佐
ジェイン・モリス	駆逐艦ジョン・ポール・ジョーンズ艦長。中佐
サンディープ・チョードリ	米国家安全保障担当大統領補佐官
ジョン・T・ヘンドリクソン	米インド太平洋軍少将
トレント・ワイズカーヴァー	米国家安全保障問題担当大統領補佐官
林保	在米中国大使館国防武官
馬前	〈鄭和〉空母打撃群司令官
蔣	中華人民共和国国防部長
趙楽際	中国共産党中央規律検査委員会書記
ガーセム・ファルシャッド	イラン革命防衛隊准将
モハンマド・バゲリ	イラン軍参謀長
ヴァシリ・コルチャーク	ロシア海軍少佐
アナンド・パテル	インド退役海軍中将。サンディープのおじ

2034

A Novel of the Next World War

1

文瑞事件

The Wén Rui Incident

二〇三四年三月一二日　14：47（GMT06：47）

南シナ海

どこを向いても、まるでテーブルにぴんと張ったクロスのように、水平線までずっと海面がぴたりと静まっている光景は、二四年も経たいまでも息を飲む。一本の針を落としたら、海流にも流されずするすると海中に沈み、底に突き刺さるのではないかと思った。これまでのキャリアで、何回いまと同じように艦のブリッジに立ち、こんな奇跡の凪を見つめただろう？　千回？　二千回？　最近、夜眠れなくなったとき、航海日誌を読み返し、陸地の見えないはるか洋上を航海してきた年月を数えた。九年近くになる。彼女の記憶はその長い年月を矢のようにめぐっている。少尉のとき、ディーゼル・エンジンがごほごほ咳き込んでばかりの掃海艇の板張りデッキで操艦当直に立っていた日々、キャリアなかばで世界各地の沿岸や河川域で特殊戦に身を投じていたときのこと、そして、容赦なく照りつける太陽のもと、すっきりとスマートな艦容のアーレイ・バーク級ミサイル駆逐艦三隻を指揮して、航跡をたなびかせて一八ノットで南南西に向かっているいま。

彼女の小艦隊は、〝航行の自由〟という遠回しな名前のついた作戦の一環として、領有をめぐって係争が続くスプラトリー諸島（中国語名「南沙諸島」）に含まれるミスチーフ環礁の沖一二海里にいる。その作戦名は気に入らなかった。軍事の多分に漏れず、この作戦名も実際の任務を偽るためにつけられたのだ。作戦の真の目的は挑発にほかならない。南シナ海が公海なのは自明の理だ。確立した海洋法の定めるところで公海であるのはまちがいないが、中華人民共和国は自国の領海だと主張している。紛争の絶えないスプラトリー諸島近海を小艦隊で航行するということは、隣に住む人が塀を少しこちらの敷地のほうへ動かした仕返しに、きれいに手入れされた隣の前庭に車で乗り入れてタイヤ跡をつけるようなものだ。もっとも、中国は何十年も前からずっと塀を少し、また少し、さらにまた少しと動かし続けており、そのうち南太平洋全域の領有を主張するだろうが。

だからこそ……さすがにそろそろタイヤ跡をつけてやらないと。

はっきりそういう作戦名にすればいいのに、と彼女は思った。努めて真顔を保っていた表情がほんの少し崩れた。〝航行の自由作戦〟じゃなくて〝タイヤ跡作戦〟にすればいいのよ。そうすれば、乗組員も自分たちが何をしようとしているのかわかるというものだ。

肩越しに、旗艦〈ジョン・ポール・ジョーンズ〉の流線形にしぼり込まれた艦尾側に目を向けた。航跡の向こうに、真っ平らな水平線に戦列を組んでいる二隻の僚艦、〈カール・レヴィン〉と〈チャン＝フー〉の両駆逐艦が見える。彼女は駆逐隊司令として三隻の指揮をとっている。母港サンディエゴの基地に停泊中の四隻も麾下にある。いま、彼女は艦乗りとしてのキャリアのいちばん高いところにいる。二隻のいるうしろに目を凝らし、旗艦に続く両艦を目で追っていると、そこに自分の姿が見えるような気がしてならなかった。波ひとつない鏡のような海面に立っているかのように、くっきり浮き出たり、きらめく光に包まれて見えなくなったり。かつての自分の姿。若きサラ・ハント少尉。そして、いまの姿も。年を重ねて物事の道理がわかるようになった、第二一駆逐隊司令サラ・ハント大佐――〝ソロモン諸島超えて〟が第二次世界大戦以来のこの部隊のモットーだ。そして、自分たちがつけたニックネームは〝怒れるライオン〟。麾下の七隻の乗組員のあいだでは、彼女は敬愛を込めて〝ライオン・クイーン〟で通っている。

ハントはしばしたたずみ、じっと航跡を見つめ、海上に見え隠れする自分の姿を追った。きのう、係留索をすべてはずし、いざ横須賀海軍基地を出港しようというときに、医事部から通知を受けていた。通知が入った封筒はポケットに入っている。そのことを考えるだけで、骨がうまく接がれていない左足に痛みを感じる。その後、いつものとおり、背骨のいちばん下のあたりに針を何本も突き刺されたかのような激痛が走る。とうとう古傷のツケが回ってきたのだ。医事部ははっきり所見を記していた。ライオン・クイーンの航海は今回が最後になる。ハントはまだ信じられずにいた。

　不意に光の差し具合が、ほんの少し変わった。皺ひとつない幕を敷いたような海の上を動く細長い影を、ハントは目で追った。そのときかすかな風が海面をなで、さざ波が立った。目を上に向けると、細い雲がひとつ、大空を渡っていた。雲は晩冬の仮借ない陽光に絶えきれず、空を渡りきる前に霧になって消えた。海がまたぴたりと静まった。

　背後の階段を上ってくる小刻みな乾いた足音で、ハントの感傷は途切れた。ハントは時計を見た。この艦の艦長、ジェイン・モリス中佐は、例によって遅れてやってきた。

二〇三四年三月一二日　10：51（GMT06：21）

ホルムズ海峡

クリス・〝ウェッジ〟・ミッチェル少佐は〝それ〟をほとんど感じなかった……。

父親は〝それ〟をもっと感じていた。たとえば、F／A‐18ホーネットの前方監視赤外線暗視装置(FLIR)が故障し、イラクのラマディーの近くで作戦中の一個小隊の近接支援として、携帯GPSと地図だけを頼りにGBU‐38〝デンジャー・クロース〟爆弾（敵味方入り乱れた戦闘地域で味方ギリギリの敵に落とす爆弾）を二発、敵に撃ち込んだときとか……。

ウェッジが〝ポップ〟と呼んでいた祖父は、孫よりも子よりも強く〝それ〟を感じた。ベトコンのテト攻勢のときには疲れ切った体に鞭打ち、五日間にわたって、木々すれすれに飛びながら照準器だけでスネークンネイプ（Mk‐81スネークアイ誘導弾とM‐47ナパーム焼夷弾）を投下し続けた。A‐4スカイホーク軽攻撃機の胴体のペンキが焦げるほどの超低空飛行だった……。

いちばん〝それ〟を感じたのは、ウェッジが〝ポップポップ〟と呼んでいた曽祖父だ。海兵隊撃墜王(エース)になった大酒飲みで勇猛果敢なグレゴリー・〝パッピー〟・ボイントン少佐率いる、かの有名なVMF‐214（第二一四海兵戦闘飛行隊）ブラックシープの一員として、曽祖父は南太平洋で日本軍のゼロ戦の来襲に備えて哨戒(しょうかい)していた……。

ミッチェル家の男たちを四世代にわたって虜にしてきた、なかなかつかみ取れない〝それ〟とは、計器に頼らずに、本能だけにしたがって飛ぶ快感だ。（「パッピーと一緒にやっていたころには、哨戒するにしても、いまとちがってたいそうなハイテク装備などついていなかった。コンピュータ化された照準装置もない。オートパイロットもない。頼りは才能、技量、それからツキだけだ。操縦席の前についている機銃照準器に油性鉛筆で印をつけただけで出撃していた。パッピーと一緒にやっていると、格闘戦中の機体の姿勢をチェックするためにすぐに水平線に気をつけるようになる。水平線にも気をつけるが、パッピーからも目を離しちゃいけない。パッピーがコックピットから煙草をぽいと捨てて、風防を閉めたら、いよいよ本番だという合図で、これからゼロ戦とやり合うという意味だ」）

そのちょっとした演説をウェッジが曽祖父から最後に聞いたのは、六歳のときだった。眼光鋭い飛行機乗りの曽祖父は、そのとき九〇過ぎだったが、かすかに声の震えが感じられるだけだった。いま、まばゆい陽光をキャノピーに受けて、まるで曽祖父が後席に乗っているかのように、ウェッジには曽祖父の言葉がはっきり聞こえていた。もっとも、ウェッジが操縦する最近型のF‐35Eライトニングは単座機だが。

自分が操縦しているこの戦闘機にはいくつも不満はあり、余計な〝雑音〟が聞こえてくるのもそのひとつでしかない。ウェッジはまさに右翼で国境をなでるくらいイラン領空ぎりぎりを飛んでいる。操縦がむずかしいわけではない。逆に、技量などなくても、これくらい正確な操縦はできる。F‐35の機上航法用コンピュータに、フライト・プランがインプットされているのだ。ウェッジはなにもしなくていい。この飛行機は勝手に飛ぶ。デジタル計器を注意して、キャノピーから外の景色をめで、ありもしない後席に鎮座する曽祖父のお小言を傾聴しているだけでいい。

ヘッドレストのうしろの狭いスペースに補助バッテリー・ユニットが詰め込まれていて、モーター音がとんでもなくやかましく感じる。F‐35のターボファン・エンジンをもしのぐやかましさだ。靴箱ほどの大きさのこのバッテリーは、アップグレードされたF‐35のステルス・システムの電源だ。追加された機能の詳細は教えられていない。敵レーダーの電磁式攪乱機能のようなものだとだけ聞いていた。この任務に関する要旨説明を受ける前、契約業者のロッキード社員ふたりが主甲板下の格納庫でウェッジの機をいじっているのに気づいた。警備担当兵に通報したところ、その警備担当兵も空母〈ジョージ・H・W・ブッシュ〉の乗艦者名簿に民間人の名前はいっさい載っていないということだった。ついに艦長にも報告が行って、やっと行きちがいが解消された。搭載される新テクノロジーの機密性からして、そうした民間契約業者の人間が乗艦していること自体が機密扱いだったのだ。結局、そんなごたごたのなかで、ウェッジは自分の任務を知ったのだが、出だしでつまずいた以外はフライト・プランどおり順調に進んでいる。

順調すぎるくらいだ。それが問題だった。どうしようもなく退屈なのだ。下のホルムズ海峡に目を向けた。アラビア半島とペルシャを隔てる、各国軍が集まるターコイズ色の細長い海域。時計を見た。コンパスと高度計が内蔵されたブライトリングのクロノメーターで、二五年前、父親がアフガニスタンのマルジャーで対地攻撃任務に出るときに腕に巻いていたものだ。ウェッジは機内コンピュータよりこの時計を信頼していた。そして、その両方がウェッジに告げていた。あと四三秒で六度東に針路を変えてイラン領空に突入する。そのとき——頭のうしろでうなっている小さな箱がしっかり役目を果たしてくれるなら——ウェッジの戦闘機は完全に姿を消すことになる。

鮮やかなものだ。

こんなハイテク任務を仰せつかるとは、たちの悪い冗談にも思える。生まれる時代をまちがえたな、と飛行隊の仲間にはよくいじられる。それで〝楔(ウェッジ)〟なんてコールサインをつけられた。世界最古のいちばん原始的な道具だから。

そろそろ六度の針路変更だ。

ウェッジはオートパイロットを切った。スロットルと操縦桿(スティック)を操作してマニュアルで飛ばしたりすれば、あとでこってり絞られるだろうが、そんなのは〈ブッシュ〉に帰艦してから考えればいい。

〝それ〟を感じたかった。

ほんの一秒でもいいから。一生に一度でもいいから。

大目玉を食らっても、やる価値はある。そして、背後から響き渡るやかましいモーター音に包まれて、ウェッジはイラン領空に向けてバンクした。

二〇三四年三月一二日　14：58（GMT06：58）
南シナ海

「お呼びですか、司令?」

〈ジョン・ポール・ジョーンズ〉艦長のジェイン・モリス中佐は、疲れている様子だった。一五分近くも遅れてハントのところにやってきても悪びれることがないほど疲れ切っているようだが、ハントはモリスの重圧をよくわかっていた。ハントも似たような重圧を数えきれないほど感じてきたからだ。艦を沈めないでおく重圧だ。四〇〇人近い水兵たちの命を預かる責務。つねに漁船団を縫（ぬ）って進まなければならない南シナ海で、何度となくブリッジに呼び出されることによる睡眠不足。指揮範囲からすると、ハントはその三倍の重圧を受けているともいえるが、小艦隊の指揮は各艦長への権限の委任による指揮であるのに対して、艦の指揮は純然たる艦長の直接指揮だということは、ハントもモリスもわかっている。〝つまるところ、艦長が指揮する艦がどう動くか、あるいは動かないかは、すべて艦長だけの責任だ〟ふたりとも、その単純な教訓をアナポリスの海軍兵学校でたたき込まれてきた。

ハントはカーゴポケットから葉巻を二本とり出した。

「それは何です？」モリスが訊いた。

「おわびのつもり」ハントはいった。「キューバ産よ。父はむかしグアンタナモの海兵隊から買っていた。いまはキューバのものを買うのは合法だからむかしほどスリルもないけど……味がいいことに変わりはない」モリスは敬虔なクリスチャンで、実は福音派だから、一緒に一服するかどうか自信がなかった。だから、モリスが葉巻を受け取り、ブリッジ・ウィングについてきたときはほっとした。

「おわびですか？」モリスが訊いた。「なんのおわびです？」そういうと、ハントのジッポーから出ている炎に葉巻の先をつけた。ジッポーには、葉巻をくわえてサブマシンガンを振り回すウシガエルが彫り込まれている。よくネイビーＳＥＡＬｓが胸や肩に刺青(いれずみ)を彫らせるときの図柄だが、ハントの父親はひとり娘に遺(のこ)したライターに彫らせていた。

「〈ジョン・ポール・ジョーンズ〉を旗艦に選んだとわかって、そんなにうれしくはなかったでしょうね」ハントも葉巻に火をつけた。艦の進行方向とは逆向きに、煙がたなびいている。「罰としてそうしたとは思わないでほしい」ハントは続けた。「この小艦隊で、わたしのほかにただひとりの女性でもまったく関係ない。あなたの子守をするために、この艦(ふね)に指揮官の所在を示す司令旗を揚げることにしたとは思わないでほしい」ハントは思わずマストを、司令旗をちらりと見上げた。

「自由に話す許可をいただけますか？」

「やめてよ、ジェイン。ふざけないで。兵学校の新入生でもあるまいし。ここはバンクロフト・ホール（アナポリス海軍兵学校の寮）じゃないのよ」

「了解」モリスがいった。「さっきの話だけど、そんなことは思っていないわ。これっぽちも。あなたは三隻の優秀な軍艦と優秀な乗組員を率いてる。あなた自身もどこかに乗らないといけない。実のところ、わたしの乗組員はライオン・クイーンが乗艦すると聞いて沸き立っていた」

「これでよかったのかもね」ハントはいった。「わたしが男なら、ライオン・キングだもの」

モリスは笑った。

「それに、わたしがライオン・キングなら」ハントは真顔で続けた。「あなたはザズーだし」そういうと、ハントは笑みを見せた。その満面の笑みのおかげで、ハントはどんな部下にも慕われていた。

モリスもその笑みに、もう少し言葉を続ける気になったようだ。いつもならいわないことまで。「わたしたちが男で、〈レヴィン〉と〈フー〉の艦長がどちらも女だったとしたら、わたしたちはこんな話をしていると思う？」モリスは答え合わせの代わりに、一瞬の間を置いた。

「まったくね」ハントはいい、甲板の手すりに寄りかかってまたキューバ産葉巻を吸い、信じられないくらいいべた凪の海のはるか向こうの水平線を見つめた。

「脚の具合はどうなの？」モリスが訊いた。

ハントは太ももに手を伸ばした。「相変わらず」彼女はいった。大腿骨が折れたあたりには触れなかった。一〇年前、パラシュート降下訓練中の事故で負ったけがだ。パラシュート故障のせいで、女性初のSEALs隊員の地位を失い、命まで危うく失うところだった。ハントは太ももではなく、ポケットに入れておいた医事部からの通知書に触れた。

ショート・シガーを吸えるところまで吸うと、モリスが右舷側の水平線に何かを見つけた。「あれは煙よね？」モリスがいった。ふたりは葉巻を舷側から海に投げ捨て、右舷に目を凝らした。小型の船だ。のろのろ進んでいるのか、あるいは漂流しているのか。モリスは素早くブリッジに入り、自分用とハント用に双眼鏡をふたつ持って展望デッキに戻った。

いまははっきり見える。全長二〇メートルほどのトロール船だ。漁網を引き上げやすいように中央部の舷側が低くなっていて、荒波を乗り切るために舳先は高い。漁網を張った腕架の背後に航海船橋が配置された船の尾部から煙が勢いよく出ている——もうもうとした黒い煙の隙間からオレンジ色の炎が見える。甲板は大騒ぎで、一〇人ほどの乗組員が火を消そうと奮闘している。

小艦隊は危機的状況にある船舶に遭遇した場合の対処法を詳細に決めていた。まず、ほかの船が支援に来るかどうかを確認する。来なければ、その船の代わりに遭難信号を発して支援を探してやる。航行の自由作戦をいったん中止し、自分たちで支援することはしない——あるいは、ほかに手段がない場合にのみする。

「船籍は？」ハントは訊いた。頭のなかで、意思決定のための枝分かれ図をたどりはじめる。

モリスがわからないと答えた。船首にも船尾にも旗は見当たりません。モリスはそういうとブリッジに戻り、当直士官である牛肉ばかり食べていそうな茶色みの強いブロンド髪の中尉に向かって、この一時間のあいだに遭難信号が入っているかと訊いた。

当直士官はブリッジの航海日誌を確認し、戦闘情報センター——目標の捜索探知機能と通信機能が集約されている、数層下にある艦の〝中枢神経系〟にも照会し、遭難信号はいっさい出ていないと判断した。モリスがトロール船の代わりに遭難信号を出す前に、ハントはブリッジに入り、モリスを制止した。

「作戦を中止し、支援に向かう」ハントは命じた。

「中止？」思いがけず、モリスの口からそんな疑問が漏れた。ブリッジにいた全員がモリス中佐に顔を向けたことからすれば、口が滑ったともいえるが、この海域にとどまっていれば人民解放軍の軍艦とにらみ合いになる確率がぐんと上がることは、モリスもほかの全乗組員と同じくよくわかっていた。乗組員は練度も意識も高く、すでにほぼ総員配置の対応をしており、不吉な空気が漂っている。

「危機的状況にある船舶が旗も揚げず、遭難信号も出さずに航行している」ハントはいった。「もっとよく見てみましょう、ジェイン。完全な総員戦闘配置につかせましょう。どうも怪しい」

何年も練習してきたのに、これまで一度も発表する機会がなかったコーラスをここぞとばかり披露するかのように、モリスは乗組員に対しててきぱきと指示を出した。すぐさま、艦内のあらゆるデッキで水兵たちが動きはじめた。ガスマスクや膨張式救命胴衣など、大掛かりな装備を身に着け、艦内の数多くのハッチを閉め、艦載レーダーや赤外線信号を隠すステルス装置を作動させたりと、戦闘準備の歌を奏でていた。〈ジョン・ポール・ジョーンズ〉は針路を変え、自力航行できないトロール船に接近した。僚艦〈カール・レヴィン〉と〈チャン＝フー〉は針路と速度を変えず、航行の自由作戦を続けた。僚艦と旗艦との距離がひらきはじめた。ハントは横須賀の第七艦隊司令部宛に暗号電報を打とうと、自室に戻った。計画変更だ。

二〇三四年三月一二日　04：47（GMT08：47）

ワシントンDC

米国家安全保障担当大統領補佐官ドクター・サンディープ・〝サンディ〟・チョードリは毎月第二と第四月曜日が大嫌いだった。子供の養育に関する合意によると、その両日は彼の六歳の娘、アシュニが母親の元に戻る日になっているのだ。しばしば厄介なことになるのは、厳密には学校が終わったあとでしか引き渡しが成立しないからだ。その間に突発的な養育上の問題が発生したりすれば、彼が対処することになる。たとえば、雪が降ったりしても。そして、たまたまこの月曜の朝はやはり雪だったが、ホワイトハウスのシチュエーション・ルームでホルムズ海峡上空でのデリケートなテスト・フライトの進展を見守ることになっていたので、手ごわい実の母親、ラクシュミ・チョードリに電話して、ローガン・サークルのアパートメントに来てほしいと頼んでいた。ラクシュミはアシュニに会いたい一心で、日が昇る前にやってきていた。

「あの条件を忘れてもらっては困るよ」首の細いチョードリがぶかぶかの襟をネクタイで絞めていると、母親が釘を刺した。雪解けの夜明け前に出て行くとき、チョードリはドアの前で足を止めた。「忘れないよ」彼はいった。「アシュニの迎えの時間までには戻るから」戻らないわけにはいかない。母親がつけた唯一の条件は、彼の前妻サマンサの姿なんか見たくないというものだった。母親はテキサス州ガルフ・コースト出身のサマンサを、あんな田舎者といって見下していた。ブロンドの髪をページボーイにしたやせぎすのサマンサをはじめて見たときから、母親はサマンサを毛嫌いしていた。エレン・デジェネレスを貧相にしたみたいだ、とラクシュミは、どこが魅力的なのかさっぱりわからないという昔のテレビ番組の司会者を引き合いに出し、いらだたしげにいったことがある。

四四歳にもなって独り身で、母親を頼っているのもちょっと情けないが、傷ついたエゴも、ブリーフケースからホワイトハウスの通行バッジを取り出したときにはすっかり治っていた。ペンシルバニア・アベニューを走っていた数人の早朝ジョガーの視線を浴びて、この人たちは私が何者かわかっているんだろうかと思いながら、チョードリは北西ゲートの制服姿のシークレット・サービス・エージェントにバッジを見せた。ウエスト・ウィングで働くようになってまだ一八カ月だが、母親のラクシュミにとっては、これでやっと、息子さんのドクター・チョードリはお医者さんよねといわれたときに、訂正できるようになった。

母親は何度か彼の職場にやってきたが、チョードリはなかに入れなかった。ウエスト・ウィングの職場と聞くと、現実よりはるかにきらびやかに感じられるものだ。実際にはデスクと椅子が地下室の壁際にびっしり並び、スタッフが押し込められているようなところだ。

チョードリは自分のデスクにつき、珍しくだれもいない職場の静けさに浸った。六センチあまり積もった雪が首都を麻痺させているから、ほかに出勤してきたものはいない。チョードリは引き出しのなかをがさごそと引っかき回し、ひどくひしゃげているものの、まだ食べられるエナジー・バーを見つけると、一杯のコーヒーとブリーフィング・バインダーを持って、重厚な防音ドアからシチュエーション・ルームに入った。

会議用テーブルの上座につくり付けられているターミナル席が、チョードリのために空けてある。彼はログインした。部屋の向こう端のLEDスクリーンに、海外展開している米軍の位置を示すマップが映し出された。南方軍、中央軍、北方軍、その他の主要戦闘司令部のそれぞれと暗号化されたビデオ電話会議リンクもつながっている。チョードリはインド太平洋軍——大半は海とはいえ、地表の四〇パーセントを管轄する最大かつ最重要な司令部——に注目した。

ブリーフィングをおこなっているのはジョン・T・ヘンドリクソン少将だった。直接かかわったことはないものの、チョードリにはかすかに見覚えのある原子力潜水艦乗りだ。男女ふたりの士官が両脇に控えていた。いずれもヘンドリクソン少将よりだいぶ長身だった。少将とチョードリは一五年前、ともにタフツ大学フレッチャー法律外交大学院で学んでいた。とはいえ、友だちというわけではなかった。実際には重なっていたのは一年だけだったが、ヘンドリクソンの噂はチョードリの耳にも届いていた。身長一七〇センチ足らずのヘンドリクソンは、ひときわ小さかったのだ。その小柄な上背は潜水艦に乗るために生まれてきたかのようで、癖が強く、ものごとを突きつめて考える性格も、その一風変わった海軍任務にうってつけのようだった。ヘンドリクソンは三年間という記録破りの短期間で博士号を取得した（チョードリは七年かかった）。在学中にはフレッチャー大学院ソフトボール・チームをボストン地区の大学選手権で三連覇に導き、〝バント〟のニックネームがついた。

チョードリはそのニックネームでヘンドリクソンを呼びそうになったが、思いとどまった。いまは公職に敬意を払うときだ。彼らの前のスクリーンに前方展開部隊が映っている——エーゲ海で行動中の両用戦即応群、西太平洋の空母打撃群、北極海にわずかに残る氷山の下に潜む二隻の原子力潜水艦、中央ヨーロッパの西から東へ同心円状に展開する機甲部隊。ロシアの侵攻を防ぐために百年近く敷いている防衛体制だ。ヘンドリクソンがすぐさま、進行中の二件の重大事案に注目を促した。ひとつは長きにわたって計画されてきたもので、もうひとつはヘンドリクソンの言葉を借りれば、〝進行中〟のものだ。

計画されていた事案というのは、F‐35のステルス・テクノロジー・システムに組み込まれた最新の電磁波攪乱装置の試験だった。この試験が進められており、あと数時間後には結果が判明する。テスト中のF‐35はアラビア海沖合いの〈ジョージ・H・W・ブッシュ〉から発進した。ヘンドリクソンが時計に目を落とした。「パイロットはイラン領空で、この四分間、察知されずにいる」ヘンドリクソンが長いトップ・シークレット文書を読みはじめ、めまいがするほどちんぷんかんぷんな電磁波攪乱装置の特性に関する段落に入った。イランの防空体制もまさにこのときはチョードリと同じような状況になっていて、眠らされているらしい。

ヘンドリクソンが何行も読まないうちに、チョードリはついていけなくなっていた。細かいことにこだわるたちではない。科学技術に関する細かいことならなおさらだ。だからチョードリは大学院を出てから政治の道に進んだ。だからヘンドリクソンは――これほど頭脳明晰だというのに――厳密にいうと、チョードリの部下という位置づけになっているのだ。国家安全保障会議スタッフに政治任用されたチョードリは、ヘンドリクソンの上官にあたる。もっとも、ホワイトハウス勤務の将校で、文民の上官に対してはっきりそう認めるものはほとんどいない。チョードリの才能は科学技術ではなく、どんな苦境にあっても最善の結果を出すすべが直感的にわかる力なのだ。政治の世界に足を踏み入れたのは、一期で終わったペンス政権時代だ。しぶとく生き残ってきたのはだれもが認めるところだろう。

「次の事態は進行中だ」ヘンドリクソンは続けた。「〈ジョン・ポール・ジョーンズ〉小艦隊——三隻からなる水上戦闘群だが——の旗艦が、スプラトリー諸島付近での航行の自由作戦を中断し、危機的状況にある船舶の調査に向かっている」

「どんな船舶だ?」チョードリは訊いた。会議用テーブル上座の革張りのエグゼクティブ・チェアに深くもたれて座っていた。大統領がこの部屋にいるときに座る椅子だ。大統領とは似ても似つかない振る舞いだが、チョードリはエナジー・バーにかじりついていた。

「わからない」ヘンドリクソンは答えた。「第七艦隊からの連絡を待っているところだ」

F-35のステルス攪乱性能の解説にはついていけないが、中国が自国領海だと主張する海域で、一隻二〇億ドルもするアーレイ・バーク級誘導ミサイル駆逐艦が救難船のまねをして、謎の船舶にかかずらうとなると、せっかくの静かな朝が台なしにならないともかぎらない。それに、水上行動群が二手に分かれるのもあまりいい手だとは思えない。「あまり気に入らんな、バント。現場の指揮官はだれだ?」

ヘンドリクソンが一瞬だけチョードリに目を向けた。むかしのニックネームで呼ぶというチョードリの微妙な挑発に気づいたらしい。ふたりの部下も不安げに目を見合わせた。ヘンドリクソンは取り合わないことにしたようだった。「その指揮官はよく知っている」彼がいった。「サラ・ハント司令。非常に有能だ。昇進グループ同期でトップだ」

「それで?」チョードリは訊いた。

「つまり、ある程度好きにさせておいてもいいのではないか」

二〇三四年三月一二日　15:28(GMT07:28)
南シナ海

救助命令が出されると、〈ジョン・ポール・ジョーンズ〉の乗組員は素早く動いた。二艘の搭載複合艇(RHIB)が舷側から発進し、炎上中のトロール船に横付けした。ブロンドの髪のずんぐりした中尉がこのゴムボート隊の指揮を任されていたが、ハントとモリスはブリッジからゴムボート隊を見守りつつ、中尉が野太い声（バリトン）でヒステリックにわめき散らす様子を聞いていた。スクリメージ・ライン（アメリカン・フットボールで攻守双方がニュートラル・ゾーンをはさんで対峙する仮想の線）で攻撃チームのクォーターバックが指示（プレイ）をコールしているかのようだ。冷静さを忘れてしまった新米指揮官を、ふたりの上官は大目に見た。二台のポンプと二本のホースだけを使って敵海域で消火活動をしているのだ。

　敵が縄張りと主張する海域だが、鏡のように波ひとつないべた凪のなか、ブリッジの数百メートル先で、火災とトロール船のドラマが繰り広げられている。こんな海を見るのはこれが最後になるかもしれない、いずれにしても軍艦のブリッジから見ることはもうないと思いながら、ハントはそんな海をしみじみと見つめていた。しばらく考えたあと当直士官に指示を出し、別行動をとっていた二隻の駆逐艦に航行の自由作戦を中断して火災現場に向かわせた。なるべく多くの戦闘力を手元に置いておくほうがいい。

　〈カール・レヴィン〉と〈チャン＝フー〉が針路を変え、速度を上げた。やがて〈ジョン・ポール・ジョーンズ〉をはさむような位置につき、最微速でトロール船に接近し続ける旗艦を防御するように、旗艦を中心として円を描くように航行しはじめた。まもなく、火災の炎が完全に消え、若い中尉が無線で勝ち誇ったような報告を上げてくると、ハントもモリスもまず手短にねぎらいの言葉をかけたあと、乗船して損傷程度を確認するよう指示し、中尉はそれにしたがった。したがう努力はしたというべきか。

トロール船の乗組員は、舷側から乗り込んだ第一団の乗船チームを怒号で出迎えた。乗船チームの甲板作業を取り仕切る掌帆長の頭をめがけて四ツ目錨（細い爪が四本の小型錨）を振り回したものさえいた。〈ジョン・ポール・ジョーンズ〉のブリッジからこの騒ぎを見て、ハントは火災船の乗組員たちがどうしてこんなに激しく救助を拒むのだろうかと思った。事態の沈静化に向けて無線のやり取りをするなかで、トロール船乗組員の声が聞こえてきた。中国語(マンダリン)のような言葉を話している。

「司令、手を引いたほうがいいのでは」モリスがついに進言した。「もう助けは求めていないように見えます」

「それはわたしにもわかるわ、ジェイン」ハントは答えた。「しかし、なぜこれ以上の救助を求めていないのかがわからない」

乗船チームとトロール船の乗組員たちが激しい身振り手振りで互いに訴えかけている様子は、ハントにもよくわかる。なぜこんなに拒む？　モリスのいいたいこともわかる——時間をかける分だけ、人民解放軍の監視艦艇の干渉や妨害を受けて、任務が遂行できなくなる可能性が高まる。しかし、これも任務の一環ではないのか？　この海域の安全と航行の自由を確保することも？　一〇年、いや五年前までは、脅威の度合いはもっと低かった。当時、冷戦時に米ソで結ばれた条約や合意事項の大半は冷戦後もそのまま適用されていた。だが、いまではそうした古い行動規範は崩れ去った。そしていま、敵対心もあらわな乗組員を乗せたトロール船をつぶさに見ていたサラ・ハントは、この小さな漁船に脅威を感じ取っていた。

「モリス中佐」ハントは重々しい口調でいった。「本艦をあのトロール船に横付けさせよ。複合艇（RHIB）で乗船できないなら、本艦から乗り移る」

モリスはすぐさまその命令に反対し、予測される懸念事項を列挙した。ひとつ、時間をかければ、まもなくやってくるであろう敵の監視艦艇とにらみ合いになる可能性がさらに高まる。ふたつ、本艦をトロール船に横付けすれば、本艦が余計なリスクを負う。「何が乗っているかわかりません」モリスはいった。

ハントはじっと聞いていた。意見の食いちがいをめぐる部隊のトップ2のやり取りを努めて聞かないようにしながら、ブリッジの乗組員が各自の任務にあたっているのがわかる。その後、ハントは再度同じ命令を伝えた。モリスはしたがった。

〈ジョン・ポール・ジョーンズ〉がトロール船の横に来ると、〝文瑞〟という船名と母港と思われる〝泉州〟が見えた。泉州は台湾海峡に面した海岸地域の地級市（省レベルの行政単位と県レベルの行政単位のあいだにあたる行政単位）だ。〈ジョン・ポール・ジョーンズ〉の乗組員がトロール船の舷縁に四ツ目錨を投げ、トロール船の舷側とのあいだに曳航用ワイヤー・ケーブルを張った。ワイヤーでつながった両者は、制御できないサイドカーのついたオートバイのように横抱きで波を切って走った。難しい操舵になるのは、ブリッジにいるだれの目にも明らかだ。乗組員は水兵特有の無言の不満を漂わせながら淡々と自分の任務を続けている。ハント司令が興奮した中国人漁民の一団などにかかずらって、自分たちの駆逐艦にいらぬリスクを負わせようとしていると思っているのだろう。司令が虫の知らせなど気にせず、早く安全な海域に戻してくれないものか。そんな全乗組員の秘めたる思いを口にするものはいなかった。

　ハントは不満の空気を感じ取り、これから艦内に行くと乗組員に伝えた。

　乗組員が一斉にハントに顔を向けた。

「どこに行かれますか、司令？」モリスが抗議の声を上げた。こんな微妙なときにほっかむりして、自分だけ持ち場を放棄するつもりなのかと憤っているような声色だった。

「〈文瑞〉へ」ハントは答えた。「自分の目で現場を確かめておきたい」

ハントはいったとおりのことをしようとした。当直警衛兵曹が驚いた様子でホルスター入りの拳銃を手渡し、ハントはそれを身に着けると、片足の鈍い痛みもかまわず舷側をまたいだ。ハントがトロール船の甲板に下りたときには、乗船チームがすでに〈文瑞〉の乗組員六人を拘束していた。武装した見張りがうしろで行き来するなか、乗組員たちは甲板の真ん中あたりであぐらをかいて座っていた。うしろに回された両手首を結束バンドで固定され、庇（ひさし）のある帽子を目深にかぶり、油や汗のしみがついた服を着ている。ハントが甲板を歩いていくと、拘束されていた乗組員のひとりが立ち上がった。ひとりだけ髭らしい髭もなく、帽子も目深にかぶらず、誇らしげに顔をはっきり見せている。反抗的な態度はない。実際にはその反対で、知性を感じるまなざしだった。すぐにこの男が〈文瑞〉の船長だと判断した。

乗船チームを率いていた上等兵曹の説明によると、トロール船内の捜索はほぼ終えたものの、スチールの水密ハッチから入る船尾の船室がまだ残っていて、乗組員がその解錠を拒んでいるという。乗船チームのリーダーが、トロール船の船倉から溶接トーチを持ってくるよう命じていた。一五分ほどで船倉内をすべて探し終えた。

トロール船の船長と思われる髭のない男が、訛（なま）りが強くて聞き取りにくい英語で話しはじめた。「あなたが指揮官か？」

「英語を話せるのですか？」ハントは答えた。

「あなた、部隊か？」男がまたハントに訊いた。自分のいっていることがどんな意味なのかもよくわからず、ずいぶん前にたまたま覚えた単語を口に出してみただけのようでもあった。

「わたしはアメリカ合衆国海軍のサラ・ハント大佐です」ハントは胸に手のひらを置いて答えた。「そのとおり、これはわたしが指揮する部隊です」

男がうなずいた。そのとき、背負っていた重たい荷物を下ろすかのように、両肩をだらりと下げた。「私、船を明け渡す」そういうと、男がハントに背を向けた。はじめは無礼な態度だと思ったが、すぐにそうではないと気づいた。うしろで両手首を縛られていたから、手のひらをひらいて鍵を差し出したのだ。男はその鍵をずっと握っていて、いまこうして、できるかぎり丁重な態度で、それをハントに引き渡している。

ハントは男の手のひらから鍵を取った。男の手のひらは意外なほど柔らかく、ごつごつした漁師の手ではない。ハントは〈文瑞〉船尾の船室に近寄ると、解錠してハッチをあけた。

「何があるんですか、司令？」当直警衛兵曹がすぐうしろにやってきて訊いた。

「何なの」ずらりと並ぶ小型ハード・ドライブとプラズマ・スクリーンを見つめながら、ハントはいった。「まったくわからない」

二〇三四年三月一二日　13:47（GMT09:17）
ホルムズ海峡

ウェッジがマニュアル・コントロールに切り替えたとき、〈ジョージ・H・W・ブッシュ〉に乗艦しているロッキードの派遣職員からすぐさま無線連絡が入り、問題はないかと訊かれた。ウェッジは答えなかった。少なくともはじめのうちは。先方はこっちの位置をまだ追跡できているから、フライト・プランどおりに飛んでいることもつかんでいるはずだ。現在位置はイラン地方部の主要海軍基地バンダルアッバスの約五〇海里西。これだけ正確なフライトなのだから——とにかくウェッジにしてみれば——自分のフライト技術はどんなコンピュータにも負けていない。

そのとき、F-35が大気乱流——かなりの大気乱流だ——に入った。方向舵（ラダー・ペダル）に置いた足から操縦桿（スティック）、両肩、そして操縦席全体に振動が伝わった。針路からそれて、イラン防空圏でも先進技術で守られている空域に入るかもしれない。テヘランから延びるその防空の〝手〟からは、F‐35のステルス性能では逃げ切れないかもしれない。

これが〝それ〟か、と思った。

とにかく、いままででいちばん〝それ〟に近い状況にはちがいない。スロットル、操縦桿（スティック）、方向舵（ラダー）の操作は素早かった。ずっとコックピットで積み上げてきたキャリアと、四代にわたるミッチェル家の血筋のたまものだ。

ウェッジは大気乱流を抜け、境目に沿って飛んだ。飛行方向に対して風力修正角度二八度に機首を保ち、七三六ノットの速度で計三・六海里、飛行した。時間にして四秒にも満たないハプニングだったが、隠れた恩寵の瞬間だった。その瞬間を迎えても、それが恩寵だとわかるのは、ウェッジとあの世で見守っている曽祖父だけかもしれない。

すると、大気乱流は発生したときと同じようにたちまち消え去り、機体が安定した。また〈ジョージ・H・W・ブッシュ〉のロッキード派遣職員から無線連絡が入り、航法コンピュータを切ったのはなぜかと訊かれた。またオンにするよう強くいわれた。

「了解」ウェッジはようやく暗号化通信リンクで応答した。「航法コンピュータ・オーバーライド起動」ウェッジは体を前に倒し、何の変哲もないひとつのボタンを押した。

F‐35がオートパイロットに切り替わると、列車が線路上でスイッチバックするときのようなかすかな機体の揺れを感じた。

パッピー・ボイントンのように、コックピットで煙草をふかしたい衝動に負けそうになったが、今日一日分の運はもう使い切った。禁煙のコックピット内にお祝いのマルボロのにおいを漂わせて〈ジョージ・H・W・ブッシュ〉に帰艦したりすれば、ロッキード派遣職員も、それに上官も、大目に見てくれはしない。フライト・スーツの左の胸ポケットに一箱入っているが、飛行後任務概要報告を済ませてから艦尾で一服しよう。ウェッジは時計を見て、夕食までには空母艦首側のパイロット用食堂（ダーティー・シャツ・ワードルーム）にたどり着けるだろうと思った。大好物の〝心臓発作誘発スライダー〟――トリプル・パティーに目玉焼きを載せたチーズバーガー――がメニューに入っていればいいのだが。

その夕食のこと――そして、煙草のこと――を考えていたとき、F‐35が針路を変え、北のイラン内陸側へ向かいはじめた。あまりに滑らかな動きだったので、ウェッジは針路変更に気づきもせず、また〈ジョージ・H・W・ブッシュ〉から立て続けに連絡が入った。どれもその針路変更に関する警告だった。

「航法コンピュータを起動してください」

ウェッジはスクリーンをタップした。「航法コンピュータはもう起動している……待て、再起動する」長たらしい再起動の手順を踏みはじめようとしたとき、ウェッジはコンピュータが反応していないことに気づいた。「電子機器（アビオニクス）が動かない。マニュアルに切り替える」

ウェッジは操縦桿（スティック）を引いた。

方向舵（ラダー・ペダル）を踏みつけた。

いくらスロットルを操作しても、エンジンがコントロールできない。

F-35は高度を失い、しだいに降下していく。業（ごう）を煮やし、腸（はらわた）さえ煮えくり返りそうになりつつ、操縦桿（スティック）を引いた。まるで自分が乗っている飛行機を絞め殺すかのように、操縦桿（スティック）を握りしめた。ヘルメットからせわしない話し声が聞こえる。〈ジョージ・H・W・ブッシュ〉からの無駄な指示だが、実のところは指示ですらなく、頼み込んでいる。どうにかしてこの問題を解決してくれと必死で訴えかけている。

だが、無理だった。

だれが、あるいはなにがこの機体を操縦しているのか、ウェッジにはわからなかった。

二〇三四年三月一二日　07：23（GMT11：23）
ワシントンDC

サンディ・チョードリはエナジー・バーを食べ終え、二杯目のコーヒーをだいぶ飲んでいたが、新しい報告は止めどなく入ってきた。ひとつ目は、〈ジョン・ポール・ジョーンズ〉が、横付けして乗船したトロール船内で先進テクノロジー・システムのようなものを発見したという知らせだった。ヘンドリクソンが判断力を大いに買っているサラ・ハントとかいう司令は、さらなる詳細な調査をおこなうべく、一時間以内に漁船搭載のシステムのコンピュータを自身の小艦隊の一隻に積み込むと強硬に主張していた。チョードリがヘンドリクソンとその主張の是非を話し合っていたとき、ふたつ目の報告が入った。こちらはインド太平洋軍の第七艦隊司令部からだった。人民解放軍の原子力空母〈鄭和〉をはじめとする軍艦、少なくとも六隻からなる強力な対応派出部隊が針路を変え、まっすぐ〈ジョン・ポール・ジョーンズ〉に向かっているという。

三つ目の報告はなかでもいちばんわけがわからなかった。チョードリはF‐35のフライトのために、雪の降る月曜の早朝にシチュエーション・ルームにやってきたわけだが、そのF‐35が制御不能になったというのだ。パイロットができるかぎりの対処を試みているが、現時点ではまだF‐35を制御できていないらしい。

「パイロットも操縦しておらず、空母から遠隔でコントロールしてもいないというなら、いったいだれが操縦している?」チョードリはヘンドリクソンに嚙(か)みついた。

下級のホワイトハウス職員が話をさえぎった。「ドクター・チョードリ」彼女がいった。「中国の国防武官がお話しをしたいそうです」

チョードリはけげんそうにヘンドリクソンに目をくれた。実は大掛かりでひねくれた悪ふざけです、とでもいってほしいかのようなまなざしだった。だが、そんな慰めの言葉は出てこなかった。「わかった、つないでくれ」チョードリがいい、電話機に手を伸ばした。

「ちがうんです、ドクター・チョードリ」若い職員がいった。「ここに来ているんです。林保提督という方が来ています」

「ここに?」ヘンドリクソンがいった。「ホワイトハウスにか? 冗談だよな」

職員が首を振った。「いいえ、冗談ではありません。北西ゲートにいます」チョードリとヘンドリクソンはシチュエーション・ルームのドアをあけ、通路を足早に歩いていちばん近くの窓際に行き、ブラインドの隙間から外を見た。林保提督がいる。黄金色の肩章と武官飾緒をつけた青い平常軍服という華やかないでたちで、軍人の護衛三人と民間人ひとりとともに、しだいに増えつつある観光客に混じり、じっと待っている。ミニ代表団だ。チョードリは彼らの意図を量りかねていた。中国人はこんな風にいきなり訪ねてきたりしないはずだが、と思った。

「まいったな」チョードリは小声でいった。

「なかに入れるわけにはいかんぞ」ヘンドリクソンがいった。シークレット・サービスの当直責任者たちがやがやと彼らのまわりに集まってきて、説明していた。中国の公人をホワイトハウスに入れるには綿密な審査が必要で、少なくとも四時間はかかる。ただし、大統領（POTUS）、大統領補佐官、あるいは国家安全保障問題担当大統領補佐官レベルの承認をもらっているならそのかぎりではない。だが、その三人とも海外にいる。テレビはミュンヘン開催のG7サミットの最新情報に合わされている。ホワイトハウスには、大統領も、国家安全保障を司るチームの大半もいない。現在、ホワイトハウスの国家安全担当上級職員はチョードリだった。

「くそ」チョードリはいった。「こっちから行くしかないな」

「それはまずい」ヘンドリクソンがいった。

「向こうを入れるわけにはいかないんだろう」

ヘンドリクソンには反論のしようがなかった。チョードリはドアに向かった。外は氷点下だが、コートはもたなかった。中国の国防武官がどんなメッセージを持ってきたのかは知らないが、あまり長くかからないよう願った。外に出ると、個人用の電話に電波が入り、バイブレーションとともに六通ばかりメールが届いた。すべて母親からだった。母親に娘の子守を頼むと、こっちに借りがあることを忘れさせないために、必ず家のなかのことをあれこれ訊いてくるのだ。まいったな、とチョードリは思った。また子供用ウェットティッシュが見当たらないといってくるんだろう。しかし、もう南側の庭園(サウス・ローン)を横切っているのだから、そんなメールの文面をいちいちチェックしている暇はない。

寒かったが、林保もコートを着ていなかった。身に着けているのは軍服と、じゃらじゃらした勲章と、黄金色の派手な刺繍を施した肩章と、小脇に抱えた庇付きの帽子だけだ。林保はＭ＆Ｍの袋から小さなチョコレートをひとつずつつまみ、平然と食べていた。チョードリは黒い鉄のゲートを通り、林保のいるところへ歩いていった。

「貴国のＭ＆Ｍに目がなくてね」林保が気のない声でいった。「もともと軍事用の発明品だった。知ってましたか？　事実ですよ——当初この菓子は第二次大戦時のＧＩのために大量生産されたのです。とくに南太平洋戦線向けです。溶けないチョコレートが必要だったから。たしか、こんな宣伝文句でしたよね？〝手のなかではなく、口のなかで溶ける〟。林保はM&Mのコーティングの色が取れて、まだら模様のパステル色がついている指先をなめた。

「どういったご用件でお出でくださったのですか、提督？」チョードリは訊いた。

次にどの色のものを食べようか決まっているのに、なかなか見つからないかのように、林保はM&Mの袋のなかをのぞいた。そして、袋の中に向かって、いった。「貴国は我が国のものを押さえています。小さい船、とても小さい――〈文瑞〉という船です。返していただきたい」そういうと、青いM&Mをひとつ取り出し、まるで探していた色ではなかったかのように顔をしかめ、不満げに口に入れた。

「その話はここではしないほうがよろしいでしょう」チョードリはいった。

「なかに招き入れていただけるのですか？」提督は聞き入れられるはずはないとわかっていながら訊き、ウエスト・ウィングに向かって顎（あご）をしゃくった。そして、付け加えた。「それが無理なら、外で話をするしかないと思いますが」

チョードリは凍えていた。両手を脇の下に挟んだ。

「信じてほしい」林保がいった。「〈文瑞〉を返したほうが、そちらのためになります」

チョードリはアメリカ現代史上はじめて政党に属していない大統領に仕えているとはいえ、航行の自由と南シナ海に関する政権の立ち位置は、それ以前の多くの共和党政権や民主党政権から変わっていない。チョードリはじれてきている林保にもその揺るぎない方針を伝えた。

「そちらには時間がありませんね」林保がチョードリにいった。しだいにしぼみゆく袋からM&Mをつまみ続けている。

「それは脅迫ですか？」

「とんでもない」林保がいい、そんなことをいわれたのは残念だといわんばかりに悲しそうに首を振った。「お母さまからメールが入っているのではないかと思っただけです。返事をしなくていいのかなと。電話をチェックしてみてください。お嬢さんのアシュニを外に連れていって雪遊びをさせたいのに、アシュニのコートが見当たらないそうですよ」

チョードリはズボンのポケットから電話を取り出した。

メールの文面に目を落とした。

林保がいったとおりの内容だった。

「我が方の艦が〈ジョン・ポール・ジョーンズ〉、〈カール・レヴィン〉、〈チャン＝フー〉のお出迎えに向かっています」林保が続けた。彼らがこの情報を知っていることを示すために、すべての駆逐艦名を口にした。チョードリの電話に送られてきたメールもよく知っていた。「そちらがエスカレートするのはまちがいです」

「〈文瑞〉を返す対価は？」

「そちらのF-35を返しましょう」

「F-35？」チョードリはいった。「そちらにはF-35などないはずですが」

「シチュエーション・ルームに戻って確認してきたほうがいいかもしれませんね」林保が穏やかな口調でいった。袋に残っていた最後のM&Mを手のひらに出した。黄色だった。「中国にもM&Mはあります。ただ、こっちのM&Mのほうがおいしい。チョコレートのコーティングのちがいです。中国では製法がまちがっていて……」そういうと、林保はチョコレートを口に入れ、しばらく目を閉じて味わった。目をあけると、またチョードリをじっと見た。「〈文瑞〉を戻してもらう必要があります」

「私は何かをする必要などありません」チョードリはいった。

　林保ががっかりした様子でうなずいた。「そうですか」彼はいった。「わかりました」M&Mの袋をくしゃくしゃに丸め、歩道に投げ捨てた。

「それを拾ってください、提督」チョードリはいった。

林保は自分の捨てたゴミをちらりと見た。「拾わないと、どうかすると？」

チョードリが返答に苦心していると、提督はきびすを返し、昼前に行き交う車をよけながら通りを横切った。

二〇三四年三月一二日　16：12（GMT08：12）
南シナ海

二機の戦闘機がどこからともなく飛来し、超音速で生じる衝撃波が〈ジョン・ポール・ジョーンズ〉の甲板をたたいた。乗組員は完全に虚を突かれた。ハント司令はその音を聞いてとっさに首をすくめた。まだ〈文瑞〉に乗船していて、一時間ほど前に見つけ出した先進システムを点検していた。トロール船の船長がハントに向かって歯を見せてにやついている。戦闘機が低空飛行してくることをはじめから知っていたかのようだ。「〈文瑞〉の乗組員を船室に監禁しておこうか」ハントは点検を監督していた当直警衛兵曹にいった。ハントが急いで〈ジョン・ポール・ジョーンズ〉のブリッジに戻ると、モリスがこの緊急事態に懸命に対処しようとしていた。

「状況は？」ハントは訊いた。

モリスはイージス情報表示盤をのぞき込み、二機の戦闘機だけではなく、迎撃機と同時に現れた少なくとも六隻の国籍不明艦船の位置を示すターミナル・スクリーン上のシンボルを追っていた。一連の調整された事前計画にしたがって、全艦隊が一斉に姿を見せたかのようだ。いちばん近い位置にある艦船は、ディスプレイ上で素早く移動しており、フリゲート艦か駆逐艦の特徴を示している。約八海里離れている。視認できるかできない距離だ。ハントは双眼鏡を掲げ、水平線を探した。すると、一隻目のフリゲート艦が不気味な灰色の艦体を現した。

「あそこを見て」ハントはいい、艦首側の先を指さした。

まもなく〈カール・レヴィン〉と〈チャン＝フー〉からも連絡が入り、二隻、三隻、そして四隻目と五隻目の艦を視認したとの報告が上がってきた。すべて人民解放軍の軍艦で、艦種もフリゲート艦から空母までさまざまだ。空母は図体のやたら大きな〈鄭和〉で、アメリカ海軍の第七艦隊の空母にも引けを取らない。〈文瑞〉と〈ジョン・ポール・ジョーンズ〉を中心に、〈カール・レヴィン〉と〈チャン＝フー〉が直径線上の位置を保ったまま円を描き、それを中国艦隊が取り囲んでいる。

ヘッドセットをつけてブリッジの片隅で配置についていた通信員が、激しい身振りでハントの注意を引いた。「どうしたの？」ハントはそう通信担当に訊くと、ヘッドセットを渡された。アナログ通信のくぐもった空電音に混じって、かすかな声が聞こえる。「アメリカ海軍の指揮官に告ぐ。こちらは〈鄭和〉空母打撃群指揮官、馬前少将である。貴国が拿捕した民間船を解放されたし。ただちに我が国の領海から出て行きなさい……」しばらくしてから、また同じメッセージが聞こえてくると、ハントは思った。この要求は何度発信されていたのか、そして、何度返答がなければ、打撃群が——さらにずっと接近しているように見える——戦闘を開始するのか？

「安全なVoIP接続（インターネットなどのIPネットワークを介しての音声通信）で第七艦隊司令部と通信できる？」ハントは通信担当に訊いた。通信員はうなずき、日をまたぐ静かな当直時にちょっとしたスリルをもたらすビデオ・ゲーム専用機と化した古いノートパソコンの背面のインターフェイスに赤と青の線をつなぎはじめた。原始的だからこそ、より安全に接続できるともいえる。

「向こうは何を要求しているのですか？」円を描いて取り囲む六隻の軍艦をうつろな目で見つめながら、モリスが訊いた。

「例のトロール船の返還」ハントはいった。「あるいは、どんなものかは知らないけれど、その船に積んである先進テクノロジーの返還というべきかもしれない。それから、この海域からの退去」

「我が方はどうするのですか？」

「まだわからない」ハントは答え、ＶｏＩＰスイッチを差し込み、ダイヤル・トーンをチェックしていた通信担当に目を向けた。待っているとき、漁船に無理をして乗り移ったせいか脚が痛み出した。ポケットに手を入れて、痛いところをさすっていると、指が医事部からの通知書に触れた。「まだ第七艦隊にはつながらないの？」ハントは訊いた。

「まだです」

ハントはもどかしそうに時計を見た。「もういいわ、それなら〈カール・レヴィン〉と〈チャン＝フー〉を呼び出して。そっちから第七艦隊につながるか訊いてみて」

通信担当がハントに目を向けた。いうに耐えないことをいう勇気が自分にあるか探っているかのように、その目は大きく見ひらかれていた。

「どうしたの？」ハントは訊いた。

「どうしようもありません」

「どうしようもないとは、どういうこと？」ハントはモリスに目をやった。モリスもハント同様、いらついているようだった。

「すべての通信が落ちています」通信員がいった。「〈カール・レヴィン〉も、〈チャン＝フー〉も呼び出せません……。どこにもつながりません」

ハントはベルトに留めていたハンドヘルド無線機を手に取った。〈文瑞〉の船内にいたときに〈ジョン・ポール・ジョーンズ〉と通信した無線機だ。ヘッドセットのスイッチを入れたり切ったりした。「どのチャンネルもつながらないの？」ハントは訊いた。はじめてその声に焦りの色がかすかににじんだ。

「このチャンネルだけです」通信担当がいい、自分が聞いていたイヤフォンを差し出した。ひとつのメッセージが繰り返し流れている。

「アメリカ海軍の指揮官に告ぐ。こちらは〈鄭和〉空母打撃群指揮官、馬前少将である。貴国が拿捕した民間船を解放されたし。ただちに我が国の領海から出て行きなさい……」

二〇三四年三月一二日　14：22（GMT09：52）
ホルムズ海峡

コックピットのすべての計器表示盤が消えている。アビオニクス。火器。航法。すべて——暗くなっている。通信も数分前に途絶え、おかげで異常なまでの静けさを感じていた。〈ジョージ・H・W・ブッシュ〉からの呼び出しもない。どうしようもない問題を抱えて、天上にひとりいる。戦闘機はまだ勝手に飛んでいる。いや、この戦闘機を滑らかに、慎重に操縦する見えざる力(フォース)に飛ばされている。高度の低下は止まっている。ウェッジの推定では、高度五〇〇〇フィートあたりで巡航している。速度は一定で、五〇〇か、あるいは五五〇ノット。旋回している。

ウェッジはこの地域のチャートをダウンロードしていたタブレットを、フライト・バッグから取り出した。さらに、腕時計のコンパスを確認した。その腕時計は父親のものだったブライトリングのクロノメーターだ。コンパスとタブレットを参照しつつ、すぐさま自分の正確な現在地を割り出した。巨大なイラン軍施設の所在地、バンダルアッバスの真上だ。この施設がアラビア湾の入り口を扼(やく)している。イラン人はペルシャ湾といっているが、とウェッジは思った。競馬場を走る馬のように空中を旋回していると、眼下の干からびた大地もゆっくり回転するように感じられる。

もちろん、F-35に何かの異常が生じて、こんなふうにウェッジの飛行機が乗っ取られた（オーバーライド）という可能性もないわけではない。だが、その確率は低いし、いまも刻一刻と低くなっている。ウェッジの見たところでは、この任務の情報がどこかに漏れ、飛行機のシステムがハッキングされていたという可能性のほうがはるかに高い。ウェッジはただの乗客になってしまった。しかも、終着点はイラン領土だとしか思えなくなってきている。

時間がない。一時間以内に燃料が切れる。残された手はひとつだ。

その手を使えば、しばらく〈ジョージ・H・W・ブッシュ〉の艦尾でお祝いのマルボロを吸うこともできなくなる。しかたないさ。ウェッジは両足のあいだに手を伸ばし、黒と黄の縞模様のハンドルをつかんだ。射出座席（イジェクション・シート）のロケット・モーターの点火レバーだ。これが〝それ〟か、とウェッジは声に出しそうになり、父親、祖父、曽祖父の顔をほんの一瞬思い浮かべてから、ハンドルを引いた。

だが、うんともすんともいわない。

射出座席（イジェクション・シート）まで動かないのか。

F‐35のエンジンから、減速するときのかすかなうめき声が漏れた。F‐35が高度を下げはじめ、螺旋（らせん）を描いてバンダルアッバスに降下していった。最後に一度だけ、ウェッジは方向舵（ラダー・ペダル）を強く踏み、スロットルを押し、引き、操縦桿（スティック）をぐいと引いた。

その後、フライト・ヴェストの内側に手を入れ、拳銃のあるあたりまで伸ばした。銃身をつかみ、ハンマーのように振り回した。機体が滑走路に向かって進入降下経路（グライド・パス）に入ると、ウェッジはコックピット内部をたたき壊しはじめ、コックピット内にある機密装置をできるかぎり破壊した。頭部裏側についている小さな黒い箱から取り掛かった。この間ずっと、その装置の発する羽音のような音が止むことはなかった。

二〇三四年三月一二日　08：32（GMT12：32）
ワシントンDC

大統領を乗せたエアフォース・ワンはG7サミットからの帰途につき、大西洋上空を切り進んでいた。切迫する危機的状況を受け、G7サミット最終日の会談は早めに切り上げられた。アンドルーズ空軍基地への着陸予定は現地時間の一六時三七分で、チョードリが前妻とのあいだの娘の受け渡しに間に合うように帰宅すると母親に確約した時間より一時間以上あとだった。チョードリは一難を棚上げすると、シチュエーション・ルームから出て、別の一難に対処するため携帯電話の電源を入れた。

「サンディープ、あたしはあの女とひとつの部屋にいるのはごめんだよ」チョードリが弁解すると、母親がすぐにそう返した。チョードリはお願いだから手を貸してほしいと頼み込んだ。戻れない理由を詳しくいいなさいといわれたが、林保がメールの中身を把握していたことを思い出し、答えられなかった。母親はさらにごねた。だが、結局、チョードリはまだ仕事があるといい、まぬけにも「国家安全保障上の問題」だと付け加えた。

チョードリは電話を切り、シチュエーション・ルームに戻った。ヘンドリクソンとふたりの士官が大テーブルの片側に陣取り、うつろな目で正面の壁を見つめていた。林保から電話があり、あることを伝えてきた。その情報は、まだ〈ジョージ・H・W・ブッシュ〉からバーレーンの第五艦隊司令部、中央軍を経て、ホワイトハウスには届いていなかった。イラン革命防衛隊が同国領空を飛んでいたF‐35の機載コンピュータをハッキングし、遠隔操作により着陸させたという。

「いまF‐35はどこだ？」チョードリはヘンドリクソンに向かって声を荒らげた。

「バンダルアッバスだ」ヘンドリクソンが放心したような声でいった。

「パイロットは？」

「滑走路に着陸していて、拳銃を振り回してる」

「無事か？」

「拳銃を振り回しているんだぞ」ヘンドリクソンはいった。だが、その後、チョードリの問いかけをもっとよく考えてみた。パイロットを殺せばさらに重大な挑発になるから、パイロットは無事だ。今回の件を画策したイランと中国の連中にもまだそんな挑発をする気構えはない。いまのところは。林保の望みははっきりしている。交換だ。〈ジョン・ポール・ジョーンズ〉が中国側にとって大切なもの――〈文瑞〉、正確にはその船に搭載されているテクノロジー――をたまたま見つけ、中国側はそれを返してほしがっている。同盟国イランを通じて、〈文瑞〉とF‐35との交換を希望している。

チョードリが結論にたどり着く前に、林保がまた電話をかけてきた。「こちらの申し出は考えていただけましたか？」チョードリはそれより大きな独自の疑問を考えていた。二〇二〇年代なかごろ、イランはコロナウィルス・パンデミック後の財政破綻を回避すべく、中国の〝一帯一路〟グローバル開発計画に関する協定に調印して以来、経済、軍事両面で中国の利益追求に協力してきたわけだが、今回のかつてなかったように思われる中国＝イラン同盟はどこまで範囲を広げているのか？　また、ほかに同盟に加わっているところはあるのか？　中国のスパイ船と思われるものとF‐35の交換を承認する権限は、チョードリにはない。そんな交換が可能かどうかは大統領自身が判断することだ。チョードリは林保に自分の権限がかぎられているのだと伝え、もうすぐ上司が戻ってくるともいった。だが、林保は意に介さなかった。

「〈文瑞〉を拿捕しているかぎり、そちらのいかなる時間稼ぎも敵対行為と解釈せざるを得ません。違法に捕獲したテクノロジーを利用するために時間稼ぎをしているとしか考えられませんよ。〈文瑞〉が一時間以内に返還されなければ、我が国と同盟国は行動に移すしかなくなるでしょう」

そして、通話が切れた。

その行動が何なのか、同盟国がどこなのか、林保はいわなかった。

一時間では何もできない。大統領は最後通牒を突きつけられても動じない意向だ。今夜、中国大使を呼び出しているとのことだが、それより早くはならないし、林保がいうには、それでは遅すぎるらしい。どうしたものかとあれこれ考えていると、ヘンドリクソンが深刻そうな声色でチョードリに伝えた。中国艦船まで一時間以内の距離にいる我が方の軍艦は、かつての氷冠が溶けてできた北極デルタ付近で中国の商船隊を追跡していた攻撃型潜水艦〈ミシェル・オバマ〉だけだという。現在〈ミシェル・オバマ〉は、中国商船隊の一〇海里後方に迫る二隻のロシア潜水艦の追尾に任務を切り替えている。この新たな展開に関して、なぜロシアが出てきたのかと考えていたとき、チョードリはふとリンカーンの話を思い出した。

「南北戦争で暗黒の日々が続いていたときのことだ」チョードリはいった。ヘンドリクソンに向かっていっているように見えるが、実際には自分にいい聞かせていた。「北軍は南軍に連戦連敗だった。ケンタッキーからの客人がホワイトハウスを離れるとき、国に持ち帰るいい知らせはないのかとリンカーンに尋ねた。リンカーンはまともには答えず、〝自動チェス・プレーヤー〟という機械と対戦して三連敗を喫するまで、好敵手がいなかったチェスの達人の話をした。三連敗に驚き、負けた達人は椅子から腰を上げ、この驚くべき新しいテクノロジーの粋のまわりをゆっくり歩き回り、入念に吟味しつつ、その仕組みを理解しようとした。ついに足を止め、機械に向かって非難の指を突き立てた。『そこに人が入っているんだろう!』と彼は叫んだ。そのとき、リンカーンは客人に気を取り直すようにいった。どんなにひどい状況に見えても、機械には必ず人が入っているのさ」

また電話が鳴った。

林保だった。

二〇三四年三月一二日　15：17（GMT10：47）
ホルムズ海峡

　ウェッジは怒り狂っていた。バンダルアッバスの滑走路に着陸したときには、裏切られたという思いがどっとあふれ出した。この滑走路に決めたのも、どこに着陸するかを決めたのも、もっといえば、キャノピーをあけてエンジンを切ることにしたのも、もちろんウェッジではない。彼の飛行機に完膚なきまでに裏切られ、それまで抱いていた感情に上書きされたのは恥辱だった。下降していたときに、頭部のうしろのブラックボックスだけは、拳銃をハンマー代わりに使ってどうにか破壊した。火器類を制御する、もっとも機密扱いされるべきアビオニクスにくわえ、機載の暗号通信システムも破壊した。操縦不能に陥ってからずっと、ウェッジは逆上した捕らわれの獣のように、コックピット内の装置を拳銃でたたいていた。

　着陸してからも、たたき続けた。

　コックピットがあくと、すぐに立ち上がり、拳銃で計器類を撃った。そうしていると思わず感情が高まった。忠実な愛馬の頭を撃ち抜いた騎兵のような気持ちになった。離着陸場のまわりに散開した革命防衛隊の兵士数十人は、何が起きているのかわかりかねている様子だった。最初の数分のあいだは近寄ってこなかった。ウェッジが怖いからではなく、それまで見事に噛み合ってきた計画に水を差したくないからだった。しかし、破壊すればするほど——緩(ゆる)んだ配線を引きちぎり、ブーツのヒールで床を踏みつけたり、兵士たちが近づきすぎていると思ったとき、兵士たちに向かって拳銃を振り回したり——相手は力づくで制圧してくる。搭載の機密機器を完全に破壊されたF‐35など、取引材料として役に立たない。

　現場の指揮官である准将は、成人してからずっと直接的、間接的にアメリカ軍と対決してきており、ウェッジの行動の意味を理解していた。准将はウェッジの飛行機を囲む包囲線をゆっくり狭めていった。ウェッジもイラン兵たちがにじり寄ってくるのを感じ取り、彼らに拳銃を向け続けた。だが、ウェッジが拳銃を向けるたび、包囲線の兵士たちは、相手がほんとうは拳銃など使わないのではないかという疑いを強めていった。弾が残っていたとしても、拳銃を使うつもりなどウェッジにはなかった。弾も残っていない。すでに最後の一発をアビオニクスに撃ち込んでいた。

　准将がジープの座席に立ち、小指と中指のない右手でウェッジに向かって手を振ると、包囲線のほかのジープや装甲車がさらに近づいていった。准将の英語は三本指の右手に劣らずぼろぼろだったが、いっていることはウェッジにも伝わった。「投降すれば危害は加えない」というようなことだ。

投降するつもりなどウェッジにはなかった。まだ戦ってもいないというのに。だが、どんな戦いができるのかもわからなかった。なにしろ弾の切れた拳銃が一挺しかないのだ。

准将はウェッジに向かって声を張り上げなくても投降を呼びかけられるほど、近くに来ていた。ウェッジはその呼びかけを受けて、准将をめがけて拳銃を放り投げた。見事な投擲で、拳銃は手斧のように回転しながら飛んでいった。

准将の名誉のためにいえば、拳銃が頭のすぐそばに飛んできてもまったくひるまず、命令を発した。兵士たちがF‐35に押し寄せた。車両から降りて、F‐35の両翼に群がり、胴体によじ登り、ウェッジのいるコックピットになだれ込んできた。ウェッジは方向舵(ラダー・ペダル)を踏み、片手でスロットルを、もう一方で操縦桿(スティック)をつかんでいた。ウェッジはまるで敵機を探しているかのように、ぼんやりかなたの地平線をざっと見ていた。口にくわえたマルボロがだらりと垂れ下がっている。六人ほどの革命防衛隊兵士にライフルの銃口を頭に向けられると、ウェッジはコックピットの外に煙草を投げ飛ばした。

二〇三四年三月一二日　16：36（GMT08：36）
南シナ海

第二一駆逐隊内の通信は二〇分前からダウンしていた。永遠にも感じられる。〈ジョン・ポール・ジョーンズ〉、〈カール・レヴィン〉、〈チャン＝フー〉間で通信するには、手旗信号を使うしかなく、ハントの兵士たちがまるで飛び降りようとしているかのように、艦橋の高所からバタバタと旗を振っている。意外にも、この原始的な通信方法が有効で、彼らを取り囲む〈鄭和〉空母打撃群から丸見えではあったが、三隻の駆逐艦が動きを調整することができた。どの艦の無線に入ってくるメッセージも、〈文瑞〉を返せという要求だけだった。頭がおかしくなりそうなほど同じメッセージが延々と繰り返されるなか、ハントは一等兵曹のひとりがおこなっている〈ジョン・ポール・ジョーンズ〉の通信システムのトラブルシューティングに付き添った。第七艦隊からのメッセージの断片だけでも受信できないかと、悪いほうに急変している現状をしっかり把握できる情報が得られないかと、一縷（いちる）の望みにすがった。

そんなメッセージは入らない。それはハントにもわかっていた。

もうひとつわかることがある。自分の身に何が起きているのかは知らないが、もっと広い文脈――ハントには理解できない文脈――のなかで起きているということだ。敵には盤上がすべて見渡せるのに、こちらにはほんの一部しか見えない。ハントはそんなゲームに引きずり込まれたのだ。ハントの小艦隊の乗組員は総員戦闘配置についている。〈文瑞〉乗船チームの当直警衛兵曹はまだ〈文瑞〉のコンピュータ・システムの回収を終えていないが、一時間以内には完了する。敵はこちらの動向を観察しているのだから、そのことも把握している。したがって、何らかの事態が発生するなら、回収作業が完了するまでに発生すると想定せざるをえない。

さらに二〇分が過ぎた。

現場の甲板で〈文瑞〉の様子を監視していたモリスが、慌ててブリッジに戻ってきた。「回収はほぼ完了しました」モリスが息を切らしながらハントにいった。「あと五分ほどだと思います」モリスが甘い見積もりを披露した。「終わりしだい〈文瑞〉を解放し、ここから離れます」

ハントはうなずいたが、まず思惑どおりにはならないだろうと思った。

何が起こるのかはわからないが、何が起こるにせよ、こちらにどんなことが降りかかってくるかを見極めるには、自分の目に頼るしかない。海は凪いだまま、その日の朝から変わらず板ガラスのように真っ平らだった。ハントとモリスはブリッジで並んで立ち、不安をたたえたまなざしを水平線に向けていた。

海が穏やかだったから、敵が動いたとき、動きはじめたほんの数秒後にそれが見えた。海面下に延びる一本の跡が泡を噴き上げながらまっすぐ近づき、数秒で急接近してきた。

六〇〇メートル。

五〇〇。

三五〇。

波ひとつない海を切り裂いてくる。

モリスがブリッジに響き渡る声でとっさに命令を発した。総員、衝撃に備えと指示し、艦内に警報が響き渡った。一方、ハントはこの究極の瞬間もじっと動かなかった。不思議なほど穏やかな気持ちだった。敵が動いた。次はこちらが動く番だ。しかし、魚雷の狙いは本艦が横抱きしている〈文瑞〉なのか、それともこの艦なのか？　攻撃してきたのはどの敵艦なのか？　答えが一致することはないだろう。戦争はそうした不一致を超えて正当化される。この最初の一発目がもたらす結末を予測できるものは少ないが、ハントにはできる。ハントには、これから数年の流れが魚雷と同じくはっきり見える。その魚雷は〈ジョン・ポール・ジョーンズ〉の右舷一〇〇メートル以内に迫っている。

この日の事件の責任がだれにあるのかは、しばらく決まらないだろう。いまはじまった戦争が先決だ。そのあとで勝者が責任の割り当てを決める。これが現実だ。いつだってそうだ。そんなことを考えていると、魚雷が命中した。

二〇三四年三月一二日　17：13（GMT21：13）
ワシントンDC

チョードリは座席に座って身を乗り出し、大テーブルに両肘をつき、テーブルの真ん中に置いてあるスピーカーフォンに顔を向けていた。ヘンドリクソンが向かいに座っている。コンピュータをひらき、両手をキーボードに乗せ、メモを取ろうとしている。ふたりは国家指揮権限保持者（大統領のこと）から指令を受けていた。大統領はエアフォース・ワンから今回の事態に対処していた。中国大使のホワイトハウス訪問が予定されていた当夜を待たず、国家安全保障担当大統領補佐官が強気な交渉方針を策定し、チョードリはそれを林保に連絡することになった。チョードリはいまその作業に当たっていた。

「〈文瑞〉の貴国海軍への返還に先立ち」チョードリは話しはじめ、ちらりとヘンドリクソンを見た。「バンダルアッバスにある当方のＦ‐35が返還される必要があります。今回の危機を誘発したのは当方ではないのだから、貴国が先に行動するのが筋です。Ｆ‐35を受け取りしだい、〈文瑞〉を貴国に返却します。これ以上、危機を拡大する理由はありません」

返答はない。

チョードリはまたヘンドリクソンに目を向けた。

ヘンドリクソンが手を伸ばしてスピーカーをミュートにし、チョードリに小声でいった。「先方は知っていると思うか？」チョードリは自信なさそうにかぶりを振った。ヘンドリクソンがいっていたのは、彼らがしばらく前に受けていた連絡のことだった。この四五分間、横須賀の第七艦隊では、〈ジョン・ポール・ジョーンズ〉およびその僚艦との通信がすべて途絶えているというのだ。

「聞こえていますか？」チョードリはスピーカーに向かっていった。

「はい、聞こえています」異次元から反響してくるような林保の声が聞こえた。すっかり辟易している会話を続けるよう無理強いされているかのように、いらだっているような声でもあった。「そちらの立場を復唱させてください。確認のため。何十年ものあいだ、貴国海軍は我が国の領海を航行し、同盟国の領空を飛行してきて、今日は我が国の船舶を拿捕した。それなのに自分たちは権利を侵害された側だと主張し、我が方が貴国の要求に応じるべき側だといっている」

部屋がしんと静まり、チョードリは天井の電球がじりじりと小さな音を立てていることにはじめて気づいた。ヘンドリクソンは林保の発言のメモを取り終えていた。指をキーボード上に置き、次の文字を打ち込む準備を整えている。

「先ほど申したことは現政権の方針です」チョードリは答えた。言葉を絞り出すために一度、生唾を飲み込まなければならなかった。「しかし、代案がおありでしたら、当然ながら考慮します」

さらに沈黙。

すると、林保のいらだった声が響いた。「代案ならもちろんあります……」

「けっこう」チョードリはさえぎったが、林保はかまわず続けた。

「チェックしていただけたら、そちらのコンピュータに送信されていることがわかり――」

　そして、電源が落ちた。

　一瞬だけだったが、漆黒(しっこく)の闇が訪れた。すぐさま照明が再点灯した。再点灯したとき、林保との回線はつながっていなかった。単調なダイヤル・トーンしか聞こえない。チョードリはホワイトハウスのオペレータにどうにか通話を再開させようと、電話をいじりはじめた。その間、ヘンドリクソンは自分のコンピュータに再ログオンを試みていた。「どうかしたのか？」チョードリは訊いた。

「ログイン・ネームとパスワードが受け付けられないんです」

　チョードリはヘンドリクソンを横に押しやった。チョードリのログイン情報もはねられた。

2034

A Novel of the Next World War

2 大停電

Blackout

二〇三四年三月一二日　18：42（GMT22：42）
ワシントンDCから北京へ向かう途中

戦争を生き抜いたものは、大停電が起こったときどこにいたか、記憶していることだろう。サラ・ハント大佐は〈ジョン・ポール・ジョーンズ〉のブリッジにいて、艦内から聞こえる鬼気迫る叫び声を聞かないようにしつつ、旗艦の沈没を阻止しようと奮闘していた。ウェッジは背中に回された両手首を結束バンドで縛られ、目隠しをされた状態で、武装した兵士にバンダルアッバス飛行場の滑走路を歩かされていた。林保は中央軍事委員会委員だけが利用できるプライベート・ジェットのひとつ、ガルフストリーム900に乗り、ダレス国際空港を飛び立ったばかりだった。

三〇年におよぶキャリアで、林保は国際会議の代表団の一員として、あるいは、閣僚や高級官吏の付き添いとして、こうしたジェットには何度か乗ったことがある。だが、自分だけに用意されたジェットに乗るのははじめてだった。その一点を考えても、いま完遂した任務がどれほど重要だったのかがわかる。林保は離陸直後、まだフライト・アテンダントたちが折り畳み式のジャンプシート補助席のシートベルトを締めているときにチョードリに電話した。ガルフストリームは上昇し、高度一〇〇〇フィート（約三〇〇メートル）に達したところで、チョードリとの通話を切り、最後の電話を入れたと伝える暗号メッセージを中央軍事委員会に送信した。そのメッセージの送信ボタンを押すと、すぐに反応があった。まるでスイッチを切ったかのようだった。眼下に見えていたワシントンのまばらな明かりがすべて消え、またすぐについた。まばたきのように。

林保はそのまばたきのことを考えていた。東海岸の海岸線が機体の下に次々と消えていき、ガルフストリームが国際空域に突入して広大な漆黒の大西洋上空を飛びはじめた。時の流れを感じ、〝時は瞬く間に過ぎる〟という英語のいい回しがあったことを思い出した。機内にひとり座り、かろうじて知覚できる空間で国と国とのあいだを移動していると、自分のこれまでのキャリアはこの一瞬のために積み重ねてきたのではないかと思った。この日までは——兵学校時代、艦隊で次々と任務をこなしていたころ、そして外交職の研究とその後の訓練期間——山を登るように、大きなプランの段階をひとつひとつ登るだけだった。そして、いまこうして頂上に立った。

これほどの高所なら絶景が見られるかもしれないとでもいうかのように、また窓の外に目をやった。暗闇しか見えない。星のない夜空。眼下の大海。その虚空というスクリーンに、彼の想像力が世界の裏側で確実に進行している出来事を投影していた。空母〈鄭和〉のブリッジが、そして打撃群を指揮する馬前少将の姿が見える。現在は在米国防駐在官という地位にたどり着いているが、林保がこれまで歩んできた人生は何年も前に政府によって決められている。馬前に与えられた道筋と同様、すべて計算されたものだ。馬前の空母打撃群は南シナ海の領有権を主張するにあたって、絶好の道具となる。交わることのなかったふたりの道筋は、同時期に海軍兵学校に在籍していたキャリア初期には互いに知られていなかったが、直感で感じ取っていたかもしれない。馬前のほうが先輩であり、父親も祖父も海軍上将（西側海軍の大将に相当）という輝かしい軍人の家系、つまり海軍貴族だ。冷徹にやり抜く力と残酷なやり口で有名だった。とくに下級生いじめにはその力量を遺憾なく発揮し、林保も犠牲者のひとりだった。当時、林保は学業では神童といわれていたから、すぐさま標的にされた。最終的には、同期トップ、なおかつ兵学校はじまって以来の最高の成績で卒業したが、入ってきたときには、家が恋しくて洟（はな）を垂らして泣いていたアメリカ人と中国人のハーフにすぎなかった。半々の背景を持っているせいで、同期からばかにされたり、兵学校の僚友――とりわけ馬前――から疑いの目を向けられたりと、とくに狙われやすかった。

だが、それはずっと昔の話だ。結局、中国政府は林保がハーフだという点に価値を見いだし、林保は現在の地位まで登りつめた。馬前もその力量と残酷さのおかげで、いま待望のアメリカに対する一撃を加えようとしている艦隊の最高指揮官になっている。だれもが自分の役割を果たしている。だれもが自分の仕事をしている。

攻撃隊形をとらせた空母打撃群を率いる指揮権をもって、〈鄭和〉のブリッジに立っているのが自分だったらいいのに、と林保はどこかでうらやんでいた。結局のところ、馬前は海軍士官であり、海上戦力の指揮権もあるのだ。だが、そういう願望があり、かつての僚友、馬前の地位をうらやんでいる反面、林保はある情報を持っていた。いま起こっている出来事の全体的な意味合いを理解しているのは五、六人だけだが、林保もそのひとりなのだ。

地球の裏側で、中国政府がイランのために動員した未知のサイバー部隊によって、アメリカのF‐35ステルス戦闘機が着陸させられたことも、その行動が馬前の任務と関連していることも、当の馬前とその麾下にある数千人の水兵はつゆほども知らない。アメリカ人たちは理解を超えた問題の解決策を必死で模索しているところだろうが、林保がずっと感心してきたアメリカ人気質――倫理的な自信、揺るぎない決意、愚直なまでの楽観主義――こそが、いま彼らの力をそいでいる。

強さは弱さになるのだ、と林保は思った。いつの世も。

中国政府が血眼（ちまなこ）になって取り返そうとするような、機密のテクノロジーが使われている装置を搭載した船〈文瑞〉を拿捕した。そうアメリカ側は解釈していることだろう。〈文瑞〉の拿捕によって期待どおりの危機を演出するために、中国政府はアメリカに切り札を切らせる取引材料が必要になる。そこで着陸させられたＦ‐35が登場する。その後、アメリカ側はいつもの一連の行動と対抗行動をとる。これまで米中が何度も繰り返してきた演出だ。危機を受けてポーズをとり、その後、ちょっとした瀬戸際戦略が続き、やがて緊張緩和と取引という流れだ。今回はＦ‐35が〈文瑞〉返還の取引材料になる。だが、林保も、彼の上官も知っている。Ｆ‐35の機密技術の盗用はこちらにしてみれば副次的な目的であり、〈文瑞〉に積まれているものにはほとんど価値がないという事実に、アメリカ側はまるで気づいていない。中国政府の目的が危機それ自体であって、南シナ海でアメリカの軍艦を攻撃する口実なのだということを、アメリカ側は把握できない。あるいは、手遅れになるまで把握できないのは確実だ。先方に欠けているもの——あるいは、いつの間にかなくしてしまったもの——は、想像力だ。９１１の同時多発テロにも当てはまるが、〈文瑞〉事件にも当てはまる。アメリカ諜報部の失策ではなく、アメリカ人の想像力の欠如なのだ。もがけばもがくほど、身動きがとれなくなるだけだ。

林保はハーヴァード大学のケネディ・スクールで研究していたとき、ケンブリッジのギフトショップで見かけた〝玩具〟を思い出した。それは編み込まれたメッシュ生地をチューブ状にしたものだった。店のカウンターの奥にいた男の店員が、林保がこれはどうやって使うものかと〝玩具〟を見ているのに気づいて、声をかけてきた。「両端から指を入れてみな」林保がいつも聞き取りに苦労するきついボストン訛りだった。林保はいわれたとおりにしてみた。入れた指を抜こうとすると、編み込まれたメッシュが指を締めつけてきた。引けば引くほど、指はきつく締めつけられた。カウンター奥の店員が大笑いした。「知らなかったのか？」林保は知らなかったと首を振った。店員がさらにげらげらと笑い、こういった。「そいつは中国式フィンガー・トラップだぞ」

二〇三四年三月一三日　05：17（GMT00：47）
バンダルアッバス

ガーセム・ファルシャッド准将は、拘置室のひとつに隣接する空っぽのオフィスでプラスチックの折畳み椅子に座っていた。朝も早いというのに不機嫌だった。だが、すごみの利いた顔はいつものことだから、だれも気づいていないようだった。名声のすごみも負けてはいないが。安らかなときの顔つきでさえ、彼の顔を見ている人しだいで、軽い不満やそこそこの腹立ちを感じさせるから、彼の気分を推し量るのは難しかった。フェルシャッドの体には傷跡がある。いくつも。いちばん目立つのは右手だった。若き中尉としてはじめての任務を与えられ、サドルシティでＩＥＤ（簡易手製爆弾）をつくっていて、小指と薬指を失った。このときのミスで精鋭のクッズ部隊（イスラム革命防衛隊の特殊部隊）の任務を解かれるところだった。だが、ファルシャッドと同じ名をもつ人物、クッズ部隊司令官ガーセム・ソレイマニ少将が人事に介入し、ファルシャッドが軍事顧問を務めていたマハディ軍（二〇〇八年に解散したイラク中部で活動していた民兵組織）に責任を押し付けてクッズ部隊に残ることができた。

三〇年以上もクッズ部隊内で仕事をしてきたが、ソレイマニとの特別なコネを自分の都合で利用したのは、そのときだけだった。中佐まで昇進したファルシャッドの父親は、ファルシャッドが生まれる数週間前に、みずからの命と引き換えにソレイマニの暗殺計画を阻止した。その事件の詳細はずっと謎のベールに包まれたままだが、ソレイマニ――イスラム共和国の偉大なる守護者のひとり――がファルシャッドの父親に借りがあるおかげで、ファルシャッドのキャリアが神秘のオーラを帯び、ファルシャッドは革命防衛隊の階級を登っていった。この神秘性はソレイマニの死後も消えず、ファルシャッドの生得の力量と度胸によってさらに強まった。

ファルシャッドの目覚ましい活躍の数々は、傷跡となって体じゅうに刻まれている。アレッポの戦いでシリア政府軍の軍事顧問をしていたとき、迫撃砲弾の破片が眉から頬の下まで顔を斜めにざっくり切り裂いた。二〇二六年にカブールを首都とする最後のアフガニスタン政権が崩壊したあと、ヘラートに進軍したときには、スナイパーの銃弾が首を貫通したが、頸静脈と頸動脈をぎりぎりはずれ、首の片側にコイン・サイズの射入銃創が、反対側にも同じサイズの射出銃創が残った。その傷跡のせいで、ファルシャッドの首はボルトを抜いたフランケンシュタインの首のようになり、若い兵士たちのあいだでは、当然のようにあるニックネームが定着した。そして最後の傷は、二〇三〇年、キャリアの絶頂となった戦闘で、革命防衛隊の一個連隊を率いてゴラン高原奪還に向けて最後の攻撃を敢行したときのものだ。この攻撃がファルシャッドの最高の偉業となり、武勲をたたえるものとしてはイラン軍で最高の勲章であるファァトフ勲章を授与されたが、退却していたイスラエル軍が憶病丸出しでロケット弾をやみくもに撃ち、まぐれでファルシャッドのすぐそばに着弾し、通信兵が死に、ファルシャッドも右足の膝下を切断せざるをえなくなった。そのけがの影響で、いまもかすかに足を引きずっているが、フィット感抜群の義足をつけて毎朝五キロメートル近く歩いている。

なくなった指。顔の傷跡。膝下を切断した脚。どれも右側だった。左半身は――首の傷跡をのぞけば――無傷だ。ファルシャッドの兵士たちが〝パディシャー・フランケンシュタイン〟(〝フランケンシュタイン大帝〟)と陰で呼んでいるが、ラングレーの情報分析官たちはちがうニックネームをつけていた。心理的なプロフィールに見合ったニックネーム、〝ジキルとハイド〟だ。ファルシャッドは二面性をもつ男だ。傷のある側と傷のない側。とても親切な一面と烈火のごとく怒れる一面を持ち合わせている。その怒れる気質、すぐに我を見失う気質は、バンダルアッバスの拘置室のひとつに隣接する空っぽのオフィスで出番を待っているいまも、はっきり表に出ていた。

五週間前、陸軍参謀本部幕僚が直々にファルシャッドに指令を出した。政府が米軍のF‐35を自国領に着陸させることになっているから、ファルシャッドにパイロットの尋問をやれというのだ。懺悔の言葉を引き出す時間は二日間だ。イラン政府がアメリカを辱めるのに使う映像を制作する算段だった。その後、パイロットを解放し、

F-35のテクノロジーを盗み、機体を破壊する。ファルシャッドは尋問は階級が自分よりはるかに下の尋問官の仕事だといって抗議したが、これほどの慎重を期すべき事案を任せられる人物となると、ファルシャッドが最下級なのだといわれた。参謀本部の幕僚がいうには、この任務しだいで同盟二カ国が開戦の瀬戸際に立たされるかもしれないとのことだった。これからイラン政府が引き起こす事件には細心の注意が払われなければならない。それでファルシャッドは、この辺鄙（へんぴ）な飛行場に一カ月以上もとどまり、米軍のF-35が飛んでくるのを待っているのだった。

〝ここまで落ちぶれてしまったか〟とファルシャッドは苦々しく思った。〝任せられる最下級のものとはな〟。

　戦地勤務の日々は終わった。ファルシャッドは負えるかぎりの傷を負った。ソレイマニ将軍の最期を思い出す。米軍に殺害されたときには、すでに咽喉（のど）の癌が進行していて、あの偉大な司令官を生きたままゆっくりむしばんでいた。あのころ、父親の古くからの友人は数カ月で何度か病床に臥せっていた。とくに容体が悪化したとき、ソレイマニはテヘランから車で三時間ほどのカナーテ・マレクという村にある質素な生家に、ファルシャッドを呼び寄せた。長い面会ではなかった。ファルシャッドはソレイマニの枕元に呼ばれた。出迎えた笑みにゆっくりとした死の相が現れている。歯茎が後退し、ひび割れた唇は紫と白が入り交じった色だ。おまえの父親は幸運だった、とソレイマニはかすれた声でファルシャッドにいった。殉教者となり、年老いることもない。それこそすべての兵士がひそかに望むものだし、古くからの友人の息子にも戦士として死ねるよう祈っている。ソレイマニはファルシャッドにそういった。ソレイマニは返答を待たず唐突にファルシャッドを帰した。屋敷から出ていくとき、屋内でソレイマニが哀れを誘うかのように嘔吐する音が聞こえてきた。二カ月後、ソレイマニの大敵、アメリカは、もっとも寛大な贈り物を与えた。戦士としての死という贈り物を。

バンダルアッバスの空っぽのオフィスで待っているとき、ファルシャッドは最後にソレイマニと会ったときのことをまた思い出していた。自分は父親のような最期はごめんだ。老将軍は遂げそこなったが、自分はベッドで最期を迎えるのだ。そして、その日ファルシャッドがバンダルアッバスで不機嫌でいるのは、そのせいだった。また戦争がはじまろうとしている――肌で感じる――傷ぐらいで済みそうもない戦争は人生初だ。

洗い立てで糊の利いた軍服を着た若い兵士がドアの前に立っていた。「ファルシャッド准将……」

ファルシャッドは顔を上げた。そのまなざしは残酷なまでに鋭かった。「なんだ?」

「捕虜の支度が整いました」

ファルシャッドはゆっくり腰を上げた。若い兵士を押しのけるようにして、アメリカ人のいる監房へ向かった。気に入ろうが気に入るまいが、ファルシャッドにはやらなければならない仕事がある。

二〇三四年三月一二日　21:02(GMT三月一三日　01:02)
ワシントンDC

サンディ・チョードリはまずい状況だとわかっていた。公用電子メール・アカウント、公用携帯電話、クレジット・カードが利用できて公用IPアドレスを介さないはずの自動販売機まで——ぜんぶ使えない。だれもログインできない。どのパスワードもはじかれる。あらゆるものから拒絶されている。〝まずい、まずい、非常にまずい〟。チョードリの脳裏にはそれしか浮かんでこなかった。

中央軍ともインド太平洋軍とも連絡がとれず、南シナ海の〈ジョン・ポール・

ジョーンズ〉とその友艦の命運だけでなく、消息を絶ったF‐35の行く末についてあれこれ考えていると、想像力が頭のなかを駆け巡った。こうしてますます浮き足立ち、チョードリの思考は予期せぬ方向へ向かった。

記憶がさらによみがえってきた。

北バージニアの高校生だったころ、チョードリはハードル走の選手だった。しかも、かなり有力な選手だったが、事故が起きて陸上選手としてのキャリアはそこで終わった。四×四〇〇メートル・リレーのアンカー区間で足首の骨を折ってしまったのだ。二年時の地区大会だった。トラックで転倒したとき、膝と手のひらがすりむけたのは、傷口が汗でしみていたからわかったが、骨折した足首の感覚がなかった。レースのただなかでその場に座っていた。競争相手が追い抜くとき、チョードリの足をただ呆然と見つめていった。関節から下がしびれて力が入らなかった。じきに猛烈に痛くなるのはわかっていたが、まだ痛み出していなかった。

いまはまさにそんな気分だ。なにかが壊れたのはたしかだが、なにも感じない。

チョードリ、ヘンドリクソン、そして、ふたりの数少ないスタッフがせわしなく動き、キーボードを打ち、どうやっても発信しない固定電話の回線を抜いたり差したりし、どうやってもトラブルシューティングを受け付けないシステムのトラブルシューティングを試みている。エアフォース・ワンは一時間以上前にアンドルーズ空軍基地に着陸する予定だったが、同機の状況に関する情報はまだまったく入っていない。アンドルーズに連絡をとるすべがない。個人の携帯電話ならつながるが、安全でない回線を使おうというものはいない。チョードリの個人電話の通信や通話が筒抜けだと林保に思い知らされているのだから、なおさらだ。

停電後しばらく、時は不思議な進み方をした。一分一分がきわめて大きな意味をもつことはだれもが知っていて、いまこのとき、歴史を変えるような出来事が起きていることも感じ取っている。しかし、全体像はだれにもわからない。その出来事がどんなもので、歴史がどう変わっていくのか、だれにもわからない。あまりに多くのこと――〈文瑞〉、F‐35、消えてしまったかのようなエアフォース・ワン――が起きているのに、情報がいっさい入ってこない。この攻撃の規模を把握しようといくら必死になっても、安全な回線で電話一本かけられない。通信システムのセキュリティがすべて破られた。

スタッフが無意味な焦りを漫然と感じて動き回る一方、チョードリとヘンドリクソンはシチュエーション・ルームに陣取り、リーガルパッドにメモしたり、プランを立てたり、捨て去ったりしていた。すると、数時間後にチョードリのボス、トレント・

ワイズカーヴァー国家安全保障問題担当大統領補佐官がやってきた。

はじめ彼らはワイズカーヴァーが来たことに気づきもしなかった。

「サンディ」ワイズカーヴァーがいった。

チョードリは顔を上げ、びっくりした。「はい？」

数十年前、ワイズカーヴァーはウエストポイント陸軍士官学校のアメリカンフットボール・チームでテールバックをしていて、いまでもやれそうだった。太い腕にシャツの袖をまくり上げ、太い首に巻いたネクタイは緩め、寝癖のついた白髪交じりの髪は梳(と)かしていない。縁なし眼鏡をかけ（極度の近視だ）、皺だらけのブルックス・ブラザーズのスーツを着たまま寝ていたかのように見える。「カネはいくらある？」

「は？」

「カネを。八〇ドル要る。公用のクレジット・カードが使えないんだ」

チョードリはポケットを探った。ヘンドリクソンも探った。ふたりで七六ドルかき集めた。三ドル分は二五セント硬貨だった。チョードリは硬貨ひとつかみとしわくちゃの紙幣をワイズカーヴァーに手渡しながら、ウエスト・ウィングから外へ出て、ホワイトハウスの正面玄関から北側の庭園(ノース・ローン)へ足早に向かった。噴水のそばのカーブした車道(ドライブウェイ)にメトロ・タクシーが停っていた。軍服を着たシークレット・サービスの護衛がチョードリにタクシー運転手の免許証と登録証を手渡し、持ち場に戻った。

チョードリのボスは、自分が乗っていた飛行機の行き先がダレスに変更され、民間機を装って着陸せざるをえなくなったとぶっきらぼうな説明をした。出迎えの護衛も、シークレット・サービスの車列も、セキュリティ要員もなかったということだ。大統領（POTUS）は一時間以内にアンドルーズ空軍基地に戻る予定だ。エアフォース・ワンからの通信も限定的だったが、戦略軍の総司令官である大将との連絡と、副大統領との通話だけは可能だった。どこがこんな攻撃を仕掛けてきたのかは知らないが、仕掛けてきた連中が核のエスカレーションを回避する意図でそうしたのは明らかだった。米大統領が戦略核兵器発射管制部署と交信ができなくなれば、自動的に戦略核攻撃が開始される決まりになっている。北京（あるいは、この攻撃を仕掛けてきたものたち）は確実にそれを知っている。しかし、大統領は戦略軍をのぞけば、国防長官とも戦場の指揮官とも直接の交信はできなかった。彼らとの交信はワイズカーヴァーの仕事だ。大統領（POTUS）が戻るまでに着陸したとき、ワイズカーヴァーは正式な移動の手配を待たず、ダレス空港のメイン・ターミナルに走り、ホワイトハウスの通信機能を取り戻そうと、タクシーに乗った。それで、ワイズカーヴァーはどうにかここまでたどり着いたものの、タクシー料金を支払おうにも一〇セント硬貨一枚もっていなかったのだ。

チョードリはタクシーの登録証を確認した。運転手は移民で、南アジアの出身だった。ラスト・ネームからすると、チョードリの家系と同じインドの地方の出のようだった。書類を返却するためにタクシーのウインドウの前に行ったとき、チョードリはそのことを伝えようかと思ったが、やめておいた。そんな場合でも、場所でもない。ワイズカーヴァーが紙幣の束と硬貨から正確に料金分をとり、運転手に支払いを済ませた。その間、ワイズカーヴァーと一緒に移動してきたシークレット・サービスのエージェントはせわしなく、現実でも想像でも、あらゆる危険を察知しようと四方に目を走らせていた。

二〇三四年三月一三日　10：22（GMT02：22）
北京

林保は機内であまり眠れなかった。ガルフストリームが着陸すると、重武装の官憲の護衛——黒いスーツ、黒いサングラス、隠しもった武器——に国防部本部に案内された。スモッグでむせ返る首都の中心部に位置する不気味な建物だ。護衛は国家安全部のものだろうと林保は思ったが、確信はなかった。〝こんにちは〟も〝さようなら〟も、社交辞令のたぐいはいっさいなく、本部ビル六階の窓のない会議室に彼を案内し、ドアを閉めた。

林保は待った。会議室中央のテーブルは巨大で、海外派遣団を出迎えたり、最高機密の交渉を主催するときに使われる。テーブル中央の花瓶には花が生けてあった。日光が当たらなくても成長する数少ない植物、スパティフィラム（ピース・リリー）だ。林保は白くて柔らかい花弁に指を滑らせた。この場所に飾る皮肉の妙は認めないわけにはいかない。

テーブルには二枚の銀の大皿もあり、小袋入りのＭ＆Ｍがいくつも載っていた。小袋の上に書き置きが置いてあった。英語のメッセージだ。

会議室奥にふたつある観音びらきのドアが勢いよくあいた。林保はびくりとして背筋を伸ばした。

中級の将校がさっと会議室に入ってきて、プロジェクター用のスクリーンを設置し、セキュリティが確保されたテレビ会議回線に接続すると、テーブルに飲み水の入ったピッチャーを整然と並べた。その後、波が引いていくように、入ってきたときと同じくさっとドアから出ていった。将校たちが出ていったあとで、小柄な男が入ってきた。ずらりと並んだ勲章で、胸がきらきら光っている。上等な生地とひどい裁断でこしらえた煙草色の平常軍服を身にまとっている。袖が拳のあたりまである。物腰が柔らかい。笑みを絶やさないせいでふっくらした頰に皺が刻まれ、その真ん丸顔を福耳が挟んでいる。握手しようと突き出した腕は、コンセントを探す電気の延長コードのように華奢だった。「林保提督、林保提督」小柄な男が二度いった。ただの名前が歌のように、勝ち誇る凱歌のように聞こえた。

林保はそれまで蔣国防部長に会ったことはなかったが、その顔は自分の顔と同じくらい頻繁に見る。おもしろみのない軍施設のビルに飾られている共産党員序列写真コラージュに入っているその顔を、何度見たことだろう？　蔣部長がほかの党役員たちと一線を画しているのは、この笑顔だ。カメラマンの要請に律義に応えて、ほかの党役員は一様に気むずかしい表情を浮かべている。つねに礼を尽くす接し方は弱さと受け止められることもあるが、実際には、その地位の力(フォース)を収めた表面の滑らかな鞘(さや)だ。蔣国防部長が大テーブルにいくつか載っている銀の大皿を身振りで示した。「Ｍ＆Ｍには手を付けていないのだな」蔣がいい、吹き出しそうになるのをこらえた。

林保は虫の知らせを感じた。蔣国防部長と中央軍事委員会が任務概要報告のために林保を呼んだと思っていたとしても、その可能性はすぐに消えた。彼らはすでにすべてを知っているのだ。隅々まで。あらゆるやり取り。あらゆるそぶり。一言一句。Ｍ

＆Ｍについて林保がいったこともすべて。それが大皿の意味だ。いかなる個人もこの壮大な国家（エンタープライズ）で身に余る役割を与えられると思わないように、いかなる人間も中華人民共和国――彼らの共和国――という巨大な機構のひとつの歯車以上の存在にならないように、彼らの目から逃れられるものなどないと林保に伝えているのだ。

　蔣国防部長が大テーブルの上座のビロードのオフィス・チェアにゆったり座った。林保に身振りで横の席を示した。林保は三〇年近く中国海軍にいるが、中央軍事委員会委員とじかに会ったのは今回がはじめてだった。下級将校としてハーヴァード大学のケネディ・スクールで、中級将校としてニューポートの米海軍大学校で学んでいたときも、西側諸国の海軍との演習に参加したときも、西側の将校が上下級間で親交していたことが強く印象に残った。大将が中尉のファースト・ネームを知っていたり。さらに、ファースト・ネームで呼んでいたり。国防副次官補や国防長官がアナポリスの兵学校やほかの士官学校時代に指揮官や艦長と級友だったりする。母国中国のイデオロギー面での基礎は社会主義と共産主義の思想に根ざしているというわりに、平等主義は西側の軍隊でより深く根付いている。林保は自分より上級の将官や官僚と〝同志（コムラード）〟などではない。それは自分でもよく知っている。ニューポートの大学校時代、林保はクルスクの戦いを研究した。その第二次世界大戦最大の戦車戦では、コマンド・バリアント戦車（指揮官座乗仕様の戦車）しか双方向無線機を搭載していなかった点が、ソ連軍の大きな欠陥となった。ソ連軍は部下が指揮官に進言する理由などないと考えていた。部下の仕事は命令に従うのみ、機械の歯車であり続けるだけでいい。いまにいたるも、ほとんどなにも変わっていない。

大テーブル奥のスクリーンがぴかりと明るくなった。「われわれは大戦に勝利した」蔣国防部長がいった。「きみはこれを目にするだけの手柄を収めた」セキュリティが確保された回線での接続は完璧だった。音声ははっきりし、映像も窓越しに別の部屋を見ているかのように、まったくフィルターがかかっていなかった。その〝別の部屋〟こそ、〈鄭和〉のブリッジ・ウィングだった。映像フレームの中心に馬前がいる。

「おめでとう、提督」蔣国防部長がいい、小型肉食獣のような歯を見せて笑った。

「きみの友人をここに呼んでいる」蔣が林保を身振りで示した。林保はおずおずと映像フレームに入り、一度うやうやしく頭を下げた。

馬前も同じく頭を下げたが、その後はいっさい林保に目もくれなかった。そして状況報告をはじめた。彼の空母打撃軍は米駆逐艦二隻を沈めた。〈カール・レヴィン〉と〈チャン＝フー〉の二隻であると確認できている。前者は弾薬庫が大爆発し、総員三〇〇名のうち生存者はごく少数にとどまる見込みで、後者はひと晩かけてゆっくり沈没した。夜明けからの数時間で馬前の艦隊は米軍の生存者を何人か救出した。米小艦隊の残り一隻も浸水し、航行能力を失っている。馬前は敵艦長に降伏を呼びかけたが、断固拒否され、その際、馬前の通訳が北京語に翻訳するのをためらうほど汚い言葉をちりばめたメッセージを返された。〈鄭和〉空母打撃群はこの三六時間、同海域にとどまっており、第二一駆逐隊からの連絡が途絶えたのを受けて、米軍が調査のためにほかの艦船や航空機を派遣するのではないかと、馬前は懸念を募らせていた。そこで、〈ジョン・ポール・ジョーンズ〉に対してとどめを刺す許可を求めた。「国防部長同志」馬前がいった。「米海軍の援軍が来たところで、我が軍の勝利は揺るぎないところですが、援軍が来れば、回避せよと指示されていたエスカレーションは避けられません。〈ジョン・ポール・ジョーンズ〉に対して殲-31戦闘機の飛行隊を出撃待機させています。任務時間は出撃した戦闘機の母艦への回収も含め五二分です。上官の指令を待っています」

蔣国防部長が丸くてすべすべの顎先をさすった。林保はスクリーンを見ていた。画面の背景では、ブリッジで水兵たちがせわしなく行き交うはるか後方に水平線が見える。薄煙のようなものが海に漂っている。煙の出所がわかるまでしばらくかかった——この煙は〈カール・レヴィン〉と〈チャン＝フー〉の成れの果てだ。そして、おそらく〈ジョン・ポール・ジョーンズ〉もそう成り果てるだろう。馬前の懸念は当然だ、と林保は思った。この作戦ははじめから範囲が限定されていた。目的——最終的かつ明白な形での南シナ海の領有——が達成されないとすれば、次のふたつの場合だ。ひとつ目は、我が軍が米小艦隊を撃破できない場合。ふたつ目は、誤算によってこの危機が、一度の武力行使を超えて拡大する場合だ。

「提督」蔣国防部長が馬前に向かっていいはじめた。「〈ジョン・ポール・ジョーンズ〉の救助は可能だと考えるか？」

馬前はしばらく考え、画面に映っていないものと声を殺して話をしてから、テレビ会議に目を戻した。「国防部長同志、〈ジョン・ポール・ジョーンズ〉はなんの救助もなされなければ、三時間以内に沈没する可能性がきわめて高いと思われます」林保にはわかった。〈鄭和〉は航空機の出撃にもっとも有利になるように、艦首を風に立てている。不意にかなたの水平線上に一条の黒い煙が立ち上った。はじめはただの薄煙で、林保はテレビ会議の接続が悪くなったせいかと思った。しかし、ちがうとわかった。数キロメートル先で〈ジョン・ポール・ジョーンズ〉が燃えているのだ。

蔣国防部長は顎先をなではじめ、とどめを刺させるべきかどうか思案した。決定打は必要だが、誤算によって紛争のエスカレーションが手に負えなくなり、南シナ海をはるかに上回る国益を脅かすようなことにならないよう、慎重にことを進めなければならない。蔣は座ったまま身を乗り出した。「提督、出撃は許可する。ただし、よく聞くがいい。明確なメッセージを伝えなければならない」

二〇三四年三月一三日　06：42（GMT02：12）
バンダルアッバス

「ここはやたらくせえな」

じっとり湿った空気。腐ったようなにおい。ほかになにも知らなければ、ウェッジはグレイハウンドのバス・ターミナルの公衆トイレで拘禁されているのかと思ったことだろう。彼は目隠しをされて、床にボルト留めされている鉄の椅子に手錠でつながれていた。おそらく天井の近くに窓があって、そこから影と灰色の光が入ってきて部屋で気まぐれに遊び回っているのだろうが、それ以外なにも見えなかった。

蝶番(ちょうつがい)をきしらせて、重厚なドアがあいた。その音から、金属のドアなのがわかった。少し足が悪い人のような左右不ぞろいの足音が近づいてきた。そして、椅子を引くときの床がこすれる音。向かいに座ったものは、座ると気づまりになるかのように、ぎこちなく腰を下ろした。ウェッジは相手がいうのを待ったが、煙草のにおいが漂ってきただけだった。ウェッジには先に口をひらくつもりはなかった。捕虜という〝会員制クラブ〟にはほんの数時間前に加入したばかりだが、アメリカ軍の捕虜行動規定はよく知っている。

「クリス・〝ウェッジ〟・ミッチェル少佐……」向かいから声がした。

すると、目隠しがはずされた。部屋の照明は貧弱だったものの、圧倒的な光に包まれ、ウェッジはなかなか目をひらくことができなかった。向かいの黒い人影に焦点が合わせられずにいると、その人影が続けていった。「なぜここにいる、ウェッジ少佐？」

しだいにウェッジの目が慣れてきた。質問してきた男は、金色の刺繍を施したすごそうな肩章をつけた緑色の軍服を着ていた。ランナーのように引き締まった体軀に、眉の上から頬の下まで長い鎌形の傷跡が走る強面（こわもて）が載っている。三角形にひしゃげた鼻は、何度も折れて付け直されたかのようだ。その手には、ウェッジのフライト・スーツにベルクロでついていた名前のワッペンを持っていた。

「ウェッジ少佐ではない。ただのウェッジだ。だが、そう呼ぶのは友だちだけだ」

傷ついたとでもいうかのように、緑色の軍服を着た男がかすかに眉をひそめた。

「これが終われば、私に友だちになってもらいたいと思うようになる」そういって、一本の煙草を差し出したが、ウェッジは手を振って断った。軍服の男が同じ質問をした。「なぜここにいる?」

ウェッジは目をしばたたいた。がらんとした部屋の様子を確認した。片隅に鉄格子のついた窓がひとつあり、コンクリートの湿った床に四角い光を投げ掛けている。自分が座っている椅子。金属のテーブル。椅子がもうひとつ、いまこの男が座っているもの。肩章からすると、この男は准将だろう。部屋の奥の隅にバケツがあるが、トイレ代わりということか。こちら側の隅にマットがあり、それがおそらくベッドだ。マットの上方に手枷があり、壁にボルトで固定されている。寝ているあいだも拘束されることになっているらしい——眠らせてもらえるかどうかは知らないが。部屋は古びているが、カメラが一台ある。天井の中央に設置され、基部の赤いライトが明滅している。すべてを録画しているのだろう。

ウェッジは意識の奥底でなにかが沈んでいくような感覚を覚えた。ふと曽祖父のこと、キャノピーに油性鉛筆で照準線を描いたという逸話、それから、海兵隊史上最高のエース、パッピー・ボイントンのことが脳裏に浮かんできた。パッピーもラバウル上空でゼロ戦に撃墜されて捕虜になり、日本の捕虜収容所で終戦を迎えた。祖父のことも思い出した。子供たちが国で麻薬（ドープ）を吸ったり徴兵カードを焼いていたとき、祖父は第一海兵航空団傘下の飛行隊で〝スネイク・アンド・ネイプ〟（二五〇ポンド爆弾Mk-81〝スネークアイ〟と五〇〇ポンド爆弾M-47ナパーム）を落としていた。最後に、これがいちばん苦々しい気持ちもどこかにあるが、ウェッジは自分の父親のことを思った。息子がこの監獄で朽ち果てることになれば、父は自分を責めるかもしれない。ウェッジはずっと父のようになりたいと思っていた。たとえ命を失うことになっても。ほんとうにそうなるかもしれないと思ったのは、今回がはじめてだった。

准将がまたなぜここにいるのかとウェッジに訊いてきた。

ウェッジは訓練どおりに、つまり行動規範のとおりに振る舞った。准将の質問に対して、自分の名前、階級、認識番号だけを答えた。

「そんなことは訊いていない」准将がいった。「なぜここにいるのかと訊いたのだが」

ウェッジはまた同じことを答えた。

わかったとでもいうかのように、准将がうなずいた。部屋のなかをぐるりと歩いて、ウェッジの背後で立ち止まった。准将が両手をウェッジの肩に乗せると、ずたずたの右手に残った三本の指を、ウェッジの首の付け根へとカニのようにはわせた。「この状況から抜け出すには協力するしかないぞ、ミッチェル少佐。気に入ろうが気に入るまいが、領空侵犯の事実は変わらない。この状況からの脱却に向けて、きみがなぜここにいるのかを知る権利が、われわれにはある。事態をエスカレートさせたいものなどいないのだから」

ウェッジは天井中央のカメラに目を向けた。彼はまた同じことを答えた。

「あれを切ればいいのか？」准将が訊き、カメラを見上げた。「私にだけ教えてくれればいい。すべてを記録する必要はないからな」

准将はウェッジに取り入り、信頼を築いてから、その信頼を土台にして自白を引き出すつもりだ。その点は、ウェッジもサバイバル訓練で学んでいる。尋問の目的は情報ではなく操作――感情の操作――だ。操作できるようになれば――確固たる関係を築いて操作できれば望ましいが、脅迫によって、あるいは暴力によって操作することもよくある――情報などいくらでも出てくる。だが、この准将については妙な点がある。階級（これだけ高位なら、ふつうは第一線で尋問をしたりしない）、傷跡（これだけの傷跡があるなら、諜報界でキャリアを積んできたとはとても思えない）、そして、軍服（正規のイラン軍のものでないことぐらいはウェッジにもわかる）。これは直感にすぎないが、ウェッジはパイロットだ。パイロットの家系に生まれ育ち、先祖のパイロットたちはみな、コックピットのなかでも外でも、研ぎ澄まされた直感を信じろと教えられてきた。その直感を信じて、ウェッジは攻勢に出ようとしていた。決死の主導権奪取に出ようとしていた。

なぜここに来たのかと准将がまた訊いた。

このときウェッジは名前、階級、認識番号を答えなかった。代わりにこういった。

「いってやるよ。そっちがいってくれたら」

准将は驚きの表情を浮かべた。そんなことはわかりきっているはずだとでもいいたそうだった。「なんの話かよくわからんな」

「なぜここにいる?」ウェッジは訊いた。「そっちがいうなら、こっちもいう」

准将はもうウェッジの背後にはおらず、向かいの椅子に戻っていた。珍しいものでも見るような目を捕虜に向け、身を乗り出した。「私はおまえを尋問するためにここにいる」准将がためらいがちにいった。そんな言葉が口をついて出てくるまで、その事実が恥ずかしいことだと気づきもしなかったかのような声音だった。

「嘘つけ」ウェッジはいった。

准将が腰を上げた。

「あんたは尋問官じゃねえ」ウェッジはかまわず続けた。「そんな面(つら)をしてるくせして、女みたいな諜報野郎だと信じ込ませられるとでも思ってるのか？」

　すると、傷跡をのぞく准将の顔全体が恥ずかしいほど赤く染まりはじめた。

「あんたは戦場にいる人だ。部隊を連れてな」ウェッジはにやつきながらいった。挑発的な笑みだ。はったりをかけてみたが、准将の反応からすると、大当たりだったようだ。ウェッジは主導権を奪ったと確信した。「それで、なぜここにいるんだ？　こんな仕事を押し付けられるとは、どんなお方の機嫌を損ねちまったんだ？」

　准将がウェッジの前にそびえ立った。腕を振りかぶり、ウェッジに強烈な一撃を加えると、ボルトで床に固定されていた椅子がはずれた。ウェッジは椅子ごと倒れた。マネキンのように床にどさりと倒れた。椅子の背に回した手首を縛られたまま横たわっていると、何発も続けざまに殴られた。気絶する前にウェッジが最後に見たのは、天井の中央に設置されている一定のリズムで明滅するビデオ・カメラだった。

二〇三四年三月一三日　11：01（GMT03：01）
南シナ海

水平線に接するふたつの銀のきらめきが東から進入してきて、深手を負った〈ジョン・ポール・ジョーンズ〉上空を旋回した。朝から乗組員の半数近く、一〇〇人を超える水兵が死亡した。二発の魚雷を連続で被弾したときに爆死したものもいれば、主甲板下の浸水した区画にまだ生存者がいると知りつつも、艦を救うため仲間の乗組員がハッチを密閉するしかなくなり、溺死したものもいる。海戦の常だが、負傷者は非常に少ない。出るのはほとんど死者だ。国に命をささげた勇者を安静にしておく最低限のスペースさえなく、すべてを飲み込む海があるだけだ。

二機の航空機はすぐさま攻撃を開始せず、全乗組員が一斉に息を吸い込んだかのように、艦内全域に沈黙が広がった。そのひと呼吸のあいだに、この航空機が横須賀から飛来したのではないか、あるいは味方空母から出撃してきたのではないかという一縷の望みが芽生えた。だが、弾薬を満載した翼が見え、二機が用心深く距離をとり続けていることがわかると、〈ジョン・ポール・ジョーンズ〉の乗組員には友軍機でないことがすぐにわかった。

しかし、なぜ攻撃してこないのか？　なぜ爆撃してとどめを刺さないのか？　サラ・ハント大佐には考えごとに時間を使っている余裕はなかった。前日に一発目の魚雷を受けてから、彼女はあるひとつのことだけに集中してきた。旗艦の沈没を防がなければならない。それに、いまとなっては、悲しいことに、旗艦は実質的に彼女の艦になった。二発目の魚雷を受けてから、モリス艦長の行方がわからない。〈カール・レヴィン〉と〈チャン＝フー〉との通信も途絶えたままだ。各艦が航行能力を失い、沈んでいくさまを、ただ呆然と見ているしかなかった。ハントにも、生き残っている乗組員にも、もうすぐ両艦と同じ命運が訪れる。〈ジョン・ポール・ジョーンズ〉は弾薬の大半を積んだままだが、排水が追いつかないほどの海水も流入している。海水の重みで鉄の艦体がゆがみ、まるで深手を負った獣のように悲しげなきしみを発し、刻一刻と膝を屈しそうになっている。

ハントはブリッジに立っていた。手を動かしていようとした――いうことを聞かない通信システムの点検と再点検をし、ダメージ・コントロールの状況確認のため伝令を走らせ、ＧＰＳを使うものがすべて動かないからアナログ・チャートで現在地を確認したり。ハントがそうしているのは、代わりの艦長があきらめてなにもしていなければ、乗組員が絶望するからであり、自分もブリッジまで海水に飲み込まれる場面を想像せずに済むからだった。ハントは顔を上げ、〈鄭和〉から出撃してきた二機の攻撃機を見た。もうこれ以上なぶらないでほしいと思った。無礼な旋回をやめて、爆弾を投下し、この艦と海中に沈ませてほしい。

「司令……」横に立っていた通信員のひとりが話しかけ、水平線を指さした。

ハントは見上げた。

二機の戦闘機は攻撃針路を変えた。前後に梯隊を組んで高速で低空飛行しながら、〈ジョン・ポール・ジョーンズ〉に向かって突進してきた。陽光がぎらりと翼に反射したとき、ハントは機関砲の砲撃なのかと思った。顔をしかめたが、なんの衝撃もない。二機が距離をぐんぐん詰めてきた。〈ジョン・ポール・ジョーンズ〉の兵器システムは機能していなかった。ブリッジが静寂に包まれた。ハントの部隊——麾下の艦と乗組員——が、この最後の瞬間にすべて溶け去ってしまう。一九歳にもなっていないと思われる通信員がハントを見上げ、ハントは自分でも意外なことに、その水兵を抱き寄せた。すでに二機は急接近し、超低空を飛んでいて、むらのある空中を切り裂きながら、両翼をかすかにうねらせるのがわかった。いまにも爆弾が投下される。

ハントは目を閉じた。

雷鳴のような音——バン。

だが、なにも起こらなかった。

ハントは目を上に向けた。二機が曲技飛行のように螺旋を描き、二筋の雲に消えたり現れたりしながらぐんぐん上昇していった。その後、また降下し、海面から三〇メートル、さらに下がり、低速で失速速度をかろうじて上回る程度の低速で飛んできた。先頭機がブリッジの前を横切ったとき、ハントにパイロットの横顔が見えるほど近くを飛んでいった。そのとき、こちら側の翼を軽く下げた——敬礼だ。そのメッセージを伝えるためによこされたのだろう、とハントは思った。

二機は上昇し、来た方向へ戻っていった。

ブリッジは静まり返ったままだ。

すると、空電雑音が聞こえてきた。前日以来はじめて、無線機のひとつの電源が入った。

二〇三四年三月一三日　12：06（GMT04：06）
北京

テレビ会議が終わった。スクリーンが天井に収納された。林保と蔣部長は巨大なテーブルを挟んでふたりで座っていた。

「おまえの友人の馬前提督は私の指示に不満だったと思うか？」

その質問に、林保は不意をつかれた。蔣国防部長の地位にいる人が部下の気持ちまで気にするとは、思いもしなかった。どう答えていいかわからず、林保が聞こえないふりをしたところ、蔣国防部長は自分の訊いたことを嚙み砕いていいはじめた。
「馬前は優秀な指揮官だ。意志が強く、能力は高く、冷酷でもある。だが、高い能力は弱点にもなりうる。戦闘犬にしかなれない。あまたの将校の例に漏れず、言葉の機微を解さん。私が〈ジョン・ポール・ジョーンズ〉を見逃せと命じたのは、手柄を挙げさせたくないからだと思い込んでいる。だが、馬前にはこの任務の真の目的がわかっていない」蔣国防部長が片眉を吊り上げた。この任務の〝真の目的〟がなになのかは、答えのない質問として宙に浮いたままで、林保も声に出して訊こうとは思わないが、沈黙という形で訊くことにした。すると、蔣国防部長はこう続けた。「なあ、林保、おまえは西側で勉強してきた。アリストデモスの話もおそらく学んだことだろう」

林保はうなずいた。アリストデモスの話なら知っている。テルモピュライの戦いでただひとり生き残ったかの有名なスパルタ人だ。ケネディ・スクールにいたとき、〝戦争史〟という大仰なタイトルのセミナーで古代ギリシア好きの教授に教わった。有名な〝３００（スリー・ハンドレッド）〟の徹底抗戦の数日前、アリストデモスは重い眼病でふせっていた。スパルタ王のレオニダスは目の病に冒された兵士に用はないとして、アリストデモスを本国に送り返した。その後、残りの兵はペルシア軍に虐殺された。「アリストデモスは」林保はいった。「スパルタ軍でただひとり生き残り、なにが起こったのかを後世に伝えた人物です」

蔣国防部長が肘掛け椅子に深く座り直した。「それを馬前はわかっていないのだ」蔣がいい、歯を見せてにやりと薄笑みを浮かべた。「あいつを派遣したのはアメリカの軍艦三隻を沈めるためではない。そんなことはあいつの任務ではない。メッセージを送ることが任務なのだ。小艦隊を全滅させ、消してしまえば、メッセージも一緒に消える。だれがメッセージを届ける？　だれがなにが起こったのかを伝える？　その点、何人か生かしておけば、少しばかり遠慮する態度を見せれば、もっとはっきりメッセージを伝えられる。大切なのは、むやみに戦争をはじめることではなく、最終的にアメリカに聞く耳をもたせ、我が国の海域の領有権を認めさせることだ」

そして、蔣国防部長は林保の在米国防武官としての働きをねぎらい、とりわけ〈文瑞〉という餌（えさ）で〈ジョン・ポール・ジョーンズ〉を巧みにおびき寄せたことと、漁船を装った諜報船を拿捕してしまったアメリカ側のやましさを利用して、国際的な非難の声の勢いをそいだことを称賛した。もっとも、非難の声など、まず国連で上がり、その役立たずの国際機関からやはり役立たずのほかの機関に伝わっていくだけだが。すると蒋国防部長は、憂うような声色で、今後どういったことが起こるか、みずからの見立てを披露した。生き残った〈ジョン・ポール・ジョーンズ〉の乗組員は〈鄭和〉に見逃してもらったと本国に報告する。中国共産党中央政治局常任委員会は同盟国イランと交渉し、アメリカをなだめるため、F‐35とそのパイロットを解放させる。最後に、母国中国と中国海軍は南シナ海の完全なる領有を手にする。これが目標達成の手順だ。

　説明し終えたころ、蒋国防部長は気が大きくなっていた。林保の手首に自分の手を置き、こういった。「おまえに」蒋がいった。「国は大きな借りができた。家族水入らずの時間もほしいだろうが、こちらもおまえには次の地位を用意しないといけない。どんなポストがいい？」

　林保は椅子に座ったまま背筋を伸ばした。こんな機会は二度と訪れないかもしれないと思い、国防部長の目を見ていった。「海上での指揮です、国防部長同志。それが望みです」

「わかった」蒋国防部長が答えた。そして、手の甲を向けてかすかに振りながら席を立った。そうして手を振るだけで、望みはすでにかなったとでもいうかのように。

蔣国防部長がドアに向かって歩いていくとき、林保は勇気を奮い起こし、もうひとつ願いをいってみた。「もっといわせてもらえば、国防部長同志、〈鄭和〉空母打撃群の指揮をとってみたいです」

蔣国防部長が足を止めた。蔣は肩越しに振り返ると、こういった。「馬前のポストを奪いたいというのか？」そして、声を上げて笑いはじめた。「おまえのことを誤解していたのかもしれんな。冷酷なのはおまえのほうかも……。かなえてやれるかどうかやってみよう。それから、頼むからそのいまいましいM&Mは持ち帰るようにな」

二〇三四年三月二二日　16：07（GMT20：07）
ワシントンDC

サンディープ・チョードリは一〇日間オフィスの床で寝ていた。彼の母親が娘の面倒を見ていた。前妻もインターネットや携帯電話がつながるようになっても、余計な電子メールやテキスト・メッセージを送ってきたりはしなかった。ありがたいことに、私生活は凪いでいた。こうした緊張緩和（デタント）は、国じゅうの耳目を引く危機が発生しているからであり、その危機管理においてチョードリが大きな役割を果たしていることを、家族が知っているからだろう。政治の右左(みぎひだり)双方とも、かつての敵同士が、新たな攻撃を受けて何十年来の敵意を消し去ろうとしているかのようだった。テレビ各局や新聞各社が南シナ海とイラン領空で起きた事件の重大さを理解するまで、一日、あるいは二日ほどかかった。

アメリカの小艦隊が撃滅された。

F‐35が強制着陸させられた。

そして、国民がひとつにまとまった。だが、抗議の声も上がった。

その声はしだいに大きくなり、耳を聾(ろう)するまでになった。モーニング・トークショーでも、イブニング・ニュースでも、主張ははっきりしている。〝なんとかしないと〟。政権内でも、トレント・ワイズカーヴァー国家安全保障問題担当大統領補佐官率いる声の大きい官僚グループは、大衆の賢明な声に賛同し、米軍は絶対的な力を世界にはっきり示さなければならないと考えていた。〝売られたけんかは買うしかない〟が彼らのスローガンで、賛同者はホワイトハウス各所にいる。しかし、一カ所だけはちがう。しかもいちばん重要な部署、つまり大統領執務室(オーバル・オフィス)だ。大統領はその主張に疑問を感じている。大統領の一派にはチョードリも入っているが、政権内でも、テレビでも、あるいは印刷媒体でも、スローガンのたぐいはなかった。彼らの疑問は、すでに手に負えなくなっていると思われる状況をエスカレートさせないという漠然とした形で表れているだけだ。大統領派は、要するに様子を見ているのだ。

今回の危機が発生してから一〇日が過ぎているが、緊張緩和に向けた戦略は失敗に終わりそうだった。第一次大戦時の客船〈ルシタニア〉沈没か、米西戦争勃発時の〝〈メイン〉を忘れるな!〟のシュプレヒコールのように、新しいスローガンがそうした歴史的なものに付け加わった。数日のうちに、全国民が〈カール・レヴィン〉と〈チャン＝フー〉の撃沈と〈ジョン・ポール・ジョーンズ〉の生還を知った。もっとも、実のところ〈ジョン・ポール・ジョーンズ〉は生還したというより、潜水艦に曳航されたのだが。潜水艦は数十人の生存者を救出し、そのなかには撃滅された小艦隊の指揮官である第二一駆逐隊司令のハントも含まれていた。指揮官のハントは調査委員会を控えており、海軍は彼女に世間の注目が向かわないようにしていた。

少なくともこの時点までは、サラ・ハントの匿名性はわりあいに保たれていたが、海兵隊のクリス・〝ウェッジ〟・ミッチェル少佐は正反対だった。ミスチーフ環礁沖海戦のあと、マスコミが〝一方的戦闘〟のテロップを流していると、中国高官が米政権に接触してきた。もっぱら蔣国防部長が主導し、今回の危機は大きな誤解だと主張していた。友好の印に、個人的にアメリカとイランの仲介役を買って出た。F-35の返還とパイロットの解放に向けて、みずからが前面に出て交渉するというのだ。中国特使がこのメッセージを携えて、ニューデリーのアメリカ大使館に到着すると――ワシントンの中国大使館は危機のあおりで閉鎖された――米政権は、中国およびイランが機密扱いテクノロジーの数々を盗まずにF-35を返却するなどと主張するのは不誠実の極みだと返答した。パイロットについては、同政権は救出を求めるすさまじい国内世論の圧力にさらされていた。

ミッチェル少佐が消息を絶った三日後、その名前が政権内部のものによってCNNにリークされた。CNNのアンカーがミズーリ州カンザスシティのはずれにあるミッチェルの生家を訪れたところ、なかなかのネタを発見した。四世代にわたる海兵隊戦闘機乗りの家系だったのだ。大日本帝国軍の旭日旗から血しぶきのついたフライト・スーツまで、百年近くものあいだに集まった記念品が壁に飾ってあるリビングルームで、アンカーは家族にインタビューした。ミッチェル少佐の父親がカメラの前で息子の人となりを話した。ときおりうつろな目を裏庭の一本の木に向けていた。その木のいちばん太い枝に、ブランコの錆(さび)ついた鉄の固定器具がしっかり埋め込まれている。父親は家族のことを話した。第二次大戦時に称賛を浴びた戦闘飛行隊〝ブラック・

シープ〟で活躍した自分の祖父にまでさかのぼる、何十年もの伝統があると。テレビ画面には、若くハンサムなクリス・〝ウェッジ〟・ミッチェルの写真が、ウェッジの父親、〝祖父(ポップ)〟、そして〝曽祖父(ポップポップ)〟の写真とともに映し出され、現代アメリカと別の時代のアメリカをつなぎながら、アメリカがもっとも偉大だった時代まで、世代が巻き戻された。

　映像がオンラインにアップロードされると、ものの数時間で何百万回も再生された。危機発生から五日目にシチュエーション・ルームでひらかれた国家安全保障会議では、大統領がその映像を見たかどうかを全員に尋ねた。全員が見ていた。すでにソーシャル・メディアでは、〝#ウェッジ解放〟のハッシュタグがバズりはじめていた。ウエスト・ウィングの窓の外に目を転じるだけで、〝捕虜(POW)／行方不明兵士(MIA)〟の黒い旗が増殖し、一夜にしてワシントンのスカイラインを埋め尽くしたことがわかる。どうしてこの不運な目に陥ったひとりのパイロットのほうが、南シナ海で戦死した何百人もの水兵より大きな反響を呼んでいるのか？　と大統領は疑問を口にした。部屋が静まり返った。大統領のデスク上に載っている、戦死した〈カール・レヴィン〉、〈チャン＝フー〉、〈ジョン・ポール・ジョーンズ〉乗組員の遺族への悔み状が彼女のサインを待っていることは、全職員が知っている。どうして、と大統領はだれにともなく訊いた。パイロットのほうが水兵たちより大きな問題になっているの？

「むかしかたぎだからですよ」チョードリはうっかり口走った。

チョードリには座席すら用意されておらず、ほかのヒラ職員に交じって壁際に立っていた。閣僚の半分が彼に顔を向けた。彼はすぐさま口をひらいたことを後悔した。自分はいっていない、いま聞こえたのはきてれつな腹話術だ。目をそらせば、お歴々にそう信じてもらえるかもしれないとでも思っているかのように、チョードリは両手に視線を落とした。

決然としているが、控えめな語り口で、大統領がどういうことか説明するようにチョードリにいった。

「ウェッジはいわば鎖の輪です」チョードリはおずおずと説明しはじめたが、しだいに自信が出てきた。「彼の家族は現在の我が国と、前回、大国の軍隊を打ち負かしたころの我が国とを結びつけているのです。国民はこの先どうなるのか、感じ取っています。われわれには国家として大きなことを成し遂げられる力がある。彼の姿は国民にそう語りかけているのです。だからこそ、彼にこれほど入れ込むのだと思います」

チョードリに賛同するものも反対するものもいなかった。しばしの沈黙のあと、大統領は出席者に対して、ひとつの目標を提示した。目標はそのひとつだけであり、それはさっきチョードリがいったような大国間の紛争へとエスカレートさせないことだと。「わかりましたか？」彼女はいい、大テーブルを取り囲んでいたものたちに強いまなざしを向けた。

全員がうなずいたが、ぴりぴりしたものが漂っていることからも、だれもが賛成しているというわけではないのは明らかだった。

その後、テーブルの上座に着いていた大統領が腰を上げ、側近たちをしたがえて部屋から出て行った。ざわざわと話し声が聞こえてきた。省や機関の長官たちが非公式協議をはじめ、陰謀でもたくらんでいるかのように互いに顔を近づけ、三々五々、話しながら廊下に出ていった。下級の補佐官ふたりが入ってきて、機密のメモや不適切な文書が残っていないか確認した。

チョードリも自分のデスクに戻ると、ボスのトレント・ワイズカーヴァーが声をかけてきた。「サンディ……」親の声色で自分がこれからしかられるかどうかがわかる子供のように、チョードリには、会議で立場をわきまえずに発言したことでワイズカーヴァーが怒っているかどうかがすぐにわかった。チョードリは口走ったことをわびたり、二度とやりませんと誓ったり、むにゃむにゃといいわけをはじめた。一〇年以上前になるが、ワイズカーヴァーはコロナ・ウィルスの爆発的感染で幼い息子を亡くしていた。それを契機に、ワイズカーヴァーがタカ派の政治スタンスをとるようになり、そのとき果たせなかった父親の責任を〝代理〟子供として接する部下たちに投影するようになったと見る向きもあった。
「サンディ」ワイズカーヴァーがまたいったが、さっきとはちがい、少し柔らかく、なだめるような声音だった。「少し休め。家に帰るんだ」

二〇三四年三月二〇日　03：34（GMT三月一九日　23：04）
テヘラン

はじめウェッジは自分が家にいるのかと思った。暗い部屋のベッドで、しかもきれいなシーツを敷いたベッドで目覚めたからだ。なにも見えない。やがて、閉まっているドアと思われるものの下から、横一本の光線が差しているのに気づいた。もっとよく見ようと頭を浮かせた。激痛が走ったのはそのときだった。激痛とともに、家からはるか離れたところにいることを思い出した。頭を枕に戻し、闇に向かって目をあけたままにしていた。

はじめはなにがあったのかうまく思い出せなかったが、ゆっくりと細かいことまで脳裏に浮かんできた。右舷の翼が領空の境目をかすめ……機体が操縦不能になり……射出座席により緊急脱出しようとして……バンダルアッバスに向かって高度を下げ……滑走路でマルボロを一本吸い……傷跡だらけの男が来て……三本指なのにすごい力で肩をつかまれた。そういった細かい記憶がよみがえるまで一晩かかった。

口のなかに舌をはわせると、歯の間に隙間があった。唇は膨れ上がり、水膨れのようなものができている。カーテンの縁から漏れる光にもわかるようになってきた。じきにまわりの様子がわかるだろうが、目がぼやけていた。片目が膨れてひらかず、もう片方もほとんど見えない。

目がまともに見えなければ、二度と空を飛ぶことはできない。

目以外は治るだろう。目以外なら元に戻る。だが、目は戻らない。

手を顔に伸ばそうとしたが、腕を動かせなかった。手首が手錠でベッドのフレームにつながれていた。顔に触れようと、手錠をかたかたとならして何度も何度も手を引っ張った。小刻みな足音がウェッジのいる部屋に向かって近づいてきた。ドアがひらかれた。まばゆい入り口でバランスをとるように、ヒジャーブをまとった若い看護師が立っていた。人さし指を口に当て、声を出さないように示した。近くに来るつもりはなさそうだった。願いごとをするかのように両手を合わせ、ウェッジにはわからない言葉で話しかけた。そして、そこからいなくなった。廊下を走る音が聞こえた。

いまは部屋が光で満ちている。

部屋の奥の隅に金属のアームに載ったテレビがある。

その下部になにかが書いてあった。

ウェッジはずきずきする頭を枕に載せて体の力を抜いた。腫れていないほうの目を凝らしてテレビを、スクリーンの下にある浮き彫りの文字を見た。残っているかぎりの集中力を動員しなければならなかったが、しだいに文字が際立ち、文字の角のもやもやが消えていった。文字が引き締まり、ピントが合ってきた。そして、ついに見えた。勇気を与える風変わりな名前が、ほぼくっきりと。〝PANASONIC〟。

ウェッジは目を閉じ、感情の小さな塊を咽喉(のど)の奥に飲み込んだ。

「おはようございます、ウェッジ少佐」声が聞こえ、その声の主が入ってきた。たどたどしいイギリス訛りで、ウェッジは声のする方に顔を向けた。その男はペルシア人で、骨張った顔は何本ものナイフの刃を重ねたように皺だらけで、顎ひげはきれいに整えられている。男は白衣を着ていた。いまだベッドのフレームにつながれているウェッジの腕から延びたさまざまな点滴のチューブを、男の長くて細い指が手際よく処理しはじめた。

ウェッジはその医者に最高に反抗的なまなざしをくれた。

医者はウェッジのご機嫌を取ろうと、少しばかり愛想よく説明した。「あなたは事故に遭ったんですよ、ウェッジ少佐」彼がいった。「それでここに、アラド病院に、運ばれてきました。いわせてもらえば、ここはテヘランでも有数の病院ですよ。かなりの大事故でしたが、この一週間ばかり、同僚と協力して手当てしてきました」その後、医者はさっきの看護師に向かってうなずいた。すると、まるでイリュージョン・ショーでマジシャンの助手をしているかのように、看護師がウェッジの枕元にやってきた。「あなたをどうにかお国に帰してあげたいんです」医者が続けた。「でも、あいにくそちらの政府は渋っています。しかし、きっとじきに解決して、帰れます。どうです、ウェッジ少佐？」

ウェッジはまだなにもいわなかった。ただにらみ続けていた。

「いいでしょう」医者が気まずそうにいった。「まあ、今日の具合ぐらいは教えてくれませんか？」

ウェッジはまたテレビを見た。このときは〝ＰＡＮＡＳＯＮＩＣ〟の文字にさっきより少し早くピントが合った。ウェッジは痛みをこらえつつ笑みを浮かべ、医者に顔を向け、この腐った連中にはこれしかいわないと決めたことをいった。名前。階級。認識番号。

二〇三四年三月二三日　09：42（GMT13：42）
ワシントンDC

チョードリはいわれたとおりにした。家に帰った。夜はアシュニとふたりきりで過ごした。ふたりの好物のチキン・フィンガーとフレンチ・フライをつくり、古い映画を見た。ふたりの好きな『ブルース・ブラザーズ』だ。ドクター・スースの絵本を三冊読み聞かせ、三冊目――『ザ・バター・バトル・ブック』――の途中でアシュニの横で寝てしまい、夜中に起きて、メゾネット・アパートメントの廊下をよろよろ歩いて自分のベッドに行った。翌朝、目覚めると、ワイズカーヴァーからメールが届いていた。タイトルは〝今日も〟、文面は〝休め〟だった。

それで、チョードリはアシュニを学校に送り届けた。家に帰った。フレンチ・プレスでコーヒーを淹れ、ベーコン、卵料理、トーストをつくった。このあとなにをしたものかと考えた。昼までまだ二時間ほどある。タブレットをもってローガン・サークルまで歩き、ベンチに座ってニュースを読んだ。どの分野の記事も——国際面から国内面、論説記事から芸術面まで——なんらかの形でこの一〇日間の危機に触れていた。社説はさまざまだった。〈文瑞〉事件を一九六四年のトンキン湾事件になぞらえて大義なき戦争に警鐘を鳴らすもの、今回もまさに七〇年前と同じように、ご都合主義の政治家が〝南アジアで浅はかな政策目標を推進する手段として今回の危機を利用する〟危惧を訴えるものもあった。次に読んだ社説はさらに歴史をさかのぼり、矛盾をはらんだ見解を開陳し、融和政策の危険性を長々と書き立てた。〝ナチスがズデーテン地方で止められていたら、あれほどの流血の事態は回避できたかもしれない〟。チョードリは読み飛ばし、こんな一節を見つけた。〝南シナ海では、侵略の波がふたたび高まり、世界の自由な国民を飲み込もうとしている〟。とても最後まで読めなかった。アメリカを戦争に駆り立てるために、やたら上から美辞麗句を並べ立てている。

チョードリは大学院のクラスメイトを思い出した。イラク駐留海兵隊の衛生兵として軍歴をはじめた水兵からのたたき上げで、海軍少佐にまでなったやつだ。チョードリは図書館の個人閲覧用机の前を歩いていて、パーティションにキューバのハバナで爆沈して米西戦争のきっかけとなった合衆国軍艦〈メイン〉の古い絵はがきが画鋲で留めてあるのに気づいた。爆沈などしない軍艦の絵を貼ったほうがいいと冗談をいうと、そいつはこう答えた。「このはがきを貼っている理由はふたつあるんだ、サンディ。ひとつは自己満足は命取りだということを忘れないためだ——燃料と弾薬を満載した軍艦はいつ爆発するかわからないからな。だが、こっちのほうが大切だが、一八九八年に〈メイン〉が爆発したころ——ソーシャル・メディアもなく、二四時間のニュース番組もない時代なら——国家的ヒステリーに乗じて、〝スペインのテロリスト〟のせいにすることなどたやすかった。だが、五〇年後、第二次大戦が終わったあとで徹底調査がおこなわれ、どんな結果が出たかわかるか？〈メイン〉は内部の爆発——つまり、ボイラーの破裂か弾薬庫の管理ミス——によって大破したとする説が支配的になった。〈メイン〉の教訓は——おれが行ったイラクの教訓でもいいが——戦争をはじめる前に、なにがどうなってるのか完璧に把握しておけということだ」

　チョードリはニュース・フィードを閉じた。もうすぐ昼時だ。彼は考えごとにふけりながら歩いて家に帰った。チョードリが緊張緩和を願うのは、いっさいの戦争に反対する傾向があるからではない。武力行使の必要性もあると思っている——腐っても国家安全保障会議のスタッフだ。エスカレーションを恐れるのは本能的なものだ。知ってのとおり、戦争には誤算がつきものだ。必ず誤算が生まれる。だからこそ、戦争勃発時には双方が勝てると信じているのだ。

チョードリは歩きながら、自分自身に向けて報告書でも書いているかのように、どうにかして不安に言葉で肉付けしようとしていた。書き出しの文章が浮かんできた。こんな感じだ。〝われわれが信じているアメリカの姿はすでに現実のアメリカの姿ではなくなっている……〟。

まったくそのとおりだと思った。チョードリはなんと含蓄のある文章だとしみじみ思った。アメリカの国力を過大評価すれば、惨事につながるかもしれない。しかし、もう昼時だし、そんな実存主義的な命題をどうこうできるわけでもない。とにかくいまのところは無理だ。どんな危機もそうだったが、今回もじきに収まるだろう。冷静な思考が勝つ。これまでもずっと勝ってきたのだから。

チョードリは冷蔵庫をあさった。たいしたものはない。

バックでCNNが流れている。アンカーが速報を報じた。「着陸させられた海兵隊パイロット、クリス・ミッチェル少佐の独占映像を入手しました……」

チョードリは冷蔵庫のなかをのぞき込んでいて、びっくりして後頭部をぶつけた。テレビの前にたどり着く前に、衝撃的な映像が流れ、気分を害する視聴者もいるかもしれない旨の警告が聞こえた。チョードリには、そんなものをだらだら見ている暇はなかった。どれほどひどい映像かはわかっている。チョードリは車に乗り、テレビを消すのも忘れて職場へ急いだ。

子供の世話を放棄していると前妻に思われたらまずいから、学校までアシュニを迎えに行ってもらえないかと母親にメッセージを送った。母親はすぐに返事をくれ、珍しいことに、また予定が変更することになったというのに不平を漏らさなかった。きっとさっきの映像を見たのだろう、とチョードリは思った。職場までの一五分間の車中では、ラジオを聴いていた。MSNBC、フォックス、NPR、WAMU、果ては地元ヒップホップ専門局まで――どこもさっき見た映像の話題で持ち切りだった。画質は荒く、モザイクもかかっていたが、画面に映し出されたものは、ウェッジが――横向きに倒れ、見下ろすようにそびえる冷酷なイラン人将校に脇腹や頭を蹴られながらも――名前、階級、認識番号だけを繰り返している場面だった。

その日の朝刊に見られた見解の相違が、たちまち一致していった。職場への車中で聞こえてきた意見はひとつに集約されていた。この捕虜となったパイロットの反骨精神は全国民の手本だ。こづき回されてたまるか。相手がだれであっても。おれたちは自分が何者か忘れてしまったのか？　唯一無二の国をつくりあげてきたスピリットを忘れてしまったのか？　チョードリはきのうシチュエーション・ルームで話したことを、また、大統領が緊張緩和の方針を打ち出したことを思い出した。この映像が広まったからには、そんな方針は維持できなくなる。

　チョードリが職場に駆け込んだとき、最初に目に入ったのはヘンドリクソンの姿だった。会うのは危機が発生して以来だった。国家安全保障のスタッフは国防総省の増員部隊とオフィスに押し込まれていた。ペンタゴンの連中はイランへの対応を手伝っていた――ときに邪魔立てもしていたが。「あの映像はいつ入ってきた？」チョードリはヘンドリクソンに訊いた。

　ヘンドリクソンはチョードリを廊下に引っ張っていった。「きのうの夜だ」道路を渡ろうとしているかのようにきょろきょろと左右を見て、陰謀を打ち明けるような小声で、ヘンドリクソンがいった。「サイバー部隊の信号傍受情報だ――ＮＳＡのものでないのは奇妙だが。映像に出てきた例のイラン人准将は癇癪を爆発させたようだ。かなりのコネがあるようだが、イランの上官たちも尋問の映像が国内に出回るまで、この准将のしたことが信じられなかったそうだ。こっちは連中の電子メールのデータ・トラフィックを傍受した。イランはサイバー防衛には長けていない。攻撃面のサイバーだけに目を向ける傾向があって、小屋のドアを守るのを忘れてしまう」

「どうしてマスコミに流れた？」チョードリは訊いた。

ヘンドリクソンがおかしな目つきを見せた。フレッチャー法律外交大学院に通っていたころ、チョードリやクラスメイトに、質問されるだけでいらつくほどのわかりきった質問をされたときに、何度も見たまなざしだ。それでも、ヘンドリクソンは律義に答えた。「どうしてだと思う？　リークに決まってるだろ」

だれが映像をリークしたのかとチョードリがヘンドリクソンに訊く前に、トレント・ワイズカーヴァーがオフィスから、ふたりが立っている廊下に出てきた。本でも読んでいたかのように、縁なしメガネが鼻先にちょこんと載っていた。〝最高機密(TOP SECRET)／／米国人のみ(NOFORN)〟のマークがついたバインダーを何冊か小脇に抱えている。厚みからすると、また電子媒体でなく紙媒体だという点からも、チョードリは最高の機密性を要する軍事作戦プランなのだろうと思った。ワイズカーヴァーはチョードリを見て、渋い顔をした。「今日は休めといわなかったか？」

二〇三四年四月九日　16：23（GMT07：23）
横須賀海軍基地

サラ・ハント大佐は思い切って売店まで歩いていった。三週間のあいだ、車も与えられずに基地に閉じこめられ、独身将校宿舎の部屋で寝泊まりしている。楽しみの施設といえば、消毒薬をまかれたかのように毒気を抜かれた米軍放送網（AFN）と、氷のつくれないミニ冷蔵庫がついたキッチネットだけだった。海軍がなぜ母港のサンディエゴではなく、ここ横須賀で調査委員会をひらくことにしたか、ハントにはさっぱりわからなかった。調査委員会に過度な注目が集まるのを避けたかったのだろうが、確信はもてなかった。海軍は決断にいたった理由を説明することなどほとんどない。だれに対してもそうだが、海軍関係者、しかもハントくらいの階級のものにはとくにそうだ。それで、こうして、ミスチーフ環礁沖海戦から数週間のあいだ、ハントはこのうんざりする部屋に入れられて、一日に一、二回、おもしろみのないオフィス・ビルに出頭して、レコーダー付きで質問に答えさせられているわけだ。そして、進行中の討議で汚名が晴れ、現在の停職処分が解除されて、円満に退役できますようにと祈っているわけだ。

旧友のジョン・ヘンドリクソン少将からボイスメールで楽観的なメッセージが届くと、調査委員会が結論に達することはないのではないか、とハントは思うようになった。ヘンドリクソンはメッセージで、〝たまたま基地に行く〟から、そっちに行って一杯やらないかとも誘っていた。ヘンドリクソンは大尉としてアナポリスの兵学校で教えていたころ、ソフトボール・クラブのコーチ役を買って出た。兵学校の学生だったハントは、そのクラブのスター選手だった。ポジションはキャッチャーだった。ヘンドリクソンとほかの選手たちは、ホーム・ベースを守護するハントの姿を見て、愛情を込めて〝石垣（ストーンウオール）〟というニックネームをつけた。サード・ベースを回ったランナーがホームベース手前で吹っ飛ばされて広大な空を見上げ、兵学校学生サラ・〝石垣（ストーンウオール）〟・ハントがボールを手に勝ち誇った様子でランナーを見下す。そして、アンパイアが〝アウトッ！〟と声を上げる。そんな場面が数えきれないほど繰り広げられた。

いまサラ・ハントは売店のレジを待つ列に並んでいる。そして、IPA（インディア・ペール・エールという英国のビール）六本パックをふたつ、プランターズのミックス・ナッツ、クラッカー、チーズを買った。列に並んでいたとき、ほかの水兵たちにちらちら見られているような気がしてならなかった。気にしていないふりをしつつ盗み見ているのだから、彼らは彼女が何者か知っているのだろう。そんな反応を見せているのは、彼女を恐れ多いと思っているからなのか、軽蔑しているからなのか、彼女にはわからなかった。ハントはアメリカにおいて第二次世界大戦以来、最大の海戦を戦った。いまのところ、彼女は同等以上の敵との海戦で指揮をとった唯一の将官だ。麾下の艦長三名が自分の艦(ふね)とともに海に沈んでしまったとはいえ。レジの列をゆっくり進んでいきながら、パール・ハーバーで衝撃的な大敗を喫してから数日後、その場にいた水兵たちはどんな気持ちだったのだろうと思った。最終的には祝福されたわけだが、当初、あの戦闘を経験したものたちは中傷されたのだろうか？　調査委員会の調査を受けたりしたのだろうか？

レジ係がハントにレシートを手渡した。

ハントは部屋に戻ると、ナッツをプラスチックのボウルに入れた。クラッカーとチーズを皿に載せた。ビールの栓をあけた。そして、待った。

それほど待つこともなかった。

コン、コン、コン……コン……コン……コン、コン、コン、コン……

現実とは思えない、とハントは思った。

入って、とハントは声をかけた。ヘンドリクソンがロックのかかっていないドアをあけ、部屋に入り、キッチネットの小さなテーブルを挟んでハントの向かいに座った。ヘンドリクソンは疲れているかのように大きく息を吐いた。そして、テーブルで汗をかいていたビールを一本と、塩を振ったナッツをひとつかみとった。言葉をかわす必要もないほど互いをよく知っていた。

「かわいいノックだったわね」ハントはついに話しかけた。

「SOSだ、覚えてるか？」

ハントはうなずき、こう付け加えた。「でも、ここはバンクロフト・ホールじゃない。わたしは二一歳の兵学校の学生じゃないし、あなたもわたしの部屋に忍び込む二七歳の大尉じゃない」

ヘンドリクソンが悲しげにうなずいた。

「スーザンは元気？」

「ああ」ヘンドリクソンが答えた。

「子供たちも？」

「元気だ……もうすぐ孫もできる」ヘンドリクソンがいった。そのときの声には張りがあった。「クリスティーンがおめでただ。タイミングもいい。ちょうど飛行配置の勤務が終わったところだ。これからは陸上任務になる予定だ」

「まだあの人と付き合ってるの？　芸術家だっけ？」

「グラフィック・デザイナーだ」ヘンドリクソンが訂正した。

「かしこい子ね」ハントはいい、かなわないわというような笑みを浮かべた。ハントも結婚していたとしたら、芸術家とか、詩人とか、野心――あるいはその欠如――が互いの邪魔にならない相手でないといけなかった。そのことはずっとわかっていた。だから、何十年も前になるが、ヘンドリクソンとの〝不倫〟を解消したのだ。当時はふたりとも未婚だった。〝不倫〟になったのは――不倫は禁じられている――階級の差や教官と学生という立場もあるが、なによりも兵学校の厳しい校則があったからだ。ヘンドリクソンは、ハントのアナポリス海軍兵学校の卒業を待って公表しようと考えていた。ハントはヘンドリクソンを心から慕っていたものの、一緒にはなれないとわかっていた。少なくとも、一緒になれば、自分が望むキャリアを積めなくなることはわかっていた。卒業の数週間前にハントがそのことを打ち明けると、ヘンドリクソンはそれでも死ぬまで変わらぬ愛を貫くと語った。これまでの三〇年のあいだ、彼はその言葉のとおりに生きてきた。だが、ハントはいまと同じように石（ストーニー）のような沈黙で遇するだけだった。そのせいで、ヘンドリクソンはいまこのとき、兵学校時代のニックネーム――石垣（ストーンウォール）を思い出した。

「大丈夫か？」ヘンドリクソンがやがて訊いた。

「ええ」ハントはいい、ビールを長々とあおった。

「調査委員会はほぼ報告書を書き終えたよ」ヘンドリクソンが教えた。

ハントはヘンドリクソンから顔を背け、窓の外の港を見た。この一週間でいつになく艦船が集まってきていることに、ハンドは気づいていた。

「サラ、なにが起きたのか読んだ……。海軍はきみに勲章を贈ってしかるべきだ。調査なんかしないで」ヘンドリクソンが手を伸ばし、ハントの腕に置いた。

ハントのまなざしは、港外まで埋め尽くす停泊した灰色の鉄の塊に向けられたままだった。終わり間際のキャリアをさらに切りつめられて、こんなところに、こんな部屋に閉じこめられているのではなく、あの艦船のどれか一隻のデッキに立つことができるなら、なんだってやる。「勲章はもらえない」ハントはいった。「連れて歩いていた艦船をすべて失った駆逐隊司令だから」

「そうだな」

ハントはヘンドリクソンをにらみつけた。この人はハントの不満を注ぐ器としては不十分なのだ。麾下の小艦隊を撃滅されたこと、医療上の理由で退役せざるをえないこと、かつて家族をつくらず、海軍を家族にすると決めたこと。かたやヘンドリクソンはといえば、あらゆるレベルで指揮をとり、一流の交友関係を築き、素晴らしい大学院の学位を取得し、さらにはホワイトハウスでのポストまで得たうえに、妻をめとり、子供をもうけ、もうすぐ孫まで生まれる。ハントはそのどれも実現していない。

思っていた程度には実現できていないのはたしかだ。「そんなことのためにここまで来たの？」ハントは辛辣な口調で訊いた。「わたしが勲章をもらってしかるべきだというために？」

「いや」ヘンドリクソンがいい、ハントの腕に置いていた手を引き、体を起こした。ハントのほうに身を乗り出し、ハントはふと、彼が階級をわきまえろとでもいうのかと思った。いくらハントでもいいすぎだと。「ここに来たのは、調査委員会はきみがあの状況下で手を尽くしたという結論に達すると伝えるためだ」

「どんな状況だったというの？」

ヘンドリクソンはナッツをまたつかみ、ひとつずつ口に入れた。「それはきみに教えてもらえないかと思っていた」

ヘンドリクソンがワシントンから横須賀まで飛んできたのは、調査委員会のためだけではない。わかりきったことなのに、見抜けなかった。自分の悲しみ、自分の怒りにかまけて、もっと広い動きには気をつけていなかった。「我が国の反応を調整するために来たの？」ハントは訊いた。

ヘンドリクソンがうなずいた。

「どう反応するの？」

「それはいえない、サラ。ただ、想像はつくはずだ」

ハントは艦船で埋め尽くされた港に目を戻した。デッキに戦闘機が点々と駐機する錨泊中の二隻の空母、海面にたたずむ低い艦体の潜水艦、そして、近年新しく製造された半潜水式のフリゲート艦と、剣のような鋭い艦体を沖に向けた伝統的な駆逐艦。

これが反応なのだ。

「これだけの艦船をどこへ向かわせるつもり？」

ヘンドリクソンは答えなかったが、一連の技術的問題について話をした。「きみは調査委員会に対して、通信システムが機能しなくなったと話している。どうしてそんなことになったのか、われわれはまだ突き止めていないが、いくつか仮説はある……」ヘンドリクソンは通信できなくなった無線から聞こえてきた雑音の周波数と、イージス艦のターミナルが切られたのか、あるいは単に固まったのかということも訊いた。

ハントは答えた。さらに、調査委員会の機密区分を超える秘密めいた質問もいくつかしてきた。ハントは答えた――答えられるだけは答えた――が、もう耐えられなくなった。ヘンドリクソンとホワイトハウスのお偉方が北京の敵にどんな反応を見せようとしているのかは知らないが、こうした質問を受けていると、だんだんとんでもない災いにつながるとしか思えなくなってきた。

「わからないの？」ハントはじれて、ついに切り出した。「彼らが仕掛けてきた技術的な攻撃など、ほとんどどうでもいい些事なのよ。テクノロジーに勝つのは、さらなるテクノロジーではない。テクノロジーを使わないことよ。彼らはゾウの目を潰し、わたしたちを凌駕しようとしている」

ヘンドリクソンがとまどっている様子で、横目でちらりとハントを見た。「ゾウってなんだ？」

「わたしたちよ」ハントはいった。「ゾウはわたしたち」

ヘンドリクソンは残っていたビールを飲み干した。今日は長い一日だったし、この数週間もきつかった、とハントにいった。朝また様子を見にきて、午後には飛行機が待っている。きみのいっていることはわかる。わかりたいと思っているのはたしかだ。だが、現政権はなにか手を打てと、おびえてなどいないことをどうにかして示せと、とてつもないプレッシャーを受けている。ここで問題になっていることだけじゃなく、例のパイロットのこともある、とヘンドリクソンはいった。強制着陸された海兵隊のパイロットのことだ。その後、ヘンドリクソンは国際政治を動かす国内政治についてあれこれ話しながら、席を立ち、ドアに向かった。「それじゃ、あしたまた話そうか？」ヘンドリクソンが訊いた。

ハントは答えなかった。

「話してくれるか?」ヘンドリクソンがまた訊いた。

ハントはうなずいた。「よし」ハントはヘンドリクソンが出ていったあとでドアを閉めた。

その夜の眠りはひとつの夢をのぞいて、浅く、空虚だった。ヘンドリクソンもその夢に登場した。そして、海軍は登場しなかった。別の選択をしていたもうひとつの人生が舞台で、登場人物はふたりきりだった。その夢から覚めたあと、朝まで眠れなかった。ずっとその夢に戻ろうとしていたからだ。翌朝、ノックの音で目が覚めた。しかし、彼ではなかった。おなじみの〝SOS〟のノックではなく、ふつうのノックだった。

ドアをあけると、にきび面の水兵がメモを手渡した。その日の午後、最終調査のため調査委員会に出頭せよとの内容だった。ハントは水兵に礼をいい、なにもない隅に暗がりがこびりついている薄暗い部屋に戻った。カーテンを引いて光を入れた。しばらく目がくらんだ。

ハントは目をこすり、眼下の港を見た。

空っぽだった。

2034

A Novel of the Next World War

3 ゾウの目を潰す

Blinding the Elephant

二〇三四年四月二三日　12：13（GMT07：43）
イスファハン

ガーセム・ファルシャッド准将は提示された処遇を売け入れた。断固たる処分が迅速に下された。一カ月もしないうちに、アメリカ人パイロットの尋問中に乱暴を働いたとして懲戒処分通告書が交付され、早期退職を勧告された。だれかに不服を訴えられるのかと尋ねると、懲戒処分通告書を手渡した行政職員は書状のいちばん下を指し示した。そこにはイラン軍参謀長のモハンマド・バゲリ少将その人の書名があった。懲戒処分通告書を受け取ったとき、ファルシャッドはイスファハンから車で一時間ほど郊外にある旧家である自宅で謹慎していた。カナーテ・マレクのソレイマニの家を思わせる家だ。静かで、のどかなところだ。

ファルシャッドは日課を決めようと思った。最初の数日は毎朝五キロメートル弱散歩し、軍務に就いてからずっと書きためてきた何箱分ものノートの整理をはじめた。回顧録を書いてはどうかと思っていた。若い将官の指南書になるようなものだ。しかし、なかなか集中できなかった。それまで一度も感じたことはなかったのに、切断した足の幻肢痛に悩まされるようになっていたのだ。正午には執筆を中断し、敷地のはずれの野原にある楡の木まで歩いていき、そこで昼食をとるようになった。木の幹に背をつけて座り、手軽なものを食べた。ゆで卵、パン、オリーブ。それでもぜんぶは食べられなかった。最近は食欲もなくなり、残した昼食は楡の木に巣がある二匹のリスに残した。リスは日一日と食べ残しを求めて、少しずつファルシャッドに近づいてきた。

老将軍とのやり取りを何度も思い出した。ソレイマニはファルシャッドに戦士として死を迎えてほしいといっていた。ファルシャッドは思わずにはいられなかった。バンダルアッバスで暴力を振るったことで、父の長年の友をがっかりさせてしまったようだ。もっとも、捕虜を殴ったという理由だけで革命防衛隊の将校を解任させられたことなど、これまで一度もなかった。イラク、アフガニスタン、シリア、それにパレスティナでも、キャリアを通じてずっと、諜報活動は拳で進められてきた。残虐性だけで幹部の地位にのし上がっていったものもたくさん知っている。だが、お偉方にはあの程度では満足してもらえなかった。ファルシャッドはあの任務を任せられる最下級のものだと――まちがえようのないくらいにはっきりと――いわれていた。そして、その信頼を裏切ってしまった。生意気なアメリカ人パイロットについかっとなったのだと思われたのかもしれないが、そういうことではなかった。

ファルシャッドは我を失ってはいない。

全然ちがう。

自分がなにをしていたのか、ファルシャッドはよくわかっていた。細かいことまですべて把握していたわけではないが、あのアメリカ人がどれほど大きな意味をもつのかはよく知っていた。ファルシャッドは、あのアメリカ人を半殺しにしたことで、実の父も老将軍も殺した西側列強同盟との戦争に、母国をまた少し近づけたのだ。そう考えると、父も将軍もがっかりしていないのかもしれない、とファルシャッドは思った。憶病者の指導者たちが避けてきた西側列強との宿命の戦いに国民を一歩近づけたのだから、よくやったといってくれるかもしれない。運命に差し出された好機をつかんだだけだ。だが、期待に反して、キャリアの締めくくりが台なしになったようだ。

何日も、何週間も同じ日課をこなし続けていると、しだいに切断した足の幻肢痛が和らいできた。だれも住んでいなかった家にひとりで住み、五キロ弱の散歩、野外の昼食を続けた。日ごと、楡の木に巣がある二匹のリスが近くに来て、ある日ついに、とてもふさふさの栗毛が混じっている、雄と思われるほうが（尾が真っ白なのは雌だろう）勇気を出して、ファルシャッドの手のひらに載せたパンくずを食べた。昼食が済むと家に帰り、日が暮れるまで執筆を続けた。夜になると簡単な夕食をつくり、床に入って本を読んだ。ファルシャッドはそれだけの存在になった。数百人、ときには数千人の将兵を率いてきたキャリアを送ってきたというのに、自分ひとりだけの面倒を見るのがこんなに楽しいとは意外だった。

訪ねてくるものはいない。

電話も鳴らない。

自分ひとりだけ。

そうやって何週間か過ぎたある朝、彼の敷地を縁取る一本の道路が軍の車両に埋め尽くされていた。車列には装軌車両も混じっている。マフラーが排気ガスを吐き出している。ある程度、家を遮蔽している並木越しに、車両隊が自分たちでこしらえた渋滞で身動きが取れなくなり、どうにかして先に進ませようと、士官や下士官が運転手や操縦士に大声で指示を出すさまがうかがえた。一刻も早く目的地にたどり着きたい様子だった。その日の昼前、のんびりノートに思い出を書き留めていると、電話が鳴り、ファルシャッドはびくりとして思わずノートに長い一本の線を引いてしまった。

「はい」ファルシャッドは電話に出た。

「ガーセム・ファルシャッド准将のお宅ですか？」聞き覚えのない声が訊いた。

「どなたか？」

忘れさせせようとしているかのように、声の主が早口で名乗ると、イラン軍参謀長が退役および予備役将校の動員を指示したことをファルシャッドに告げた。その後、招集場所の住所を伝えた。その建物はイスファハンのこれといって特徴のない地区にあった。ファルシャッドがキャリアの大半を過ごしてきたテヘランの軍中枢とはまるでちがう様相だ。ファルシャッドは出頭先の詳細を書き留め、注意事項を紙片にメモした。どんな事態が発生して、今回の招集になったのかと、声の主に訊こうかと思ったが、思い直した。見当はつく。だいたいの見当は。ほかに注意点はあるかと訊くと、声の主はないといい、幸運を祈るといった。

ファルシャッドは受話器を置いた。二階にラジオがある。ラジオをつけて、なにがあったのか詳細情報を仕入れることもできたが、やりたくなかった。とにかくいまのところはまだ。いまは昼時だから、いつものように昼食を用意して、楡の木まで歩いて、根元に座りたかった。招集に応じなくても、おそらく咎められることはない。ファルシャッドがこれまでイスラム共和国のために身を捧げてこなかったなどというものはいない。数週間前なら、すぐに決めていた。荷物をまとめ、次の戦争に勇んで加わることだろう。だが、自分でも意外なことに、この静かな暮らしが気に入ってしまった。こんな田舎に落ち着いても、満ち足りた余生を送れるのではないかとさえ思うようになっている。

ファルシャッドは家を出て歩きはじめた。

歩幅は大きく、歩調は速い。

土を押し固めた道を歩き、一面の野草を抜け、氷河を水源とする小川に架けられた小さな橋を渡り、延々と歩いた。こんな朝にしてはいつもよりずっと遠くまで。吸った息が肺を満たし、自分が強くなったように感じる。安らぎさえ感じる。電話の声の指示にしたがう義務はない。少なくともそんな義理はない。ファルシャッドはいままで充分にやってきた。年老いて床で死ぬのかもしれないが、ファルシャッドよりはるかに偉大な戦士でも、そういうつましい最期を迎える。戦争はファルシャッドからすべてを奪い――まず父親、そして、父の死から立ち直れなかった母親――残っているのは、家族が住んできたこの土地だけだ。このうえなぜ最後の安らぎまで奪う?

いつもの楡の木にたどり着いたときには、腹ぺこだった。いつもの二倍の距離を歩いていた。こんなに旺盛な食欲を感じたのは久方ぶりだ。ファルシャッドは木の幹に背をつけて座り、食べた。ひと口ずつむさぼり、顔を上に向けると、樹冠をすり抜ける木漏れ日がファルシャッドの笑顔に当たった。

食事を終え、うとうとしかけたとき、いつものリスのつがいが近づいてきた。毛が黒っぽいほうのリスが脚にすり寄っているのを感じた。目をあけると、動かずに脚に寄り添っていた。小さいほうの、尾が真っ白い雌リスは、少し離れたところにとどまり、こちらを見ている。餌にする食べ物が少しも残っていなくて、ファルシャッドは申し訳なく思った。シャツについていたパンくずを指で払うようにして手のひらに集めた。これが精いっぱいだ。黒っぽいほうのリスがかつてないほど近づき、ファルシャッドの手首にちょこんと乗り、彼の手のひらに首を伸ばした。ファルシャッドは目を丸くした。これほど彼を恐れず、信用するものがいるとは思いもしなかった。

驚きのあまり、黒っぽいほうのリスがパンくずなどでは満足できていないことに気づかなかった。小さな口いっぱいにパンくずを頬張ると、ファルシャッドに顔を向け、なにももらえないとわかったのか、ファルシャッドの手のひらを噛んだ。

ファルシャッドは身じろぎもしなかった。悪態をついて、リスを振り落としたり、拳を握って胸に押し当てたりもしなかった。ちがった反応だったが、とっさの動きではあった。黒っぽい毛のリスの胴体をつかんで、潰した。もっと慎重に距離をあけて待っていたもう一匹のリスが、円を描いて慌てて逃げた。ファルシャッドは手の力を強めた。止めたくても、止められなかった。ほんとうに止めたいと思っている自分もたしかにいる。ここに、この楡の木の下に、とどまりたいと思っているのと同じ自分だ。それなのに、ファルシャッドはきつく握りしめ、自分の血が、嚙まれた傷から出てくる血が指の間からにじみ出てきた。黒っぽい毛のリスの体がもがき、びくついた。

やがて、動かなくなった――まるで、ただのスポンジを握りつぶしているかのように感じられた。ファルシャッドは立ち上がり、死んだリスを楡の木の根元に落とした。

もう一匹が駆け寄り、ファルシャッドを見上げた。ファルシャッドは肩越しに自分が歩いてきた方向を見ていた。家に向かって、住所が記された紙片へと、ゆっくり戻っていった。

二〇三四年四月二三日　06：37（GMT四月二二日　22：37）
北京

中央軍事委員会の海軍作戦副司令官という林保の新しい仕事は、〝官僚の沼〟だった。同委員会は戦時体制をとっているとはいえ、かえって、林保も出席を求められる長たらしい担当者会議の熱量と頻度が高まるだけだった。林保はそうした会議でたびたび蔣国防部長と顔を合わせるが、国防部長は〈鄭和〉の指揮をとりたいという林保の願いを話題に出すことはなかった。それどころか、どんな艦船の指揮の話もしなかった。それに、林保にはその話を切り出す資格がなかった。表向き、この仕事は彼にふさわしく、重要なものだったが、内心では海上任務への返り咲きの道のりはまだまだ遠いと感じていた。〈鄭和〉空母打撃群が米艦隊に大勝利を収めてから、林保の胸中ではパニックが膨らみはじめた。

その原因はこれだといい当てることはできないが、さまざまな不安が集まってできたものだ。人生を耐えがたいものにすることもある日々の些事が集まってできたものだ。前職の駐米国防武官は唯一無二で重要な地位だった。それがいま、国がこの数十年で最大の軍事危機に直面しているというのに、林保は毎朝、国防部への通勤に窮している。ワシントン時代とちがってお抱え運転手もない。妻が娘の送り迎えに車を使うから、相乗り（カープール）で通勤するしかない。後部席でバスケットボールの話しかせず、キャリアはとうの昔に行きづまっている背の低い将校ふたりに挟まれていると、空母のブリッジに立つ自分の姿などとても想像できない。

この数週間、馬前に対する賛美しか聞こえてこなかった。馬前の活躍をたたえ、最高の軍事勲章である八一勲章を授与されるとの発表があった。そんなものが授与されたら、林保が〈鄭和〉の指揮をとる可能性はほぼ潰える。しかし、林保の気が塞いでいるのは、先の対米工作によって、人間ひとりがどうこうできるレベルを超えた事態を引き起こしてしまったからだった。

だから、こうして林保は裏方の仕事を続けているのだ。自分より能力が低いと見なしている将校たちと一緒に相乗りで通勤しているのだ。あれ以来、蔣国防部長には自分の野心を口にしておらず、日々、目まぐるしいまでの時の流れを感じるばかりだ。だが、やがて——いつものことだが——予期せぬ事態によって、そんな日々が終わった。

その予期せぬ事態とは、湛江の南海艦隊司令部から林保に入った一本の電話だった。その朝、偵察ドローンが、いわゆる〝航行の自由作戦〟で米側がよく使うルートに沿って、約一二ノットで南沙諸島に向かっている〝相当規模の米海軍部隊〟を発見した。ドローンが米艦船の監視をはじめた直後、ドローンと南海艦隊司令部との通信が途絶えた。南海艦隊司令官がじきじきに中央軍事委員会に連絡してきた。彼の質問は簡単だった。別のドローンを飛ばすリスクを負うべきか？

林保がその件に対する見解を述べる間もなく、オフィスがざわつき、蔣国防部長が入ってきた。事務方として働いている中堅士官や下位の水兵がさっと起立する前を、蔣国防部長が足早に通りすぎた。林保も受話器をつかんだまま立ち上がった。状況説明をはじめようとしたが、蔣国防部長はそれには及ばないと、ひらいた手を掲げた。ドローンの件も、ドローンが見つけたものもすでにわかっていた。どう対処するかもすでに決めているらしく、林保がもっていた受話器をつかみとった。林保は会話の一方しかわからなくなった。

「ああ……ああ……」蔣国防部長が受話器に向かってもどかしげにいった。「その報告はすでに受けた」

そして、聞こえない返答。

「いや」蔣国防部長が答えた。「また飛ばすなど論外だ」

また、聞こえない返答。

「飛ばしても落とされるだけだ」蔣国防部長がぴしゃりといった。「こちらで指示を用意している。一時間以内に伝える。上陸や休暇中の全兵員を呼集し帰隊させたほうがいいだろう。準備しておけ」蔣国防部長が通話を切った。一度、やれやれと息を吐いた。くたびれたかのように、丸めた肩を落とした。子供にまたも期待を大きく裏切られた父親のようだ。すると、背筋を伸ばし、この先どんな任務が待ち受けているか胸を躍らせているかのように、別人のような顔で、林保についてこいと命じた。

　蔣国防部長のお供数人をしたがえて、ふたりは国防部の広大な廊下を足早に歩いた。再度、偵察ドローンを飛ばすのでないとすれば、蔣国防部長がどんな対処をするのか、林保にはよくわからなかった。ふたりははじめて会った窓のない会議室にやってきた。

　蔣国防部長は大テーブルの上座につき、クッション付きの回転椅子にもたれかかり、両方の手のひらを胸に載せ、手を組んだ。「アメリカ側はこう出るだろうとは思っていた」蔣国防部長が切り出した。「つまらないほどありきたりだ……」蔣国防部長のスタッフである下っ端担当者がセキュリティが確保されたビデオ会議をセットアップした。これからだれと話をするのか、林保にはわかった。「私の見るところ、アメリカはふたつの空母打撃群を派遣し――〈フォード〉と〈ミラー〉だろうが――われわれの南シナ海を突っ切らせる。そんなことをする理由はひとつ、ひとつだけだ。まだ作戦できることを証明するためだ。そうだ、この挑発はたしかにありきたりだ。連中は何十年も、こちらがいくら抗議しても、われわれの海域に〝航行の自由作戦〟の艦船を送り込んできた。同様に、チャイニーズ・タイペイの領有も認めず、国連の場で台湾などという呼称を使ってわれわれを侮辱してきた。その間ずっとわれわれはそうした挑発に耐えてきた。しかし、我が国はもうそれほど弱くない。クリント・イーストウッド、ドウェイン・ジョンソン、レブロン・ジェイムズの国ならば、我が国ほどの国が、そんな屈辱に屈するなどとは思わないはずだが……。

だが、我が国の強みはむかしからそうだが——賢明な忍耐力だ。アメリカ人は辛抱強く振る舞うことができない。政府も政策も季節ごとに変える。国内世論が機能不全に陥っているから、片手で数えられる年数を超えて耐えうる国際戦略を打ち出すことができない。彼らは感情に支配されている。刹那的な道義と、自分たちがかけがえのない国だという妄信に支配されているのだ。映画をつくるだけの国であれば、素晴らしい気質だが、我が国のように千年単位で生き延びる国にはふさわしくない……。今後アメリカはどこへ向かうのか？　千年後には国だったことさえ忘れられている。刹那にすぎなかったと記憶されるだろう。はかない刹那だったと」

蔣国防部長は手のひらをテーブルに置き、待った。向かい側にはビデオ会議システムのスクリーンがあるが、まだ安全な接続が確立されていなかった。なにも映っていないスクリーンを見つめていた。突き刺すようなまなざし。自分の未来を念力で映し出そうとしているかのようだ。すると、スクリーンがついた。馬前は六週間前とまったく同じように、〈鄭和〉のブリッジに立っていた。ちがっているものといえば、耐火性作業服のポケットに取り付けてある、黄、金、赤の飾り紐の真ん中に星がついた勲章だけだ。八一勲章。

「馬前提督」蔣国防部長があらたまった口調ではじめた。「南海艦隊から飛び立った偵察機は、そちらの位置から約三〇〇海里東で消息を絶った」スクリーンに映る馬前が背筋を伸ばし、顎を引いた。消息を絶つということがなにを意味するのかは明らかだ。蔣部長は続けた。「今後、軌道上の全衛星がきみの指揮下に入る。中央軍事委員会は現在展開中の全部隊に対する馬前提督の指揮権を認める」

いま託される任務の大いなる意図に敬意を払うかのように、馬前がゆっくりとうなずいた。林保の理解が正しければ、その任務とはふたつの米空母打撃群の撃滅だ。

「幸運を祈る」

馬前がまたうなずいた。

接続が切れ、スクリーンも灰色になった。会議室は閑散としているどころか、さまざまなスタッフが出入りしているが、大テーブルについているのは林保と蔣国防部長だけだった。蔣国防部長が丸くてすべすべした顎をなでた。その朝はじめて表情にかすかな不安のようなものがにじんでいるのに、林保は気づいた。

「そんな目で見るなよ」蔣国防部長がいった。

林保は目をそらした。思っていたことが顔に出てしまったのかもしれない。何千人もの人々を死に追いやってきた男を見ているのだと思っていた。先進的なサイバー能力があるとはいえ、自分たちの海軍が米海軍のふたつの空母打撃群を撃滅する任務を、自分たちの海軍が完遂できると本気で思っているものがいるのか？〈ジェラルド・R・フォード〉と〈ドリス・ミラー〉の二隻を基幹とする米海軍部隊は、総勢四〇隻の艦隊となって航行している。超音速ミサイルを搭載した駆逐艦。完全に無音の攻撃型潜水艦。半潜水式のフリゲート艦。敵情偵察と敵の位置を確定するための小型偵察ドローンと長距離対地超音速ミサイルを搭載した誘導ミサイル巡洋艦。どの艦も最新テクノロジーを備え、世界でもっとも高度な訓練を積んできた乗組員を乗せている。そして、全艦が広大な範囲をカバーする人工衛星によって見守られ、攻守両面の高度なサイバー能力も備える。それを林保ほどよく知るものはいない。これまで彼の軍歴を通じて、アメリカ合衆国海軍の理解に焦点を当ててきたのだから。アメリカ合衆国そのもの、つまり、国家の性格も理解してきた。我が国の同盟国がアメリカ人パイロットを捕虜にし、我が国の海軍は三隻の米艦を撃滅した。それほどの危機が外交の機微によって緩和できると、我が国の指導層が信じているとすれば、痛ましいまでの見当ちがいだ。蔣国防部長ほどの指導者でも、アメリカ人が南シナ海の航行の自由という基本理念を譲り渡すと、本気で信じているのだろうか？　アメリカ人の道義性、あのとらえどころのない感性のせいで、アメリカは何度も道に迷い、結果的に力を見せつけて相手の譲歩を求めてきた。このアメリカの性癖から、ふたつの空母打撃群を送り込むという反応は、完全に読めていた。

その日はずっと部下たちが会議室に出入りし、指示を受け、状況報告をするなか、蔣部長は林保に横に座れと命じた。朝が午後になった。計画が具体化する。〈鄭和〉が南沙(スプラトリー)諸島の南で迎撃位置につき、最後に記録された〈フォード〉と〈ミラー〉の位置に対して攻撃隊形を整える。米空母打撃群はおそらく一度だけ斉射できるが、その後、〈鄭和〉は敵の誘導システムはもとより指揮管制システムも無力化することができる。アメリカのスマート兵器はもはやスマートではなく、愚かでさえない。脳死の状態になるのだ。そうなれば、〈鄭和〉が三つの水上行動群とともに〈フォード〉と〈ミラー〉をたたく。

そんな計画だった。

だが、夕方になっても、まだ米艦隊が迫っている気配はなかった。

馬前がまたビデオ会議に出て、自分の艦隊の配置について状況説明をした。その時点では、楕円形の隊形をとり、横幅は数百海里に広がっていた。馬前が海上の様子を話しているとき、林保はこっそり時計に目を落とした。

「なぜ時計を見ているのだ？」蔣国防部長がいい、報告が中断した。

林保は顔が紅潮するのを感じた。

「どこか行くところがあるのか？」

「いいえ、部長同志。ありません」

蔣国防部長はうなずき、馬前に向き直り、馬前が報告を続けた。林保は疲れ切って椅子に深く座った。乗り合いの車は一五分前に出た。どうやって家に帰ればいいのか、林保はまったくわからなかった。

二〇三四年四月二六日　04：27（GMT四月二五日　22：57）
ニューデリー

電話が鳴った。「起きてたか？」

「いま起きた」

「ひどいことになったぞ、サンディ」

「ひどいってなにがだ？」チョードリはヘンドリクソンに訊いた。からからの咽喉に唾を飲み込み、目をこすると、ゆっくり目の焦点が合いはじめ、目覚まし時計のデジタル・ディスプレイが読めるようになった。

「〈フォード〉と〈ミラー〉だが、消えた」

「〝消えた〟ってどういう意味だ？」

「向こうから仕掛けてきて、一方的に打ち負かされた。どう表現していいかさえわからない。報告では、あらゆる搭載武器システムがまったく機能しなかったそうだ。〝目〟を奪われた。乗っ取られた。航空機を出動させても、アビオニクスが固まり、航法システムも動かず、乗っ取られた。パイロットは緊急脱出することさえできなかった。ミサイルの発射もできない。何十機もの航空機が海に突っ込んだ。そして、敵が総攻撃に出た。空母、フリゲート艦と駆逐艦、ディーゼルと原子力の潜水艦、無人魚雷艇の大群、完全なステルス性能を備えた超音速巡航ミサイル、攻撃型サイバー。まだ情報収集中だ。すべて昨夜遅くに起きた……。くそ、サンディ、彼女のいうとおりだった」

「だれの？」

「サラ――サラ・ハントだ。何週間か前に横須賀で会ったんだ」

　ミスチーフ環礁沖海戦で小艦隊が全滅した件において、調査委員会がハントの過失をすべて否定したことは知っていたが、海軍が敗戦を単なる偶然として処理したがっていたことも、チョードリは知っていた。敗戦につながった状況を真正面から検証するよりずっと簡単なのだろう。しかし、いまとなっては、海軍が――いや、国全体が――これほどの敗戦を見て見ぬふりすることはできない。三七隻の軍艦が海の藻くずになった。何千人もの水兵が死んだ。

「我が軍はどうだったんだ？」チョードリはためらいがちに訊いた。「長距離戦闘機の戦果は？　敵艦を何隻沈めた？」

「ゼロだ」ヘンドリクソンがいった。

「ゼロだって？」

一瞬の沈黙が流れた。「敵空母〈鄭和〉に一発食らわせたかもしれないとのことだが、撃沈はひとつもない」

「嘘だろ」チョードリはいった。「ワイズカーヴァーはなんて？」

チョードリは体を起こし、ベッドサイド・ランプをつけ、椅子の背に掛けておいたズボンに脚を一本ずつ通していた。大使館の訪問者用別館内のこの味気ない一角に着いたのは、二日前のことだった。チョードリが着替えるあいだ、ヘンドリクソンはその情報がまだ一般大衆に漏れていないと説明した。中国が引き起こした大停電という不幸中にも幸いな点がいくつかあり、政権がニュースを制限できるのもそのひとつだった。中国がその情報を使って宣伝戦を仕掛けてこないかぎりではあるが。不気味にも、まだそうしていない。

ヘンドリクソンはホワイトハウスがパニックに陥っていることを説明した。「なんてこと、国民になんていわれるの?」知らせを聞いて、大統領はそういっていた。防衛準備態勢(DEFCON)を1に引き上げるという大統領の要請を受け、トレント・ワイズカーヴァーが北米航空宇宙防衛司令部(NORAD)に連絡し、防衛準備態勢をまずDEFCON2に引き上げた。国家安全保障会議が緊急招集され、ワイズカーヴァーは〈鄭和〉空母打撃群に対して戦術核兵器の先制使用許可も要請した。同空母打撃群を発見し、攻撃のための位置測定ができることが大前提だが。意外にも、その要請は即座に却下されることはなかった。数日前まで、大統領は緊張緩和を求めていたが、いまでは先制戦術核攻撃も視野に入れていた。

政権がチョードリをニューデリーに派遣したのは、まさに緊張緩和のためだった。クリス・〝ウェッジ〟・ミッチェル少佐の解放をめぐる交渉が進展しており、イラン側は少佐を在印イラン大使館まで移送することに同意しており、あとひと息で捕虜交換が実現しそうだった。イラン側が少佐の解放を渋っているのは、少佐の傷、とりわけ顔の傷がもう少し癒えるのを待っているからにすぎないとチョードリは踏んでいて

——CIAも同じ見方をしていた。チョードリが最後にイラン側に接触したとき——インド外務省の役人の仲介で実現した——ミッチェル少佐は一週間以内に解放されると確約していた。その情報を、いまチョードリはヘンドリクソンに伝えた。

「一週間はとても待てない」ヘンドリクソンが答えた。「なにが起きたのか、イラン側がつかめば——もうつかんでいるかもしれないが——ミッチェル少佐はテヘランに戻される。すぐに解放させたほうがいい。とにかく手を尽くしてくれ。それを伝えるために電話したんだ——」しばらく間があいた。ヘンドリクソンはどうやってそんな任務をやり遂げられるのか考えているのだろう、とチョードリは思った。すると、ヘンドリクソンがいった。「サンディ、おれたちは戦争に突入している」少し前なら芝居がかったせりふに聞こえたかもしれないが、もうちがう。事実を述べたにすぎない。

二〇三四年四月二六日　04：53（GMT四月二五日　19：53）
横須賀海軍基地

夜明けが霧を消し、まばゆく真新しい朝が来た。水平線に三隻の軍艦。駆逐艦。フリゲート艦。巡洋艦。

ゆっくりと航行している。実際にはほとんど動いていないように見える。フリゲート艦と巡洋艦はとても近く、駆逐艦は少し離れている。サラ・ハントの窓から見えるのは、そんな奇妙な眺めだった。サンディエゴ行きのフライトは、その日に飛ぶ予定だった。脚を引きずるように近づいてくる三隻を見ていて、ハントの出発時間までに入港できるだろうかと思った。この光景が彼女には理解できなかった。勇躍出撃した〈フォード〉と〈ミラー〉はどこなのか?

赤いフレアが打ち上げられた。さらに一発、その後また二発と続いた。駆逐艦のデッキに信号灯があった。信号の光を発しはじめた。

ピカ、ピカ、ピカ……ピカ……ピカ……ピカ……ピカ、ピカ、ピカ……

短いのが三度……長いのが三度……短いのが三度……

ハントはすぐにメッセージに気づいた。士官宿舎の部屋を飛び出し、第七艦隊司令部へ急いだ。

二〇三四年四月二六日　05：23（GMT四月二五日　21：23）

北京

完全勝利だった。期待をはるかに超えた。

逆に不安になるほどだ。

馬前が〈フォード〉空母打撃群の前衛駆逐艦との戦闘開始を報告したのは、深夜零時をすぎていた。数週間前にミスチーフ環礁沖で使い、大成功を収めたのと同じ攻撃型サイバー能力で敵の兵器システムと通信を無力化できた。それによって、一〇隻を超えるステルス無人魚雷艇が敵の前衛部隊の一キロメートル以内に接近し、魚雷を発射することができる。まさにそのとおりになり、圧倒的な成果をあげた。三発が三隻の米駆逐艦を直撃。三隻は一〇分もしないうちに沈み、消え去った。それが戦闘開始の狼煙となった。夜の闇のなかでの一撃だった。国防部に報告が入ると、大きな歓声が上がった。

その後、つるべ打ちのような攻撃が夜通し続いた。

殲-15四機一個編隊が〈鄭和〉から出撃し、駆逐艦三隻、巡洋艦二隻、フリゲート艦一隻に合計で一五発の直撃を浴びせ、全六隻を撃沈した。魚雷を搭載したカモフ・対潜ヘリコプター六機が三隻の江凱II型フリゲート艦から飛び立ち、発射六発のうち四発の直撃を記録した。うち一発が原子力潜水艦ではなく〈フォード〉をとらえ、舵を破壊した。その後、米軍の両空母は数多く被弾したが、これが最初の一撃となる。両空母は航空機を出撃させて応戦し、水上艦船も砲撃を開始したが、やみくもに撃っているだけだった。役に立たなくなったテクノロジーに頼り切っていたせいで、砲弾は当夜の闇だけでなく、もはやなにも探知できないさらなる深遠な闇のなかに消えた。中国軍はサイバー分野でアメリカ軍を完全に凌駕した。非常に高度な人工知能のおかげで、〈鄭和〉は高周波伝送メカニズムを利用して、最適なタイミングでアメリカのシステムに侵入するサイバー・ツールを起動できた。ステルス性能は重要でないとはいわないまでも、物理的破壊が主役となる交戦場面では二次的なツールにすぎないことも事実だ。結局のところ、攻撃型サイバー能力に大きな差があった——目に見えない強みがあった——からこそ、〈鄭和〉ははるかに大きな勢力を南シナ海の底に葬ることができたのだ。

四時間にわたり、〈鄭和〉のブリッジから国防部への報告が途切れることなく流れ続けた。馬前の艦隊が加えた打撃は驚くべき速さで積み重ねられた。非常に少ない損害で命中を重ねたことも、同様に驚くほどだった。その後、開戦から二時間がすぎても、一隻の艦船も一機の航空機も失っていなかった。思いも寄らないことが起きた。

林保が生きているあいだに見られるとはけっして思わなかったことが。04：37、元型ディーゼル・エレクトリック潜水艦が〈ミラー〉の艦体に静かに接近し、装塡済みの全魚雷を至近距離から一斉に発射した。

全魚雷命中後ほんの一一分で、空母は沈んだ。

その知らせが届いたとき、国防部ではさっきまでとちがい、歓声はいっさい上がらなかった。静寂があるだけだった。夜が明けるまで大テーブルの上座から離れなかった蔣国防部長が腰を上げ、ドアに向かって歩き出した。会議室で二番目に上級の将校である林保は、どちらへおいでなのか、またいつお戻りなのか、と立場上尋ねざるをえなかった。〈フォード〉が残っている。手負いとはいえ、まだ脅威だ。蔣国防部長は林保に向き直った。いつもなら元気が満ちあふれているその顔には憔悴の色が見え、ここ何週間も隠してきた疲労でゆがんでいた。

「ちょっと外に出て新鮮な空気を吸ってくるだけだ」蔣国防部長がいい、時計を見た。「まもなく日が昇る。新しい朝だ。夜明けが見たい」

二〇三四年四月二六日　05：46（GMT00：16）

ヘンドリクソンとの電話を終え、これからだれに電話をかけるべきか、チョードリにはわかっていたが、できることならかけたくなかった。素早く時差を計算した。あちらは夜遅い時間だが、母親ならまだ起きているだろう。

「サンディープ、二、三日は電話はもらえないんじゃなかったかしら？」母親が切り出した。声にいらだちがにじんでいた。

「そうだったんだけど」チョードリは疲れ切った声でいった。疲れ切っていたのは眠れなかったからでも、第七艦隊がいかに深刻な事態に陥っているか、如実にわかってきたからでもなく、どちらかといえば、母親にわびなければならないからだった。この出張期間は電話しないと伝えていたのだ。だが、いまみたいに、頼みごとができると、母親はいつもそこにいてくれる。「業務上の問題が起きたんだ」チョードリはいい、思わせぶりに間を置いた。こういった状況下で、〝業務上の問題〟が息子にとってどれほど重大なのか考える時間を、母親の想像力に与えるかのように。「母さんのお兄さんの連絡先を教えてくれないかな？」

思っていたとおり、沈黙が流れた。

チョードリがアナンド・パテル・インド海軍退役中将を〝おじさん〟といわずに、〝母さんのお兄さん〟といったのには理由がある。アナンド・パテルがチョードリのおじさんだったことは一度もなく、妹のラクシュミにとっても兄らしいことをほとんどしてこなかったからだ。十代のラクシュミと若い海軍士官――アナンドの友人――との見合い結婚の話が、ラクシュミが別の男性と恋に落ちて流れたことが、疎遠になった原因だった。その男性はコロンビア大学への留学が決まっていた医学生で、のちにチョードリの父親になる人だった。ラクシュミもあとを追ってアメリカに渡り、残された家族の体面はずたずたになった――とにかく、パテルにいわせるとそうだった。しかし、それはずいぶん前の話だ。ラクシュミの夫になるはずだった若き海軍士官がヘリコプターの墜落事故で亡くなって二〇年、癌の専門医となったサンディの父親がよりによって癌で亡くなって一〇年がすぎている。そのあいだに、ラクシュミの兄、サンディのおじはインド海軍の階段を登り、将官となった。チョードリの家では一度も口に出されることはなかったが、いま、サンディがミッチェル少佐の確実な解放に向けて急いで裏から手を回そうというときには、役に立つかもしれない。それもこれも、母親が首を縦に振らなければはじまらない。

「わからないわね、サンディープ」母親がいった。「我が国の政府にはインド政府にコネがないの？　公式なルートでどうにかするのが筋じゃないの？」

　チョードリは母親に説明した。たしかに、公式ルートでどうにかするのが筋だし、我が国の政府にはインド政府にも軍部にもいくらでもコネがある――ある種の諜報機関にもあるが、このときには、チョードリはそれを含めなかった。しかし、そうした莫大な資源（アセット）があるとはいえ、個人的なコネクションがしばしば外交上の難問をこじあける鍵となる。

「あの人はもうわたしの家族じゃないのよ」母親がきっぱりといった。

「母さん、どうしてぼくが、**サンディープ・チョードリ**が、ここに来るように指示されたんだと思う？　この任務を任されていいものはたくさんいるというのに。ぼくが選ばれたのは、ぼくの家族がここの出身だからだ」

「お父さんならなんというかね？　おまえはアメリカ人だ。その仕事にいちばんふさわしい人間を派遣しなきゃいけない。両親の出身地なんか――」

「母さん」チョードリはいい、母親をさえぎった。少しだけ沈黙を入り込ませた。

「助けてほしい」

「わかったよ」母親はいった。「ペンはあるかい？」

ある。

母親は兄の電話番号をそらでいった。

二〇三四年四月二六日　09：13（GMT03：43）
ニューデリー

顔の腫れはだいぶ引いていた。あばらはそれよりもっとよくなっている。大きく息をしても、もう痛みは感じない。まあ、傷跡はまだあるが、見られないほどじゃない。土産話をたっぷり国に持ち帰ったときに、ミラマー海兵隊航空基地近くのバーで期待に胸を膨らませて彼の話を聞きにくる女の子たちがドン引きするほどじゃない。数日前、きれいな着替えを渡され、筋だらけの肉のようなものが食事に入るようになり、その後、フライトアテンダント、フルーツ・ジュース、袋入りのピーナッツ――食おうと思えばぜんぶ食える――がついた政府専用機に乗せられた。当然、ひとりではなかった。これ見よがしにベルトに拳銃を挟み、ミラー・サングラスで顔を隠した私服の護衛が何人かつき、ウェッジを監視している。おどけてピーナッツをいくつか宙に放り上げ、口でキャッチしたとき、護衛は笑い声さえ上げたが、ウェッジをあざけっているのか、ウェッジと一緒に笑っているのか、よくわからなかった。

飛行機は暗闇のなかで着陸した。わざとこの時間にしたのだろうと思った。その後、黒いスモーク・ガラスのウインドウのパネルバンに乗せられて、素早く空港を離れた。夜も更けて、ウェッジは軟禁されていた絨毯敷きの部屋で寝る準備を整えていたときも、なにも教えてもらえなかった。そこは独房というよりは殺風景なホテル・ルームのようでもあり、この数週間お目にかかったことがないほど快適なところだった。飛行機でどこにやってきたのかもいわれていない。明日、赤十字の人が来るといわれただけだった。その夜は期待しすぎてほとんど眠れなかった。魅力的な看護師、むかしなら米軍支援協会(USO)の慰問でGIたちを楽しませていたような女のイメージが、しつこく脳裏に浮かんできた。そのいわゆる美人顔、白衣、ストッキング、小さな赤十字のついたキャップが見える。最近の赤十字の人たちはそんな格好をしないことは知っているが、どうにも止まらなかった。ドアの外には護衛がついているだろうが、この部屋にはほかに人はいない。この空っぽの部屋のせいでウェッジの想像力はますます広がり、明日の出会い、二カ月近くぶりの外界との接触を夢想するのだった。口紅をつけた看護師の唇が動き、励ましの言葉が出てくる。〝家に帰してあげる〟。

翌朝ドアがあき、痩せたインド人の男が入ってきたとき、ウェッジは痛切な失望を感じた。

二〇三四年四月二十七日　09：02（GMT04：32）
イスファハン

第二軍の管理センターでは、南シナ海でなにが起こったのか、正確に知るものはひとりもいなかった。イラン軍の参謀本部が全国に動員命令を出したのだから、イランは戦争をするということだ。とにかく、戦争がはじまりそうなのはたしかだが、その具体的な理由を知っているものはいない。生家を出るとき、ファルシャッドは軍服を着ていこうかと思ったが、やめておいた。もう革命防衛隊の准将ではないし、まして精鋭のクッズ部隊の准将でもない。いまは一民間人であり、ほんの数週間だったとはいえ、休みは永遠にも感じられた——休み（ブレイク）というよりは、切断（アンピュテーション）だ。この切断が元に戻るものなのかどうか、ファルシャッドにもじきにわかるだろう。この広大な管理棟の三階の廊下に延びた列に並び、ファルシャッドは待っていた。列に並んでいるものたちのなかで、おそらく自分がいちばん年配だ。数十歳は上だ。傷だらけで右手の指が三本しかないこの男は何者なのかと、ほかのものたちがちらちら見ているのがわかる。

一時間足らずで、列に並んでいたファルシャッドは、階段を上った四階のオフィスへ連れて行かれた。「ここで待ってろ」伍長がいった。まるで自分のほうが階級が上だとでもいわんばかりの口ぶりだ。伍長がオフィスに入り、しばらくして出てくると、なかに入れとファルシャッドを手招きした。

広々とした角部屋のオフィスだった。大きなオークのデスクのうしろには、交差した二本の旗がある。ひとつはイスラム共和国の旗で、もうひとつが軍旗。軍服を着た男、管理部門の大佐がファルシャッドに近寄り、手を差し出した。その手のひらはすべすべで、軍服はたっぷり糊を利かせ、何度もアイロンを当てたせいで、金属のようなつやが出ている。老准将、ゴラン高原の英雄、ファトフ勲章の受章者であるファルシャッドに、座ってお茶を一緒に飲みましょうといった。伍長がまずファルシャッドの前に、次に大佐の前にグラスを置いた。

「来ていただいて光栄です」大佐がお茶を飲む合間にいった。

ファルシャッドは肩をすくめた。おべっかを使い合うために来たわけではない。だが、無礼だと思われたくないので、彼はぼそりといった。「すてきなオフィスをお持ちで」

「あなたはきっともっとすてきなオフィスをお持ちだったことでしょう」

「私は戦場司令官でしたから」ファルシャッドは答え、首を振った。「オフィスを持ったという記憶はありません」そして、またお茶を飲み、ひと息にグラスを干し、トレイに音を立てて置いた。社交辞令は終わりにして、本題に入りましょうという合図かのように。

大佐が引き出しからマニラ封筒を取り出し、デスクの上でファルシャッドの前に滑らせた。「これがゆうべ遅くにテヘランから急使によって届けられました。あなたがここにいらっしゃったら、これをじかに手渡すよう指示されていました……」ファルシャッドは封筒をあけた。一枚の厚紙に印刷された文書で、カリグラフィー、封蠟（シール）、サインなどがごてごてと盛ってあった。

「海軍少佐の任命辞令ですか？」

「イラン軍参謀長のバゲリ少将その人から、あなたにこの辞令の受け入れを一考していただくようお願いするよう指示されております」

「私は准将だったのですが」ファルシャッドはいい、辞令を大佐のデスクに置いた。

この振る舞いに対して、大佐はなにも反応を見せなかった。

「動員の理由はなんですか?」ファルシャッドは訊いた。

「わかりません」大佐が答えた。「あなたと同じく、私もすべては知らされているわけではありません。いまのところ上へ確認質問はできず、指示しか与えられていません」そういうと、引き出しから別の封筒を取り出し、ファルシャッドに手渡した。なかに入っていたのは旅程表だった。ダマスカスに飛び、乗り換えてシリアの港町タルトゥスのロシア海軍基地へ行き、そこで〝連絡任務〟に就くという。ファルシャッドはこれがまともに考えた辞令なのか、侮辱するための辞令なのか、よくわからなかった。その混乱が顔に出ていたのだろう。大佐が説明をしはじめた。〝人事管理上〟、懲戒処分を受けた将校に同じ軍内の同じ階級を再提示するのは非常に困難なのだという。「たまたま知っているのですが」大佐は続けた。「革命防衛隊の上層の階級は満席なのです。しかし、あなたのイスラム共和国に対する奉仕が必要とされています。あなたに提示できる空きポストはそれだけです」大佐はまた引き出しに手を入れ、ひと組の肩章を取り出した。金色のパイピングの刺繡を施した海軍少佐の肩章だ。大佐がそれをデスクの上のファルシャッドとのあいだに置いた。

ファルシャッドはその肩章をさげすみのまなざしを向けた。三階級の降格とは。こんなものなのか? 差し迫った紛争で役割をもらおうと思ったら、ここまで平伏しなければならないのか？　前線の任務ですらなく、ロシア側との連絡という補助的な仕事なのか？　しかも、海軍軍人になれと？　船など嫌いだというのに。ソレイマニも、ファルシャッドの父親も、こんな侮辱を受けることはなかった。ファルシャッドは立ち尽くし、大佐と向き合った。歯を食いしばり、拳を握っていた。どうすればいいのかわからなかったが、父親とソレイマニがどうしろというかはよくわかる。

ファルシャッドはサインして辞令を受けたいからペンを貸してほしいと、大佐に身振りで伝えた。そして、辞令とタルトゥスまでの旅程を手に取り、退出しようとした。「少佐」ファルシャッドがドアに向かって歩き出したとき、大佐がいった。「なにか忘れてないか？」大佐は肩章を掲げていた。ファルシャッドはそれを受け取り、またドアに向かった。

「ほかにも忘れているものはないかね、少佐？」

ファルシャッドはうつろな目で振り返った。

そして、理解した。意識の奥底に溜まったいつもの怒りを、先だってファルシャッドを暴力へと駆り立てた怒りを、必死で抑えた。糊をつけすぎた軍服を着て、こんな角部屋のオフィスに引きこもっているこのまぬけが。おおかた楽な仕事から楽な仕事へ渡り歩いているだけだろうに、本物の兵士のふりをして、戦いと殺し合いがどんなものか知っているふりをしているこのまぬけが。ファルシャッドはこいつの首を絞め殺したかった。唇が真っ青になり、首の根元から頭ががくんとしなだれるまで、首を締め続けたかった。

だが、そうはしなかった。その願望をあとで取り出せるところにしまった。そして、背筋を伸ばして立ち、気をつけの姿勢になった。ガーセム・ファルシャッド少佐は管理部門の大佐に向かい、三本指の右手で敬礼をした。

二〇三四年五月六日　07：26（GMT五月五日　23：26）
スプラトリー諸島の南東

林保は海上で朝日を見ることができた。久方ぶりの航海。久方ぶりの指揮だ。しかし、この海域での大勝利から、あるいは、政府が世界に向けて対米海戦に勝利した――〈フォード〉と〈ミラー〉の両空母を含む、第七艦隊の三七隻を撃沈した――と発表し、呆気にとられた世界が新しい現実――海上の勢力均衡（バランス・オブ・パワー）の転換――にようやく気づいてからは、それほど時を経ていない。蔣国防部長その人から〈鄭和〉空母打撃群の指揮をとるよう辞令を受けてからも、それほど時を経ていない。林保は三日前に妻と娘を残して北京を発ち、辞令を携えて湛江の南海艦隊本部に到着した。

いまや自分のものとなった空母に飛んでいるとき、林保は馬前のことを考えていた。ツイン・ローター輸送ヘリのふたりの若いパイロットに、コックピットの三つ目のジャンプシートに座りませんかと誘われた。陽気なやつらで、新しい司令官を湛江から空母へお連れする任務に誇りを感じているようだった。離陸前、ふたりは順調なフライトと完璧な着陸を約束した。「……着任する司令官にとっては吉兆ですからね」パイロットのひとりが歯を見せて笑いながらいい、飛行前の点検を終えた。〈鄭和〉への飛行中、コックピットから海を見ていて、林保は馬前が眼下の海のどこに眠っているのだろうかと思った。旧友の遺言は水葬だった。最大の勝利に酔いしれているそのときに届いた戦死の知らせすら、馬前が生前ずっと、死ぬそのときまでつくり上げてきた偉業のひとつだ。トラファルガー海戦で海軍の英雄となったホレイシオ・ネルソン提督と同じく、馬前も旗艦を大胆に戦闘域に近づけ、危険を招くことで功を立てようとした。一機の米軍機、旧式のF／A‐18ホーネットが〈鄭和〉の防空システムをかいくぐったあと、同機のパイロットは明らかにアメリカ的でないことをした。

〈鄭和〉ブリッジの真下の飛行甲板（フライト・デッキ）に体当たり（カミカゼ）を敢行したのだ。

切手ほどの大きさにしか見えないが、〈鄭和〉が水平線に姿を現した。

航空機が着艦アプローチに入ったとき、林保はあのホーネットも似たような航跡をたどったのではないかと思った。あの米軍機の体当たり攻撃により、数名の水兵、二名の士官、そして馬前提督が戦死したとの知らせを受けて、蔣国防部長が見せた反応を思い出した。「非常に勇敢なパイロットだ」蔣国防部長はアメリカ人パイロットについてそんな感想を述べたが、馬前のことはなにもいわなかった。馬前の功集めにいらだちを募らせていたから、馬前の死に動揺することもなかったのだろう。林保にも、蔣国防部長はこういっただけだった。「やっと希望していた指揮が取れるな」蔣国防部長は内心では馬前という人間や、馬前が背負い込んだ不用意なリスクを見下しているにしても、表向きには、中国共産党中央政治局常任委員会の全メンバーとともに、すでに南シナ海の大勝利として祭り上げられている海戦の英雄、戦死した馬前提督の武功を称賛した。

英雄の跡を継ぐに如く（し）ものはなし。航空機がフライト・デッキに下降していくとき、林保はそう思った。進入降下経路（グライドパス）をたどっているとき、ヘッドセットから航空管制の懐かしい通信が聞こえた。〈鄭和〉デッキ上の四本のアレスティング・ワイヤー（艦載機の着艦の際に空母の飛行甲板に張るワイヤー）のうち、使用できるのは二本だけだった。第一ワイヤーと第四ワイヤーは戦闘で損傷し、一週間経っても未修理のままだった。林保はこの点を心に留め、確実に待ち受けている戦闘に乗組員を備えさせるという今後の業務を想像した。

低空の乱流で機体が激しく横揺れした。高度一〇〇〇フィート（約三〇〇メートル）以下に降下すると、林保はフライト・デッキが込み入っているのに気づいた。とにかく、いつもよりは込んでいる。新しい司令官の乗艦をひと目見ようと非番の乗組員が集まっているらしい。航空機がデッキに着艦するとき、接地が少し長くなった。パイロットがエンジンの出力を上げ、二度目の着陸に必要な動力を機体に与えた。

着艦に失敗したパイロットがジャンプシートの林保に顔を向け、ばつが悪そうに謝った。「申し訳ありません、提督。乱流でグライドパスからはずれてしまいました。次はしっかり着艦します」

林保はパイロットに気にするなといったが、内心では、新しく彼の指揮下に入る艦隊の修正点をリストアップする際には、この失敗もリストに加えようと思った。

高度を上げているとき、パイロットは林保の期待を裏切ったと思ったのか、二度目のアプローチに向けて機体を合わせているときもべらべらとしゃべり続けていた。「さっきいったことですが」パイロットは続けた。「一発目での着艦は着任する司令官にとっては吉兆だといったことですが——自分はそれほど信じておりません」

また強烈な乱流が機体を襲った。

「馬前提督が着任したときのことを覚えております」パイロットは陽気に付け加えた。「その日は風向きが変わりやすかったのです。提督の機は三発目でやっと着艦したんです」

二〇三四年四月二八日　13：03（GMT07：33）
ニューデリー

中国政府が二四時間待ってから南シナ海での勝利の一報を流すことにしていなければ、チョードリはイラン大使館からウェッジを解放させることはできなかっただろう。数週間前にM&M好きの国防武官が〈文瑞〉に関して電話してきたことにはじまり、中国は一連の動きを完璧に遂行してきたが、ウェッジの拘留は中国がはじめて犯したミスだったのではないか。解放作戦から数日経って、チョードリはそう思いはじめていた。

ミッチェル少佐の解放は危険な作戦だった。ウェッジが入れられていたイラン大使館の部屋にチョードリがはじめて行ったとき、ウェッジは大いにがっかりした様子だった。あとで本人がチョードリに語ったところでは、赤十字の看護師が来るものとばかり思っていたのだという。のっぽの外交官ではなく。イラン側にウェッジを解放してインドの管理下に置こうと、インド政府がその日の朝まで交渉していたのだと説明すると、ウェッジの失望はすぐに消え去った。ただし、チョードリはひとことだけ付け加えた。「急げ」チョードリとウェッジはインド情報局の手引きで、裏の職員用出入り口から急いで連れ出された。

ウェッジをインドの管理下に移しても、イラン政府にとってはほとんど利益にならないのに、チョードリのおじはどんな手を使ってイラン大使を説得したのかと、あとになってウェッジに訊かれたとき、チョードリはひとつのロシア語の単語で答えた。

〝コンプロマート〟

「〝コンプロマート〟?」ウェッジは訊いた。

「幼い男の子だ」チョードリは答え、詳しく説明した。インドの情報局はどんな外国人の弱みもつかみ、蓄えることにしている。大使クラスについてはとくにそうしている。そして、イラン大使はたまたま少年好きだった。チョードリのおじがイラン大使にその事実をぶつけると、大使は簡単な計算をした。自分の性癖が暴露されるより、インドに騙されたことにするほうが、自国政府からの譴責も軽く済む。「だからあちらさんはきみを解放したわけだ、ミッチェル少佐」

「飛行隊の仲間にはウェッジと呼ばれています」ウェッジはいい、まだ腫れの残る顔でにんまりと笑った。

チョードリはウェッジを病院に連れて行き、大使館員を付添いとしてつけた。その付添いがアメリカ行き、あるいは海兵隊が行かせたいところへ運ぶ手配をする。チョードリはワシントンに、自分の仕事に、そして娘の元に戻らなければならなかった。病院から大使館の訪問者用別館に車に乗せてもらい、荷物をまとめて空港へ向かうつもりだった。自分の区画にたどり着いたとき、急いで荷物をまとめようとして、ベッドルームへまっすぐ歩いていった。リビングルームのソファに座って、気長に待っていたおじの目の前を通りすぎて。

「サンディープ、ちょっと話をさせてもらえるか？」

背後からバリトンの声がして、チョードリはびくりとした。

「びっくりさせてすまんな」

「どうやってここに入ってきたのですか？」

甥にそんな素人くさいことを訊かれてがっかりしたかのように、老提督がやれやれと天を仰いだ。パテルは朝のうちに自国の情報局、外交団、軍部のコネを使い、強制着陸させられてイランの管理下に置かれていたアメリカ人パイロットの解放の手はずを整えていたのだ。そんな芸当ができるなら、当然、ロックされたドアひとつぐらいわけはない。それでも、甥の問いにしっかり答えた。「そちらの大使館の現地職員に入れてもらった……」そして、その説明でもよくわかってもらえないようだと感じ取り、パテルはこう付け加えた。「過去に便宜を図ってやったものがいるということだ」パテルはそういうにとどめた。

チョードリはおじと一杯付き合うことにした。ふたりは外に出て、待機していた黒塗りのメルセデス・セダンに乗った。チョードリはどこに行くのか訊かず、おじもいわなかった。車中はほとんどしゃべらなかったが、チョードリにとっては好都合だった。ニューデリーに来て数日になるが、大使館の建物からめったに出なかった。いまになってやっと、生まれてはじめて、この都市をじっくり見る機会が訪れた。母親にいわれていた様相とも、幼少期に見た写真に写っているものとも、これほどちがっているのかと驚いた。埃で息のつまりそうな街路はない。崩れてそんな街路にあふれ出そうな掘っ立て小屋もない。それに、おじがかつて〝すぐ暴動に走る迷惑かつ短気な大衆〟と表していたものもない。

街はきれいだ。家々は真新しく、美しい。

インド都市部の人口動態が変わりはじめたのは二〇年前のモディ政権のときだった。当時のほかのナショナリスト指導者たちと協力し、国内インフラストラクチャーに投資することで旧態からの脱皮をはかり、二〇二四年のパキスタンとの十日戦争で決定的な勝利を収めて隣国の脅威をつぶし、その勝利を利用して軍を増強した。

ウインドウの外を見ているだけで、歴史の流れが次々と目に入ってくる。ゴミひとつ落ちていない通り、増殖したガラス張りの高層ビル、機甲師団や艦船から休暇をもらったのだろうか、真新しい歩道をぶらり歩いている、非の打ちどころのない正装の兵士や水兵たち。モディとその支持者たちは改革の抵抗勢力をすべて払いのけ、広大な旧弊の残骸を目立たないところに隠した。この改造はまだ完了したとはいいがたい——地方部の大半についてはまだ先はだいぶ長い——が、前方に延びている路面は明らかに滑らかで、前世紀の歴史が流れている。

ようやく目的地に到着したが、時代の先に一歩進んだというよりは、あとずさりしたようなところだった。〈デリー・ジムカーナ〉というおじの会員クラブだ。長くてまっすぐに延びた車道(ドライブウェイ)が天蓋のついた入り口まで延びていて、その左右で草刈り人のチームが広大な芝地を完璧に刈り込んでいる。遠くに、芝のテニスコートときらきらと光るターコイズ色の水をたたえたプールが見える。おじが慇懃（いんぎん）に会釈するスタッフと挨拶代わりの冗談を交わしたあと、ふたりはベランダに通された。イギリス統治時代最盛期に設立されたクラブだけあり、その時代の遺産ともいうべき庭園に面している。

ふたりは飲み物を注文した——パテルはジントニック、チョードリはクラブソーダにした。パテルは甥の注文を聞いてがっかりした様子で嘆息を漏らした。給仕人が飲み物を置いて去ると、パテルが訊いた。「妹はどうしてる？」元気です、とチョードリは答えた。孫ができて喜んでいます。父の死はとてもつらかったようです——しかし、そこまでで話を止めた。チョードリには疎遠のおじに母のことを教える資格がないような気がした。クラブ室内のバーの上方に設置されたテレビのあたりが騒がしくなっていなければ、そこで会話は終わっていたかもしれない。多くは白いテニス・ウェアを着た、いいなりの会員たちだけでなく、ジャケット姿のウエイターやバスボーイも交じって、ニュースに聞き入っている。新情報が各所から少しずつ入ってくるなか、アンカーがイヤフォンを手で押さえ、放心した様子でカメラを見つめながら、南シナ海で起きた大規模な海戦の第一報を継ぎ合わせている。細切れの情報が溜まっていくと、ひとつの驚くべき結論ができ上がった。アメリカ合衆国海軍が大敗を喫した。

チョードリとおじだけはテレビのまわりに群がる必要を感じなかった。だれもいないベランダにふたりだけでいられるから、ちょうどよかった。「それがなにを意味するのか、人々が理解するまで、しばらくかかるだろう」パテルは甥にいい、バーのほうに顎をしゃくった。

「我が国は戦争状態にある。そういう意味です」

パテルがうなずいた。そして、ジントニックをひとくち飲んだ。「ああ」彼はいった。「だが、おまえの国の敗戦ははじまったばかりだ。そういう意味でもある」

「我が国の海軍は彼らに引けを取りません。勝っています」チョードリはかばうような声音で答えた。「たしかに、われわれは彼らを見くびっていましたが、そんな過ちは二度と犯しません。どちらかといえば、過ちを犯すのはあちらです」チョードリはそこで間を置き、声音を変えて続けた。「〝どうやら眠れる巨人を起こし、恐るべき決意で胸をたぎらせてしまったようだ〟」

おじもそのせりふを知っていた。「山本五十六提督か」パテルはいった。「だが、今回は真珠湾ではない。状況はまるでちがう。まわりを見ろ。このクラブを見ろ。帝国が広がりすぎると、そこから崩れはじめるのだ。このクラブ、古くさい大英帝国の名残りこそ、広がりすぎた帝国の末路を示すものだ」

　我が国は広がりすぎてなどいませんとチョードリはおじに反論した。一度、敗北を喫しただけです。〝小艦隊の闇討ち〟を入れて二度の敗北といってもいいですがといい、チョードリは〈ジョン・ポール・ジョーンズ〉と姉妹艦に起きたことを説明した。「それに」彼は付け加えた。ただならぬものを声ににじませた。「戦術および戦略核の可能性もまだ検討していません」

　パテルが胸の前で腕を組んだ。「自分がなんといったかよく考えてみろ。〝戦術および戦略核〟だと。自分のいっていることが聞こえているのか？　そんなものを使えば、勝者などいなくなる」

　チョードリは目をそらし、その後、むかついたティーンエイジャーのように、声を落としてぼそりといった。「ヒロシマ……ナガサキ……あのとき、われわれは勝ちました」

「われわれ？　〝われわれ〟とはだれのことだ？」パテルはしだいにいらいらしているようだった。「その当時、おまえの家族はここから五キロと離れていないところで暮らしていた。それに、第二次大戦後、なぜアメリカが繁栄したのだと思う？」

「勝ったからです」チョードリは答えた。

パテルは首を振った。「イギリスも勝った。ソビエトも、フランスだって勝った」

「なにをいいたいのかわかりません」

「戦争で重要なのは、勝つことではない。勝ち方が重要なのだ。かつてのアメリカは戦争をはじめることはなかった。もっぱら終わらせていた。だが、いまは」――パテルは顎を胸のほうに引き、悲しそうに首を振った――「いまは逆だ。いまでは戦争をはじめてばかりで、一向に終わらせない」そういうと話題を変え、また妹の様子を訊きはじめた。チョードリは娘の写真を見せた。少しだけ自分が離婚したこと、母親が前妻を毛嫌いしていることを話した――前妻をエレン・デジェネレスのクローンと陰で呼んでいたともいったが、パテルにはなんの話かわかっていなかった。甥の話を聞いたあと、彼が見せた反応はひとつの質問だけだった。「家に帰ろうとは思わんのか？」

「ぼくの家はアメリカです」チョードリは答えた。「この地球上でほかに、ぼくのような移民の息子がホワイトハウスで働くまでになるような国はありません。アメリカは特別です。ぼくがいいたかったのは、そういうことです」

パテルはじっと座ったまま、敬意をもって甥の話を聞いていた。「このクラブに入っていて、私がいちばんうれしく思うのはなにかわかるか？」パテルが訊いた。

　チョードリはうつろなまなざしを向けた。

「来なさい」パテルはいい、椅子を引いた。椅子の脚がベランダのタイル張りの床をひっかくような音がした。ふたりはなかに入ってすぐの部屋に入った。トロフィーを飾っている部屋のようで、ガラス戸がついた飾り棚が壁に並び、前世紀の年号が刻印されたきらびやかな二本の柄がついたカップが飾ってあった。パテルはずっと奥にあるフレームに入った写真の前にチョードリを連れて行った。三列に並んだイギリス陸軍将校の両翼に、ターバンを巻いたインド人兵たちが立っている。日付は一〇〇年近く前で、インド独立の一〇年前だった。これはラージプターナ・ライフル銃隊の写真であり、イギリス人将校はこのクラブの会員で、第二次世界大戦前夜、同ライフル銃隊が太平洋戦域に派遣される前に撮影されたのだと、パテルはチョードリに説明した。

「将校の大半はビルマかマラヤで戦死した」パテルはいった。セピア調の顔が忘れがたいまなざしでチョードリを見つめ返している。すると、パテルがポケットから銀のペンをとり出し、ひとつの顔を指し示した。口ひげを生やし、ずんぐりした体軀の、一本の山形袖章（シエブロン）をつけた従卒で、カメラをにらみつけている。「これ、この人だ。名前が見えるか？」パテルはペンで写真の下をぽんとたたいた。そこには写っている人の名前が書いてあった。「イムラン・サンディープ・パテル伍長……おまえの高祖父だ」

チョードリは無言のまま写真の前に立っていた。

「人々が運命を変えられるのはアメリカにかぎった話ではない」おじがいった。「アメリカはそれほど特別ではないのだ」

チョードリはポケットから電話を取り出し、先祖の顔の写真を撮った。「そちらの国の政府はどう動くと思いますか?」チョードリは訊き、確実に戦争が迫っているといったニュース速報を流しているテレビのほうに腕を伸ばした。

「むずかしい質問だ」おじがいった。「だが、おそらくうまくやるだろうな」

「なぜそういえるんです?」

「我が国はおまえたちが忘れてしまった教訓を学んだからだ」

二〇三四年五月一三日　11:42(GMT02:42)

横須賀海軍基地

まず、帰国のフライトがキャンセルされた。

次に、以後の行動指示を受けた。

海軍病院で診察が予定されているという。

今回はクリアした。

そして、臨時人事により昇進が決まった。准将になる——ひとつ星だ。その後、新しい指令が下りた。任務を聞いてびっくりした。海軍はハントに〈エンタープライズ〉空母打撃群の指揮を取らせるというのだ。空母打撃群には、空母にくわえて二〇隻近い戦闘艦が含まれる。その整備に一週間かかった。さらにあと一週間で、横須賀で自分が指揮をする空母打撃群に着任する。〈エンタープライズ〉が到着する前の夜、ハントはその後よく苦しめられることになる悪夢をはじめて見た。

〈フォード〉と〈ミラー〉の両空母打群の生き残りであるたった三隻が、足を引きずるようにして入港するさまをハントは見ている。岸壁に立っていると、三隻のうちの一隻、駆逐艦が桟橋(さんばし)と艦をつなぐ道板を降ろす。だが、その駆逐艦は〈フォード〉と〈ミラー〉とともに出港した空母打撃群の一艦ではなかった。そうだ、ハントの前の旗艦、〈ジョン・ポール・ジョーンズ〉だ。乗組員が道板を伝って下艦する。若い水兵の多くは彼女の知っているものたちだ。そのなかにジェイン・モリス中佐もいる。

彼女は葉巻を吸っている。数週間前に〈ジョン・ポール・ジョーンズ〉のブリッジで一緒に吸った葉巻だ。はるかむかしのことのように感じられる。ハントはモリスに近づいたが、かつての部下はまるでハントがいないかのように、目の前を通り過ぎていく。モリスの振る舞いに悪意はない。ハントのほうが亡霊で、この亡霊たちが生身の人間であるかのようだ。すると、モリスの気を引こうとしているとき、ハントは若い下士官が道板を歩いて岸壁に降りてくるのに気づいた。その下士官に目が向いたのは、白い正装で、裾が広いラッパズボンがぴかぴかに磨かれた革靴にかぶさっている。二等兵曹を示す二本の山形袖章(シェブロン)が袖に縫い付けてある。ディクシーの紙コップのような帽子がしゃれた角度で頭に載り、バランスを保っている。歳は二五にもなっていないだろう。若い下士官とはいえ、目がくらむほどの勲章や記章をずらりとつけている。海軍勲功賞をはじめ、武勇をたたえるもっと下位の勲章、いくつかのパープルハート勲章、うちひとつは戦死によって受章したものだ。彼はＳＥＡＬｓの隊員だ。岸壁を横切り、まっすぐハントの前に歩み寄り、ハントの手を取る。三度、握りしめる――アイ／ラヴ／ユー――父もそうやっていた。まだ手を取ったまま、彼がハントを見て、待っている。髭を剃り、力強さを感じる。腰に向かって逆三角形の体形。手のひらは柔らかい。ほとんど顔に覚えはない。記憶のなかにある姿はもっと年をとっている。

疲れ切っている。父の勲章や記章がこれほど輝いていた記憶もない。だが、いまは輝いている。見事なまでに輝いている。青い目がハントの目をじっと見つめる。ハントも父の手を四度握りしめる――アイ／ラヴ／ユー／トゥー。

父はハントを見て、いう。「やらなくてもいいんだぞ」

そして、父はハントの手をほどき、歩き去る。

ハントはうしろから声を掛ける。「なにをしなくてもいいの？」だが、父は振り向かない。

そこでいつも夢は終わる。〈エンタープライズ〉が入港した朝も、ハントはその夢を見ていた。横須賀の岸壁で乗組員と顔を合わせたときも、夢で問いかけられたことにまだ動揺していた。道坂を降りてくる乗組員に交じって、彼がいるかもしれない、あるいはモリスが歩いてくるかもしれないと思い、ハントはふとまわりを見ていた。乗組員はみな若かった。士官と下士官の多くは、本来の階級に見合った配置からひとつかふたつ上の階級の配置に就いている。海軍が直近の海戦での損失を埋め合わせようともがいた結果であり、近年続いている人員不足が響いているからでもある。乗組員が若いなら、ハングリーさも持ち合わせているだろうし、経験より熱意を買う、とハントは自分にいい聞かせた。

〈エンタープライズ〉は第五艦隊とアラビア湾からの大掛かりな配置替えのあと、一週間、横須賀に停泊する予定だった。姉妹艦の空母〈ブッシュ〉は最近、イラン領空でパイロットをひとり捕虜にされるという屈辱を味わっており、〈エンタープライズ〉の乗組員は任務遂行において同様の屈辱を絶対に避ける決意を固めている。肝心の任務の詳細については、まだわかっていない。中国海軍はこちらに有効な対抗手段がない攻撃型サイバー能力を持っている。そのサイバー能力があれば、こちらのハイテク基盤――航法であれ、通信であれ、兵器誘導システムであれ――の処理能力をしょっちゅう固まるコンピュータ・システム並に弱体化できる。それでも、具体的な任務がなんであれ、おおまかにいえば、南シナ海の勢力均衡を破る中国艦隊を撃滅する、せめて無力化するといった目標が含まれるのはたしかだ。

しかし、その前に中国艦隊、とくに〈鄭和〉空母打撃群を発見しなければならない。とすれば、それは中国軍のサイバー能力が広大な海域を真っ黒に塗りつぶせるという〈文瑞〉事件と〈フォード〉と〈ミラー〉の撃沈によって明らかになったことがあることだ。第七艦隊司令部はハントの退役を取り消すと同時に、中国海軍の艦船の位置を把握し、次の動きを予測しようと、急遽、南シナ海全域と、さらに広大な太平洋にも偵察ドローンを飛ばした。さまざまなドローンがその任務を負った。細心のステルス機であるMQ‐4Cトリトン、RQ‐4グローバル・ホーク、はてはCIAのRQ‐170センチネルまで、どれもアメリカの衛星ネットワークに完全に統合されたものだ。だが、バンダルアッバスでのF‐35と同様に、そうしたドローンがある空域に入ると、中国軍が乗っ取り、ドローンのセンサーやコントロールの機能を奪った。結果、第七艦隊が得られた敵の情報といえば、半径八〇〇海里近い円形のブラックホールがあるということぐらいだった。日本、ベトナム、台湾、それにフィリピンの近海がすっぽり入る。そのブラックホールのどこかに〈鄭和〉ほかの中国艦隊が潜んでいる。そして、ハントはその艦隊を探し出し、撃滅することが要求される。

ハントは戦闘攻撃飛行隊のひとつ、VMFA‐323（海兵隊323戦闘攻撃飛行隊）デス・ラトラーズのアビオニクスの機能を止めるよう要請した。同飛行隊は〈エンタープライズ〉配備の唯一の海兵隊飛行隊であり、旧式のF／A‐18ホーネットをいまだ使っている唯一の飛行隊でもある。ハントは同機の修正のため停泊期間の二日間の延長が認められるだろう。出港後にも、見つかるかぎりの時間を改修と確認に使うつもりだった。要するに、一個飛行隊を〝ローテク飛行隊〟につくり変えるのだ。

飛行隊長は執拗に反対した。パイロットたちにその手の飛行——計器を使わず、経験と勘だけでの飛行——ができるかどうか自信がありません、と隊長はハントにいった。ハントはその懸念を退けた。ローテク飛行機につくり替えて有利になると思っていたからではなく、そうするしかなかったからだった。今度の戦闘は目をつぶって戦うことになる。それは彼女にもわかっている。

当然ながら、まず〈鄭和〉を見つけないことにははじまらないが。

二〇三四年五月二一日　09：00（GMT13：00）
クアンティコ

ウェッジは家に帰りたい一心だった。サンディエゴに。ビーチに。06：00ジム、08：00飛行前点検、09：00最初の飛行、ランチ、13：30二度目の飛行、飛行後点検と報告、その後、将校クラブで飲み、自分のじゃないベッドで一夜を過ごすという暮らしに。レイバンをかけたかった。プンタ・ミラマーの波に乗りたかった。飛行隊の仲間の腕前をこき下ろし、トップガンの聖地ファロン海軍航空基地でドッグファイトをするときに有言実行したかった。

やりたくないことはなんだ？

クアンティコにいること。海兵隊司令部が〝WDCMA滞在中の護衛〟としてウェッジに付けた曹長につけ回されること。「WDCMAってのはなんだ？」ウェッジはユーモアのかけらもない曹長に訊いた。この曹長は目ぼしい勲章はほとんど受章しておらず、訓練での表彰と善行記章を一ダースばかり受章しているだけだった。

「ワシントンDCメトロ・エリアの略です」曹長は答えた。

「冗談か？」

「いいえ」

ウェッジがアメリカ――曹長はなにがなんでもCONUSという呼称を使っている国――に戻って数週間で、ふたりはこのやり取りを何度もしていた。ウェッジがデュポン・サークルの近くに住んでいる大学時代の友だちと夕食に出かけたいといって、却下されたとき（「冗談か？」「いいえ」）、あるいは、映画を観に行くにも曹長が基地の映画館に付いていくといって譲らなかったときも（「冗談か？」「いいえ」）、はたまた――これがいちばん辛辣だったが――クアンティコ滞在がはじめは一日、次に二日、その後一週間、さらに一週間と延ばされたとき（「くされ冗談か？」「いいえ」）。

ウェッジの滞在期間が長引いた理由は、表向きには、いくつもの任務報告があるからだった。帰国後の最初の週には、CIA、DIA、NSA、国務省、さらには国家地理情報局の役人とのミーティングまで次々とこなした。ウェッジはF‐35が正常に操作できなくなったことと、一連のトラブルシューティングを試みたことを詳細に説明し（アビオニクスに銃弾を撃ち込んだともいったが——「システムがまったく反応しなくなり、〝マニュアル〟でシステムを切断しました」——キャリア官僚や国防関連契約企業の社員には、疑いのまなざしを向けられた）、捕虜になったことも話した。

とにかく、覚えていることはいった。

「そのイラン人将校のことをもう少し教えてください」

「右手の指が三本しかなく、すぐにかっとなって、私を何度も蹴りました。それ以上どんなことが訊きたいのでしょうか？」

役人たちはメモ用紙に熱心に書き取った。

ウェッジは退屈だった。それが本当の問題だった。日中はほとんどずっと座りっぱなしでニュースを見ていた。「三七隻だと」ウェッジは藪（やぶ）から棒によく声に出していった。そういうたびに、だれかが——四角四面の曹長でもいい——それはちがうと声を上げてほしかった。そんなことは起きていない、〈フォード〉も〈ミラー〉もその護衛艦も沈んでいない、ぜんぶ夢、幻で、現実はひとつ、アメリカは偉大なのだ、と。今回戦死したパイロットたちの多くは、ペンサコラ海軍航空基地の教育航空隊時代からの知り合いだった。「おれたちは顔面を蹴られて歯を折られた」ウェッジはその海戦の結果をよくそう表現し、同じようにして折られた自分の歯に舌を走らせた。クアンティコに来て二週間目に、四時間におよぶ歯の治療を受けたが、基地にとどめ置かれている本当の理由を教えてくれたのは、そのときの歯医者だった。手際よくウェッジの歯を治療し、五本の歯を差し歯に換えたあと、その女の歯医者は鏡をもってきてウェッジに出来栄えを見せた。「どうですか？」歯医者が訊いた。「ホワイトハウスに連れていってもらうころには、すっかり元気になりそうですね」

また一週間が過ぎた。

それを待っていたというわけだ。ホワイトハウスでの報告を。

曹長はウェッジが捕虜になっていたときにかなりの有名人になったのだと説明し、ＳＮＳの〝#FreeWedge（ウェッジ解放）〟というスレッドまで見せた。なんといっても、大統領だって政治家だから、ウェッジとの写真を撮りたがっても不思議はない。彼女の〝やることリスト〟に載っているのだろう。だが、〝謁見（えっけん）〟は何度も先延ばしになっている。ニュースにチャンネルを合わせると、その理由がわかった。中国艦隊が消えたのだ。霞のように。ぱっと。国防長官（SECDEF）、統合参謀本部議長、それに国家安全保障担当補佐官——あの軍歴もない口先だけのタカ派トレント・ワイズカーヴァー

――まで、みんな記者会見をひらき、〝中国の侵略〟に対して、ごく薄いオブラートに包んだだけの威嚇（いかく）をした。

中国が見ている。

反応はない。

何週間か武力による威嚇をおこなうと、米政権は疲れ果ててしまったかのようだった。久しぶりに記者会見が設定されなかった日、ウェッジはついにホワイトハウスに呼ばれた。クアンティコから北へ向かう車中、ウェッジは海兵隊の売店が超特急で仕立てた通常制服（サービス・ユニフォーム・アルファ）をしきりにチェックしていた。大統領が戦争捕虜章を授与するといわれていた。大統領がいくつか質問し、ふたりで写真に収まればおしまいだ。胸の飾りひもをいじりながら、舌を新しい歯に這わせていた。

「似合ってますよ」曹長がいった。

ウェッジは礼をいい、ウインドウの外を見つめた。

ウエスト・ウィングの訪問者用出入り口に到着したとき、だれもふたりの来訪を知らないようだった。シークレット・サービスには、その日の訪問者リストに載っていないといわれた。ウェッジは近くでちょっと腹ごしらえでもしようと提案した。〈オールド・エビット・グリル〉か〈ヘイ・アダムズ〉といったバーでスライダー

（ミニハンバーガー）とビールを一、二杯腹に入れてから戻ってくればいいじゃないかと。だが、曹長は首を縦に振らなかった。シークレット・サービス制服組の職員に掛け合い、結局、職員に上司を呼んでもらった。三〇分ばかりそんなやり取りを経て、ペンタゴンと海兵隊司令部へ電話で問い合わされた。

　そんなとき、チョードリが通りかかった。彼はウェッジが来ることを知っていて、自分が案内すると申し出た。チョードリは一度にひとりだけ付き添う権限しかないから、曹長はそのまま待っていてもらわないといけない。チョードリとウェッジが狭苦しいウエスト・ウィングのオフィス群を進んでいくとき、チョードリは申し訳なさそうに事情を説明した。「大規模停電があってから、ここのオンライン・システムはまだ充分に直っていなくてね」その後、ウェッジが座って待っていられるように、椅子を見つけた。「きみは今日のスケジュールにたしかに入っているが、現状はかなり流動的だ。いつなかに入ってもらうか、私が見てこよう」そういうと、チョードリは慌ただしく動いている人の波に消えた。

　ウェッジは危機を見たら危機だとわかる。職員が急いで廊下を歩いていったかと思うと、急に立ち止まって引き返したりしている。ひそひそ話に熱がこもっていく。急いだ様子で電話に出る。男たちはひげを剃っていない。女たちは髪を梳かしていない。

だれもがデスクで食事を済ましている。

「きみがそうか?」いつの間にかウェッジのそばに来ていた男がいった。赤いバインダーを小脇に抱え、縁なし眼鏡が鼻にちょこんと載せて、まるで出処の疑わしい絵でも見るかのように、ウェッジを品定めしている。

ウェッジはとっさに立ち上がり、〝サー〟のサンドイッチで名を名乗った。「イエス・サー、クリス・ミッチェル少佐であります、サー」ウェッジはクアンティコの海兵隊将校基礎課程の幹部候補生に戻ったかのようにいった。トレント・ワイズカーヴァーは名前はいわず、「大統領の国家安全保障問題担当大統領補佐官だ」と自分の役職を紹介したのち、ウェッジと弱々しく握手した。心のこもった力強い握手をするくらいの敬意さえ見せなかった。「ミッチェル少佐」彼は続け、小脇に抱えていたバインダーに目を落とした。「きみの名前はスケジュールには載っている。ただし、今夜、大統領は国民に向けた声明を発表することになっていて、いまその準備に追われている。したがって、今日はいささか忙しくなってしまった。申し訳ないが、大統領の代わりに私がきみに授与するよう指示されている」ワイズカーヴァーはそういって、赤いバインダーと勲章が入っている青い箱を無造作に手渡した。しばらくその場に立ち、見たところ、ふさわしい言葉を探しているようだったが、結局はふつうに「おめでとう」とだけぼそりといって、いとまごいをし、次の業務へと急いで行った。

ウェッジはウエスト・ウィングから訪問者エリアにぶらぶらと戻った。曹長が律義に待っていた。ペンシルバニア・アベニューに出て、公用車を駐車していた公共駐車場に入っていくまで、ふたりとも話をしなかった。曹長はウェッジの大統領訪問の詳細を訊かなかった。ウェッジが不作法な扱いを受けたことをなんとなく感じ取っているようで、ウェッジを励まそうと、今日で護衛の指示は終わりですといった。あすは晴れて飛行隊に戻れますよ。ウェッジはそれを聞いて微笑み、クアンティコ基地に入ると、車内の沈黙を埋めようとカー・ラジオをオールディーズ専門局に合わせた。しかし、しばらくすると、その局も、ほかのどの局も、公共広告に続き大統領の声明を流した。

曹長がボリュームを上げた。

ウェッジはウインドウの外に目をやり、夜を見つめていた。

「アメリカ国民のみなさん、数時間前、我が国の同盟国である台湾の沖に中国軍の大艦隊が出現したと、海軍および情報機関から報告がありました。最近、中国と交戦したことを考えれば、これは台湾の独立だけでなく、我が国の独立にとっても明白かつ眼前の危険です。最近の我が軍の敗北により、この脅威への対処法は限定されます。

しかし、ご安心ください。限定されたとはいえ、まだたくさん残っています。第三五代大統領ジョン・F・ケネディの言葉をお借りするなら、〝我が国の幸福を願う国にせよ、不幸を願う国にせよ、あらゆる国に知らしめようではないか。自由の存続と発展のためならば、われわれはいかなる犠牲をも払い、いかなる重荷をも背負い、いかなる苦難にも立ち向かい、どんな友でも支援し、どんな敵にも抵抗すると〟。ケネディ大統領政権において、キューバ・ミサイル危機をはじめ、分厚い暗雲が漂っていたころでも、この主張は正しかった。そして、いまでも正しいのです。

中華人民共和国の人民と政府に対して、わたしはじかに訴えたいと思います。貴国のサイバー兵器により、我が国は従来のような抑制的な対応ができない状況にあります。戦争の道は、できれば進みたくありません。しかし、やむを得ないのであれば、我が国はどうどうと進みます。同盟国に対する責任を果たします。貴国の艦船が引き返して港に戻り、海上航行の自由を尊重するのであれば、大惨事を回避できる可能性はまだ残っています。しかし、台湾の主権侵害は、アメリカ合衆国の定めるレッド・ラインです。そのレッド・ラインを踏み越えるなら、我が国は独自に定める時と場所において、圧倒的な戦力で立ちふさがるでしょう。同盟国とともに戦い、我が国を守るため、わたしは当該区域の司令官に限定的な戦術核兵器の使用許可を与えました……」

ウェッジはラジオを切った。

州間高速道路95号線（I‐95）では、ふたりの横を車が次々と通り過ぎていく。あちこちで車が路肩に停り、暗闇でハザード・ランプを明滅させている。運転しているものや同乗しているものの人影が身を乗り出し、ラジオの声明に聞き入っている様子が、車のなかからもわかる。ウェッジには、それ以上聞く必要はない。この先どうなるのかはわかった。曹長がぼそりといった。「まさか、戦術核か」そして、こう付け加えた。「そんなものは、ホワイトハウスでしっかりつなぎ止めておいてほしいものだ」

ウェッジはただうなずいた。

ふたりはまたしばらく黙って車を走らせた。

ウェッジは膝に目を落とした。戦争捕虜章の勲記が挟んである赤いバインダーと勲章が収まっている青い箱を見た。

「勲章を見てみましょうよ」曹長がいった。

ウェッジは青い箱をあけた。

空だった。

ウェッジも曹長も言葉が出てこなかった。曹長が背筋を少し伸ばして座り直した。ハンドルの二時と一〇時に置いた手に力が入った。「どうってことないですよ」しばらくして、曹長はそういい、ウェッジの膝に載っている空の箱をもう一度見た。「今日ホワイトハウスで手ちがいがあったんでしょう。あした、埋め合わせさせましょう」

4 レッド・ライン
Red Lines

2034
A Novel of the Next World War

二〇三四年五月二二日　01：46（GMT五月二一日　23：46）

バレンツ海

ファルシャッドは三晩連続でなかなか眠れなかった。与えられた個室が喫水線のすぐ上に位置していて、浮氷塊が艦首から舷側をかすって流れるたびに、ドラの音のような轟音が響くのだった——ドン、ドン、ドン。その音は夜通し容赦なく続いた。数週間前にタルトゥスに着くと、任務指示が着いていた。そこで、ロシア連邦地中海艦隊の半袖シャツ、日に焼けたブロンズ色の肌の乗組員との連絡任務として配属されるわけではなかった。カリーニングラードの海軍本部で飛行機を降りたとき、冬物のコートさえもっていなかった。ファルシャッドは、もっと大きな空母〈クズネツォフ〉とか、巡洋艦〈ピョートル・ヴェリーキイ〉にでも配属されるのかと思っていた。しかし、ひっきりなしに横揺れする小型の哨戒艦〈レズキイ〉に乗ることになった。高速で走るブリキ缶のようなこの細い艦に乗っていて、ファルシャッドは軽い船酔いになった。

ドン、ドン、ドン――

ファルシャッドはあきらめてライトをつけた。

ベッドは自室の壁に折り畳めるようになっているが、折り畳んでいないと自室のドアがあけられず、ウールの毛布、シーツ、枕をしまわないと、ベッドが折り畳めない。ベッドを折り畳み、ドアをあけ、自室を出るというこの何段階もの手順のほかにも、面倒な手間は無数にある。狭苦しい士官室でほかの士官たちと一緒にとる食事もそのひとつだった。ほとんどがロシア語しか話せず、みなファルシャッドより一〇歳は若かった。おかげで食事の時間でないときに食べる、あるいは〝ミッドラッツ〟を食べるようになった。要するに、深夜当直の空腹を満たすために調理員が深夜零時ごろに出してくるその日の残り物の深夜食のことだ。

ファルシャッドはカリーニングラードの親切な補給品担当の従卒からもらったピーコートをパジャマの上から羽織った。なにか食い物はないかと士官室に向かい、左右の隔壁間でよろめきながら赤い照明の廊下を歩くときも、浮氷塊が艦首にぶつかる音がずっとつきまとっていた。

ファルシャッドの自室と同様、士官室も収納技の見本市だった。テーブルがふたつにバンケットを置き、小さな厨房がついているだけの部屋だ。そのバンケットには、室のサモワール（ロシア独特の湯沸かし器）から注いだお茶をちびちびと飲んでいる。ラップトップのスクリーンを見ているそばで、指に挟んだ煙草が拳側に向かって短くなっている。背後にこの部屋唯一の飾り物がある。おもちゃの沈没船から顔をちょこんと出している、黄色とオレンジ色の魚がいる魚水槽だ。士官室係と呼ばれる士官室の世話をする水兵はすでにミッドラッツをふたつのステンレスの食器に載せてテーブルに出していた。ひとつは黒っぽい色の肉に茶色のソースがかかったもので、もうひとつは白っぽい肉に白いソースがかかっている。品書きがそれぞれの食器の横に置いてあるが、ファルシャッドにはロシア語が読めなかった。

「白いのは魚で、ニシンの仲間だと思う」コルチャークが英語でいい、ラップトップから目を上げた。「黒っぽいのは豚肉だ」

ファルシャッドはしばらく手を止め、どちらにしようか迷っていた。その後、空のプレートを持ってコルチャークの向かいに座った。

「正解だ」コルチャークがいった。ほかに聞こえるものといえば、隅でうなっている水槽のフィルターの音だけだ。コルチャークは右の小指に小印のついた金の指輪をはめている。左手は髪をいじっている。髪はブロンドだったようだが、いまはほとんど真っ白で、耳に軽くかかっている。小さな鋭い目は冷たそうな青で、何十年も前にカットされたふたつの宝石のように、かすかにあせている。鼻は長く、つんと上を向き、鼻先が赤い。風邪と戦っているようにも見える。「ニュースはまだ見ていないのだろうな」コルチャークがファルシャッドにいった。コルチャークの英語はかすかにイギリス訛りがあり、まるで前世紀の会話の道徳観を盗み聞いているかのように古風な響きがあった。

コルチャークはラップトップである映像を流した。ふたりは二時間ばかり前にアメリカ大統領がおこなった声明を聞いた。映像が終わると、ふたりともなにもいわなかった。ついにコルチャークが、ファルシャッドのなくなった指のことを訊いた。

「アメリカ軍と戦っていたときに」ファルシャッドは答えた。その後、コルチャークの小印のついた指輪を指さした。よく見ると、双頭の鷲が彫ってあるのがわかる。

「その指輪は?」

「これは高祖父のものだった。高祖父も海軍士官だった。ロシア帝国海軍の」コルチャークが煙草を長々と吸った。「日本との戦争に出征した。その後、年老いてから、ボルシェビキに殺された。この指輪は何年ものあいだ一族が隠してきたものだ。私が高祖父以来はじめて指にはめた。時はすべてを変える」

「アメリカはどう出ると思う?」ファルシャッドは訊いた。

「こちらが訊くべき問いかけだ」コルチャークが答えた。「あなたは以前、米軍と戦ったといっていたはずだが」

敬意を示すちょっとした受け答えに、ファルシャッドは不意をつかれた。意見を求められたのはいつ以来だったか? 気持ちが抑えきれなかった。コルチャークに親近感のようなものを感じた。コルチャークもファルシャッドと同じく国に忠誠を尽くしてきたのに、国はコルチャークとその家族をつねにフェアに扱ってきたわけではない。自分で決めた〝レッド・ライン〟を守るかどうかという点において、アメリカ大統領には複雑な歴史がある、とファルシャッドはコルチャークに答えた。アメリカは中国による台湾併合を防ぐために、核兵器を――大統領が声明でいっていたように、たとえ戦術核であっても――使ったりするだろうか、とファルシャッドは思った。「かつてのアメリカは読みやすかったが、もうちがう」ファルシャッドはそう結論づけた。「予測不能であるからこそ、非常に危険なのだ。アメリカが動いたら、ロシアはどうする? 貴国のリーダーたちには、失うものがたくさんある。どこを見ても、裕福なロシア人ばかりだ」

「裕福なロシア人だって?」コルチャークが声を上げて笑った。「そんなものはない」

ファルシャッドはわけがわからなかった。地中海や黒海のいたるところにロシア人の巨大ヨットが出没するし、アマルフィやダルマチアの海岸沿いに派手な別荘をもっていたりするではないかといった。海外旅行をしていて、華やかなもの――別荘、ボート、飛行場のエプロンでアイドリングしているプライベート・ジェット、びっくりするほど多くの宝石を身に着けている女――が目に入り、だれのものかと人に訊くと、決まってロシア人のものだという答えが返ってきた。

コルチャークはかぶりを振っていた。「ちがう、ちがう、ちがう」彼はいった。「裕福なロシア人などいない」煙草を灰皿でもみ消した。「いるのはカネをもった貧しいロシア人だけだ」

また煙草に火をつけながら、コルチャークは〝ロディナ〟、つまり〝母なる祖国〟についてもったいぶって話しはじめた。帝政（ツァーリスト）であれ、帝国主義であれ、共産主義であれ、何度も繰り返してきたとおり、彼の祖国はほかの大国のような正当性を認められたことがないという。「帝国主義時代、ツァーは宮廷でフランス語を話していた」コルチャークがいった。「共産主義時代、経済は中身のない貝だった。今日の連邦制下では、リーダーたちは世界のほかの国々から犯罪者だと見なされている。ニューヨーク市でも、ロンドンでも、われわれが尊敬されることはない。プーチン大統領でさえ。彼らにとって、プーチン大統領は連邦制の創始者ではない。ちがう、彼らにとって、プーチン大統領はどこにでもいる貧しいロシア人だ。クリミア、ジョージア、ドニプロ・ウクライナの古来のロシア領を奪還したというのに、よくてギャング呼ばわりだ。アメリカの政治システムをたたき、いまやアメリカ大統領は党をもたず、多くは泡沫の〝独立候補〟として出馬する状況におとしめたというのに。われわれは老練な民族だ。リーダーも同じ民族だから、同じように老練だ。アメリカが動いたら、ロシアはどうするかとお尋ねだったな？ 簡単じゃないか？ 鶏舎に入ったキツネはどうする？」コルチャークは満面の笑みを浮かべた。唇がめくれて歯が見えた。

　イランとロシアには数多くの共通の利害があることを、ファルシャッドはいつも理解していた。とにかく、頭で理解していたのはたしかだ。だが、コルチャークの話を聞いて、両国に深いレベルでも類似性があることも理解しはじめた。いかに両国が並んで発展し、同じ軌跡を描いてきたか。両国とも帝政があり、古代の歴史をもつ。ロシア皇帝(ツァー)とペルシア王(シャー)。両国とも革命に耐えた。ボルシェビキとイスラム原理主義者。そして、両国とも西側諸国から毛嫌いされてきた。経済封鎖、国際非難決議。同盟国ロシアに好機が訪れていることを、ファルシャッドは理解した。とにかく、肌で感じ取ったのはたしかだ。

彼らは三週間前にカリーニングラードの母港を出た。航海に出た最初の一週間、〈レズキイ〉は、大西洋西部やバルト海北部の海域を精力的にパトロールしていた数年前に編成変えになった米第三および第六艦隊のさまざまな艦船を追跡した。その後、急に米艦船が消えた。南シナ海で二度にわたる大敗を喫したことを考えれば、米艦隊の行き先は明らかだった。米艦隊不在によって好機が到来したことも明らかだった。五〇〇本を超える光ファイバーケーブルが氷に覆われた海域の底に縦横に敷設され、北米との10Gインターネット・アクセスの九〇パーセントがこのケーブル網を利用している。

「アメリカが核兵器を使えば」コルチャークはいった。「われわれが海底ケーブルにちょっといたずらしても、世界は気にしないだろう」コルチャークはファルシャッドをじっと見ていた。「我が軍がポーランドの一部を分捕って、カリーニングラードをロシア本土に組み入れても、世界はとやかくいわないだろう」コルチャークは壁に貼ってある地図を指さした。そして、ロシアとバルト海の港湾とを陸路で直結する回廊を指で地図上に描いた。プーチン自身、〝カリーニングラード回廊〟と呼ばれるこの細長い土地の領有をたびたび口に出してきた。「我が国はいつも除けもの国家にされてきたが、アメリカが核兵器を使えば、そのときはアメリカがそうなる」

「アメリカはそこまでするとと思うか?」ファルシャッドはコルチャークに訊いた。

「一〇年か一五年前なら、しないと答えるだろう。いまは、わからない。アメリカ人が信じているアメリカ像は、もはや現在のアメリカとはちがう。時がすべてを変えるというわけだ。いま、世界はこちらに有利なバランスに変わりつつある」コルチャークが時計を見た。彼はラップトップを閉じ、ファルシャッドに目を向けた。「だが、もうこんな時間だ。少し休んだほうがいい」

「どうせ眠れない」ファルシャッドはいった。

「どうして?」

ファルシャッドは浮氷塊が艦首や舷側にぶつかるドン、ドン、ドンというかすかな音がコルチャークにも聞こえるように、しばらくふたりのあいだに沈黙が降りるままにまかせた。「この音が煩わしい」ファルシャッドは認めた。「それに、艦体がしょっちゅう揺れる」

コルチャークはテーブル越しに手を伸ばし、親しみを込めてファルシャッドの腕をつかんだ。「どちらも気にしないことだ。自室に戻って横になれ。横揺れはじきに慣れる。音か? 私の場合には、ちがう音だと思い込むと眠れる」

「ちがう音?」ファルシャッドは信じられないといった感じで訊いた。

ドン、ドン、またふたつの浮氷塊が艦首に当たった。

「時代の変わり目を知らせる鐘の音とかな」

二〇三四年五月二二日　23：47（GMT15：47）
南シナ海

ドアがノックされる音。

真夜中。

林保はうなりながら体を起こした。今度はなんだ？　彼は思った。毎晩のように眠りを邪魔される。ゆうべは彼の打撃群の二隻の駆逐艦の艦長が隊形指示をめぐって口論になったとかで、林保が仲裁してやらなければならなかった。その前の晩は、不測の気象情報が入った。台風が発生したとの情報だったが、誤報だった。その後、潜水艦の一隻が予定されていた通信機会を逸した。その前は一隻の原子炉の水蒸気量が過多になった。起こされた理由が、睡眠不足の頭ではうまく思い出せない。中国史の偉大なる瞬間に立ち会っているのかもしれないが、そんな感じはまったくない。林保は艦隊の細々（こまごま）とした問題に対処しようと憔悴し、もう二度と夜ぐっすり眠ることはないのだろうと思うようになっていた。

しかし、サイバー欺瞞（ぎまん）、ステルス素材、対衛星措置を複雑に組み合わせたおかげで、艦隊の隠密性が保たれてきた点には、そこそこ満足していた。おそらくアメリカはこちらがチャイニーズ・タイペイ沿岸に向かっていると予想しているだろうが、迎撃に必要となる正確な目標データの分析はできていない。いずれはこちらを見つけるだろう。だが、そのときは手遅れだ。

「提督同志、戦闘情報センターにおいでいただきたく」

林保はまたノックで起こされた。「提督同志――」

林保はドアをあけた。「聞こえている」一九歳にもなっていないと思われ、彼に劣らず睡眠不足に見える若い水兵に、彼はきつい口調でいった。「いま」――林保は咳払いをした――「いま行くといっておけ」水兵がこくりとうなずき、急いで廊下を戻っていった。林保は声を荒らげたことを後悔しつつ、着替えた。彼がどれほどの重圧下に置かれているかがわかるというものだ。その重圧を乗組員に見せるのは、弱点をさらすようなものだし、乗組員も似たような重圧下に置かれている。この三週間というもの、雲隠れしてからずっと、〈鄭和〉空母打撃群は――海軍のほかの三つの空母打撃群、陸軍特殊部隊の小部隊、陸上基地配備の戦略爆撃機、空軍の超音速ミサイルとともに――チャイニーズ・タイペイ、あるいは西側諸国がどうしても使いたがる呼び名でいえば台湾近海に集結し、その島を緩い輪のように取り囲んだ。林保の艦隊の位置はまだ敵に知られていないとはいえ、アメリカの強力な全地球的監視ネットワークにこちらの正確な位置を探られているのが、ありありとわかる。

これは蔣国防部長が立案し、中央政治局常任委員会が承認した作戦で、ふたつの段階を踏む。いずれも孫子の有名な鉄則にしたがったものだ。ひとつは〝知りがたきこと、影のごとく。動くこと、雷霆のごとし〟だ。中国艦隊はいつの間にか消えたが、鉄則のとおり雷霆のごとく動いて、いつの間にか台湾周辺に現われる。これほど隠密裏に部隊や艦隊を集結した国はかつてない。アメリカやほかの大国が軍事部隊を迎撃位置に配置するまでには、何週間、場合によっては何カ月もかかる。蔣国防部長の計画の第二段階も、孫子にもとづいている。〝戦わずして人の兵を屈するのは善の善なるものなり〟。蔣国防部長は自軍の艦隊が台湾沖に急に姿を現せば、いわゆる台湾の最高機関である立法院に残された選択肢はひとつしかなくなる。議会の解散決議後、中国人民共和国との併合だ。弾など一発も撃たなくていい。中央政治局常任委員会にこの計画を示したとき、蔣国防部長はこれだけ急に台湾を取り囲めば、台湾は無血のチェックメイトを認めるしかなくなると主張していた。委員のなかには、恐るべき八〇代である、中国共産党中央規律検査委員会書記・趙楽際をはじめ、計画に懐疑的なものもいたが、最後には多数が蔣国防部長を信任した。

林保が戦闘情報センターに入ると、蔣国防部長が安全なビデオ会議で待っていた。「国防部長同志」林保はいった。「お会いできてよかった」〈鄭和〉が身を隠してから、ふたりは電子メールでのやり取りは続けていたが、セキュリティ上の問題から、通話はしていなかった。再開直後には、互いの重圧を推し量っているかのような、気まずい沈黙があった。

「会えてよかった」蔣国防部長がいい、林保と乗組員の素晴らしい働きに対する賛辞を述べた。彼らは〈鄭和〉空母打撃群を所定の位置に移動させたばかりか――それだけでも面倒な任務だが――航行中に艦船の不具合箇所の修理も済ませ、大勝利に向けた準備を万端に整えていた。国防部長は延々と賛辞を続けた。〈鄭和〉の乗組員を褒める言葉が積み重なるにつれて、林保の不安も募っていった。

まずいことがあったようだ。

「ゆうべ遅く、立法院が議会を緊急招集した」蔣国防部長がいった。「数日後には解散の是非を問う議決がある……」声がすぼみはじめ、詰まった。「計画どおりに進みはじめているように見える……」目と目のあいだをつまみ、目をつぶった。荒い息を長々と吐いたあと、まいったとでもいうかのように付け加えた。「だが、懸念もある。アメリカ側は核攻撃もあると脅してきた——きみも聞いていることだろう」

聞いていた。少し離れたところに座っている情報分析官のひとりをちらりと見た。この二四時間、彼らは通信が途絶えていた。若い分析官が機密扱いに指定されていないラップトップで、ただちに《ニューヨーク・タイムズ》のホームページにアクセスした。やたら大きくて太いフォントで、ヘッドラインが出ている。〝大統領レッド・ライン策定、核兵器使用も〟記事は数時間前に配信されていた。

林保は蔣国防部長にどう答えていいのかよくわからなかった。〈鄭和〉空母打撃群の最新の配置情報を報告することぐらいしか思いつかず、淡々と話しはじめた。航空機乗員の準備状況、水上護衛部隊の配置、随伴する潜水艦の配置を報告した。林保は長広舌を振るった。だが、そうした専門的なことを細々と説明しているうち、蔣国防部長がいらだった様子で爪を嚙みはじめた。蔣国防部長が手をじっと見ていた。ほとんど聞いていないように見える。

その後、林保は思わずいった。「われわれの計画はまだ有効です、国防部長同志」蔣国防部長が目を上げて彼を見たが、なにもいわなかった。

林保は続けた。「チャイニーズ・タイペイの立法院が解散すると議決すれば、アメリカはわれわれに攻撃を仕掛けられません。さすがに、よその議決を理由にわれわれを攻撃するほどの厚かましさは、アメリカにもありません」

蔣国防部長が顎をなで、いった。「かもな」

「それに、攻撃を仕掛けてくるにしても、こちらの艦隊は攻撃できません。正確な位置データがないのですから。戦術核攻撃に必要な目標データもありません。それに、我が艦隊はタイペイのほんの数キロ沖合にいます——都心被害に加え港湾が壊滅するという二次的被害が生じます。そこがこの作戦の神髄ではありませんか、国防部長同志。戦わずして人の兵を屈する。孫子もいうように、それこそ〝善の善なるもの〟です」

蔣国防部長はうなずき、また同じ答えを返した。「かもな」声が細っていた。水を飲まないと声が出なくなりそうだった。そして、テレビ会議が終わった。立法院が議決をする。アメリカはレッド・ラインを引いた。彼らはその約束を守るかもしれないし、守らないかもしれない。待つこと以外、林保と彼の乗組員にできることはほとんどない。まだ夜が明けきっていない。自室に戻る途中、林保はブリッジの当直チームの様子を見に行った。乗組員は若くて経験もあまりないが、油断なく任務を遂行していた。自分たちがどれだけの大仕事をはじめようとしているのか、各人が理解している。すぐ先には、夜明け前の霧に包まれた台湾沿岸がある。もうすぐ日が昇り、霧も晴れる。この島も姿を見せ、こちらも姿を見せる。だが、林保は疲れていた。少し休息が必要だ。

自室に戻り、眠ろうとしたが、眠れなかった。やがて、本でも読もうと思った。本棚をざっと見て、『兵法』を見つけた。皮肉なことに、彼はアメリカのニューポートにある海軍大学校ではじめてその本を読んだ。数多くの注釈がついたページをぱらぱらめくりながら、ニューポートの霧を思い出した。海岸にしがみつくような濃い霧で、船がその霧を切り裂いて進むさまを思い浮かべると、ここの霧もそんな感じだと思った。すると、ある一節に行き着いた。これまで何度も読んでいたのに、最後に読んでから何年も経っているから、忘れてしまったようだ。「彼を知り、己を知れば、百戦して殆ふからず。彼を知らずして己を知れば一勝一負す。彼を知らず己を知らざれば戦ふ毎に必ず殆ふし」

林保は目を閉じた。

彼を知っているか？　アメリカについて覚えているかぎり思い出そうとした。アメリカで研究し、暮らした年月、母親を思い描いた。母はそこで生まれた自分の分身だった。目を閉じると、いまでもその声が聞こえる。子供の彼によく歌ってくれた……アメリカの歌を。調子はずれだが、〝ドック・オヴ・ベイ〟（1968年にヒットしたオーティス・レディングの歌）を口ずさんだ。そのリズム、体に染みついている。彼はやっと深く安らかな眠りに落ちた。

二〇三四年五月二一日　21：37（GMT五月二二日　01：37）
ワシントンDC

大統領執務室（オーバル・オフィス）で予定されていた大統領声明の原稿は、発表される前の朝に関係部局に広く配られ、必要な人員もすべて配置されていた。原稿は関係省庁間の協議プロセスを行き交い——国務省、国防総省、国土安全保障省、それに財務省までがそれに対してコメントを返してきた。報道官、上級政策補佐官、チョードリを含む少数の国家安全保障問題担当補佐官がリハーサルに携わり、大統領は大統領執務机（レゾリュート・デスク）について、発表の練習をした。大統領は立派だと、落ち着いているし、泰然としている、とチョードリは思った。

その夜、大統領が声明を発表するとき、チョードリは自分のデスクについていた。同僚たちは、狭苦しいウエスト・ウィングのあちこちに設置されているテレビの前に陣取っていた。チョードリは見ていなかった。何度もリハーサルを見てきたから、見なくてもいいと思っていた。あたりが急にざわついたとき、やっと顔を上げた。チョードリも、同僚も、大統領が核攻撃も辞さないと表明するとは思っていなかった。彼らはどうすることもできず、ただまごついてテレビを見つめていると、大統領執務室(オーバル・オフィス)のドアが勢いよくあいた。数人の閣僚が入っていった。その様子――生気が感じられず、張りつめたようなささやき――からすると、彼らも不意をつかれたようだ。うろたえていないように見えるのは、ヘンドリクソンとワイズカーヴァーのふたりだけだった。ワイズカーヴァーが、自分のオフィスに入るようチョードリに合図を送ってきた。彼のオフィスは先週、大統領執務室(オーバル・オフィス)の斜向かいに移っていた。

「入れ」ワイズカーヴァーはいい、手を振ってチョードリを招き入れた。「五分間で終わらせる」ワイズカーヴァーのオフィスは整理放棄で混とんとしていた。亡くなった小学生の息子のフレーム入りの顔写真がキーボードの横にあるが、デスクやあらゆる棚に積み重なったバインダーやフォルダーに埋もれている私的なものは、それだけのようだった。どのカバーページにも、機密種別コードの略語がついている。政府内で対応するのか、国防総省で対応するのかにしたがって、ワイズカーヴァーはチョードリかヘンドリクソンの伸ばした手の上に文書をひとつずつ積み重ねはじめた。ワイズカーヴァーは行政文書の作成や解釈に精通していて、経験と熱意を込めて部下と議論を重ねてから文書作成に当たらせる。ヘンドリクソンとチョードリにマイナーな任務が割り振られるたびに、国が一歩また一歩と核戦争に近づいていた。

チョードリがボスのワイズカーヴァーに質問を投げかける前に、五分間が過ぎた。ドアが閉められた。チョードリとヘンドリクソンは、そろってバインダーの束を抱え、ワイズカーヴァーのオフィスの前に立っていた。「あの声明のことは事前に知っていたのか？」チョードリは訊いた。

「どっちでも同じじゃないか？」

チョードリには同じかどうかわからなかった。もっとも、ヘンドリクソンなりに、ああ、実はその変更は知っていたと答えているのだろうとは思った。国防総省出身の上級補佐官だから、知っていたとしても不思議はない。それに、その情報がごく少人数のあいだでとどまっていたとしても、閣僚の多くやホワイトハウスのスタッフほぼ全員に知らされていなかったとしても不思議はない。そうはいっても、チョードリにしてみれば、騙されたかのように感じられた。要するに、まちがっているように感じられるのだ。ただし、そんな武力行使許可が決まったと聞かされたら、ほかに感じようがないのもたしかだ。

「まさかほんとうにそんなことにはならないだろうな」チョードリはいった。だが、そういっているときも、自分が質問しているのか、希望を伝えているのかよくわからなかった。大統領が核使用のレッド・ラインを引くつもりだったことは知らされていなかったが、そのほかはほぼすべて知らされていた。たとえば、中国軍が台湾近海に展開していることも、艦上と地上発射型および空中発射型ミサイル、さらに限定的な侵攻作戦を遂行する特殊部隊の分遣隊を組み合わせて、同島を緩い円を描いて取り囲んでいることも知っている。隠密裏に、しかもこれほど迅速に包囲するために、中国艦隊はまだ謎に包まれたままのあっぱれな複合技術を使ったにちがいない。その中国艦隊に対して、我が方が戦術核を使うにしても、台湾が包囲されている以上、二次的被害を考えれば狙える目標などない。

「こっちが本気だと思ってもらわないとな」ヘンドリクソンがいった。「目下、我が軍の三つの空母打撃群が、南シナ海を横断する命令を受けている。こっちには時間が必要だ。三空母打撃群が配置につけば、われわれは中国本土に脅威を与えられる。そうなれば、向こうは台湾に向けた兵力を引き上げるしかない。そして、時間を稼ぐには、真に迫る脅しをかける必要がある」

「大きなリスクもともなうぞ」

ヘンドリクソンが肩をすくめた。否定はしない。自分の持ち物をまとめ、バインダーやフォルダーを機密文書用の肩掛かばん（クーリエ・バッグ）に入れてロックした。ヘンドリクソンは国防総省（ペンタゴン）に戻らなければならなかった。チョードリは外まで見送ると申し出た。夜どおしオフィスにいることになりそうだから、少し新鮮な空気を吸いたかった。「たしかきみの友だちのハントが〈エンタープライズ〉空母打撃群の指揮をとるんだったな」チョードリは軽い話をしようと、その話題を持ち出した。ふたりはウエスト・ウィングの外に出て、シークレット・サービスの最後のチェック・ポイントの数歩手前で立ち止まった。はるか頭上の空は澄み渡り、無数の星がちりばめられていた。

「ああ」ヘンドリクソンはそういうと、チョードリから顔を背け、通りの向こう側のラファイエット・パークのほうを見た。「そのようだな」

「まあ」チョードリはいった。「よかったじゃないか」彼は笑みを見せていた。

「よかったのかな？」ヘンドリクソンがいった。チョードリには笑みを見せなかった。その場に立ち尽くし、公園と澄み渡る夜空を交互に見つめていた。一歩前に進むか、あとずさるか、迷っているかのようだった。「戦術核攻撃を実施することになれば

——台湾が屈服するとか、中国があやまちを犯すとか、ワイズカーヴァーが強引に推し進めるとか、理由はさておき——おそらく引き金を引くのはサラだ」

チョードリにとっては思いがけない指摘だった。

ヘンドリクソンがペンシルバニア・アベニューに出ようとしたとき、シークレット・サービスにしばらく引き止められた。メトロ警察がラファイエット・パーク内の事件に対応中だという。ぼさぼさのひげを生やしたひとりの老人が、〝世界の終わり〟がどうのとわめき散らしていた。その老人はほんの数分前に小さくて薄汚いビニールのテントから出てきた。スマートフォンを握りしめ、ボリュームを目一杯上げてストリーミングのニュース・チャンネルを聞いている。慌ててやって来るその男が何者なのかわかった。あらゆる戦争、とりわけ核戦争に、一九八一年以来ずっと反対の声を上げてきた、いわゆる〝ホワイトハウス平和の祈り(ピース・ヴィジル)〟の参加者だ。警察が急いでその男を止めに入ると、男はますます逆上し、自分の服を脱いで、ホワイトハウスのゲートに突進していった。メトロ警察が男を取り押さえるのを待っているあいだ、チョードリは、ゲート脇にいたシークレット・サービスのひとりがこうつぶやくのを聞いた。

「まぬけなじじいだ……」

翌朝、チョードリはタブレットのブラウザでニュースをあけ、メトロ地区版に載っていた、その事件を報じる短い記事のリンクをクリックした。老人は保釈金なしで釈放されたが、それでも、公序良俗（ピース）に反した廉（かど）で起訴された。

チョードリはブラウザを閉じ、タブレットをテーブルに置いた。

これ以上、単語はひとつも頭に入ってこない。

二〇三四年六月一一日 12：38（GMT19：38）
ミラマー海兵隊航空基地

ウェッジの扱いはまだ決まっていないようだった。クアンティコからの辞令には、〝辞令、第三海兵航空団勤務〟としか記されておらず、特定の飛行隊名はなかった。踏んだり蹴ったりだが、航空団司令部に連絡し、本部がウェッジの人事・飛行経歴記録を確認してみたところ、そのファイルが壊れていた。最新の入力は三年前だった。F／A‐18ホーネットから機種変換する前で、ウェッジがF‐35に乗る資格保有者だという記録は消えていた。ウェッジの記録に不備が生じた原因が中国のサイバー攻撃だった可能性が高いとしても、海兵隊の官僚主義にとってはほとんどどうでもいいことだった。そのパイロットにF‐35を飛ばした記録がないなら、一億ドルもする航空機のコックピットには乗せることはできない。イラン領空でF‐35を操縦中に強制着陸させられていても、その情報が広く公表されているとしても関係ない。フライト・ログになければ、そんな事実はなかったことになる。

　そんなわけで、大統領声明から何週間も経ち、核戦争の不安が現実味を帯びてきているというのに、四世代にわたる戦闘機パイロットであるクリス・〝ウェッジ〟・ミッチェル少佐は、毎日、人気（ひとけ）のない将校クラブで往年のアーケードゲーム、〝ギャラガ〟のハイスコアを更新しようとするしかなかった。そのゲーム機はクラブの奥側、あばたのダートボードと、戦利品のひとつである弾痕だらけの日本軍のゼロ戦尾部に挟まれた壁際にある。ウェッジはゲーム機のコントロール装置が大好きだった。とてもシンプルだ。スティック一本。ボタンひとつ。それだけだ。ゲームの内容もシンプルだ。一機の宇宙船で打ち寄せるインベーダーを阻止する。インベーダーと迎撃機の武器の威力は同じ。迎撃機に強みがあるとすれば、人間のパイロットの技量だけだ。このゲームは何十年もミラマーの将校クラブに置いてある——一九八〇年代はじめからだろう。何百人のパイロットがプレイしたのだろう？　ベトナムから帰還したものたち、湾岸戦争、ボスニア、イラク、アフガニスタン、シリア、さらにはベネズエラの解放戦で航空機を飛ばしていたものたち――そんな連中がこのコントロールに触れ、ハイスコアを目指して熱くなった。こんな小さな赤いジョイスティックだが、石に刺さった剣といった聖なる遺物のようだ。静かな午前もせわしい午後も空っぽの将校クラブにいたせいで、そんなふうに思ってしまったのはたしかだ。

どのパイロットも所属隊にすでに配置されたか、その支度をしているところだ。どの職員も夜遅くまで働いていた。それだから、ある日の午後、ひとりの中佐が将校クラブにぶらりと入ってきたときには驚いた。ウェッジははじめ中佐に気づかなかった。〝ギャラガ〟に意識を集中させていた。午前中、あと数百点でとんでもないハイスコアをたたき出すところだったが、そこで集中力が切れてしまった。昼休みをとり、また航空団司令部で辞令の修正について不毛なミーティングに出た。その後〝ギャラガ〟に戻り、ごくたまに休憩をとって、膠着しはじめているらしい台湾情勢の最新状況はないかと新聞を読んだりした。

中佐はカウンター席に広い背を丸めて座り、霜のついたグラスに入った薄い色のビールを飲んでいた。胸には、パイロットを示す金色のウイングマークや勲章や記章がずらりと並べ、通常制服を着ているから、上級将校――おそらくトップボスである第三海兵隊航空団司令官か――との打ち合わせに行くのか、戻ってきたところなのだろう。緩めたネクタイと打ちひしがれた表情からすると、打ち合わせはうまくいかなかったようだ。ウェッジがカウンターに置いていた新聞を、中佐が手に取った。「いいか？」中佐が訊いた。

「どうぞ」ウェッジはいい、〝ギャラガ〟をひと休みし、中佐の近くのスツールに腰掛けた。

中佐は額に水平の皺を寄せて新聞を読みはじめた。彼は社説の見出しを指さした。〝米軍の技術優位性、役に立たず〟。「これ見ろよ」彼がいい、社説のページを出した。中佐がクルミ大のアナポリス兵学校の卒業記念指輪をはめているのに、ウェッジは気づいた。「おれたちが役立たずだとさ」

ウェッジは少し顔を近づけ、社説をざっと読んだ。ハイテク・プラットホームをアメリカ防衛戦略の中心に据えて頼り切るべきではなく、最近の〝中国の侵略〟にかんがみれば、とりわけそうだと主張していた。記事中の〝中国の侵略〟というのは、要するに、米海軍の全艦船の四分の一以上が破壊されたことと、台湾が風前のともしびになっている状況のことだ。「〝われわれ〟が役立たずだと主張しているわけではありませんよ」ウェッジはいった。「テクノロジーがかえって障害になっているということです」

中佐は手のひらを下にして両手をカウンターに置いた。クロマニヨン人のようなふさふさの左右の眉毛が真ん中に寄った。彼を批判しないで彼の航空機だけ批判することが果たしてできるものなのか、なかなか理解できずにいるかのようだった。「真っ昼間に将校クラブでなにをしているんだ、少佐?」

ウェッジは〝ギャラガ〟のゲーム機に向かって顎を引いた。「最高得点をたたき出そうとしております」

中佐が腹から野太い声を出して笑った。

「中佐は?」ウェッジは訊いた。「こんなところでなにをしておられるのですか?」

中佐が笑いを止めた。さっきと同じく先史時代を彷彿とさせるように眉毛がくっついた。「数日前まで、私はVMFA-323(海兵隊323戦闘攻撃飛行隊)の飛行隊長だった」

「デス・ラトラーズですね」ウェッジはいった。

中佐が肩をすくめた。

「〈エンタープライズ〉に配置されていたと思っていましたが」ウェッジはいった。

彼はカウンター上の書類に目を落とした。A3ページのいちばん下には、現時点でアメリカは劣勢に立たされているとする、南シナ海における最新情勢報告とともに、

〈エンタープライズ〉の写真が載っていた。「どうしたんです?」

「いけ好かない女提督が空母打撃群を率いることになったってことだ」中佐はビールをぐいと飲み、グラスを干した。そして、もう一杯注文し、話しはじめた。「ハントという名前だ。〈ジョン・ポール・ジョーンズ〉、〈レヴィン〉、〈チャン=フー〉の乗組員を大勢死なせた提督だ。近ごろの海軍では、三隻沈められたら、指揮官にふさわしい戦闘経験と見なされるらしい。ある朝、提督が飛行隊の搭乗員待機室に来て、ホーネットからアビオニクスをすべて取りはずせと、サイバー攻撃の影響を受けないオフラインで操縦するにはそうするしかないといってきた。彼女にいわせると、いざとなれば、私と部下は中国艦隊を前に〝経験と勘だけで飛び〟、コックピットの油性鉛筆で印をつけた照準器と在来型爆弾で戦うことになるとさ。ありえない」

ウェッジの口が急にからからに渇いた。「提督にはなんといったんです?」

「いまいったとおりだ。『提督、お言葉ですが、くそ(ファッキング)ありえません』とな。それで、このとおりだ」

「飛行隊はだれが指揮するんですか?」

そんなことは気にもしていなかったかのように、中佐が顎をなでた。「知るか。だれも指揮しないんだろ。〈エンタープライズ〉を去るときには、食事もまともにとらずに、地上整備員がコックピットの中身をはぎ取っていた。飛行訓練のたぐいはまったくやっていなかった」

「飛行隊長がいないんですか?」

中佐はいないと首を振った。

ウェッジの目が大きく見ひらいた。ポケットに手を入れ、しわくちゃの紙幣数枚と、〝ギャラガ〟ゲーム機に入れてきた二五セント硬貨の残りひとつかみを取り出した。そのなかから飲み物の代金を支払った。

「どこへ行く?」中佐が訊いた。

「電話をかけてきます」

中佐はがっかりしたようだった。

「二五セント硬貨は使いますか?」ウェッジは訊いた。

「なににだ?」

ウェッジは〝ギャラガ〟ゲーム機にちらりと目を向けた。「ここで時間を潰すのでしたら、ハイスコアを狙ってみたらどうかと思いまして」

中佐は二杯目のビールを長々とぐいと飲んだ。ほとんど空になったグラスをカウンターに置いた。「もらっておこう」中佐は二五セント硬貨をつかみ、〝ギャラガ〟のゲーム機へ大股で歩いていった。ウェッジが将校クラブを出るとき、中佐の悪態が聞こえた。インベーダーのほうが一枚上手らしい。

二〇三四年六月一八日　10：27（GMT02：27）
台北沖二〇海里

林保がフライト・デッキに立っていると、雨水がレインコートの皺伝いに勢いよく流れていた。晴れた日なら、かなたにきらめくスカイラインが見えるのだが。いまは街を覆う暗雲ぐらいしか見えない。蔣国防部長がそろそろ着艦する予定だった。訪問の目的はよくわからない。だが、ついに最近のアメリカと台湾との膠着状況を打開するときが来たのだろうと林保は感じていた。国防部長は膠着状況を打開することが決まったという知らせを運んでくるのだろう、と林保は思った。

遠くでチカチカと、揺らめくほの暗いライトが見えた。

蔣国防部長の飛行機だ。

縦横に揺れながら、雲間を突き抜けてきた。数秒後、同機のパイロットが第三ワイヤーを完璧につかみ、国防部長搭乗機のパイロットの技量を示していた。デッキ上ではワイヤ巻取りリールの音が響いていた。林保は胸をなで下ろしていた。エンジンがうなりながら逆噴射し、速度が見る見る落ちていく。数秒もすると、輸送機の上下びらきの後部下側ドアが下がり、蔣国防部長が姿を見せた。空母着艦に興奮したのか、その満面の笑みが広がった丸顔から笑い声が漏れている。パイロットのひとりが、福耳に掛けて固定してある国防部長のヘルメットをはずすのを手伝った。国防部長の来訪は艦内には伝えられていなかったが、国防部長は政治家のように、飛行甲板上の整備員に握手して回り、しだいに整備員もこの人が何者なのか察しが付きはじめた。無用な騒ぎが起きる前に、林保は蔣国防部長をフライト・デッキから艦内へ案内した。

林保の将官用キャビンに入ると、ふたりは海図が散らばる小さなバンケットに座った。台湾のホログラフィー・マップがテーブルに映し出され、一本の軸を中心に回転している。従兵がふたりに紅茶を注ぎ、隔壁に背を着け、胸を張り、気をつけの姿勢で待機していた。蔣国防部長が従兵にけげんそうなまなざしを長々と向けた。林保は手の甲で軽く払いのけるようなしぐさで、従兵を退室させた。

これでふたりだけになった。

蔣国防部長はバンケットに座ったまま少し前かがみになった。「われわれは敵に対峙したまま行きづまっている……」蔣部長が切り出した。

林保はうなずいた。

「台湾立法府が解散を議決して、抵抗されながら侵略せずに済めばいいと願っていた。だが、その可能性はますます低くなっている」蔣国防部長は紅茶をひとくち飲み、こう訊いた。「なぜアメリカはわれわれに核攻撃をちらつかせたのだと思う？」

林保は質問の意図がよくわからなかった。答えなどわかりきっているように思われた。「われわれを怖じ気づかせるためでは、国防部長同志」

「ふむ」蔣国防部長がいった。「ならば、おまえは怖じ気づいたか？」

林保は答えなかった。蔣部長は期待を裏切られた様子だった。

「まあ、怖じ気づいてもらっては困る」蔣国防部長が林保にいった。部長によれば、アメリカによる核攻撃の威嚇は彼らの強さを示すものではないとのことだった。その反対だ。いかに弱いかを露呈するものだ。アメリカが我が国を本気で脅そうと思うなら、大規模なサイバー攻撃を仕掛けたはずだ。ところが、ひとつだけ問題がある――仕掛けられないのだ。我が国のオンライン・インフラストラクチャーをハッキングする力がないのだ。規制緩和により、アメリカのイノベーションが数多く生まれ、経済規模も大きくなったが、いまやそれがアメリカの弱点なのだ。分割されたオンライン・インフラストラクチャーが脆弱なのに対して、我が国のインフラストラクチャーはちがう。「アメリカには、中央集権的なサイバー防衛体制を敷く力がないことがわかった」蔣国防部長はいった。「だが、我が国はキーボードを何度かたたけば、アメリカの電力グリッドの多くを切断できる。核報復をちらつかせるなど時代錯誤であり、ばかげている。手袋をはめて相手の顔を平手打ちしてから、決闘を申し込むようなものだ。連中の脅しをわれわれがどう考えているか、いまこそ見せてやるときだ」

「どのようにするのですか？」林保は訊き、リモコンで回転するホログラムを切った。ふたりで海戦の戦術を練ろうとでもいうかのように、テーブルのティー・カップをどかし、下の海図が見えるようにした。

「ここですることはない」蔣部長が海図を示して答えた。「はるか北で細工する。バレンツ海でな。アメリカの第三および第六艦隊は同海域を離れ、南へ向かっている。米艦隊がいなくなれば、われわれの同盟国ロシアは、アメリカが使っている10Gの海底ケーブルに自由にアクセスできる。アメリカの力など時代遅れだと、他国をたたくのはなにも爆弾だけではないと——いちばん効果的でもないと——同盟国の手を借りて、やさしく教えてやるのだ。おまえにしてもらうのは簡単だ。準備を整えることだ。今回はサイバーでこちらの力を見せつける。限定的な戦いになる。ケーブルを一、二本切るだけだ。アメリカを暗闇に陥れ、暗闇の虚空を見つめさせる。その後、台湾立法院が我が軍を台北に招き入れるか、あるいは、われわれが勝手にお邪魔する。いずれにせよ、おまえの艦隊には準備を万端にしておいてもらう」

「それをいうためにはるばるいらしたのですか？」

「おまえになにかをいうために来たわけではない」蔣国防部長がいった。「この艦に降り立ち、おまえの覚悟がどれほどのものか確かめに来たのだ」

林保は蔣国防部長のまなざしに射ぬかれているような気がした。この先、抵抗もなく台北に上陸できるにせよ、上陸作戦になるにせよ、自分が迅速に動けるかどうかで結果が大きく変わるのだと、林保は理解した。蔣国防部長が林保の覚悟と艦隊の準備状況をどう判断したのかをいい渡す前に、ノックがして、戦闘情報センターからの伝令が届けられた。

林保はメモを読んだ。

「なんと書いてあるのだ？」蔣部長は訊いた。

「〈エンタープライズ〉が動いたそうです」

「こっちに向かっているのか？」

「いえ」林保は答えた。「わかりません。離れているとのことです」

二〇三四年六月一八日　11：19（GMT03：19）
湛江沖二二〇海里

この海域は墓場だ。〈エンタープライズ〉が針路を決めるとき、サラ・ハントは無数の沈没艦の上を航行することを知っていた。フィリピン諸島が東にあり。西にはトンキン湾。爆撃を受けた艦体がハントの下の海底に沈んでいる艦の名前——太平洋戦争で奮戦して沈んだ〈プリンストン〉、〈ヨークタウン〉、〈ホーエル〉、〈ガンビア・ベイ〉——を思い返した。日本軍の軍艦も沈んでいる。戦艦や空母が。ハントと乗組員は静かにその上を航行し、位置に着こうとしている——なんの位置だ？

それは知らなかった。命令や指示は五月雨式に届いた。数時間おきに無線室に呼び出された。艦内奥の古びた物置のようなところで、みんながクイントと呼ぶ上級上等兵曹がなわばりにしている。クイントというニックネームは、映画『ジョーズ』でロバート・ショウが演じた不運な〈オルカ〉の船長に不気味なほど似ているからだった。クイントと一緒に作業に当たっているのはクイントの助手の若い三等兵曹で、〈エンタープライズ〉の乗組員にはフーパーと呼ばれているが、それはリチャード・ドレイファス演じる登場人物マット・フーパー――ホオジロザメを追う、眼鏡をかけた恐れ知らずの海洋生物学者――に似ているからではなく、起きているあいだずっとクイントと一緒にいるからだった。

ハントはこれまでずっと、安全なテレビ会議で万華鏡のようなパワーポイント表示を使った長たらしい要旨説明を経て命令や指示を受けとってきたが、今回のような断片的な通信にも少しずつ慣れていた。サイバーでは敵国である中国が優勢だから、〈エンタープライズ〉はインターネット空間の〝大停電〟の影響をもろに受けている。インターネット以外の古典的な電話やテレックスなどでホワイトハウスと直接交信できるインド太平洋軍は、第二次世界大戦時に米海軍が使っていたのと同じ長距離周波数帯である高周波電波バースト、短波圧縮通信により、こうした最小限の情報や命令をハントに送信してきた。

またそうしたメッセージが入ったので、ハントは自室から四層下にある無線通信室まではるばる降りてきた。すると、クイントとフーパーが電子機器になかば埋もれていた。クイントは眼鏡を鼻先にちょこんと載せて、絡まった電線をほどいていて、フーパーは煙を上げるはんだごてを持っている。

「おふたりさん」ハントはいい、自分がいることを告げた。

フーパーはハントの声にびくりとした。クイントはレストランの食事代の自分の分を計算しているかのように、顎を引いたままじっとしていた。身じろぎもせず、眼鏡越しに手元に集中し続け、両手を素早く動かしてもつれた電線を無線機につなごうとしていた。「おはようございます、提督」クイントがいった。火をつけていない煙草が口からぶら下がっている。

「夜ですよ、上等兵曹」

クイントは片眉を吊り上げたが、電線から目を離さなかった。「なら、こんばんは、提督」そういうと、クイントははんだごてを取ってくれとフーパーに向かって顎をしゃくり、受け取るとすぐさまそれを回路基板の接続部分に当ててた。出港以来この二週間ずっと、クイントとフーパーは〈エンタープライズ〉に艦載する唯一のF/A-18ホーネット飛行隊のアビオニクスに、旧式のVHF、UHF、HF無線機を搭載していた。これが終われば、デス・ラトラーズはサイバー妨害に完璧な耐性を持つ唯一の飛行隊になる。

「搭載作業が残っているのはあと何機あるの?」ハントは訊いた。

「ゼロです」クイントがいった。「今朝、最後のホーネットに搭載し終わりました。いまやっているのは、HF受信機の改良です」クイントはしばらく黙り、集中力を高めた。「よし」クイントはいい、煙の帯が立ち上るはんだごてをフーパーに返した。その後、調整していた無線機のフロント・パネルをビス留めした。電源を入れる。受信機がスピーカーに接続され、スピーカーから鳥のさえずりのような音が聞こえた。

「音量を下げてくれる?」ハントはいった。

フーパーがクイントに目をやった。クイントはうなずいたが、音楽家が自分の楽器を微調整するかのように、首をややかしげ、片耳を上に向けた。フーパーがダイヤルを調整し、クイントが左手や右手で交互に合図しながら、周波数を上げたり下げたりして……なにをしているのか? ハントにはわからなかった。すると、ハントの疑問を感じ取ったのか、クイントが説明をはじめた。

「長遅延(ロング・デレイド)エコーを探しているところです、提督。LDEってやつです。あるHF周波数で電波を送信すると、地球をぐるぐる回り、ようやく受信機にたどり着きます。まれにですが、HF通信において発信から受信までに一定の遅延時間が生じ、受信する側から見るとエコーがかかったような通信となる現象です」

「エコーはどのくらいの長さなの?」ハントは訊いた。

「通常はほんの数秒です」クイントがいった。

「きのうもいくつか受信しました」フーパーが付け加えた。

ハントはフーパーに笑みを見せた。「いままで聞いたなかでいちばん長いエコーは?」

フーパーがダイヤルを調整していると、音楽でもかけてくれとでもいうかのように、クイントが右手で合図を送った。ハントに話しかけながら、周波数の振動にも耳を澄ましていた。「むかし一緒に乗っていた水兵のなかには、このへんで五〇年前とか七五年前の通信が入ってきたというものもいます」クイントは説明した。にんまりと笑い、何十年にもわたる海軍のへたくそな歯科治療の成果を見せつけて、クイントが続けた。「このへんにはゴーストが大勢いるんです、提督。一回、聞いてみてください」

ハントはクイントに笑顔を見せなかった。それでも、ずっとむかしの通信がこのあたりの空間に漂っているかもしれないと思うと、想像が膨らんだ——被弾したパイロットが北ベトナム沖の暗闇で空母を探していたり、フィリピン海で砲手がゼロ戦の飛行隊の来襲を慌てて告げていたりするのだろうか。だが、ハントは手元の任務をこなさなければならなかった。

クイントはデスクの上に手を伸ばし、さっき解読したインド太平洋軍からのメッセージを書いた一枚の紙を取った。「たいしたことは書いてないですよね？」クイントはいった。

　メッセージはほとんどメッセージとも呼べない代物で、四つの経度と緯度の座標、つまり四角い海域を示しているだけだった。任務解説（ミッション・ステートメント）も、状況報告もない。ハントは〈エンタープライズ〉と護衛艦を指定された四角い海域に移動させ、そこでさらなる指示を待つことになる。ハントはその紙片をカバーオールのポケットに入れた。無線通信室から出ていこうとしたとき、クイントが呼び止めた。「提督」クイントはいい、奥の棚に手を伸ばした。「こいつを直しました。提督なら使い道があるかもしれないと思って」その大きな手で、古い携帯用ラジオを持っていた。「ダイヤルをしっかり合わせれば、ＢＢＣワールドサービスも聞けるし、場所によりますが、音楽も入ります。ダイヤルは扱いが多少難しいです。ちょっとしたコツがいります。でも、充分使えるはずです」

　ハントが立ち去るときも、クイントとフーパーはまだＨＦ受信機をいじっていた。クイントが手振りで合図し、フーパーがダイヤルを操作している。ハントは解読済みメッセージをポケットにしまい、急いで四層上の自室に戻った。すでにさまざまな海図が重ねて置いてあるデスクに、座標が記されたメッセージを置いた。平行定規、両脚器、先を鋭く削った鉛筆を使い、四角の四隅に印をつけた。狭いが、空母打撃群が入るぐらいの広さはある。現在位置の南で、沿岸からさらに八〇海里離れ、中国南海艦隊司令部がある湛江まで直線距離で約五〇〇キロメートルの位置だ。台湾周辺が危機的状況にあるいま、南海艦隊のうち何隻が湛江に入港しているだろうかとハントは思った。

それほど多くはないだろう。

だが、充分な数だろう。

ハントは鉛筆を海図の上に置いた。ラジオを付け、どうにかBBCワールド・サービスの周波数を見つけた。座ったまま腕を組み、脚を伸ばすと、目を閉じて肩の力を抜いた。こんなニュースを想像しようとした――〝〈エンタープライズ〉が戦術核兵器によって中国海軍基地を攻撃〟――だが、想像できなかった。あまりにもあり得そうもない。二一世紀に入ってだいぶ経ち、冷戦の教訓が古くなったとはいえ、確実に相互破壊につながるという展開もそのひとつだ。それでも、とハントは思った。湛江という軍事港湾都市を消し去っても、アメリカはほとんどなにも得られない。〈エンタープライズ〉の針路を変える準備を整えながら、現在の戦域でこの戦術がどんな意味を持つのか――いや、人間が原子核分裂に成功し、その力を解放し、各国がその力で互いに牽制しあうようになってからずっと――この戦域で核の威嚇による事態収拾というこの戦術を使ってきた意味がありありとわかった。目下の危機は緩和していく。危機はつねに緩和するのだから。ハントはそう確信していた。

その確信が心に多少の安らぎをもたらし、椅子に座ったままうとうとした。夢を見ずに眠り、一時間後に目覚めた。ラジオから、もうＢＢＣワールド・サービスは流れていなかった。同局の電波を拾っていなかった。ラジオから流れているのは空電音だけだった。ハントはダイヤルを調整し、またＢＢＣに合わせようとした。

そのとき、なにかが聞こえた。

遠くから聞こえてくるような、かすかな声。

聞こえたと思ったら、なにも聞こえなくなった。

またあの不思議な声が聞こえてこないかと、ハントはラジオのダイヤルをそのときの空電音に、その周波数のままにしておいた。その声がなんなのか、ハントは知っている。クイントがいっていたものだ。

ゴーストだ。

二〇三四年六月二四日　14：22（GMT12：22）
バレンツ海

　ここまで北に来ると、太陽はほぼ二四時間、頭上に居座っている。空は晴れ渡り、この季節には珍しく暖かい。アメリカの艦隊はどこにも見当たらない。どこかへ行ってしまった。この海域は当面ロシア連邦のものになり、彼らもそれを知っている。米海軍という不気味な邪魔者がいなくなり、〈レズキイ〉をはじめ艦隊のほかの軍艦は、つかの間の余暇に浸っていた。巡洋艦〈ピョートル・ヴェリーキイ〉では、乗組員が雑用ボートを降ろし、極寒の海面に飛び込んでいた。空母〈クズネツォフ〉では、艦長がこの気温にもかかわらずフライト・デッキでの日光浴を許可した。〈レズキイ〉では、コルチャークが、日課の掃除中に艦内インターコムで流行歌を流してもよいと許可した。いちばん人気はエルヴィスのような〝クラシック〟で、そのほかジョナス・ブラザーズ、そして、シャキーラの曲ならなんでも。〝ヒップス・ドント・ライ〟がとりわけよく流れた。

　こうした軍律の小休止に加え、陸（おか）の人間にとっては全般的に風変わりな海上軍務に、ファルシャッド少佐は戸惑っていた。連絡任務を仰せつかっているが、両国の相互信義の証としてそこにいるだけであり、しかも、いずれの国も自国に対する信義しか持ち合わせていないことで有名だ。一度、ファルシャッドは士官室でコルチャークにそういったことがある。コルチャークはそれに対して質問を投げ返してきた。「自国以外の信義に厚い国などあるだろうか？」ファルシャッドは一本取られたと認めた。

そんなやり取りからしばらくして、ファルシャッドは〈レズキイ〉のブリッジにいると、当直見張り員（ワッチ）が左舷にサメの群れを発見した。コルチャークは前からそのワッチを置いていて、サメに不思議なほど興味を示し、艦の針路を変えてまで数分間サメを追わせた。「完璧だ」海面に突き出た背びれを見つめながら、コルチャークがいった。その後、ファルシャッドの疑問を感じ取ったのか、コルチャークは説明した。「このサメの群れは10Gの海底ケーブルに向かっている。電磁エネルギーに引き寄せられる。そのケーブルはアメリカ合衆国まで延びていて、サメがそれを食いちぎるという事実がわかっている。サメがいれば、われわれはやっていないと主張することもできる」

海底ケーブルを数本破壊すれば、アメリカに強力なメッセージを送ることになる。全米のインターネット・アクセスを六〇パーセント遅延させる、とファルシャッドはコルチャークに教えられた。それくらいやれば、だれもが正気を取り戻し、危機の緩和につながるかもしれない。実利的な振る舞い、換言すれば、国益の追求にかけては、明晰に考えられるのはファルシャッドの母国——あるいは、ロシア——だけのように感じられる。我が国と同様、ロシアにとってもアメリカの弱体化につながるなら、いかなるシナリオも有益だ。もっといえば、現在の危機の緩和は、イランあるいはロシアの利益には必ずしもつながらないということでもある。

分断こそが有益なのだ。

カオスこそが。

世界秩序の転換こそが。

サメの群れが波の下に消え、その後、日が暮れるまで〈レズキイ〉と姉妹艦は10Gケーブルの上で漂泊していた。艦内にまた緊張感が漂いはじめた。ファルシャッドはブリッジにとどまっていた。コルチャークと艦長が朝までブリッジで過ごした。ふたりはもっぱらロシア語で話し、たまにコルチャークが会話を止めて、ファルシャッドに状況を説明した。

「われわれはこの海域を旋回している」コルチャークがいい、黄ばんだ爪で航法コンピュータのインターフェイスを押した。「〈ピョートル・ヴェリーキイ〉は電纜(でんらん)展張型の潜水艇を搭載しており、その潜水艇でケーブルに爆発切断火薬を仕掛ける」

「火薬量は？」ファルシャッドは訊いた。

艦長が双眼鏡から目を離した。肩越しに振り返り、けげんそうな顔でふたりを見た。

「必要十分な量だ」コルチャークがいった。

艦長が顔をしかめた。ちょうどそのとき、ロシア語で無線が入った。コルチャークは素早くレシーバーを取り、艦長がまた双眼鏡をのぞき、外洋の監視を続けた。〈ピョートル・ヴェリーキイ〉が、火薬の設置を終えた潜水艇を回収していた。水平線に〈クズネツォフ〉が見えている。デッキは航空機で埋まっている。彼らが待っていると、コルチャークは時計を見た。短い針が一定の速度でダイヤルを回っていた。

静寂のなか、さらに数分が過ぎた。

すると、海底で爆発が起こり、海水が間欠泉のように噴き上げられた。衝撃が伝わってきた。そして、音がした。手をたたいたような音だ。艦体が小刻みに揺れた。噴き上げられた海水がばしゃばしゃと海面に戻っていった。またブリッジに無線が入った。その声は興奮していた。なにかを祝うような声音だ。艦長も祝うような声音で返事をした。ブリッジ上でうれしそうにしていなかったのはファルシャッドだけだった。ファルシャッドは混乱していた。コルチャークの肘のあたりをつかむと、彼はこういった。「ケーブル一、二本を破壊したぐらいでは済まなかったのではないか」

コルチャークの顔から笑みが消えた。「かもしれんな」

「かもしれん？」ファルシャッドは答えた。胸の奥底からいつもの怒りが沸き起こり、手足にまで行き渡るのを感じた。騙されたと思った。「あの爆発ならケーブルはひとつ残らず破壊されたぞ」

「だったらどうした？」コルチャークは答えた。「北京とワシントンが融和などしても、われわれにはほとんど利益はない。おたくの国だってそうだろう。この危機にカオスの小さな種を蒔こうじゃないか。請うご期待、ひょっとしたら――」コルチャークがいい終わる前に、艦内の衝突警報が鳴った。

矢継ぎ早に指示がブリッジを駆け巡った――艦首方向に注意、前進一杯、もどーせ、面舵に当て」、とっさの衝撃回避行動――ファルシャッドにも艦首側前方に目を走らせた。はじめ、ファルシャッドには衝突しそうな障害物が見えなかった。艦船は一隻もない。氷山もない。大惨事につながるような大きな物体もない。澄み渡る空。そして、爆発のあとまだ漂っている海水の霧しかない。

その霧に障害物は隠れていた。

何十四ものサメ、群れ丸ごとだろうか、樽詰めのリンゴのようにぷかぷかと浮いてきて、白い腹を太陽にさらけ出している。回避行動が続いていた。ファルシャッドにはどうすることもできない。海軍士官とは名ばかりだから、衝突回避に手を貸すこともできない。〈レズキイ〉は一面のサメの死骸を突っ切った。死骸が細い艦体に当たる音は、幾夜もファルシャッドを眠らせてくれなかった浮氷塊のようだと思った――ドン、ドン、ドン、ドン。このうつろな打撃音とともに、はるかに鋭い音も聞こえた。ひとつかみの金属のスプーンを生ごみ処理機に投げ入れたかのような音だ。サメの死骸が〈レズキイ〉のツイン・プロペラをくぐっていた。

ファルシャッドはコルチャークのあとからブリッジ・ウィングに出た。艦尾を向き、損傷の度合いを確認した。海面の霧がまだ漂っている。陽光がそれをすり抜け、鮮やかな虹を架けている――青、黄、オレンジ、赤。

赤だけ濃い。

ファルシャッドは気づいた。赤は空中にあるだけでなく、海にもある。わずかに傷んだ〈レズキイ〉は針路を変え、うしろに広い血のあぜを残しながら進んだ。

二〇三四年六月二六日　21：02（GMT13：02）
湛江沖三〇〇海里

アメリカ東海岸全域のインターネットが落ちた。中西部の接続は八〇パーセントのダウン。西海岸の接続は五〇パーセントに落ちた。

全国的な大停電。

空港閉鎖。

株式市場大混乱。

ハントはクイントにもらった携帯用ラジオからBBCワールド・サービス経由で届く新情報に耳を傾けた。こうした状況が意味するところはすぐに理解した。ハントは急いで四層下の無線室に降りていった。クイントもニュースを聞きながら、ハントを待っていた。

「なにか来た？」ハントは訊いた。

「なにも」クイントはいった。

フーパーはいなかった。寝台で寝ていた。このベテランの上等兵曹とふたりきりで、ハントはほっとした。待っているメッセージがどういうものか、ハントにはわかっている。それが届いたとき、そこにいる人間は少なければ少ないほどいいような気がしていた。フーパーのような若い世代のものの前で彼女の任務命令を受け取るのは、非常に気まずくなりそうだと思った。フーパーがハントやクイントより長くその重荷を背負って生きなければならないからかもしれない。クイントと狭苦しい無線通信室で、HF無線機で空電音を聞きながら待っていたとき、ハントはそんなことをつらつらと考えていた。

そして、メッセージが届いた。

二〇三四年六月二六日　10：47（GMT14：47）
ワシントンDC

決断がなされたとき、チョードリはその部屋にいなかった。その後の展開に対するやましさを和らげるため、彼はその事実にずっと固執することになる。備え付けの非常用発電機を電源とするほの暗い照明のもと、シチュエーション・ルームの大テーブルでどんなことが話し合われたのか、チョードリにはこの先何年もその場面をたびたび想像することになる。トレント・ワイズカーヴァー、さまざまな関係部局のトップ、閣僚の立ち位置、これからすることへの〝賛成〟か〝反対〟の議論をまとめた表――

大統領が〝レッド・ライン〟を引き、北京の主席がその線を越えてしまったとき、彼らがどうすると約束していたか――そういったことを想像することになる。

北京でもそんなことがおこなわれていたらしい。もっとも、だれも予想していなかった決断がくだされたようだが。海底ケーブルが大規模に切断され、それによって暗闇に突き落とされたのだから、明らかに北京はレッド・ラインを越えたということだ。問題はどう反応するかだ。だが、それさえも驚くほどすぐに決まった。チョードリはその場面を心に描いた――ワイズカーヴァーが国益を考えるべきだと主張し、統合参謀本部がいくつかの選択肢を提示し（あるいは選択肢などないといい）、その後、大統領自身により正式な戦術核攻撃の許可が下りる。それ以上の想像は必要なかった。ウエスト・ウィングに戻ってくる長官たちの気むずかしい顔を見れば、下された決断を胸にしまっておくことなどできないことがわかるからだ。頭の体操を超えて、自分たちがどんな破壊を解き放つのか、うまく理解できていないとしても。しまっておけるわけがない。

必要な指示を出し終え、ワイズカーヴァーは国家安全保障スタッフの勤務ローテーションを決め、チョードリは帰宅を許され、翌朝戻るようにいわれた。攻撃は夜のうちにおこなわれるのだろうと思った。当然、北京の反撃もあるだろう。国家安全保障スタッフはそのときに備えなければならない。車で家に向かっているが、どこの街区（ブロック）もまだ停電中だった。街の信号も半分ほどしかついていない。残りの半分は真っ暗か、意味なく次々変わるライトが空っぽの通りで光っていた。あとほんの数日でごみが積み上がりはじめる。好きなラジオ局に合わせても、空電音しか聞こえてこない。

だから、静かに車を走らせた。

そして、考えた。

その夜、同じことをずっと考えていた――母親とアシュニと三人で夕食を食べていたときも、二本のロープのように腕をチョードリの首にぎゅっと回した娘を抱いてベッドに連れて行くときも、ゲスト・ルームで母親にお休みといい、母親が珍しく彼の額にキスし、軽く丸めた手で彼の頬に触れたときも。そんなことをされたのは何年かぶりで、チョードリが離婚して以来だ。考えていたのはこういうことだ。〝家族を安全なところに疎開させなければならない〟。

チョードリはその安全な場所を知っている。核シェルターではない（そんなものがまだ存在しているのかどうかすらわからない）。ワシントンDCの外に出すだけでもない（手はじめとしては悪くないが）。ちがう。チョードリは決めた。その程度ではだめだ。

どうすればいいのかはわかっている。

だれに電話すればいいのかも。

静けさに包まれた家のなかで、母親と娘がそばで眠っているから、小声で話さなければならないと思いつつ、チョードリは電話を取り、ある番号にかけた。先方は最初の呼び出し音で出た。

「アナンド・パテル中将だが……」

チョードリは固まった。一瞬の沈黙が流れた。

「もしもし？　もしもし？」

「もしもし、おじさん。ぼくです。サンディープです」

二〇三四年六月二七日　13：36（GMT05：36）
湛江沖三〇〇海里

水平線に広がる白い光。

サラ・ハントの記憶にはそう刻まれた。

二〇三四年六月三〇日　11：15（GMT03：15）
台湾桃園国際空港

林保は彼らを知っていると思っていたが、ちがっていた。

自分が半分アメリカ人だと思っていたこともあったが、もうそうは思わない。三日前に彼らが湛江にあんなことをしたからには、もう無理だ。全乗組員がだれかしら知りあいを湛江で亡くしているし、ほぼ全員が被爆域に家族や親戚がいる。林保の無数の友人――兵学校時代の友人から、他艦での任務で知りあった連中、海軍とはまったく無縁で、たまたまあのターコイズ色の海と接する港湾都市に住んでいた三人のいとこまで――みな、あっという間に、一瞬で消えてなくなった。そこまで〝幸運〟でなかったものもいる。つぶさに思い出すのは耐えられない。陰惨すぎる。だが、林保は北海、茂名、陽江、さらには遠く離れた深圳の病院までがすでに満杯であることも知っている。

アメリカの湛江攻撃も迅速で決定的だったかもしれないが、人民解放軍による台湾侵攻も引けを取らなかった——ただし、それは一五〇キロトン爆弾への北京の報復ではない。それはこれからだ。林保は報復について話し合うために空母から会議に呼び寄せられ、こうして空港の国際線ターミナルにある旧英国航空ファーストクラス・ラウンジで、蔣国防部長の到着を待っているのだった。床から天井までの全面の窓から、林保は母国によるこの島の占領に目を見張った。侵略により、この空港への民間機の発着はできないものの、コミューター機が戦闘機や輸送機に、行楽客や出張中のビジネスマンが兵士に代わり、軍用機と軍人でかなりの活況だ——侵略前ほどではないかもしれないが。やっと蔣国防部長がラウンジにやってきた。大勢の護衛をしたがえていて、蔣国防部長はこいつらのせいで遅れたのだと申し訳なさそうにいいわけした。

「警護がやたら増えてしまった」蔣国防部長がいうと、いらだたしげに笑い、例の満面の笑みを護衛に向かって見せたが、だれひとり笑みを返すものはいなかった。

蔣国防部長は林保を会議室に連れて行った。重役たちがトランジットで使うきれいなガラス張りの四角い部屋だった。ふたりは長いテーブルの一辺に並んで座った。林保は否が応でも蔣国防部長の軍服に目が向いた。いつもの軍装ではなく、ビニール包装に入って折り畳まれていたとおりの折り目がまだ残っている、サイズちがいの迷彩服だった。蔣国防部長も林保と同じく、自軍の部隊がきびきびと空港内を歩き回る様子に、ときおり感心のまなざしを向けずにはいられないようだった。ここから台北各地に展開し、さらにこの頑固な共和政体を占領し、併合し、最後には服従させるのだ。

しかし、蔣国防部長が会議室に目を戻すと、その表情は険しくなっていた。そして、まるで顎をなだめすかして動かそうとしているかのように、顎先をこねはじめた。やがて、口をひらいた。「われわれの立ち位置はしだいに危うくなっている。あと一週間、あるいは二週間もすれば、アメリカが大挙して我が国の本土に押し寄せ、海への自由なアクセスができなくなる。それは受け入れられない。そんなことになれば、アメリカはわれわれを窒息させる。ちょうどわれわれがこの島に対してしているようにな。海へのアクセスが封鎖されれば、全本土が核の脅威はもとより、侵略の脅威にもさらされる。アメリカはすでに敷居をまたいでしまった。ある国が核兵器を一発落とせば、二発目、三発目の敷居はさらに低くなる。こっちも方針を決めるときが来た」

蔣国防部長が有無をいわさぬような口調だったので、林保はしばらくためらってから答えた。「今回の目的はそれですか」――どういう会議なのかをいい当てる言葉がなかなか思いつかなかった。表向き、蔣国防部長が林保を呼び寄せたのは、この会議のためだから、わざわざ空母を離れ、英国航空のラウンジまで来たが、しだいにこのラウンジが場ちがいで、いてはいけないところなのではないかと感じていた――「つまり、この〝会議〟の目的という意味ですが？」

蔣国防部長が座ったまま身を乗り出し、親しげに林保の前腕をつかんだ。その後、黒服の護衛にいまのしぐさを見られてはいないかと、ちらりと窓の護衛を見た。見られていた、と林保にはわかった。この〝会議〟が〝ふたりだけの会議〟だと蔣国防部長が打ち明けると、しだいにこの会議の裏の意味がなんとなく見えてきた。たしかに、台湾要地占領任務の特殊部隊タスクフォースの指揮官を呼んでもよかった。想像力のかけらもない少将だが、部隊はすでに台北各地に展開し、ラジオ、テレビ、発電所といった戦略目標を占拠し、さらに、扇動してくれそうな連中を集めている。それから、空軍の指揮官に来てもらってもよかった。広大な兵站(へいたん)ネットワークを調整しつつ、敵の反撃に備えて戦闘機や攻撃機に臨戦態勢をとらせておくテクノクラートだからな。だが、やつらを呼べば、それぞれの業務に差し障りが出る。それに、〝来るべき事態に対処する際に必要となる力量〟を有しているかよくわからない、と蔣国防部長はいった。

そういわれると、その来るべき事態とはどういうものなのか、訊かざるを得ない。

林保が質問すると、蔣国防部長はいつになく口数が少なくなった。胸の前で腕を組み、首をわずかにひねった。そして、林保を見る目に狂いはなかったと確認するかのように、林保を横目で見ていた。

「どうやら、私は北京に呼び戻されるようだ」蔣国防部長がいった。そういうと、またガラス張りの会議室の外に目をやり、護衛が待機しているあたりを見た。林保はこのとき理解した。あの連中は国防部長が——本人の意向にかかわらず——確実に戻るように監視しているのだ。「三日前に湛江であんなことになり」国防部長は続けた。「われわれの計画においては、アメリカの反応を見誤っていたのではないかという声がある」蔣国防部長は真正面から林保を見据え、〝見誤り〟という非難にわずかでも反応するかどうか見極めようとしていた。「さっきの声は党中央政治局常任委員会の内外にあり、私の責任だといっている。そうした陰謀は驚くほどのものではない。私の敵は弱みを見つけたと思えば、そこをしつこく突いてくる。信頼の置けない同盟国がバレンツ海で暴挙に出たことも、アメリカ大統領の最大の弱みが、弱腰だと思われることだったということも、彼らは私の責任だという。そんな陰謀を避けて通れる、ある種の本能がなければ、ここまで登りつめることもなかった。その本能が、いまはおまえに目を向けろと私に訴えかけているのだ、林保提督。だからこそ、おまえを馬前の後釜に据えてやったのだし、だからこそ、こうしておまえに支援を頼んでいるのだ。外の敵だけでなく内なる敵とも、私とともに戦ってほしい」

「私の支援ですか?」林保は訊いた。

「そうだ。来るべき事態に備えて」

だが、来るべき事態がなんなのか、林保にはいまだわからない。台北を確保すれば、アメリカと交渉できるかもしれない。湛江の破壊は台湾併合の代償ということになる。林保はそう蔣国防部長にいい、もともとの計画は緊張緩和の戦略にくわえて、戦わずして敵に打ち勝つという孫子の兵法に則っていたはずだとも付け加えた。

黒服の護衛のひとりが、中指の拳で窓ガラスをノックした。そして、時計を指さした。時間だ。

蔣国防部長が立ち上がり、やわな腹のあたりがめくれ上がっていた軍装の皺を伸ばした。残っているだけの威厳を振り絞り、じれている護衛に向かって人さし指を上げ、もう少し待てと伝えた。その後、林保に向き直り、林保の肩に手を置いた。「たしかに、われわれは孫子の古典をよく知っている。非対称戦を知り尽くし、戦闘にいたる前に敵を打ち負かすのに長けていた。だが、こうもいっている。〝泛地では、軍を宿営させずに先へ進める。囲地では、潰走の危険を防ぐ策謀をめぐらせる〟——」

護衛がドアを勢いよくあけ、部屋に入ってきた。

蔣国防部長の目が素早くドアに向けられ、また林保に決意を感じるまなざしを向けた。「〝死地では、間髪をいれずに死闘する〟」

蔣国防部長は来たときと同様、おかしな様子で帰っていった。

2034

A Novel of the Next World War

5 死地

On Death Ground

二〇三四年七月一日　02：38（GMT六月三〇日　18：38）
南シナ海

ノーズ・コーンからうしろへ、彼の目が胴体の輪郭をなぞった。かがんで操縦席後方から小さく張り出した翼の下に入り、翼下部にへこみや緩い継手など、流線型のゆがみはないかと四本指の腹で前縁をなでながら、各翼の先端までかがんだまま歩いた。その後、ツインエンジンの暗い空洞状の排気口へ戻った。各アフターバーナーに首を入れ、大きく息を吸い、目を閉じた。おお、このにおいがたまらない。ジェット燃料のにおいだ。次に、飼い猫がお気に入りの窓枠に飛び乗るように、ホーネットの後部にひょいと飛び乗った。ウェッジはキャノピーがあいているコックピットまで歩いていき、操縦席に座った。イナート・スロットルに片手を乗せ、もう片方で操縦桿（スティック）を握り、ヘッドレストに頭をつけて目を閉じた。

真夜中で、空母の格納庫（ハンガー・デッキ）にはだれもいない。ウェッジは横須賀でしばらく乗り継ぎの待ち時間を潰したあと、数時間前に〈エンタープライズ〉に到着したばかりだった。

ここまで来る機内、やけにぎらつく太陽が、西に、湛江の方角に沈むさまを見ていた。これまで見たこともないほど赤かった——傷口のような赤。ほかに表現する言葉が思いつかない。それがはじめて目にした死の灰だった。攻撃に使われたのは戦術核だけだったが、それだって大きなエスカレーションだし、ひょっとすると戦略核攻撃の可能性も高まったのかもしれない。インドが休戦交渉をまとめようと騒いでいるが、形になるとは思えない。ウェッジは自分が戦略家だと思ったことなどないが、どちらか一方が一度でも誤算をすれば、この戦争全体が一段上の核攻撃の応酬に発展しかねない——でかいやつ、この世の終わりにつながるやつが出てくる。

〝めちゃくちゃだな〟とウェッジは思った。

その後、〝ポップポップなら大喜びだろうな〟とも思った。

時差ボケのため、しばらくしてようやくハンガー・デッキに降りてきて、新しく指揮することになったVMFA‐323、デス・ラトラーズを見ることにした。時差などなくても、この任務に興奮してとても眠れなかっただろう。ミラマーの将校クラブでデス・ラトラーズの中佐にたまたま出会ったあと、クアンティコで世話してくれた曹長に電話したらどうかと思いついた。航空団は装備も人員も不足しているデス・ラトラーズを引き継ぐ飛行隊長を任命したのかとウェッジが訊くと、まずF‐35の飛行隊の空きを埋めるという航空団の方針は変わっていないので、旧式FA-18飛行隊隊長の空きポストは補充任命の優先順位が低いとのことだった。その時点で、ふたりの会話はそれまで交わした会話とほぼ同じ道筋をたどった（「隊長がいないのか？　冗談か？」「いいえ」）曹長は巧みな指さばきでキーボードを操り、退役迫る人事担当の将官に電話を入れて、ウェッジに新しい任務をもってきてくれた。

　その任務をどれほど待ったことか。実のところ、子供のころから待っていた。コックピットに入っていると、これまでの全人生で目指してきたもの――ずっとなりたかったもの――がこの任務なのだと感じた。目を閉じると、操縦桿（スティック）を押したり、方向舵（ラダー・ペダル）を踏んだり、スロットルを引いたり、緩めたりと、ホーネットの操縦システムを操り続けた。その間、スプリット-S、ロー・ヨーヨーとハイ・ヨーヨー防御、インメルマン、ハイ-G・バレルロールといった一連の空戦時のマニューバを、脳裏で繰り広げていた。子供のころ、よく段ボールの箱でコックピットをつくり、父の古いフライト・ヘルメットをかぶったものだ。そして、いまやっているように、ドッグファイトを想像する。（〝スロットル四分の三。方向舵（ラダー・ペダル）中立……接近中、接近中……〟）。幾多の大決戦では、ときに勝者となり（フルスロットル、右に散開！）、ときに勝ち目がまったくなくなり（〝うしろにつかれてるぞ！　脱出！　脱出！〟）、空からたたき落とされる。だが、つねに栄光がある。

一〇歳のとき、段ボール箱のコックピットを階段のいちばん上に置いたことがあった。大事にしていたヘルメットをかぶり、なかに座った。飛ぶってどんな気持ちなのか知りたくなった。母親はあまりいい考えじゃないわねといい、止めはしなかったが、押す役も引き受けなかった。それで、ウェッジは階段の最上段で自分の乗った箱を少しずつ縁から出し、一気に前に体重をかけた。箱は縁から滑り落ちた。ウェッジは飛んだ……。

階段五段ほど。

箱の前部が六段目の階段にぶつかった。ひっくり返った。激しく。ウェッジは顔から床に投げ出された。この墜落で唇がぱっくり割れた。まだその傷跡が、ほんの少しだが、口の内側に残っている。彼は舌先でその傷跡をなめた。

「手を貸しますか、少佐?」

ウェッジはコックピットの縁から外に目を向けると、火のついていない煙草を口にくわえた上級上等兵曹の姿に気づいた。ウェッジは上級上等兵曹に名乗り、自分がどういうものかを伝えた。新しくデス・ラトラーズの隊長になったから、こいつらは実のところ自分の飛行機だ。だから、心配はいらない。好きなところに乗っていいだろ。

「あなたの飛行機ですか、少佐？」上級上等兵曹がいい、ホーネットを見つめた。フライト・デッキに通じるエレベーターのいちばん近くに、一〇機が集められ、緊急出動態勢がとられている。役に立たないとわかった数十機のF‐35は脇に追いやられている。上級上等兵曹は信じられないといった感じでひとり声を上げて笑いながら、はしごを伝ってコックピットの脇に上った。「少佐の前任者も自分の飛行機だと思っていましたよ。ハント提督はそれを快く思っていなかったようですがね」

ウェッジは来週中に提督と手短な打ち合わせをおこなう予定だった。提督の名前がちょうど出たので、上級上等兵曹の話をもう少し聞いてみることにした。〝クイント〟とだけ名乗ったこの上級上等兵曹なら、ボスに気に入られる知恵をいくつか持っていそうだ。前任指揮官と同じ不名誉な末路をたどらずに済むコツぐらいは知っているだろう。クイントがコックピットのアビオニクスの電源を入れた。コンピュータやGPSをはじめ、オンライン・アクセスが生じると思われるインターフェイスを、クイントはすべて使用できないようにしていた。武器の照準と発射はマニュアルで操作する。腕時計、鉛筆、電卓か計算盤を使って飛行時間を計算し、GPS表示航空経路図を見ずに飛ぶことになる。通信はカスタムで取り付けたVHF、UHF、HF無線機でおこなう。ウェッジはホーネットが改造されていることを知っていたが、クイントから余計なものをそぎ落としたコックピットの説明を聞いて、がっかりすると同時にわくわくもした。

がっかりしたのは――そんなことは予想していなければならなかったが――搭載システムが限界までそぎ落とされているのが信じられなかったからだ。わくわくしたのは、パイロットが技術屋になる前の飛び方、要するに本能にしたがって飛ぶチャンスを得たことが信じられなかったからだった。

ウェッジは思わず無防備な笑みを漏らした。

「これで大丈夫ですか、少佐？」クイントが訊いた。

ウェッジはクイントに顔を向けた。笑みがまだ顔に張り付いていた。「ああ、チーフ。大丈夫だ」舌先を唇の内側に走らせ、子供のときの傷跡をなめた。

二〇三四年七月三日　10：37（GMT08：37）
グダニスク湾

海底ケーブルの破壊は、革命防衛隊のファルシャヤッドのかつての同僚にもろ手を挙げて歓迎されたわけではなかったが、冷静に受け止められた。参謀長のモハンマド・バゲリ少将は、いささか口数が少なかった。数時間後には、少将から直々にファルシャッドの暗号化されたラップトップに連絡が入った。指示がひとつ記されているだけだった。〝引き続き動きをすべて伝えよ〟。ロシアは次になにをするつもりなのだろうか、とファルシャッドは思わずにはいられなかった。

翌週、〈レズキイ〉、〈ピョートル・ヴェリーキイ〉、〈クズネツォフ〉は針路を南にとり、カリーニングラードへ向かった。これはテヘランのバゲリのスタッフに伝える価値はないだろうとファルシャッドは判断した。おそらく母港に戻るだけなのだから。だが、カリーニングラードの約二五キロメートル手前で、〈クズネツォフ〉の艦載機がグダニスク湾への出撃準備をはじめたとき、ファルシャッドは彼らが帰港するわけではないことがわかった。しばらく帰港することがないのはたしかだ。最初のSu-34スホイの攻撃機が、両翼が枝垂れるほどの弾薬を積み、先代と同じ艦名を冠した新造の〈クズネツォフ〉のデッキからカタパルト発進すると、ファルシャッドは狭苦しい自室に戻り、急いで上官に連絡を送り、新しい動きを伝えたが、自分の分析はいっさい盛り込まなかった。不正確な状況分析をしたりすれば、あとでこっちの攻撃材料に使われかねず、かといって正確な分析をしても、得るものなどほとんどないことぐらいは、ファルシャッドもわかっている。ラップトップの電源を落とそうとしていると、取り急ぎの返信が少将から届いた。〝了解。監視を続行せよ〟。

ブリッジに戻ると、コルチャークが〈レズキイ〉の操艦をして、〈クズネツォフ〉のまわりを航行していた。陸に近いから、自艦よりはるかに大きな空母を脅かすものがないかと警戒していた。双眼鏡を当てると、ファルシャッドにも陸が見える。かなたに霞をまとった帯状の黒い岩だ。距離は数十キロメートルありそうだ。スホイが発進しはじめてから一時間も経っていないというのに、陸地を越え、〝足を海につけて〟無事に海上を飛んでくる。ファルシャッドは双眼鏡でその様子を見ていた。両翼が軽やかだ。弾薬を使ってきたらしい。スホイがもう少し近づき、〈クズネツォフ〉に着艦する飛行パターンに入ったとき、コックピット両側の砲門のあたりに黒く煤のあとが見えた。砲門内の機関砲も発砲されたようだ。

コルチャークもそれに気づいた。双眼鏡を目に当て、スホイが着艦する様子を見ていた。「ずいぶんと密に間隔を詰めて着艦する」コルチャークはいい、新しい針路と速度を操舵員に伝え、ファルシャッドのほうを向いて勝ち誇った笑顔を見せた。同盟国が勝利したらしいものの、この期に及んでもロシア側が本当の任務を教えてくれなかったのだから、ファルシャッドはどんな反応をみせていいのかよくわからなかった。

最初に出撃した攻撃隊が〈レズキイ〉から見えるところで空母に着艦し、補給し、弾薬を積んでいるとき、コルチャークがファルシャッドに説明した。〈クズネツォフ〉から出撃した航空機は、いま現在「〝母なる祖国〟とバルト海の北の港とを結ぶ古来の領地を奪還している」侵攻軍のために近接航空支援を実施してきた。その古来の領地は現在ポーランド領になっているが、そんなことはほとんどどうでもいい。数週間前に士官室にいたとき、コルチャークは、ロシア本土とバルト海沿いの港カリーニングラードとを結ぶ帯状の土地を奪取するというロシアの思惑をほのめかしていた。世界の目が極東に向けられている隙に、その危機を利用して自国の権益を確保するつもりだったのだ。「だれが反対するというのだ？」コルチャークはいま、答えのわかりきった質問をファルシャッドに投げ掛けた。「アメリカではない。あの国は〝主権〟や〝人権〟について他国に説教を垂れる立場にはない。とくに湛江の一件があってからはな。中国はといえば、連中はわれわれの動きを直感的に理解している。連中にとって、〝危機〟という言葉は〝好機〟と同義だ。地図を見ろ」コルチャークは指に挟んだ煙草がくすぶるのも構わず、地図を指さした。「ポーランドからここを削り取れば、ベラルーシ経由で本国とつながる。ポーランドは文句を言うだろうが、本気で気にすることはない。しかも、そうなれば、リトアニア、エストニア、ラトビアを取り囲む細い〝帯〟ができる。その三つも、じきに〝母なる祖国〟に戻ってくる」

ファルシャッドは口をあけていいかけたが、〈クズネツォフ〉のデッキからまたスホイの飛行隊がカタパルト発進する音で、その言葉はかき消された。スホイが標的を攻撃し、侵攻するロシア地上軍が目標を奪取していくにつれ、黒い煙の帯が水平線から立ち上っていった。ファルシャッドは自分の個室に引っ込み、テヘランのバゲリ少将からまたメッセージが入っていないかチェックしようかと思った。コルチャークはほとんど気にも留めないだろう。ロシア側は動きを逐一報告させたがっていた。動くたびに戦果が上がる今日のような日にはなおのこと。

ファルシャッドは無茶な作戦だと思っていた。ロシアの基準でも無茶だ。ポーランドはNATO加盟国だ。いまや八〇代となったプーチン大統領が、老齢ゆえに壊滅的な誤算をしたのかもしれない。ファルシャッドは戦闘機を見上げ、NATOはいつ報復するのだろうかと思った。これまでの一〇年間、アメリカは冷淡な態度をとり続けてきたせいで、この同盟の絆は弱まった。古くさくなり、重要性も薄まり、冷戦時代の名残にすぎないように感じられる。今年は八五周年の式典があった。だが、ほんとうにまだ爪があるのか？　なくなっているのかもしれない。今回の紛争でやり合っている八〇歳を超えた男と八〇年を超える歴史をもつ同盟とでは、まだ爪が残っているのはプーチンのほうかもしれない。

ファルシャッドが艦室から続報を送信する間もなく、ブリッジが騒がしくなった。一機の戦闘機が〈クズネツォフ〉と〈レズキイ〉のあいだを縫うように飛来してきたのだ。低空を高速で飛んできた。高度は一〇〇フィート（約三〇メートル）もなく、ツイン・エンジンが海面にさざ波を立てていた。ロシア軍のスホイがひっきりなしに去来しているから、混同してしまったのだろう。飛来機はＭｉＧ‐29で、ポーランド空軍を示す赤と白の格子柄が、両翼にはっきり描かれている。だれもがそのマークに気づいたようだった。ファルシャッド、コルチャーク、そして、〈レズキイ〉の全乗組員が。敵機をこれほどの近距離で見て、全員がその衝撃に固まった。その瞬間、大きな沈黙が彼らを包み込んだ。

その沈黙が破られたのは、ＭｉＧ‐29がアフターバーナーを点火したときで、同機は速度を上げて急上昇し、一気に高度を稼いだ。一〇〇〇フィート（約三〇〇メートル）、二〇〇〇、三〇〇〇と高度を上げ、〈クズネツォフ〉のフライト・デッキ上空にたどり着いた。たった一機のポーランド軍ＭｉＧの下で、重装備のスホイと地上整備員が、突然、無防備になった。

ＭｉＧがバレルロールしながら、機首を下に向け、攻撃態勢に入った。

ＭｉＧが横転したとき、ファルシャッドにはその腹がちらりと見えた。弾薬を全搭載すらしていない。ひとつのラックから二発の爆弾がぶら下がっている。それだけだ。だが、それで充分だ。

〈レズキイ〉がＭｉＧの迎撃のための対空射撃を開始すると、閃光に続き、たなびく煙が〈レズキイ〉のデッキを覆った。

煙がとぐろを巻きながら立ち上っていく。

ＭｉＧの腹に目を向けると、ラックから爆弾が離れるのが見えた。しばらくそのまま動かず、浮いているように見える。パイロットの横顔も見える。キャノピーのなかで決死の顔をした豆粒だ。〈レズキイ〉から発射されたロケット弾が、投下直前の爆弾と脱出できなかったパイロットもろともＭｉＧを破壊する直前に見えたのは、ＭｉＧの砲門だった。

汚れはない。帰還したスホイとちがって煤で黒ずんでいない。結局のところ、〈レズキイ〉ではこれだけ騒ぎになったが、ＭｉＧのパイロットは一発も投下しなかった。

ファルシャッドは自室に戻り、テヘランへの報告を送信した。

二〇三四年七月六日　07：55（GMT七月五日　23：55）
深圳

党中央政治局常任委員会からの召喚は真夜中に届いた。一時間後に林保を迎えに来たマークがいっさいついていない輸送機は、彼の部隊のものではなかった。別の部隊から派遣されていた。同乗者はふたりだけだった。どちらも大柄で、黒スーツを着ていたので、明らかに国内安全保障部局のものたちだ。この前、英国航空ラウンジで蔣国防部長と会ったときも、このふたりがいたような気がしたが、はっきりとはわからなかった。こいつらのようなごろつきは、だれがだれかわかったものではない。

夜が明けるころには、黒塗りのセダンの後部席でそのふたりの安全保障部局のふたりに挟まれ、長くて曲がりくねった車道（ドライブウェイ）に入り、やがて奇妙な目的地、深圳の〈ミッションヒルズ・ゴルフ・クラブ・アンド・リゾート〉正面の入り口に到着した。

意外にも、セダンから降りると、しなやかな物腰の二〇歳そこそこの女性の出迎えを受けた。蘭の花を長い黒髪に差し、役職を記した名札を着けていた。〝おもてなし係〟。彼女は林保にキュウリのスライスが入った水を一杯、差し出した。林保はおそるおそる口を付けた。

おもてなし係の案内で、林保は迷宮のように入り組んだ道順をたどり、ジュニア・スイートへ行った。安全保障部局のふたりの男は、声がこだまするレセプション・ホールの特徴のない家具の陰に入ったきり、どこかに行ってしまったようだ。スイートに入ると、おもてなし係が小型冷蔵庫やセカンド・ベッドにもなるソファを指し示しながら、手短に施設の説明をおこない、広大な緑の芝を見下ろせるようにカーテンを引いた。眼下には、二〇〇ホールを超える〈ミッションヒルズ〉のゴルフ場が広がっている。ほかに必要なものがあればお申し付けくださいと彼女はいい、着替えの私服が入った引き出しをあけ、アメニティー・グッズがすべてそろったバスルームを示した。長旅でしたでしょうから、どうぞゆっくりお休みください。お食事はルーム・サービスでランチをオーダーしてください。軍装はリゾートにそぐわないかと思います。あとでボーイを来させますので、クリーニングに出して下さい。おもてなし係は礼儀正しく、顎先をかすかに上に向けて、委細漏らさずてきぱきと話した。喉元にまっすぐ横に走る皺から、訓練でこの効率性を身に着けたことがわかる。やり取りが終わりにさしかかるころ、林保は思った。このおもてなし係はリゾートの従業員なのか、それとも、彼をこんなところまで連れてきた黒スーツの男たちと同じ安全保障部局に雇われているのか。

どちらでもほとんど変わりはない。彼女がスイートを出て行くとき、林保はそう思った。

だが、ひとりになったわけではない。林保はベッドの縁に腰かけ、左手を左膝に、右手を右膝に置き、背筋を伸ばした。目だけで部屋を探った。空調の通気孔には、まずまちがいなく盗聴器とピンホール・サイズのカメラが仕込んであるだろう。ベッドの頭上に張ってある鏡にも。ホテルの電話は確実に傍受されている。ゴルフコースを見下ろす窓に歩いていった。あけようとした——あかないように目張りされている。

林保はベッドの縁に戻った。ブーツと戦闘服を脱ぎ、腰にタオルを巻いた。バスルームへ歩いていき、シャワーを出した。未使用の歯磨きチューブがキャップを下にしてシンクの横に立てられている。歯ブラシの毛に触った。濡れていた。林保は指で歯を磨いた。シャワーに入る前にボーイがドアをノックしてきた。

ドライ・クリーニングに出すものはありますか？

林保は軍服を手に取り、ボーイに渡した。ボーイは午後に同僚のみなさんがお会いするそうですといった。同僚というのがだれなのか、林保にはわからないし、おそらくボーイにもわからないだろう。ボーイは洗濯物を脇に抱えて、スイートを出ていった。林保はシャワーを浴び、食欲などほとんどなかったが、軽い昼食をオーダーし、着替えとして用意されていたチノパンツとゴルフ・シャツを着た。窓際の椅子に座り、ほぼ空いているゴルフコースを眺めた。何ヘクタールもの芝生が海に向かってうねっている。

このときはじめて、また海を見られるだろうかと思った。〈鄭和〉から呼び出されて以来、そんなことは努めて考えないようにしていたが、部屋で待っているうちに、不安に負けてしまった。以前もこんな〝召喚〟の噂を聞いたことがある。湛江で大惨事が起き、何百万人もが死んだ。焼失したものもいれば、全国各地の病院のベッドで――ここからそう遠くない病院のベッドでも――ゆっくり死んでいくものもいる。だれかが責任をとることになる。党中央政治局常任委員会は失敗の原因と特定したものを粛正する。そして、その原因はいつも人だ。

自分がそういう人として絶好の立場にいるのではないか、と林保は思っていた。まだゴルフコースを見つめている。すべてを終えるには、信じがたい場所だ。

何時間かして、ドアを軽くノックする音が聞こえた。例の快活な女性、おもてなし係だった。「少しお休みになれましたか、林保提督?」答える間もなく、おもてなし係が付け加えた。「服のサイズは大丈夫でしょうか?」林保はチノパンツとシャツに目を落とした。うなずき、この女性に微笑み、妻と娘のことは考えないように努めた。

ふたりには今後会えないだろう。すると、その若い女性がいった。「同僚のかたがお会いになる準備が整っております」

二〇三四年七月六日　15：25（GMT19：25）
ワシントンDC

我が家は寂しく感じられ、チョードリはなるべくそこにいないようにしていた。母親と娘は二日前にダレス国際空港を発ち、ニューデリーに向かった。アシュニはまだ幼いのに、ほとんどなにも訊かなかったが、チョードリはそんな愛娘に、どこへ行くのか、どうして行くのかという説明をしておかなければならないと思った――真実に近い説明を。「私たちの家族のルーツを見る旅だ」結局、チョードリはそういった。もっとも、母親は兄を家族と見なし、さらに信頼していいものか、まだ大いに迷っていた。

これからやろうとしていることを考えているときに、チョードリの頭に浮かんでくるのは、まさに信頼だった。これからやろうとしていることというのは、許可もとらず、予告もせずに娘を世界の裏側のニューデリーに連れていき、帰国日も決めていないと、前妻のサマンサに伝えることだった。今後の展開を予想すると、三分の二の確率で、中国と戦略核による報復合戦になりそうだった。戦術核を使ったからといって戦略核の報復にエスカレートしないと考えるのは、いくら甘い表現を使っても希望的観測としか呼べない。だから、娘をワシントンから遠く離れたところに疎開させる必要がある。チョードリはわかっている――少なくとも、甘んじて受け入れている。前妻になにをいわれようと、たとえ国際協定を持ち出されて娘の帰国を促されようと、アシュニが帰国しても安全だと確信できるまで、チョードリは戦い、引き延ばし、はいずり回り、泥仕合を繰り広げるつもりだ。確信できる日が来なければ、アシュニは帰国しない。そのときはチョードリが人生の針路を変えるだけのこと。

だが、この件だけに残りの人生をかける必要はない。やったことをサマンサに報告して、向こうの出方をじっと待てばいい。チョードリはテキスト・メッセージを送り、夕食を食べながら話ができないかと尋ねた。思いがけない誘いなのはまちがいない。電話でさえ、ほとんどいつもどちらかが話の途中で通話を切るのだから。しかし、サマンサはチョードリの誘いにすぐさま返信してきた――メッセージのスレッドに吹き出しが出てきたので、サマンサがタイプしているか、タイプして消しているかしているのがわかる。一分近くあとで〝ＯＫ〟と返事が来たことからして、後者だったようだ。

それに対して、チョードリは答えた。〝場所は？〟

また吹き出しが現れ、答えが返ってきた。〝〈シティ・ライツ〉〟

チョードリはだれもいないアパートメントで電話を投げ捨てそうになった。いかにもサマンサらしい選択だ。典型的な受動攻撃。典型的な当てこすり。典型的な欲求——離婚につながった一度きりの不倫をして以来——ことあるごとにチョードリをけなしたくなる欲求。〈シティ・ライツ〉は中華レストランだ。

次の夜、チョードリは七時きっかりに夕食の店に着いた。店内に客はほかにひとりもいなかったが、サマンサは抜け目なく奥の席についていた。ホステスがチョードリを隅のブースへ案内し、チョードリがサマンサの隣に座るものと思っているかのように、テーブルを引き出した。サマンサは立って挨拶をせず、チョードリはブースに座らなかった。前妻の向かいの椅子を引いて、そこに座った。ホステスはチョードリにメニューを手渡し、ふたりを残して立ち去った。チョードリは注文したいものはもうわかっている。デュポン・サークルからほんの数ブロックのコンドミニアムに住んでいた結婚当初、〈シティ・ライツ〉には毎週来ていた。そのコンドミニアムは、離婚調停の結果サマンサのものになった。

何年ぶりかで来たが、内装は変わっていない。ごぼごぼという音を立てている水槽で泳ぐ丸々とした金魚、壁に貼ってある王朝時代の木版画のレプリカ。「素敵なチョイスだな、サミー」チョードリは棒読みでいった。

「むかしはここが好きだったじゃない」サマンサはいい、付け加えた。「わたしをそう呼ぶのは止めて」

同じ大学院にいたころ、彼女は友だちからはサミーと、教授陣からはサマンサと呼ばれていたが、大学時代から遠ざかるにつれて、彼女は正式な名前で呼んでほしいというようになっていった。

チョードリは謝り――「すまない、サマンサ」――いま地政学的な危機にあって、自分も対応を迫られている状況だから、中華レストランを選ぶということ自体が、「なんというか、受動攻撃的な行動」だと思ってしまうのだといいわけした。

「会いたいといってきたのはあなたでしょ、サンディープ」サマンサが答え、彼の名前を吐き捨てるようにつけた。「こんなときだからこそ、こういうビジネスを支援するのは正しいことよ」まいった、いいかげんにしてくれ、とチョードリは思った。いつだってなにが〝正しいこと〟でなにが〝正しくないこと〟なのかを押し付けてくる。

「湛江で一千万人が死んだのよ。北京ダックぐらい頼みなさいよ、あなた（アスホール）。それくらいしかできないんだから」

サマンサは手を上げてウエイターを呼んだ。

チョードリは口に手を当てて、笑みを隠した。サマンサの態度のでかさとユーモアのセンス――そのふたつは多くの場合、同じものだった。サマンサの好きなところと、受け付けないところが、いつも共存していた。そう考えると、ふたりの関係ははじめから失敗する運命にあったのかもしれない。それでも、すぐさまウエイターの目を引き、北京ダックを丸ごと注文したときには、見ほれるしかなかった。「あなたはどうするの？」サマンサが訊いた。

「ワンタン・スープだけでいい」チョードリは答え、ウエイターにメニューを返した。

ウエイターが厨房に戻っていった。

「冗談のつもり？」サマンサがいった。「それしか――」

チョードリはサマンサの言葉をさえぎった。「勘弁してくれ」頭に血が上ってくるのがわかる。「ぼくが払ってる慰謝料をチャリティー資金に充てておいて、きみはどこに最低賃金を払ってもらってるんだ？　ヒューマン・ライツ・ウォッチか？　アムネスティ・インターナショナルか？　動物愛護団体（PETA）か？」サマンサはブース席を立って出ていけるように、テーブルを押しやった。テーブルの脚ががたがたと床にこすれ、テーブルの天板がチョードリの肋骨にぶつかった。それでやっとチョードリは正気に立ち返った。「待ってくれ」ぐっと食いしばった歯の隙間から、彼は「頼むから」といい、両手を上から下に動かした。「座って」

サマンサがまたチョードリを一瞥した。

「頼むから」チョードリはまたいったが、これからする話を聞けば、サマンサがまた立ち上がって帰るのはわかっている。サマンサが座り、一呼吸置いて、胸の前で腕を組んだ。「ありがとう」チョードリはいった。

「どうしてわたしと会う必要があったの?」サマンサは訊いた。チョードリはこのときはじめて、彼女はどんな理由で会うと思っていたのだろうと考えた。失業した。母親が病気になった。自分が病気になった。どんな理由にせよ、サマンサはそのかたくなな態度と眉を軽くひそめた顔の裏で、想像もしていたのだろう。

チョードリは娘をどうしたのか、ひとつの長い文で一気にぶちまけた。「木曜にきみのところにアシュニを送り届けなかったのは、湛江にあんなことをして、ここは安全じゃなくなったから、アシュニはいまぼくの母とニューデリーにいて、海軍中将のおじのところにいるからで、きみでもだれでもいいけど、北京が報復に出ないと思っているとしたら大まちがいで、どこに報復されるかまではわからないけど、こっちが向こうの本土を攻撃したから、あっちも当然こっちの本土に報復するだろうし、ぼくはアメリカ人で、現政権で働いているとしても、その前にぼくは父親だから、ぼくの――ごめん――ぼくらの娘のために最善を尽くさなければならないと思うし、北京がどこを狙うかロシアン・ルーレットをするわけにはいかないだろ」

いい終えたときには、チョードリは肩で息をしていた。じっと座っていた。サマンサも向かいの席に座り、じっとしていた。チョードリはサマンサから目を離さず、反応を探った。サマンサがまたテーブルを押してドアに向かって歩き、急いで家に帰って弁護士を呼んだりしないでくれと願っていた。苦々しい離婚の過程でサマンサがあらゆる機会をとらえてやったように、今回もチョードリを判事の前に引きずり出そうとしたりしないでくれと。

サマンサは席を立って出て行きたかったのかもしれないが、料理が出てきたおかげで少なくとも一時的にはとどまっていた。長い数秒がすぎた。

やっとサマンサはいった。「スープを飲めば。冷めるわよ」サマンサがダックをがつがつ食べはじめた。脚を引きちぎり、皮をはいだ。「この件でわたしがあなたに腹を立ててるとでも思っていたのかしら？」

チョードリは敬意を表して、かすかに顎を引いた。

サマンサは首を振りはじめた。おもしろがっているようにも見える。「腹を立ててなんかないわ、サンディ。わたしたちの娘に行くところがあってよかったと思っている。安全なところがあって。それはひとえにあなたの家族のおかげ、わたしの家族じゃなくて。どちらかというと、感謝してるわ」

〝でも、そうなると、きみは娘に長いあいだ会えなくなるかもしれない〟とチョードリはいいたかったが、やめておいた。サマンサはそれを承知の上で、勇気を出して、痛みをともなう結論を受け入れたのだ。チョードリはサマンサに感心しないわけにはいかなかった。そして、こうして感心していると、なぜか人生の大きな皮肉に意識が向いてしまうのだった。こう考えてしまう。多くの結婚している夫婦より互いをよく理解している別れた夫婦は、何組ぐらいいるのだろうか？　ふたりともいちばんいいころの互いの姿を見てきた。恋に落ち、一緒に時を積み上げていたころ。そして、いちばん悪いころも。恋に破れ、積み上げてきた人生を崩したころ。子供がいると、そういうことはとくにやり切れなくなる。

「きみはなにもしないのか？」チョードリは訊いた。

「なにができるの？」

チョードリは、ふたりともできることなどなにもないとわかっていた。ヨーロッパでも、アジアでも、ここでも、しだいに危機が高まっている。世界再編というか、戦争といってもいい。いろんなことが動き出してしまった。チョードリやサマンサがこれからどうするか決める前に、ふたりで話し合う必要がある。しかし、記憶にあるかぎり、サマンサとなにかで同じ意見になったことなどないのに、ふたりの娘を守ることの方法に関しては同意できるとわかって、チョードリはほっとした。

チョードリは話題を変え、サマンサに彼女の母親の様子を尋ねた。体調を崩していることは知っていた。年々弱っているのはたしかだ。サマンサは、一カ月のうち一週間は母親のところに行き、介護しているという。その後、サマンサがチョードリの仕事のことを訊いた。機密に触れるようなことではなく、様子伺いといった感じだった。少なくとも夫婦関係が凪いでいたころには、夕食時の会話の大部分は、こうした当たり障りない仕事の話だった。「わたしたちとおなじ時期に大学にいた海軍士官とは、よく顔を合わせるの？　名前は忘れちゃったけど」と、サマンサは訊いた。

チョードリはヘンドリクソンと一緒にやってきた仕事について自慢気に話した。学生時代のヘンドリクソンはチョードリよりはるかに成績がよく、成績では手も足も出なかったわねとサマンサにはよくばかにされたが、いまは同僚なのだから、それには当たらないという思いがにじみ出ていた。「みんな重圧にさらされている」チョードリはワンタン・スープを飲む合間にいった。「ヘンドリクソンは湛江への攻撃を指揮したサラ・ハント准将とかなり親しい」その名前は新聞でたびたび報じられていたから、サマンサも聞いたことがあるかどうかと思い、チョードリはボウル越しにサマンサをのぞき込んだ。サマンサの表情がまったく変わらなかったので、チョードリは付け加えた。「その准将は、ヘンドリクソンが兵学校で教えていたときの教え子らしい。ヘンドリクソンは彼女を心配している。無理をさせてしまったと」

「無理をさせた？」サマンサはいった。

「あれは良心が痛む——あれだけの人が死んだんだから」

サマンサは鳥の大腿骨から肉片を引きはがす手を止め、脂ぎった指をチョードリに向けた。「あなたの良心は痛まないの？」

チョードリは身じろいだ。プロジェクタの強烈なライトを顔に当てられたような感覚を覚えた。「やめてくれ」チョードリはいった。

「なにをやめるの？　当然の疑問よ、サンディ」そして、チョードリの前妻は湛江の件だけでなくアメリカの外交政策全般について、チョードリが生まれる前、さらに彼の両親がアメリカに移住する前にまでさかのぼって、チョードリも倫理的な共犯関係にあるとまくし立てた。サマンサに指摘されたことに対しては、反論しようと思えば簡単にできる。純血のテキサスWASPであるサマンサの家族は、チョードリの両親の数世紀前にこの国に移り住み、奴隷制度から〝明白なる使命〟(西部開拓は神に与えられた使命だとする説)からフラッキング(シェール層に化学物質を含む水を注入し、ガスやオイルを採取する技術)まで、ありとあらゆる悪行を受け継いでいるということもできる。しかし、そういうことは前にもいった。もっとも、本気でそう思っているわけはなく、未来を人質にとるようなサマンサの世界観とは、根っこの部分から相いれないのだ。

チョードリは黙って座ったまま、サマンサになんでも好きにいわせておいた。ここに来た目的は果たした。娘の安全は確保できた。サマンサにはチョードリと争う気はない。大事なのはそういったことだけだ。

ふたりは料理を食べ終え、ウエイターが皿を下げた。チョードリは、サマンサが腕時計をちらりと見ているのに気づいた。「ほかに行くところがあるなら、行ってもかまわないよ」

「ほんとにいいの?」サマンサが訊いた。

チョードリはかまわないと首を振った。サマンサが財布をとり出したとき、チョードリはしまってくれといった。「ここはぼくが払う」サマンサがだめよというと、さらにこういった。「お願いだ、ぼくが誘ったんだから」サマンサはこくりとうなずき、チョードリに礼をいい、閑散としたレストランの店員にも大げさに礼をいった。そして、出ていった。

ウエイターがやってきて、伝票とフォーチュン・クッキーが二個載った小さなトレイをチョードリの前に置いた。チョードリはクッキーをぼんやり眺め、サマンサにいわれたことを思い返した。共犯関係の話。前妻、母親、娘、ヘンドリクソン、サラ・ハント、さらには、今夜は給仕するテーブルはひとつだけだと思われるこのウエイターまで、だれもがつながっているという話。

「ほかになにかお持ちしましょうか?」ウエイターが訊いた。

「ああ、それじゃ」チョードリはいった。「持ち帰りでいくつか頼みたい」

これからだれもいないアパートメントに帰るから、数日分の料理——北京ダックももうひとつ、左宗棠鶏（さそうとうどり）、五目炒飯などなどを注文した。どんどん注文が積み上がってくると、沈んでいたウエイターの表情が笑顔に変わっていった。厨房が仕事をしているあいだ、チョードリは座って待っていた。フォーチュン・クッキーの両端を指でつまんだ。クッキーを割り、なかのおみくじをよけながらかけらをひとつずつ食べた。おみくじは読まず、なにかに突き動かされるように粉々にちぎった。

まもなく料理ができた。ウエイターが四つの袋を持ってきた。「どうもありがとうございます」ウエイターはそういうと、軽く頭を下げ、袋をテーブルに置いた。チョードリも会釈した。もう一度、空っぽのレストランをぐるりと見てから、答えた。「ぼくにはこれくらいしかできないから」チョードリは袋を持ち、ドアに向かった。テーブルに残っているのは、ウエイターが掃いて捨てる細切れの紙くずの小さな山だけだった。

二〇三四年七月六日　10：32（GMT02：32）
南シナ海

魔夢は見るたびに少しずつ変わった。ハントは横須賀に戻り、桟橋に立っている。麾下の全艦が入港している――〈ジョン・ポール・ジョーンズ〉、〈チャン＝フー〉、〈カール・レヴィン〉。ちがう点は、さらに続々と艦船がやってくることだ。すでに撃沈された〈フォード〉と〈ミラー〉が、毎夜、入港している。湛江で停泊中に撃沈された南海艦隊の艦船も同様だ。空母〈遼寧〉、駆逐艦〈合肥〉、〈蘭州〉、〈武漢〉、〈海ロ〉、そして、かすむように見える小型艦――フリゲート、コルベットなど数えきれないほど。いくつもの渡り板が降り、甲板作業を取り仕切る掌帆長が指示を出すと、乗組員――アメリカ人も中国人も――がどっと桟橋に降りてくる。

ハントもそこへ行き出迎える。夢のなかではいつもなじみの顔を探す。モリスとか父親の顔を。だが、湛江攻撃の命令を出してから、桟橋には父親の姿が見当たらない。あまりに多くの艦船が一斉に入港している。手伝ってほしいと声をかけるが、降りてくる乗組員は彼女を無視しているか、見えていないようだ――どちらかはわからない。この人たちは亡霊なの？　わたしが亡霊なの？

父親にいわれたことを思い出す。はじめて夢に出てきたときにいわれたことを。父は若々しい姿だった。そして、彼女の腕をつかみ、こういった。「やらなくてもいいんだぞ」

しかし、手遅れだ。

次々と入港する軍艦、何千人もが下艦する――彼らがその証拠だ。

父親がむかしいっていた。指をぱちんと鳴らして、地中海で死んだ水兵を全員――古代ギリシア人、古代ローマ人、カルタゴ人、イギリス人、ドイツ人、フランス人、アラブ人などなど――海面に浮かばせることができるなら、ジブラルタル海峡からハイファ港まで、その水兵の背中を踏み台にして渡ることができる。海戦は地中海ではじまったが、終わるのはここ、南シナ海かもしれない。たった一度の攻撃で、サラ・ハントはかなたの地中海における数千年分の戦没者より多くの人命を奪ってしまった。

密集する亡霊のなかに、父親の姿は見つけられない。父の名を呼ぶ。だが、声は届かない。たとえ届いても、父はなんといえばいいのだ？

なにもいえない——桟橋にふたりだけを残してこの群衆を消し去る言葉などない。それでも、彼女は父を見つけたい。父はよく彼女の手をとり、三度ぎゅっと握り、彼女も四度ぎゅっと握り返したものだ。その手のぬくもりを感じられるだけで……死者をよみがえらせる？　自分のしたことを忘れられる？　許してもらえる？　どうなるというのか？

毎夜、ベッドに横になり、眠れずに目がさえると、そう自問する。

そんな夜がまた明けたとき、ハントは〈エンタープライズ〉に着任したばかりのパイロットと打ち合わせをした。パイロットがだれかを知って、ハントが打ち合わせを求めた。彼の事情は知っていた。F‐35で飛行中にイランによってバンダルアッバスに強制着陸させられたこと、数週間とらえられていたこと、自分で画策して——いろいろ根回ししたようだ——〈エンタープライズ〉への派遣をつかみ取ったこと。とりわけ、反対意見を押して改造させたホーネット飛行隊に志願したこと。また、デスクで彼の人事ファイルを確認したところ、クリス・〝ウェッジ〟・ミッチェル少佐は、たまたまなのか狙っていたのかはわからないが、同飛行隊の最先任パイロットだから、事実上の飛行隊長になることも知っていた。

そのパイロットがデスクの前に来て、胸を張って敬礼した。体をぴくりとも動かさず、親指をフライト・スーツの縫い目にぴたりと添えて、気をつけの姿勢を保っている。ハントはしばらくそのままの姿勢を取らせ、彼のファイルだけでなく、部下の参謀長が綴じ込んでくれた新聞記事もぱらぱらとめくった。代々、海兵隊の戦闘機乗りを出しているミッチェル家の歴史を扱った記事だ。資料から顔を上げたとき、彼がハントのうしろの壁に貼ってある写真を見つめていることに気づかないわけにはいかなかった。〈ジョン・ポール・ジョーンズ〉、〈チャン＝フー〉、〈カール・レヴィン〉が縦に並んで航行している写真だ。撮影されてからまだ六カ月と経っておらず、ハントはその事実をまだうまく飲み込めずにいる。ひょっとしてウェッジも、同じように事実を飲み込めずにいるのではないかと思った。

「楽にして、ミッチェル少佐」ハントはそういってファイルを閉じ、〈エンタープライズ〉へようこそと歓迎の言葉をかけた。そして、ここまでの空の旅はどうだったか、割り当てられた個室の使い心地はどうか、としばらく当たり障りのない話をした。個室について、ウェッジは海軍のしきたりどおり、すべて快適ですと答えた。その後、ハントは要点に移った。「わたしがあなたの前任者を首にしたことは知っていますね」

ウェッジは知っていた。

「彼はわたしの方針に一部同意できなかった」ハントは付け加えた。「わたしたちは同じ問題を抱えないようにしたい」ウェッジが答える前に、ハントはホーネットのコックピット内の脆弱なシステムはすべて取り去ったと説明した。「あなたがバンダルアッバスに強制着陸させられても、ミスチーフ環礁で大敗を喫しても、我が軍には、テクノロジーというカルトにしがみつく士官がかなりいる。そういったシステムに依存しすぎれば、かえって満足に動けなくなるということが、そんな人たちにはどうしてもわからない。結局、それがここ最近の敗戦の原因ではないかと、想像すらできない」ハントは自分の考える状況を伝えた。つまり、アメリカが湛江を攻撃したために、中国によるアメリカ本土への報復攻撃が不可避になったという不穏な状況だと。「アナポリスの兵学校時代からの旧友がホワイトハウスのスタッフに入っている。彼は必ず北京が先に折れるといっている。こっちははっきり主張し、レッド・ラインも敷いたと。非常に有能な人だけれど……最近はやることなすことほとんどまちがっている。

今回の攻撃もそう」すると、ハントは険しいまなざしでウェッジを見据えた。これからの進展がわかっている顔だ。一歩、また一歩と、黒い人影が狭い廊下を伝い、必然の扉に向かうかのように、事態は動いていく。「向こうは少なくともアメリカの二都市を攻撃する。それが彼らの考えるエスカレーション。こっちが一発撃つなら、向こうは二発撃つ。そのとき、わたしたちは緊張緩和を目指すかどうか、決めなければならない。当然、そんなものは目指さない。やり返すだけ。少なくとも三都市を攻撃する。戦略核は使わない。それはこの世の終わりにつながる兵器だから、現実的ではない。あくまで戦術核にとどめておく。つまり、核を使うとすれば、空母に搭載されているものを使うことになる。つまり、あなたが核爆弾を落とすことになる」

沈黙が流れた。この自分の見立てがふたりの思いをつなぎ止めくれないだろうか、と思った。ハントはウェッジを見ていた。ハントが語ったことに対する彼の反応をじっと見ていた。

ゆっくりと、ウェッジの顔から笑みが漏れ出した。

「この状況がどこかおもしろいの？」

笑みが消えた。「いいえ」

「それなら、なぜ笑顔に？」

「なんでもありません」ウェッジはまるで部屋の隅に向かって答えているように見える。「緊張していただけかと」

だが、ハントはそんなはずはないと思った。自分の経験と勘だけを頼りに敵陣深くまで飛んでいき、爆撃することに惹かれるパイロットもいる。とりわけ大胆な任務には、ロマンがともなうものだ。自殺的な任務にもともなう。ハントが必要としているのは、自殺的な任務ではなく、大胆な任務に惹かれるパイロットだ。さらに、帰還できると思っているパイロットだ――たとえ帰還できなくても。絶対に生き残ると思っているパイロットのほうが成功する確率も高まるからだ。

ホーネットのアビオニクスをどう改造したのか、ハントが説明をはじめたが、ウェッジは途中でハントをさえぎり、すでにホーネットの点検はしましたといった。

「いつ？」

「ここに着任した夜です」ウェッジは答えた。「通信担当の上級上等兵曹、クイントにも会いました。いいやつですね。私の体はまだ西海岸時間だったので、眠れずに格納庫をぶらついていました。ホーネットは問題なさそうでした」

ウェッジにそういわれて安堵し、ハントは椅子にゆったり座り直した。おそらくこれが最後ではないだろうが、ウェッジには好印象を抱いた。それに同情も覚えた。

ウェッジには多くを背負わせることになる。ハントは自分も眠れていないことを思い出した。「なかなか休めないようなら、艦内の軍医になにか処方させることもできるけれど」

ウェッジは首を振った。「それには及びません、艦長。私は休むことにかけてはまったく問題ないので。それに、洋上のほうがぐっすり眠れます」ウェッジがまた気をつけの姿勢を取り、司令官室から艦の腹の底へと消えていった。

二〇三四年七月六日　14：27（GMT06：27）
深圳

手入れが完璧に行き届いた芝の丘の尾根沿いに、華奢な男がゴルフ・クラブを握りしめ、よろよろと歩いていた。午後の日差しが体の輪郭をくっきり浮かび上がらせている。さっき林保をジュニア・スイートに案内したおもてなし係が、今度は丘に向かって運転している。林保はその華奢な男に会ったことはなかったが、中国共産党中央政治局常任委員会の委員で、党中央規律委員会――ＣＣＤＩ――書記の趙楽際だと、すぐにわかった。

ＣＣＤＩの四文字、そして、その組織の顔ともいうべきこの華奢な男——林保はキャリアを積みはじめてからずっと、その両者を恐れてきた。

林保のゴルフ・カートが丘の尾根に到着したとき、趙楽際はちょうどバックスイングに入るところだった。林保は身動きひとつせず、じっとしていた。このおもてなし係が共産党と国内安全保障機関の関係者ではないかもしれないと、心のどこかで思っていたとしても、彼女が田舎から深圳に出てきて、〈ミッションヒルズ〉でいい職にありついたふつうの若い女性だと淡い期待を抱いていたとしても、彼女も趙楽際の気を散らすのを恐れて、微動だにせずにじっとしている様子を見て、そういった可能性は完全に消えた。

いま、趙楽際のゴルフ・クラブのヘッドがスイング軌道の頂点に達し、ヘッドが宙に浮き、この上昇の運動に全身が連動する。シュッという音とともに、クラブがティーからボールをきれいに切り落とすと、ショットは地平線に向かって飛んでいき、陽光と午後のスモッグが混じり合うなかへ消えた。趙楽際がクラブをバッグに戻したとき、林保に気づいた。

「年寄りにしては悪くないだろう」趙楽際はいい、クラブ・バッグをひょいと肩に担いだ。体を動かしたいらしく、次のホールまで歩いていくようだが、護衛チームはゴルフ・カート戦隊のようにあとからついていくらしい。趙楽際が林保に一緒に回るから、一台のカートのうしろからクラブ一式が入ったバッグをとれと合図した。趙楽際についていて歩いているとき、林保はおもてなし係がこちらを見ようとしないことに気づいた。まるで自分の身には絶対に起きてほしくないことが、これから林保の身に起きようとしているとでも思っているかのようだ。

じきに林保と趙楽際のふたりきりになり、それぞれがクラブ・バッグを背負ってゴルフコースを歩いた。やがて、趙楽際が話しはじめた。「近ごろはゴルフコース歩きが、労働と呼ぶものにいちばん近い……」趙楽際の息が荒い。「私は毛沢東の文化大革命のさなかにキャリアを積みはじめた。人民公社のために塹壕を掘った……。自分の体を動かして労働する……。満足感が得られる……。きみはアメリカ育ちだったな?」林保に顔を向けたとき、趙楽際の目がトンネルのように感じられた。「つまり私たちはまるでちがう人間だということだ。たとえば、ゴルフもそうだ。アメリカ人はカートを乗り回し、キャディーをつけてプレイする。キャディーの助言を聞いて勝てば、自分でつかみとった勝ちだという。助言を聞いて負ければ、キャディーのせいだという……。キャディーになどなりたくないものだ」

ふたりは次のホールに着いた。パー4。

趙楽際が一打目を打った。フェアウェイに乗った。

林保も打った。林に入った。

趙楽際が笑い出した。「かまわんよ、若い友よ。打ち直せばいい」林保はそれはけっこうですといった。打ち直すまでもないし、ずるはしたくないと。だが、趙楽際は引き下がらなかった。「ずるにはならんさ」彼はいった。「私がそうだといえば」

林保はクラブを替えた。

二打目はフェアウェイに乗せた。わずかに趙楽際のボールのうしろで、ふたりでボールのところに歩いていくとき、趙楽際がまた話しはじめた。「湛江があんなことになったのに、私のような地位にあるものがゴルフをするのは不謹慎だというものもいる。だが、それでも人生は続くのであり、これからもしっかりした指導層が舵取りを続けるのだと、人民に知らせることは重要だ。これからどんなことが起こりうるのかを考えれば、なおさらだ。我が国の情報部が正しければ——おそらく正しいとは思うが——アメリカは二週間以内に三つの空母打撃群を派遣し、我が国の海岸線を封鎖するだろう。きみは蔣国防部長ととても緊密に連携して動いていたようだが、蔣国防部長がきみの能力に関していささかの疑問を呈していたことは伝えておかねばならないだろう。アメリカの意図に関して、きみが蔣国防部長に、したがって党中央政治局常任委員会にも、誤った助言をしたというのだ。きみのお母さんはアメリカ人だな？母方の母国に親近感を抱くあまり、蔣国防部長に助言する際、判断を曇らせたと蔣国防部長はいっているが」

ふたりは次のホールをじっと見つめていた。前方に細長いフェアウェイが二〇〇メートル近く延びている。そこから左に鋭角に折れ、小さな林と池のあいだを通るコースを読んだあと、ショートしすぎれば林に入る——が、リカバーは可能だ、と林保は判断した。しかし、ロングしすぎれば、池に落ちる——そうなると、リカバーできない。

趙楽際は三番ウッドをもってティー・グラウンドに出た。

林保は二番アイアンをもち、趙楽際のうしろに控えていた。

趙楽際はグリーンにティーを刺しながら、林保のクラブ選択についてコメントし、二番アイアンでは充分な距離が出ないといった。「われわれは同じ問題を前にして、ちがう対処法を選択したようだな」彼はいった。

林保は趙楽際に面と向かって反対しないように、目をそらした。だが、二番アイアンを三番ウッドに替えようかと思ったが、どうしても替えたくない気持ちもどこかに自分あった。誇り、矜持、強情といったものなのかもしれない。それがなんであれ、自分より強大な相手と対するときに湧いてくる反抗心にはなじみがあった。海軍士官候補生のころ、上級生たちにアメリカ人の血が混じっていることを揶揄(やゆ)されたときにも、当初、〈鄭和〉打撃部隊の指揮権が自分ではなく馬前に与えられたときもそうだったが、いま二番アイアンを見つめているときも湧いてきた。一声を上げるだけで、近くにいる黒スーツのごろつきにこっちの頭を撃ち抜かせるほどの権力者が相手であっても。そして、林保は自分の考えをいった。「三番ウッドは距離が出すぎます。強く打ちすぎれば、池に落ちてしまいます。リカバリーはできません。その点、弱すぎて林に入っても、ここに戻ってティー・ショットをやり直すよりはましな位置で、次のショットを打てます。二本のクラブで飛距離がちがう場合、あまり欲張らない選択をするほうが戦略的にいいと考えます」

年配の趙楽際が一度、顎を引き、ティー・グラウンドでどっしりスタンスをとると、三番ウッドを強く握ってバックスイングを開始した。ボールがティーから勢いよく飛び出した。明らかに芯を食った音を響かせて、ボールはぐんぐん高く舞っていった。三番ウッドでは弾道が頂点に達したとき、林保のいったとおりになることがわかった。三番ウッドでは飛びすぎた。

趙楽際のボールがバシャッと池に落ちた。

彼はかがんでティーを抜き、林保に向き直った。林保は趙楽際の顔に不満が、あるいは失望が出ていないかと探った。出ていない。趙楽際は林保にすんなりティー・グラウンドを譲り、林保は丈の短い草地にティーを刺した。わざとラフに打ち込もうかともふと思った。こびへつらう人――蔣国防部長のような人――なら、趙楽際のような高官を〝接待〟するかもしれない。だが、林保は上官の趣味で手心を加えたりしなかったからこそ、ここまで出世できたのだ。たとえ上官に彼のキャリアを損なう力、あるいは――趙楽際のように――命を奪う力があろうとも。

林保の二番アイアンがボールをとらえた。

低くて速い弾道が、フェアウェイのカーブ地点に向かってぐんと延びていった。ショットは高度を上げたが、林を飛び越えるかどうかはわからない。かなり厄介な山の斜面を飛び越えようとする過積載の航空機を見ているかのようだ。〝越えろ、越えろ、越えろ〟と林保は思わず両手を動かしていた。趙楽際も同じ身振りをしていることに気づいた。自分の選択がまちがっていてほしいとでも思っているかのようだ。ボールがかすめ、さらに飛び続け、フェアウェイに落ちると同時に、びっくりした数羽の鳥がいちばん高い枝から飛び立った。

「どうやら一打リードされたようだ」趙楽際は満面の笑みを浮かべていった。その後、自分のゴルフ・バッグのもとに行き、三番ウッドから二番アイアンに替えた。

ふたりは午後の大半をコースですごした。林保が趙楽際に勝ったのはそのホールだけだった。林保がいくらがんばっても、ゴルフの腕は趙楽際のほうがはるかに上だった。一ホールだけとはいえ、林保が趙楽際から勝ちをかすめ取ったのは驚きに値することだったことが、まもなく明らかになった。ラウンドを回っているあいだ、林保の任務と、趙楽際のいう〝任務の自然進化〟の話題になった。蔣国防部長はもう直接の上官ではなくなったとのことだった。湛江の大惨事により、党中央政治局常任委員会は「軍の指揮系統の再編」を余儀なくされたと。粛正を婉曲に表現したものだと、林保にはわかった。その後、趙楽際は、中華人民共和国は〝死地〟にあると、蔣国防部長が使った言葉をそっくりそのまま林保にいったが、蔣国防部長が使っていた言葉だということも、その後、どんな結論が導き出されたかもいわなかった。「死闘する」という結論だった。死闘の詳細について、趙楽際はこういうにとどめた。「われわれはアメリカの湛江攻撃と同等の行動をとらなければならない」

林保はついさっきの教訓を思い出してくださいと趙楽際にいいたくなった。ふたつのほぼ同等の行動方針のうち一方を選択するときには、行きすぎになるかもしれないから、なるべく欲張らないほうを選ぶほうがいい。だが、ゴルフのことで党中央規律委員会書記に具申することと、国家方針をただすことはまるでちがう。林保には前者の度胸はあるが、後者の度胸はない。

アメリカ合衆国への核攻撃には反対の声を上げなかったが、趙楽際が林保に考えているという新しい任務の話をしたときには、声を上げそうになった。

「党内には、きみにも蔣国防部長とともに湛江の責任があるというものもいる。私も今日まで確信がもてなかった。きみは蔣国防部長に可能なかぎりの助言をしたと思っている。あるいは、蔣国防部長がきみをもっとそばに置いておけば、あの悲劇は避けられたのかもしれない――むろん、蔣国防部長がきみの助言を聞き入れる度量があったらの話だが、なかっただろうな。今後、私が蔣国防部長の国防部の職務を引き継ぐ。だが、賢明な助言が必要だ……いわば、キャディーだ」そういうと、趙楽際が林保に笑みを見せた。「別の見方をしてくれるものが必要だ。したがって、きみは空母には戻らない。北京に行き、国防部で私の右腕になってもらう」

趙楽際は手振りで護衛のひとりを呼んだ。護衛がゴルフ・カートで素早くふたりのそばに現れた。この老練な男は林保の手綱を失えば、痛手になると思っていたから、林保の反応を待たなかったのだ。林保が運転手の隣に乗るとき、趙楽際は別れの言葉をかけ、こう付け加えただけだった。「じきに北京で会おう」そして、またフェアウェイの観察に戻り、バッグから次のクラブを選びはじめた。

受付にたどり着くと、おもてなし係が林保の姿を見て、驚いたような顔になった。趙楽際の護衛のひとりが彼女になにごとかを話すと、彼女は林保を部屋に案内した。〈ミッションヒルズ〉へのチェックインを処理したのは彼女だったから、林保はチェックアウトはどうすればいいのかと彼女に尋ねた。彼女は困惑した様子で、こういった。「お調べしておきます」まるでその手続きをよく知らず、チェックアウトさせる必要ができたのは林保がはじめてだったかのような口ぶりだ。ドアの前で別れたとき、彼女はほかに用はないかと訊いてきた。林保はドライ・クリーニングを頼んでいたはずだが、といった。朝に出していた軍装を戻してほしいと。若いおもてなし係は不安げな面持ちで、また同じ答えを返した。「お調べしておきます」

林保は数少ない持ち物を柔らかい生地のかばんに詰めた。思考がさまよいはじめた。趙楽際は明らかに蔣国防部長に不満を抱いているが、自身も党中央政治局常任委員会も蔣の状況評価に賛同している。アメリカに海岸線を封鎖されることなど受け入れられない。報復しか手はない。だが、どんな形で報復する？　趙楽際に助言するのだから、その点についても自分の考えをもたなければならない、というのが林保の理解だった。また、蔣国防部長と同様、自分の意見が誤りだったときには説明責任を負う。そう考えると胸が騒いだ。もうすぐ北京入りする。蔣国防部長を訪ねていってもいいかもしれない。前のボスと部下のよしみで、こっそり助言をくれるかもしれない。もっとも、蔣国防部長は党中央政治局常任委員会と趙楽際には嫌われたようだが。それでも、危険な権力者たちがうごめくなかで、新しい任務をこなすコツを授けてくれるかもしれない。

ドアがノックされる音で想像が途切れた。

若いボーイがドアの前に立っていた。「こちらの部屋にお戻しするドライ・クリーニングです」

林保はボーイに礼をいい、透明のビニールに包まれたハンガーを受け取った。ベッドの上のかばんの横にそれを置いた。ビニールをはがしたとき、最初のハンガーにかけられていた軍服が、彼の着ていたものより大きいことに気づいた。腹まわりが大きい。袖もほとんど上着のヘムラインまである。胸ポケットの上の刺繍が施された名前テープを読んでみると、自分の名前ではなかった――だが、よく知っている名前ではあった。

〝蔣〟だった。

なんという偶然だ、と林保は思った——だが、そう思ったのはほんの一瞬だった。急に、そこはかとなく孤独を感じた。北京に戻っても、前のボスに助言をもらうことなどできないだろう。自分が蔣部長と同じ部屋に泊まっていたのは、偶然などではない。蔣国防部長の軍装が届けられたのも、手ちがいなどではない。

二〇三四年七月一七日　13：03（GMT07：33）
ニューデリー

どこからどう客観的に見ても、ファルシャッドは目覚ましい成功を目撃した。コルチャークは二週間ほど数百平方キロメートルの土地を征服する陸上作戦の支援にあたり、何世代にもわたる戦略的課題を解決した。いまやロシアはバルト海沿いの港に陸路で直接アクセスできるようになった。萎縮した国際統治と同盟関係、国連、NATOはこの〝侵攻〟を非難したが、その芝居がかった非難声明には敵ながらあっぱれという敬意が練り込まれているのではないか、とファルシャッドは思った。ワシントンと北京が何十年にもわたって重ねてきた誤算が、世界秩序に不調和の種を蒔いた。ロシアはその果実をそっくり収穫してしまった。ほかの国々――いや、ファルシャッドの母国――が同様の収穫を目指しても驚くことではない。同様に、*母*国の同胞たちが取り逃がしても驚かない。

自分が地上進攻を支援する海軍指揮官の役に立っていることに満足感を覚えつつ、ファルシャッドがロシアのポーランド領進攻の状況を夢中で追っているとき、イランの革命防衛隊のタカ派はイランも長きにわたる係争海域、ホルムズ海峡を支配するときが来たと思い立った。革命防衛隊は高速艇の小規模な高速艇部隊を使い、大胆にも最初に通行してきた外航船、〈TATA NYK〉所有の貨物船を拿捕することにした。意味不明なアルファベットだらけの社名だったが、ファルシャッドにだけはわかった。インドの船だ。

陸軍参謀長のバゲリ少将の明確な承認を得ずに先走ったのだから、革命防衛隊のまったくの愚行だった。ただし、バゲリ少将の陰口をたたいていたものたちにいわせると、バゲリははじめから知っていたという。こうして、イラン政府は困った立場に追いやられていた。国際社会と緊張緩和を進めつつ、メンツを失ったり、悲願だった同海峡の領有を否認することは避けなければならなかった。かくして、バゲリ少将は革命防衛隊と正規軍の両方に縁があるものを必要としていた。どちらからも話を聞いてもらえるものが必要だった。そして、海軍士官でなければならない。テヘランからメッセージが届いてもいないうちから、その条件を満たすのは自分しかいないとファルシャッドにはわかっていた。

ファルシャッドは民間機でモスクワから直接ニューデリーに飛んだ。ロシア軍やイラン軍に公用機を出す余力がないからではなく、いずれの政府もインド側も交渉の意思を公的には認めたくないからだった。それで、ファルシャッドは表向きには一民間人としてニューデリーに向かうことになった。微妙な任務だ。インドの宿敵、パキスタンなら、頼めば協力を惜しまないことはわかっているが、インドに対する押しが強すぎれば、インドがアメリカ側につくこともわかっている。いずれかにほんの少しのミスが出ても、すでに世界規模の紛争になっている現状が、さらなるエスカレーションにつながる。つまり、世界戦争になる。

ファルシャッドはアエロフロートのエアバスA330の通路側シートに押し込まれ、飛行機の現在位置を追った。前席の背面に備え付けられているモニターで、飛行機のアイコンが小さなパンくずのような航跡を地球上に残している。ファルシャッドは地図を見つめながら、米中二カ国はイランとはちがい、世界秩序を維持しておくほうが有利だというのに、どうして両国間の緊張がこれほど急速に高まったのかと考えていた。〈文瑞〉事件のあと、米中艦隊による一連の海戦、中国による台湾侵攻とアメリカによる湛江への核攻撃まで、三月から起こったことの大半は、両国の国益追求の論理に反している。

その論理自体が変わったのかもしれないが。

まだだれも――政治家であれ、学者であれ――この紛争を第三次世界大戦と表現していない。インド、あるいはパキスタンが関与しただけで、今回の危機に終末論的な意味合いをもつあの恐ろしい名前が授けられるだろうか、とファルシャッドは思った。それはないだろう。

第三次世界大戦になるのは、他国の干渉があるからではない。別のものが必要だ……。

アメリカは湛江に核兵器を使ったが、それは戦術核で、弾頭も放射性降下物の量も手に負えないほどではないし、想像を超えているわけでもない――一度の大自然災害と同等の規模だ。どの国も――アメリカでも、中国でも、ほかの国でも――戦略核兵器の兵器庫に手を入れたことはない。世界の終わりの兵器だから。

ファルシャッドの耳のなかがきゅっと締めつけられた。

エアバスＡ３３０のエンジンがうなり、同機は降下を開始した。

着陸すると、ファルシャッドは何事もなく出入国管理を通過した。手荷物ひとつしかもってこなかったので、数分後には人でごった返している到着ロビーに出た。まわりでは、乗ってきた人々が大切な人と再会して喜びの抱擁をかわしている。しかし、ファルシャッドを出迎えるものはいない。バゲリ少将の部下に受けた指示は、ここから先のことはなかった。インド側の窓口がここでファルシャッドを見つけてくれるはずだといわれていた。ファルシャッドは込み合った〈スターバックス〉に注文もしないで座っていた。思考がさまよいはじめる。人ごみを見て、この人々が一緒にいる人のことを指し示す名称——母親、父親、息子、娘、あるいはただの友人——を考え、それもすべて一瞬で、光った瞬間に消えてなくなるのかもしれないと思った。すべてを消し去るものを指し示すただひとつの名称は、敵だ。

テーブルの空いている席に座ってもいいかと見知らぬものにいわれ、ファルシャッドの思考は途切れた。ファルシャッドが手振りでどうぞと伝えると、十歳は年上と思われるその見知らぬ男が座った。ファルシャッドはまた群衆の観察をはじめた。

見知らぬ男はだれかをお待ちかと訊いてきた。ファルシャッドはそうだと答えた。

「どなたですか？」見知らぬ男が訊いた。

ファルシャッドはその男をしばらく見た。「友人、といったところです」

男は片手を差し出し、自己紹介した。「友人のアナンド・パテル海軍中将です」

二〇三四年七月一九日　22：46（GMT17：16）
ニューデリー

チョードリは夜遅くにアメリカ大使館へ戻るところだった。外交関係がこれほど緊張している現状では、大使館で寝泊まりせざるをえなかった。しかし、彼の母親は、孫とふたりでチョードリのおじのところにいるのがいちばんだといい、そこにいることにした。日中は忙しかったものの、チョードリは夕食は必ずアシュニとととった。ニューデリーに来てもう一週間近く経ち、早い朝、忙しい日中、そして、ヤムナー川の東にあるおじの家に行って、夜遅くに大使館に戻るという日々に、たちまち疲労がたまっていった。ネルー公園のまわりを走っているとき、タクシーの後部席でうとうとしながら、先週はまるで夢を見ているかのようだったと思い返した。イランがホルムズ海峡の領有または管理権を主張し、〈TATA NYK〉所有のタンカーを拿捕したほんの数時間後、トレント・ワイズカーヴァーがチョードリをオフィスに呼び、

〝ニューデリーに帰ってもらう〟と命じた。

ワイズカーヴァーの〝帰ってもらう〟のいい方は、気に入らなかった。この紛争のさなか、ふたたび高まっている排外主義がアメリカ人の心に取り憑きはじめている。これまで紛争が起きたときもそうだった。客のいない〈シティ・ライツ〉レストランでサマンサと一緒に目にした現象だ。ワイズカーヴァーはなにも考えずにいったのかもしれない。〝帰ってもらう〟といったのは、チョードリが前回のニューデリーへ派遣されて、強制着陸させられた海兵隊パイロットを取り戻したことを受けてのことなのかもしれない。だが、疑いはぬぐい払えない。

湛江攻撃のあと、ワイズカーヴァーは国家安全保障担当の職員を交代させた。数世代前とちがい、アメリカは世界大戦の恐れを前にしてもひとつにまとまることができずにいる。核による世界戦争になるかもしれないというのに。アメリカ本土への攻撃は避けられないと思われるが、どこが攻撃されるのか、どんな形で攻撃されるのか、だれにもわからない――潜伏工作員(スリーパー・セル)に〝汚い爆弾〟を仕掛けさせるのか、弾道ミサイルの弾頭に仕込むのか、あるいはその両方なのか？　何十年もかけて党派間の溝が深まってきたが、いまになってそのつけが回ってきた。政権は四方八方から非難を浴びている。戦術核攻撃など手ぬるいというタカ派から、アメリカはそんな兵器を使用してしまったがために倫理的権威を捨てたというハト派まで。これからどんな反撃があるかは知らないが、ワイズカーヴァーはそれに対応するために真の忠臣が必要だった。つまり、政権内での地位を得て能力を遺憾なく発揮しているものではなく、ワイズカーヴァーの指示に忠実にしたがうものが必要だった。そんなときに、チョードリはひそかにニューデリーに〝帰り〟、ホルムズ海峡での新たな危機に対応するよういわれたのだ。

チョードリは大使館に到着し、寝る前に最後のメール・チェックをした。〝ワイズカーヴァーの乱〟で追放されたもうひとりの同僚、ジョン・ヘンドリクソン少将、通称バントからメッセージが届いていた。

ふたりは同時期にワシントンを離れたが、ヘンドリクソンの旅程のほうが長く険しく、任務も厄介だった。彼の任務も外交任務といえなくもなかった。〝旧友で同僚〟（ヘンドリクソンはいつもこの枕詞をつける）のサラ・ハントは、湛江に向けて、ほぼ一世紀ぶりに核攻撃を開始した。彼女の指示によって、数百万人が死んだ。とてつもない重圧を受けていたはずだ。ホワイトハウスの首脳が湛江攻撃への報復に備える一方、現場の全指揮官も迅速なカウンターパンチの準備を整えなければならなかった。躊躇すれば壊滅的な結果につながるかもしれない。だからこそ、ヘンドリクソンがハントの様子を見に行かされることになったのだ。ハントの精神状態を見極めるために。ワイズカーヴァーが彼に出した曖昧な指示は、ハントの〝指揮能力を高める〟ことだった。

チョードリの受信箱に入っていたヘンドリクソンからのメッセージは、ごく短かった。〝〈エンタープライズ〉に到着。そっちも元気か。また連絡する。——バント〟。

彼らが仕えている政権内では、血なまぐさいパワーゲームの様相がますます強まっており、チョードリとヘンドリクソンは、ワイズカーヴァーの命令でワシントンを離れるとき、助け合いながらこの状況を切り抜けることにした。チョードリはこの同盟をそれほどまじめにとらえていない。だが、味方は集められるだけ集めておかなければならない。ヘンドリクソンも同じだ。

仕事のメールをざっとスクロールし終えたとき、チョードリの携帯電話がテキスト・メッセージの着信を知らせる電子音を鳴らした。おじからだった。

〝明日08：00朝食に来なさい。会わせたい新しい友人がいる〟。

二〇三四年七月一九日　20：03（GMT12：03）

搭乗者名簿を手に取るまで、ハントにはそれが信じられなかった。あの人をいま、ここに運んでくるなんて、どんな人生のいたずらなの？　その名前が搭乗者名簿に載っていた。〝ヘンドリクソン、Ｊ・Ｔ〟。数十年前にアナポリス兵学校のソフトボール・チーム名簿のいちばん上に書いてあったときと同じ書き方だ。ハントは時計を見た。私室からフライト・デッキの飛行訓練の音が聞こえる。デス・ラトラーズは絶えず飛び立っている。パイロットがローテクのアビオニクスで飛べるようになることが最優先だと、ハントはミッチェル少佐に指示していた。ホーネットが発進したり、着艦したりするときの噴射音と金属がこすれる甲高い音が、時を選ばず聞こえている。そして、いま、その音が途切れ、ターボプロップ・エンジンのなにかがこすれているような、くぐもった音が聞こえてきた。Ｖ‐22オスプレイ――ヘンドリクソンを載せた輸送機が着艦した。

一〇分ほどして、ハントのドアがノックされ、若い水兵が報告した。「ヘンドリクソン提督がおいでです、提督」司令官私室に入ってくると、ヘンドリクソンは黙って戸口に立っていた。軍服がくしゃくしゃに皺がついているところを見ると、基地から基地へ渡り、やっと洋上に飛ぶまで、何回もの乗り継ぎに耐えてきたようだ。ヘンドリクソンは海軍式の儀礼を省き、ハントのデスクの向かいの椅子にどさりと腰を下ろし、頬杖を突き、ひとことだけいった。「まずいっておくが、ここに来たのは私の発案ではない」

「それなら、どうしてここに来たの？」ハントは訊いた。

またフライト・デッキでホーネットがカタパルト発艦をはじめたらしく、私室がかすかに揺れた。

組織人間であるヘンドリクソンは、ワイズカーヴァーにいわれたことをそのままいった。

「わたしの指揮能力を高める？」ハントはいわれた言葉をそのまま投げ返した。「いったいどういう意味？　インド太平洋軍（INDOPACOM）の了解はとってあるの？　あなたは慣例にとらわれた仕事の仕方なんて好きじゃなかったような気がするけど」ハントは腹を立てていた。腹を立てるのも至極当然だった。だれも彼女のいうことに聞く耳をもってくれない。そもそものはじめから。ヘンドリクソンも、国家安全保障担当スタッフのお仲間たちも、自分たちのほうが上だと、自分たちならどんな危機にも立ち向かえると思い込んでいた。その過信のせいでこんな窮地に追い込まれているのだし、南シナ海での優位性も損なわれ、迫り来る我が国本土攻撃を待つしかないのだ。

「INDOPACOMのジョンストン提督は私の訪問をご存じだ」ヘンドリクソンは答えた。「確認したいなら、レッド・ライン（指揮官専用の秘匿電話回線）で電話すればいい。ここに来る途中、ホノルルに立ちよって、提督に説明してきた――」

またホーネットが轟音を上げてフライト・デッキから発艦した。

「みんなきみを心配しているんだ、サラ」ヘンドリクソンが口調を和らげていった。ただ、そういったとき、ハントの顔を見ることはできなかったらしく、両手に目を落とし、いまもしつこくはめているアナポリスの卒業記念リングをいじっている。「きみは大変な思いをしてきた……重責を背負わされてきた……感情面でな」〝感情面で？　なにをいってるの、この人〟〈ジョン・ポール・ジョーンズ〉の指揮をとった一件から、湛江爆撃に深くかかわるまでのことをいってるの？　それとも、さらにさかのぼって、アナポリス時代からのことをいっているの？　わたしがあきらめてきたこと――家族、暮らし、ヘンドリクソン――を、こんなに何年もあとになってこうして、ふたりの提督として一緒に軍艦の司令官私室にいるときに、話のネタにしようとでも。さっぱりわからない。この人も説明することはない。それでも、ハントは話だけは聞いた。「これからどうなるかはみなわかっている。我が国がそれに応じる際には、〈エンタープライズ〉が中心になりそうだ。きみはひとりで苦しむことはない。だから私がいる……」一瞬、ヘンドリクソンがそこで話を止めてくれるのではないかと、ハントは期待した。ふたりの過去を肯定する一個人としての言葉で終わってほしいと期待したが、期待ははずれ、彼はこう付け加えた。「……きみの指揮能力を高めるために」

話は〈エンタープライズ〉の戦闘能力全般と報復の能力のことに移った。中国が戦略核を持ち出してくるなら別だが、中国本土の複数のターゲットに戦術核で攻撃するのが妥当だ。その際、ホーネットの一個飛行隊、デス・ラトラーズがもっとも適任だと考えている、とハントは語った。さらに、アビオニクス・システムを改造したことと、攻撃作戦は同飛行隊九機を三つのターゲットに振り分けるつもりであることを説明した。三機編成の三個編隊に振り分ける。同飛行隊の新しい指揮官、つまり、飛行隊長のクリス・〝ウェッジ〟・ミッチェル少佐が、そうした任務に向けたパイロット訓練を精力的におこなっていることも付け加えた。

ヘンドリクソンはいった。「海兵隊のホーネット飛行隊は一〇機編成ではなかったか？」

「ウェッジは四日前に一機失った。コンピュータ化された照準装置に手を入れて、マニュアルで爆弾投下するようにしたので、海上で実弾を使って作動確認テストしていた。一機の爆弾が引っかかってしまい、イジェクター・ラックからはずれて翼下にぶら下がっていた。その状態では着艦できないので、射出座席で脱出し、機体を海に落とした。パイロットは若いから、古典的なコンパスとフライト・チャートだけで飛ぶことに慣れていない。脱出したパイロットは位置を伝えてきて、こっちはそこに向かった。丸一日、捜索していたけれど、パイロットは見つからなかった。ほかの人が救助したのかもしれない――中国本土に近いし……希望はあるけど」

長い沈黙のあとで、ヘンドリクソンがいぶかしげに首をかしげた。「さっき〝ウェッジ〟といっていたが？　それはいったいなんのコールサインだ？」

二〇三四年七月二〇日　09：37（GMT01：37）
北京

妻と娘は林保に会えてうれしそうだったが、林保にしてみれば、我が家に現実味が感じられなかった。これから起こることにおびえて生きていた。

林保が北京に戻ったとき、〈鄭和〉はすでに姿を消していた。ステルス・テクノロジーを駆使し、通信を遮断して、ひそかにアメリカ合衆国西海岸に向かっていて、林保は日々国防部を通じてその足取りを追っていた。林保こそ、ほかのだれよりもあの打撃群の攻撃能力を理解している。彼らに必要なのはターゲット設定だけだ。〈鄭和〉が所定の位置に着いたら、国防部がそれを林保の後任の若くて有能な提督に送信することになっている。蔣国防部長はみずから練った計画が実施されるまで長生きできなかったが、林保はその計画が自分のデスクにやってきたときに蔣部長の計画だとわかった。党中央政治局常任委員会の事前承認を得たのち、一通のマニラ封筒に入ってデスクに載っていた。林保はそれを国防部の〝腸〟にある安全な会議室にもって行った。かつて蔣国防部長がボウルに山盛りのM&Mを用意させて、得意げに林保を迎え入れた会議室だ。林保は顔色の悪い年配の軍事官僚を懐かしく思った。想像力豊かな陰謀と一風変わったユーモアのセンスを懐かしく思った。大テーブルの上座の蔣国防部長の古い肘掛け椅子に腰をうずめながら、いちばん懐かしいのは、こんなボスでも一緒にいたことだったのかもしれないと思った。この狂気にひとりで手を染めなくてもいいという安心感だったのかもしれない。

だがいまは、意図的にひとりきりにされている。

党中央政治局常任委員会は、林保がこれから始動させる計画を承認したが、遂行任務を負ったなかでいちばん上の階級にいるのは林保だ――この部屋にいる唯一の人間だ。全責任を負うことになる。

緊張しつつ、自分をなだめてフォルダーをあけた。

封筒が二通入っている。ふたつのターゲット。

下級職員のだれかがテーブルにペーパーナイフを置いていった。研いでいない刃を一通目に入れ、次に二通目にも入れた。なかにはそれぞれ、クリップ留めされた四枚綴りの書類が入っている。余すところなく承認印が押してあり、続き番号がついている。一枚目に、受領を確認する署名欄がある。林保は自分の名前を書いた。この文書には、彼の署名しか残らない。その後、作戦が承認された旨の記述を斜め読みした。蔣国防部長の代わりに林保が作成した文面には、生ぬるい表現がちりばめてある。

あらゆる点に責任を負うことになる。

この文書に残るのは林保の署名だけだから、あらゆる点で林保が責任を負う。発射方法の選択（地上型、潜水艦型、航空機型）から、核分裂性物質、乗員などの即応体制、さらにはターゲットへの正確な爆撃にいたるまで――

〝ターゲット……〟

林保にとっては、そこが計画の唯一の未知数だった。趙楽際が自分で決めたのだろう。ゴルフコースでのやり取りのあと、林保は趙楽際に意見を求められるのではないかとなかば期待していた。もう一度キャディーの役割をさせてもらえるのではないかと。その機会が与えられていたら、強く打ちすぎないようにと進言するつもりだった。アメリカ最大級の——ロサンゼルスやニューヨークといった——都市を攻撃するのは欲張りがすぎます。あの日、ゴルフコースで三番ウッドを選んだのと同じことになります。湛江の報復としてアメリカの二都市を攻撃し、一段階だけエスカレートさせる。釣り合いのとれる選択をすべきです。南海艦隊は湛江を母港とするので、似たような軍事基地のあるターゲットがよろしいかと。二都市のうち、ひとつだけでも。もうひとつは産業都市がいいと思われます。林保は意見を求められるかもしれないと思って用意していた答えを思い出していた。しかし、趙楽際はもう意見を訊くものなど必要なかったのだ。ほんとうに必要だったのは、計画が失敗した場合に責めを負わせる受け皿だったのだ。

身代わり。

捨て駒。

そんなものに成り下がってしまった。そのとき、林保は自分に誓った。命令にしたがうのはこれで最後だ。海軍を除隊する。
だが、いまはなすべきことがある。
各文書の最後のページをあけると、爆心地になる座標が記してあった。

32.7157°N, 117.1611°W
29.3013°N, 94.7977°W

林保は地図上に印をつけた。〝サンディエゴ〟。ふたつ目は、〝ガルヴェストン〟。

二〇三四年七月二〇日　08:17（GMT02:47）
ニューデリー

この街の車の流れは筋道のとおったパターンにはしたがっていない。とにかく、チョードリに予測できるパターンにはしたがっていない。ラッシュアワーでも道路は空っぽだったり、一日のうちいちばんゆったりしているときに、大渋滞でまったく流れなかったりする。約束の時間どおりに到着するのは一苦労だった。気まずいほど早く到着するか、えらく遅れるかのどちらかになる。いまもそうだ。朝八時を二〇分近く回っているが、おじが軍隊特有のいい方で設定した08：00の朝食の約束のため、四苦八苦しながらおじの家に向かっていた。

　おじとのやり取りは〝非公式〟にしておかなければならなかった。パテル退役海軍中将は、厳密にはいっさい政府を代表していないことになっている。だからチョードリはこうして、大使館の公用車ではなくタクシーの後部席に乗ってヤムナー川東岸に渡っているのだ。いまは母親と娘はおじの家に置いてもらうほうが安全だという点は、チョードリも否定できない。だが、おかげでますます矛盾をはらんだ立場に立たされている。母国の利益が家族の利益と合致するとはかぎらないのだ。それで、08：00の朝食の約束が09：00になろうしているなか、おじの家に向かいながら、チョードリはつらつらと考えている。朝食にも遅れているわけだが、自分の利益相反事態の解決法もなかなか見つからない。しかし、ある種の事柄は、車の流れと同じく、独自のロジックで動いていることは受け入れている。

　玄関で出迎えたおじは、チョードリが遅れたことはなにもいわなかった。チョードリほどではないにしろ、〝客人〟も遅れたこともいわなかった。おじの家は、三人をのぞいてだれもいなかった。おじの指示で、アシュニは地元の小学校に入っていた。チョードリはまだこれでいいのか自信がもてずにいるが、母親は賛成していた。長いあいだ疎遠だった兄妹が何十年かぶりで同じ意見に達したことになる。チョードリは書斎に通されとき、いま母親とも娘とも顔を合わせずに済んでよかったと思っていた。

置いてある家具は、ふたり掛け（ラブ・シート）の椅子と袖付き椅子が一脚ずつ、本棚がひとつ、隅のテレビといった感じだった。テレビの画面では、色鮮やかな衣装のダンサーの一団が、ボリウッド映画かなにかのクライマックスの第三幕に入ったかのように、身振りを交えて踊っていた。書斎中央でひとりの男が立って待っていた。チョードリは相手の名前を訊く前に、右手の指が三本しかないことに気づいた。ふたりは握手した。チョードリはおじに「おいのサンディープだ。アメリカ政府のスタッフとして働いている」と紹介され、ゲストは「ペルシアの友人、ガーセムだ」と紹介された。

パテルの紹介には裏がありそうだ。チョードリは気にしないが、あるのはたしかだ。明らかに、おじはチョードリがこのイラン人将校のことをなにも知らないと思っているらしい。だが、チョードリはよく知っていた。ミッチェル少佐がバンダルアッバスで捕虜となったときの報告書を読んでいたのだ。そこに——さまざまな報告のひとつとして——ミッチェルをさんざんに打ちのめした三本指のイラン人准将のことが長々と書いてあった。わからないのは、革命防衛隊クッズ部隊の上級将校だったファルシャッドが、こんなところで、インドのタンカーを解放する交渉などという紳士気取りの外交任務をしている理由だ。

三人は書斎に座っていた。パテルが戦略的に袖付き椅子に陣取ったので、ファルシャッドとチョードリはふたり掛けの椅子(ラブ・シート)に並んで座るしかなかった。何年も前に受けた、結婚生活カウンセルの長たらしいセッションのようだ、とチョードリは思った。ファルシャッドとチョードリは、結婚生活カウンセルのセッション並の鬱積した辛辣さで、それぞれの国で起きている論争について話しはじめていた。

イランがホルムズ海峡の通行権を管理するのは受け入れられない、とチョードリはいった。それでなくても米中戦争によって疲弊し、恐慌に陥る寸前だというのに、グローバル経済が壊滅しかねない。イランも非難声明を受けるにとどまらず、失敗に終わった二〇年前の核開発期間中に耐えたものと同様の、新たな経済制裁もありうる。

経済制裁という言葉を聞いて、ファルシャッドは拳を握りしめた。顔も紅潮した。イラクでも、アフガニスタンでも、パレスチナでも、シリアでも、この三〇年間どこで戦ってきても、ファルシャッドの軍歴は西側諸国の制裁と切っても切れない関係にあった。だからこそ、チョードリの口から制裁という言葉が出たとき、ファルシャッドは二国間の政策対立よりはるかに個人的なものを感じたのだった。また、チョードリはファルシャッドがミッチェル少佐の尋問で我を失ったことを知っていたから、ひょっとして自分もおじの書斎でこのイラン人に気絶させられるまで痛めつけられるのだろうかとふと思った。

しかし、ファルシャッドは大きく息を吐き出した。様子が変わりはじめた。肩の力が抜けた。拳がひらいた。顔の赤みもひいた。すると、とても穏やかな声でいった。

「両国間に存在する問題を解消する方法がないと我が国が考えているなら、私はここにいない」

チョードリはこの機をとらえ、同意の印にうなずいた。「こちらも同じ気持ちだ。両国とも、これ以上の敵意の広まりは見たくない。それに、我が国の同盟国インドに代わっていわせてもらえば、インドもきっとこの紛争に巻き込まれたくはないだろう。日本などのほかの同盟国と同じく、インドも我が国と北京とのいさかいとは距離をとってきた。この紛争を拡大するのはばかげている」――チョードリはそこで話を止め、ぴったりの言葉を探した――「誤算のために」

しかし、誤算という言葉を選んだのは、インドのためであり、つまりはおじのためでもあったが、パテルは袖付き椅子に座ったままチョードリをにらみつけ、もういいと手を振ってチョードリを制止した。「実をいえば」パテルが口をひらいた。「きみらの国はいずれも国益にかなうような振る舞いをしておらん。アメリカの傲慢な態度は、ついに偉大さの鏡ではなくなってしまった。なんのために血と富を無駄に垂れ流してきたのだ？」パテルはおいの顔を真正面から見たが、答えは求めてなかった。「南シナ海の航行の自由のためか？　台湾の主権のためか？　世界はそっちの政府と北京が同居できるほど広くないのか？　この戦争には勝つかもしれない。だが、なんのために戦う？　第二次世界大戦後のイギリスのようになりたいのか？　帝国は解体され、社会が後退してもいいのか？　両国に何百万人もの死者が出るぞ？」パテルは次にファルシャッドに顔を向けた。「教えてくれ、少佐。我が国を刺激して、どう貴国の利益につながるのか？　我が国は貴国の一五倍の人口を抱える中立の大国だぞ？　いざとなればあの船を取り戻すことぐらい、我が国にとってはたやすい。さらに刺激してくるなら、もっといろんなことができる」そこまでいうと、パテルは少し居住まいを正した。そして、両肩をうしろに反らし、胸に空気を吸い込んでから、また軍艦の指揮をとることになり、ふたりの部下に針路変更を命じるかのような口調で、ファルシャッドとチョードリの両者に語りかけた。「きみらはいずれも、この戦争をはじめた国の代表だ。だが、私はそれを終わらせる力量のある国の代表だ」

充分にやり込められて、チョードリとファルシャッドは言葉もなく、書斎のふたり掛けの椅子（ラブ・シート）に並んで座っていた。隅のテレビ画面だけが動いていて、自然とふたりの目もそちらに向いた。パテルが音量を挙げた。画面では、ダンサーの一団が退き、まだ二十歳（はたち）にもなっていないようなひとりの女性が出てきた。緑色のシルクのサリーをまとい、両手首に金色のバングル、両手の甲、手のひら、はだしにもヘナ（インドの女性がする刺青に似た装飾）が施され、その足を宙に投げ出して、小刻みな太鼓に合わせて、もう片方の足のつま先でくるりと回った。パテルがいった。「これはターンダヴァだ」まるでファルシャッドが、せめてチョードリだけでも、この踊りをよく知っているとでも思っているかのような口ぶりだった。ふたりがぽかんとしていたことからも、ふたりとも知らないのは明らかだった。「この踊りを繰り返して舞うことにより、宇宙における生命の進化を伝えている」

「どうして？」画面にじっと目を向けたまま、ファルシャッドがいった。

「ターンダヴァはシバ神が最初に踊ったものだからだ」パテルは答えた。

「シバが？」チョードリはいい、どんな神だったかと記憶をたどった。

おじがその記憶の溝を埋めた。「そうだ、シバ神だ。創造の神でもあり、破壊の神でもある」

家の奥で電話が鳴り出した。パテルは書斎にチョードリとファルシャッドを残して、奥に行った。残ったふたりは、パテルが同席していないと話す気にもなれず、無言で座っていた。太鼓、笛、伴奏のシタールが、テレビで繰り広げられている踊りをさらに加速していった。

チョードリはこの状況がじきに勝手に解決すると思っていた。イランの根拠は薄い。ホルムズ海峡をずっと封鎖してはいられない。これ以上のインド介入を招くのは、リスクが大きすぎる。テヘランにとってだけでなく、テヘランの同盟相手の北京にとっても。そんな介入を招いたりすれば、アメリカが決定的に有利になる。しかし、そうだとは思いつつも、どんよりしたものがチョードリの頭のなかに立ちこめていた。これまで介入といえばアメリカのおはこだった――第一次世界大戦、第二次世界大戦、朝鮮半島、ベトナム、バルカン半島、イラク、アフガニスタン、シリア。完全に成功したとはいえなくても、アメリカの介入は諸国に決定的な影響を及ぼしてきた。だが、もうちがう。

おじが電話を終え、入り口に現れた。なにかをいいかけたかのように、口を少しあけたが、閉じた。いいかけたことを内に押し込めて、椅子に座った。メッセージを伝える前に、テレビ画面の下部にテロップが流れた。ヒンディー語と英語の速報だった。

チョードリとファルシャッドが読み終える前に、パテルがまるで激痛に耐えているかのように、一度息を吐き出し、最後の審判でもいい渡すかのような声でいった。「サンディエゴとガルヴェストンだ」

三人はじっと座っていた。テレビから流れる音楽しか聞こえない部屋で。言葉が交わされることもなく。テレビ画面だけが動いている。テロップが流れ続け、速報を伝えているときも、その上にさっきの少女が映っている。うれしそうにターンダヴァの動きを表現している。永遠に踊り続けるかのように。

6 ターンダヴァ The Tandava

2034 A Novel of the Next World War

二〇三四年七月二〇日　21：47（GMT13：47）
北京

最初の映像が入ったとき、林保はひとりでいた。攻撃の三時間前に国防部に到着し、会議室に閉じこもり、ひたすら待った。〈鄭和〉が長時間空中にとどまることができるドローンを発進させ、サンディエゴとガルヴェストン上空に向かわせていた。レーダーと赤外線の信号特性が小さな昆虫程度でしかないため、アメリカ側の探知は不可能である。会議室奥の片隅に設置された画面にはライブ映像が流れ、いまは空電音ばかりの亡霊のような灰色が映し出されている。林保はテーブル上座の肘掛け椅子に座り、ドローンがとらえているものを説明する無機質なオペレーターの声を聞いていた。核爆発によるクレーターの大きさ、核爆発に特有の高く上った積雲と黒い雨、怒った神が地上からすべてを吸い上げたかのように見える、この世のものとは思えない二都市の壊滅状況。その声は人間がおこなった最大級の破壊を言葉で表現していた。話せば話すほど、衝撃の度合いが高まり、林保はすぐに人間の声ではなく、神の声なのではないかと思うようになった。

海軍や政府機関を去るという林保の決意には多少の揺らぎがあったかもしれないが、サンディエゴとガルヴェストンに死の雨が降り注ぐさまを見て、軍人としてのキャリアはもう終わりだと完全に確信した。ひとつだけ残っている問題は、安全に身を引く方法だ——楽にできることでないのはわかっている。湛江の〈ミッションヒルズ〉での顔合わせ以来、趙楽際は自動的に林保の直属の上司になっている。林保が趙楽際の指揮系統に入っていることを示す編制表のたぐいはないが、趙楽際の明確な承認がなければ、林保の辞任を受けつける役人などひとりもいない。

したがって、林保が辞表を提出できる人はひとりだけだ。趙楽際のみ。

しかし、〈ミッションヒルズ〉以来、趙楽際とはじかに連絡をとったことがなかった。電話も。顔を合わせることも。電子メールも。趙楽際は幽霊になったかのようだ。壊滅したアメリカの都市上空を旋回しているドローンのように、離れていて実体が感じられない。

林保は趙楽際からまったく連絡を受けていなかったが、趙楽際の暗黙の承認もないので、なにもしなかった。趙楽際の名前は、いや、だれかの名前が記された正式な承認など、もちろん来るはずもない。党中央政治局常務委員会は官僚特有の玉虫色の表現で意思を表す。特定の個人（あるいは特定集団）の直接的な意図は、実在する部局を通ってくるうちに、あるいは、よくあることだが、架空の部局を通ってくるうちに洗浄される。書類の回覧履歴――起案者あるいは起案部署を示す〝FROM：〟の欄――だけで一ページ目が丸々埋まる。名前が出ることはほぼない。よくわからない部局名だけが記されている。党中央政治局常務委員会が判断を誤っても、そうした中間の部局のどれかがあらゆる責任をとらされるだけだ。

林保が〈鄭和〉からのライブ映像を見ていると、そうした官僚的な書類のひとつがデスクに置いてあるのに気づいた。攻撃開始命令のように、封印された封筒に入れられて届いていた。やはり一ページ目は回覧履歴で埋め尽くされている。辞職願を書いて、それと逆向きの回覧順で回したらどうなるだろうと思った。パンくずの道順のようなものだが、趙楽際と党中央政治局常務委員会まで行き着くだろうか？　いや、と林保は思った。本能的にわかっている。上級将官の辞任といったデリケートな問題は、そんなルートで処理されることはない。書類の書式を整えるくらい簡単に辞められたらどんなに楽か。

おかしなことに、林保の思いは、第二次世界大戦時のソ連軍戦車に搭載されていた一方向の無線機に向かった。米海軍大学校で学んだ、過度に中央集権的な指揮系統の反面教師ケース・スタディだ。妻と娘はニューポートが大好きだった。冬の吹雪の日は暖炉のそばで丸くなってすごし、光り輝くすばらしい夏の週末には、ゴート島でディンギー（小型のヨット）を借り、帆を揚げてニューポート・ブリッジのつり橋をくぐり、由緒正しき海軍大学校の灰色の巨大な校舎群に向かってディンギーを走らせる。そして、ディンギーを岸に上げ、砂地にシートを広げてピクニックをしたものだ。靴を脱ぎ、家族と並んで寝ころんでいたとき、林保は退役の話をしたことがあった。考えがあった。そこの海軍大学校で教えること。

そのときのことを思い出しただけで、苦笑が漏れる。いまとなっては夢物語にしか聞こえない。

実体のない声で追想が途切れた。「滞空時間は残り二二分です。次の任務に待機中……」〈鄭和〉の戦闘情報センターが応答し、無人機の編隊を現実のものとは思われない核攻撃による破壊現場に向かわせ、ひと目ではっきりとわかるものの情景を記録させた。あらゆるものが破壊されている。

歴史を教えていただろう、と林保は思った。ライブ映像を見ていると、意識がふらふらと漂いはじめた。米海軍大学校で教鞭をとる夢はだれにもいわなかった。妻にもいっていない。あのとき軍を離れていたら、提督になることもなかった。中佐で退役することになる、それだって立派な階級だ。米中の二重国籍と博士号があるだけでも、仕事にはありつけていただろう。さらに、元中国海軍士官の肩書きがあるのだから、アメリカの海軍大学校に一味ちがう視点をもたらしていたかもしれない。その夢は完全に捨てたわけではなかった。長年のあいだに、頭のなかでいくつか授業のカリキュラムを考えたりもした。紙に書くことはなかった。そんなことをすれば、夢がリアルになりすぎるし、遅くなれば苦しみが大きくなりすぎる。

　教壇に立ち、アメリカ人の学生を前に古代ギリシアの講義をする自分の姿を、林保は思い描いた。「紀元前四九〇年にマラトンでミルチアディスがダリウス一世を倒した第一次ペルシア戦争、その後、紀元前四八〇年、テミストクレス率いるアテナイ海軍がサラミスの海戦でクセルクセス一世のペルシア海軍を打ち破った第二次ペルシア戦争と続いた。一〇年に及ぶ戦争が古代ギリシア人たちに五〇年間の平和、すなわち黄金時代をもたらした。アテナイ人はデロス同盟を締結し、ヘレスポント海峡の平和を固めた。ギリシアの都市国家（ポリス）がアテナイに貢納金を払う代わりに、今後ペルシアの侵攻があれば、アテナイがほかの都市国家（ポリス）を守るという相互安全保障協定だ。どこかで聞いた話ではないか？」林保はそこで教室の学生たちを見回す。みんな無表情だ。過去などどうでもいい、あるのは未来だけだし、その未来は必ずアメリカの未来だと思っている顔だ。

そのとき、架空の教室にいる林保は、学生たちを前に彼らの過去、そして未来も語る。古代ギリシアが二度のペルシア戦争後に最大の栄華を極めたように、アメリカの黄金時代も第一次、第二次の両大戦から生まれたのだ。デロス同盟を結んだアテナイと同じく、アメリカもNATOといった相互安全保障条約によって覇権を維持してきた。NATOが最大限の貢献をする代わりに、アメリカは西側世界での軍事的卓越を得る――ちょうどアテナイがデロス同盟によって当時の世界で軍事的卓越を得たように。

質問が来るのはわかっているから、林保はいつもそれを待つ。すると、なぜ軍事的卓越はどれも終わるのか、とひとりの学生が質問する。どんな外的脅威がデロス同盟を凌駕したのか？　ペルシア艦隊がサラミスでできなかったことを、どんな侵略者が成し遂げたのか？　林保は侵略者など来なかったと答える。ミルチアディスやテミストクレスといった、古代ギリシアによって形作られた黄金時代は、外国勢力によって破壊されたのではないのだ、と。

「それなら、どうして？」学生たちは訊く。「ペルシアでなければ、だれがやったのですか？」

そこで、林保はこういう。「終焉が来たのは――つねにそうだが――内側からなのだ」

イースター・バニーなど、それまで信じてきたおとぎ話は嘘なのだと、父親が愛する我が子に教えるように、林保は根気よく説明する。そして、学生たちの困ったような顔がじっと向けられている前で、スパルタ人の嫉妬、拡大を続けるデロス同盟に対する恐怖について話す。また、アテナイの話もする。自分たちの偉大さに酔いしれ、自己陶酔と堕落によって盲目になったと。「時代をざっとたどってみよう」林保はいう。「イギリスから、ローマ、ギリシアまで。帝国はいつの時代も内側から腐るのだ」

大半の学生たちが林保の期待を裏切ることはわかっている。信じられないといった、敵意さえ感じるまなざしで見つめている。自分たちが生きている黄金時代は終わらない。彼らはつねにそう思っている。自分たちが特別な存在だと信じて疑わないように、自分たちの時代も特別なのだと。アメリカの政界に機能障害が蔓延していてもほとんど関係ない。なぜなら、世界でのアメリカの地位は神聖なのだから。だが、想像のなかでも顔がはっきり見える数人の学生は、彼と同じ理解に至ったかのように、彼の視線をしっかり受け止める。

骨組みだけが残ったビル、ハイウェイ上で灰になったラッシュアワーの車など、そろそろ終わろうとしているライブ映像を見ながら林保が思っていたのは、そんな少数のアメリカ人の海軍大学校のクラスメイトたちは、いまどの階級まで出世しているのだろうか、ということだった。林保と同じように、提督になったものもいることだろう。

早くに引退していたらどうなっていただろうか？　大学校で教えていて、何人かの教え子たちに連絡していたとしたら？

湛江爆撃はあっただろうか？　サンディエゴは？　ガルヴェストンは？

おそらくあっただろう。だが、林保はもうひとつの歴史を脳裏に映し出していた。この四カ月の誤算が実は起こっておらず、したがって〈文瑞〉やミスチーフ環礁の海戦や台湾の戦闘も起こっていなければ、どんな歴史になっていたのだろうか。ひとりでも異議を唱えていたら、しかるべき手順を踏んで異議を唱えていたら、この一連の狂気は防ぐことができたのかもしれない。歴史家としての林保は、これらの出来事を原因と結果に沿って並べずにはいられなかった。ひとつの出来事が断ち切れない連鎖となり、やがてこの瞬間につながってしまった。そして林保はこうして——会議室のテーブルにつき、ライブ映像を見つめ——人類史上最大の破壊を目の当たりにしている。

しかし、林保にできることはなにもない。

林保の前にある任務は単純だ。ライブ映像を最後まで見て、目の前のテーブルに載っている命令を〈鄭和〉に伝える。空母とその護衛部隊に迅速に太平洋から南シナ海に戻り、「アメリカの脅威にさらされている自国海域を死守せよ」という命令だ。

さらに一五分がすぎた。

ドローン・オペレーターが引き続き焼け跡を見つめている。すると、燃料が減ってきたので、七分後に画像中継空域を離脱して帰投するといってきた。ドローン・オペレーターは無機質な声で〈鄭和〉に無線連絡し、さらなる任務はないかと訊いた。

〈鄭和〉はないと答えた。

次に、ドローン・オペレーターは国防部に連絡し、さらなる任務はあるかと訊いた。林保は衛星アップリンクのハンドセットをとり、ドローン・オペレーターと直接つないだ。そして、国防部にもこれ以上の任務はないと答えた。

一瞬の沈黙が流れた。

ドローン・オペレーターは国防部に再度さらなる任務はないかと訊いた。林保はハンドセットに向かって、ないと繰り返した。

応答がない。

通信が途切れたようだ。林保の通信担当職員が急いで会議室に入ってきて、テーブル下のもつれた配線をほどき、衛星アップリンクの背面のスイッチを入れたり切ったりした。その間林保は、もう充分に見た、これ以上の任務はない、もう見る必要もない、と何度も語りかけた。

応答はない。

林保はずっと呼びかけを続けた。メッセージを届けようと躍起になっていた。通信の反対側にいる感情の感じられない無機質な声から、なんとしても応答を聞きたかった。

二〇三四年七月二〇日　11：49（GMT06：19）
ニューデリー

パテル海軍中将はすぐさま二台のタクシーを呼んだ。一台はファルシャッド、もう一台は自分のおいに。三人はほとんど無言で待っていた。ファルシャッドは自分が偏見をもった男だと思ったことはない――ファルシャッドにいわせれば、偏見は弱いものの避難港になどならない。しかし、生まれてこのかた、アメリカ人と出会う機会はほんの数回しかなかったが、アメリカ人がいるとわかっただけで萎縮していた（相手がイスラエル人でも似たような反応が出るが、これは偏見などではないと自己弁護できるからまだましだ）。だが、サンディエゴとガルヴェストンからの第一報が入り、チョードリの悲痛な面持ちを見て、ファルシャッドは哀れみのようなものを感じずにはいられなかった。そのときファルシャッドがしたことは、このアメリカ人の友人だけでなく、自分自身にとっても意外だった。パテルの書斎のふたり掛けの椅子に並んで座っていたとき、ファルシャッドは右手を伸ばし、慰めるようにチョードリの左腕に触れたのだ。

一台目のタクシーが来た。当然のように、ファルシャッドではなくチョードリが乗ることになった。チョードリのほうが緊急度が高いのだから。パテルがチョードリをドアまで連れていったとき、チョードリがファルシャッドに向き直り、「ありがとう」といった。ファルシャッドはなにもいわなかった。このアメリカ人はさっきのしぐさに対して礼をいったのだろうと思ったが、はっきりとはわからなかった。アメリカ人を信用してはならないと自分を戒めた。

ファルシャッドは二台目のタクシーはいつ来るのかとパテルに訊いた。パテルは答えず、もう少し書斎でゆっくりしていってくれと誘った。ファルシャッドは断ろうとした――私も大使館の役人たちに報告しないといけないので――が、パテルは聞こえないふりをした。「お茶を一杯どうかね?」彼はいった。

ファルシャッドの忍耐力が切れそうになったが、招待を受ける程度の落ち着きは残っていた。理由は知らないが、なぜかファルシャッドはこの年老いた提督を信用していた。パテルがキッチンに下がり、紅茶のポットをもって戻ってきた。ふたり掛けの椅子にファルシャッドと並んで、膝が触れそうなほど近くに座ると、ファルシャッドのカップをテーブルに出し、次に自分のカップを出した。パテルが大きく息を吐いた。「悲劇だな、これは」

ファルシャッドは眉をひそめた。「必然だ」彼は答え、カップに注がれた紅茶から立ち上るきれいに渦を巻いた湯気を吹いた。

「必然か?」パテルは訊いた。「ほんとうか? 避けられなかったと思っているのか?」

アメリカの二都市が壊滅したことを考えていると、むかしからアメリカ合衆国に抱いてきた嫌悪感がよみがえった。深い嫌悪感。イランだけでなく、世界じゅうがアメリカに対して抱いている嫌悪感。今日の出来事を招いたのは、アメリカによる不断の拡張政策だ。ひとつの国がどれだけの敵意を吸い上げたら、だれかの殲滅（せんめつ）の一撃を食らうのだろうか？　だからあの言葉の選択は正しかった。〝必然〟だったのだ。

ファルシャッドは時計を見て、またタクシーのことを訊いた。パテルは今度も黙殺した。「私は賛同しかねる」パテルがいいはじめた。「この紛争は戦争とはちがうような気がしていた――むかしながらの戦争とちがうのはたしかだ。どちらかといえば、それぞれが反撃の程度を相手の直近の打撃より一段階上げるという、エスカレーションの連鎖だ。だが、エスカレーションの連鎖の輪をひとつ断ち切るだけで、紛争全体の信管が抜けて、暴力の循環は食い止められた。だからこそ、私は〝必然〟ではなく〝悲劇〟という言葉を選んだのだ。悲劇は食い止められたはずの災害だ」パテルはまたひと口、紅茶を飲んだ。ファルシャッドはパテルがカップの縁越しに向けてくる視線を感じた。パテルはファルシャッドの同意を求めているのかもしれないが、そんなものを与えるつもりはない。ファルシャッドは胸を張り、両手を膝において、じっと座っていた。表情もまったく変えなかった。パテルは続けた。「今日の惨事が回避できたことは、きみなら知っているはずだ。ロシアが海底ケーブルを破壊したとき、きみは〈レズキイ〉のブリッジにいたのだから。あの事故がなければ、アメリカの湛江爆撃もなかった。きみに覚えてもらいたい言葉をもうひとついっておこう。〝事故（アクシデント）〟

だ。三つの音節をわけずに、ひと息で吐き捨てた。腐った果物にかぶりついたときのように、口のなかにあふれ出たその言葉の欺瞞を吐き出した。

ファルシャッドは弁解した。〝誤算〟、〝故意はない〟など、別の言葉を出して、ロシアがバレンツ海でしたことを説明した。だが、そんな説明は嘘っぱちだと自分でもわかっていた。彼は前言を取り消し、黙り込んだあと、結局、こういっただけだった。

「私が〈レズキイ〉に乗っていたと、どうしてわかった？」

「白状したな」パテルは答えた。

ファルシャッドはにやりとした。こらえ切れなかった。このしたたかな老人が気に入った。

ファルシャッドが〈レズキイ〉に乗艦していたと推測するのは、パテルにしてみればたやすいことだった——ファルシャッドはモスクワ経由でインドに来たことに加えて、テヘランはロシア艦隊に何人のイラン人連絡将校を派遣している？　それほど多くない。するとパテルは、同様の頭の体操をしてみないかとファルシャッドを誘った。インド政府は革命防衛隊に拿捕された船を取り戻したい、とパテルは説明をはじめた。バレンツ海でのロシア艦隊とはちがい、民間タンカーの拿捕はまさに誤算であり、両国政府間の交渉が行きづまってしまった。自分の見立てた事実を並べながら、パテルは〝両国間の特異な立場〟を解説した。

パテルによれば、米中戦争の調停役はインドに回ってきたという。世界の国々のなかで、ワシントンと北京とのあいだに立つのはニューデリーがいちばんの適役だという流れができてしまった。イランの協力も必要になる。戦争を終わらせる可能性があるのは、われわれ二カ国だけだ。インド政府は今後数日のうちに〝広範な行動〟をとるかもしれない、とパテルは伝えた。「われわれの介入がなければ」パテルは説明した。「アメリカは報復し、中国は報復に対して報復する。やがて戦術核兵器が戦略核兵器になる。そうなれば終焉にたどり着く。われわれ全人類が……。だが、われわれが介入すれば効果はある。ただし、自由に動ける状況でなければ無理だ。つまり、ほかの国が邪魔立てすれば連鎖を断ち切ることはできない」パテルはファルシャヤッドに顔を向けた。そして、夫が妻に愛人と別れてくれと頼むかのように、ただこういった。

「〝邪魔立て〟というのは、ロシアのことだ」

ファルシャヤッドは理解した。ファルシャヤッドとイラン政府にロシアの意図がはっきり見えているように、パテルにもはっきり見えているのだ。ファルシャヤッドはふとコルチャークを思い出した。ロシア帝国海軍の家系であり、祖先たちは皇帝(ツァーリ)の弩級艦にも、ソ連の誘導ミサイル巡洋艦にも乗った。四世代のうちに、コルチャークの家系は帝国主義から共産主義へ、さらに資本主義――現在のロシアは資本主義だと考えている――へと針路を変えてきた。コルチャーク、そして彼の祖先は、節操のないご都合主義なのか？　あるいは、生き延びるためになすべきことをつねにやってきた家系に生まれたというだけなのか？

「世界は混乱している」パテルはいい、またひと口紅茶を飲むと、カップをそっとソーサーに戻した。「ロシアはそれを利用し続けるとは思わんのか？　ポーランドの細長い土地だけで満足すると思っているのか？」パテルは答えを待たなかった。ファルシャッドに向かって首を振った。「次は貴国だ。次はホルムズ海峡だ」パテルは、ロシアがララク島とホルムズ島を奪取する計画を進めていることを、事細かに説明した。両島はホルムズ海峡の戦略上の要衝である、木も生えていない岩だらけの島だ。「両島を占領すれば、ロシア艦隊が同海峡を航行するすべての海運を止められる。ペルシャ湾からの石油輸出をせき止めれば、原油価格が高騰する。なかなかの海賊ぶりだとは思わんか？」

ファルシャッドは黙っていた。だが、やがて、こう訊いた。「なぜ私に教える？」

「感謝してもらえると思っていたが」パテルはからかった。「当然だろう」

ファルシャッドはふたりのあいだに沈黙を戻した。その沈黙のなかに、ファルシャッドもパテルと同じく、ただでもらえるものなどないと思っている気持ちを込めた。この情報が正しければ、その情報には値がつく。嘘なら、パテルはなにも要求してこない。ファルシャッドは椅子に座ったまま、老提督の要求を待った。「力を貸してもらいたい」やがてパテルがいった。「まず、我が国のタンカーを解放してもらう。あの拿捕事件は我が国で大きな騒ぎになっており、なんというか……われわれにとっては厄介の種だ。だが、次のほうが重要だが、我が国の政府が決定的な行動をとる際、おそらくパキスタンがそれに乗じて面倒を引き起こす。カシミール地方を攻撃するかもしれんし、パキスタン軍統合情報局(ISI)の息の掛かった連中の資金提供による国内テロリズムがあるかもしれない。パキスタンの話をすれば、あの国では感情が激しやすい。そんなことになれば——なんといえばいい？——煩わしいといえば、わかっていただけるか」

　ファルシャッドはわかった。国家反感(アンティパシー)によって規定される国家意識(アイデンティティー)もある。イスラエル人を毛嫌いするという条件ほど、ペルシャ人を規定するものがあるだろうか？　インドがもくろむ〝決定的な行動〟がどういうものか、パテルは教えてくれないにしても、サッカーボールに夢中で群がる子供たちのように、パキスタン絡みの危機が訪れれば、ニューデリーの政治家は戦略的に動けなくなるかもしれない。わからないのは、ファルシャッドとイランがどうしてパキスタンのインド攻撃を食い止められる立場にあるかだ。

「パキスタンは北京の承認がなければ動かない」パテルは感情を交えずにいった。「貴国のいうことなら、中国も聞く耳をもつだろう。同盟国パキスタンの首輪をしっかりつなぎ止めておくよう、中国を説得してほしい。それほど難しいことでもあるまい？」

「ロシアはどうする？」ファルシャッドは訊いた。

パテルは空になった二組のカップをもってキッチンに下がった。戻ってくると、分厚いマニラ封筒をもっていた。「われわれの情報機関は彼らの計画を傍受してきた」パテルがいった。「すべてここに入っている」そういうと、パテルは封筒を手渡した。ロシアのスペツナズ部隊が空母打撃群の支援を受けて、ホルムズ海峡に位置する防御態勢の弱いイラン領の二島を占領するという計画だった。たった一日で作戦完遂することになっている。ファルシャッドは文書を急いで読みながら、危機感を募らせていった。

戸口の呼び鈴が鳴った。タクシーが来たようだ。

「運転手には空港まで頼んである」パテルがいった。

「空港まで？」

「テヘランに戻って、バゲリ将軍に報告したいのではないかと思ってな。フライトも予約しておいた。よろしく伝えてくれ。我が国の貨物船が解放され、パートナーシップ締結を大いに期待していると伝えてくれ」

窓の外では、運転手がタクシーのそばに立っていた。

「さっきいっていた〝決定的な行動〟というのはなんだ？」ファルシャッドは訊いた。

「バゲリ将軍も知りたいと思うはずだ」ファルシャッドは椅子に座ったままでいた。この最後の情報しだいでテヘランに戻るかどうかが決まるかのように。

パテルはファルシャッドを値踏みするかのように長々と見ていた。「われわれがこれからするのは画期的なことだ」パテルは答えた。「だが、それによってこの戦争は終わる。信頼してくれるか？」パテルはファルシャッドの腕に自分の手を置いた。

二〇三四年七月二〇日　12：07（GMT06：37）

ニューデリー

何度も何度も、チョードリは彼女に電話をし続けた。大使館に向かうタクシーの後部席で、彼はパニックに陥っていた。サマンサが電話に出ない。何度もかけた。出ない。

テキサス生まれのWASPでチョードリが親しみをまったく感じられなかった元義理の母がガルヴェストンに住んでいたが、体調を崩していた。ただひとつの楽しみは、海風とたまの娘の面会ぐらいだ。

ヤムナー川を東岸から西岸に渡ったとき、チョードリはサマンサに宛てた電子メールを送信した。〝何度も電話した。頼むから電話してくれ。サンディ〟。

新着メールがチョードリの受信箱に入った。サマンサが職場を離れている旨の自動返信メールだった。〝七月二四日月曜日まで、家族の事情で職場を離れ、ガルヴェストンにおります。緊急の問題があれば、携帯電話にかけてください〟。

こんなにあっけなく、サマンサがいなくなった。

チョードリが悲しみを感じたのは、サマンサを失ったからではなかった。ふたりは関係と呼べるようなものなどほとんど残っていなかった。娘――彼らふたりの娘――のためだった。手ごわい敵だったサマンサがこんなふうに消えてなくなってくれないものかと、この何年かで何度ひそかに思ったことだろう。飛行機の墜落事故死。火事で焼死。交通事故死。やましさとともに、そんな空想を抱いてきた。しかし、そんな空想が現実になれば、アシュニの母親がいなくなる。こうしてサマンサがいなくなってしまうと、やましさはまるで自分が殺してしまったかのように鋭利だった。それどころか、それはちがうと自分をうまく説得できずにいる。

大使館に到着すると、なかは不気味なほど静かだった。大使がこの危機に対応するだろうから、職員が忙しそうに動いているのではないかと思っていた。だが、廊下にはほとんど人は出ていなかった。あちこちの個室のあたりに、職員が何人か集まっていた。ひそひそと話をしている様子から、個室にいる職員の大切な人が今回の攻撃で亡くなったのだろうとチョードリは思った。それをのぞけば、唖然としているような雰囲気だった。

チョードリは割り当てられていた仮オフィスのドアを閉めた。認めたくはないが、自分も唖然としていた。電子メールにログインしたとき、正気を取り戻してくれるようなものが見つからないものかと思った。受信箱のいちばん上に、ヘンドリクソンからのメッセージがあった。題名欄にはなにも書いておらず、ふたりは秘密システムでやり取りしているものの、文面自体も暗号めいていた。〝命令が届いた。なにか聞いてるか？——バント〟。

チョードリは〈エンタープライズ〉による報復攻撃命令のことだとわかった。中国本土の攻撃になる。間接攻撃——電力グリッド、台湾のような係争地を巡る戦い——の日々は終わった。報復攻撃はこういうエスカレーションのパターンをたどる。湛江がサンディエゴとガルヴェストンにつながった。したがって、アメリカの二都市が破壊されたとなると、次の段階は中国の三都市を破壊することになる。問題はどの都市かだ。ヘンドリクソンは最近届いた〝命令〟の一部として、その情報をまちがいなく受け取っている。

チョードリがコンピュータ・スクリーンの前に座り、苦労して返事を書いていると、携帯電話が鳴った。

おじからだった。「イラン人の友人はたったいま帰った」

「どこへですか？」

「本国へだ」パテルがいった。「おまえは大使館にいるのか？」

チョードリはそうだといった。

「そこにいてもなにもはじまらん」おじがいった。「私は国防省に向かっているところだ。おまえも来い」

チョードリはいちおう抵抗してみた。公式な外交任務でニューデリーに来ているのではないから、国防省で会うのはプロトコルに反する。適切な認可を受けてからでないと。おじは聞いていた。とにかく、受話器は沈黙していたが、やがていった。「サンディープ、私は〈エンタープライズ〉が攻撃命令を受けていることも知っているし……アシュニの母親のことも知っている。それについてはお悔やみをいう。一緒にアシュニにいってやってもいい。だが、まずは国防省に来てもらわないといかん」

チョードリは窓の外の、大使館の空っぽの通路に目をやった。おじのいうとおりなのはわかっている。ここにいてもなにもはじまらない。〈エンタープライズ〉による報復を回避させられないのはたしかだ。二都市やられたとなれば、こっちは三都市をやる。それからどうなる？　向こうはさらにこっちの四都市をやる。こっちはさらに五都市。そして、世界の終わりを招く兵器が登場する……自分の忠誠心が移ろいつつあるのを感じた。ある国からある国へではなく、エスカレーションを回避したいものたちと、勝利にどんな意味があるのかは知らないが、この破壊の連続の果てに勝利があると信じるものたちとのあいだで。ふいに、国防省に行く適切な認可を受けることなどどうでもいいような気がしてきた。チョードリの忠誠心はどこの政府にもなくなり、この壊滅の連鎖を逆転させせられるものに引きつけられていった。

「わかりました」チョードリはいい、デスクに戻った。「三〇分で行きます」

おじが通話を切った。

〈エンタープライズ〉が攻撃命令を受け取ったことを、どうしてインドが知っているのだろうか、とチョードリは思わずにはいられなかった。情報機関がおこなっている無数の傍受の成果かもしれないが、ヘンドリクソンとのやり取りを傍受したのではないかと思った。仮にそうだとしたら、秘匿通信システムでの暗号化電子メールまでハッキングできるのだとしたら、インドはチョードリやアメリカがこれまで思っていた以上に高いサイバー能力を有していることになる。ヘンドリクソンへの返事を書いたとき、チョードリは第三者に読まれているかもしれないと思って書いた。〝なにか聞いてるか？〟に対する答えとして、彼はこう書いた。〝インドがなにかするかもしれない〟。

二〇三四年七月二三日　15：32（GMT07：32）
南シナ海

いまが人生でいちばん孤独な時間かもしれない。ハントはブリッジに立ち、飛行訓練を見ていたが、そこからほんとうに見ていたのは、ヘンドリクソンが横須賀へ、その後ホノルルへ、そして最後にワシントンへ向かって飛び立つところだった。彼はホワイトハウスから出された至急帰国要請により呼び戻されたのだった。そのメッセージを受け取ったとき、ヘンドリクソンはメッセージが書かれていた紙をくしゃくしゃに丸め、屑籠に入れ、声をひそめていった。「くそったれのワイズカーヴァー」

ヘンドリクソンは、ハントの様子を見るために〈エンタープライズ〉に派遣されたのではないという確信を強めていた。〈エンタープライズ〉に派遣されたのは、ワイズカーヴァーが核による報復命令を起案するあいだ、邪魔されないようにするためだ。そしてホワイトハウスが命令を出し終えたいま、ヘンドリクソンをワシントンに戻して見張っておきたかったのだ。そう思っていることは、ハントにもいっていた。

「でも、あの人たちが信用していないのはわたしだと思っていたけれど」ハントはいった。

ヘンドリクソンは答えた。「信用していないのはたしかだ。だが、私も信用していないかもしれないということだ」こうして、ふたりとも同じ当局に信用されていないとわかったことで、ヘンドリクソンが出発するまでの数時間、ふたりはまた同盟関係に戻った。

だからかもしれないが、ヘンドリクソンの飛行機がしだいに小さくな平線上の点になるさまを見て、ハントはかつてないほど大きな孤独を感じていた自室に戻った。報復攻撃の命令は金庫にしまっていた。上の空で手間取りなにかロックのコンビネーションを合わせた。攻撃計画の詳細を詰めるようにていたが、集中することができなかった。出発前、ヘンドリクソンは「信頼から、インドが仲介するかもしれないとの情報を得ている」といっていた。

「やめて。どこの信頼できる筋だというの？」ハントは訊いた。

　ヘンドリクソンはこう答えただけだった。「ワシントンの情報提供者だ」

インド――あるいはほかのどこか――が仲介するなどといった幻想があまりに希望的な観測だったので、四度目にコンビネーションを合わせでやっと金庫をあけることができた。デスクで命令書の封をあけた。三枚入っていて、それぞれひとつずつターゲットが記されていた。いずれも沿岸部の都市で、北から厦門（シャーメン）（人口七一〇万人）、福州（フーチオウ）（人口七八〇万人）、そして最後に、上海（人口三三二四万人）。

　ハントとヘンドリクソンはふたりとも、上海が入っていたのは血も凍るほど不釣り合いだと感じた。中国で最大の人口を誇る都市だ。上海を爆撃すれば、おそらくニューヨーク、ロサンゼルス、あるいはワシントンが報復攻撃される。厦門や福州のようなところで失われる人命の膨大な数が恐怖をそそらないわけではないが、上海を攻撃すれば、戦術核から戦略核兵器へのエスカレーションにつながらないとは考えにくい。自殺的な作戦になる、とハントは思った。パイロットが戻ってこないという意味ではない。もっとも、その可能性は充分にある。もっと広い意味での自殺的な作戦だ。作戦を完遂すれば、全人類とはいわないまでも、人類の大半が死滅するのは確実だからだ。

そんな思いが脳裏に立ちこめているとき、ドアがノックされた。「どうぞ」ハントはいった。ウェッジが入り口から一歩入り、両手の油を汚い布きれでぬぐった。布きれをフライト・スーツのポケットにしまい、気をつけの姿勢をとり、名乗った。

「まったく。どうぞ、椅子にかけて」ハントはいった。「そんな堅苦しいことはしなくていいといったでしょう」

ウェッジはポケットからまた布きれを取り出し、手のひらや爪のあいだの油を拭
とった。「海軍と海兵隊共通の慣習と礼儀です、提督。敬意を示しただけです」

ハントは胸の前に三ページからなる指令書をもっていた。「それはありがた
ど、そんなところまで忠誠を示さなくてもいいわ」

「提督個人にしているわけではありません。提督の階級に対する敬意です

と、ウェッジは布きれをまたフライト・スーツの尻ポケットにしまった。しかたがない。ウェッジのことは気に入らないわけにはいかない。この男は反抗的だ。しかし、その反抗心は命令にあらがうとか、上官に無礼な態度をとるという形で現れるわけではない。はるかに広い意味で反抗的なのだ。自分が生きている時代に反抗している。むかしの流儀を捨てようとしない。あるいは、別のいい方をすれば、過去の信奉をどうしても捨てきれない。それを続けてどこへ向かうとウェッジは思っているのだろうか？　ハントはそう思う。逝(ゆ)きし日の秩序がいつかよみがえるとでも思っているのだろうか？　時が織りなす空間をくぐり、いまとはまったく異なる、古き良き世界にたどり着けるとでも？　ウェッジの反抗心は拒絶の一形態なのかもしれない。現在だけでなく、これからくるすべての時代をはねつけているのかもしれない。

どうだとしても変わりはない、とハントは残酷なことを考えながら、報復攻撃の指令書をウェッジに手渡した。

「これは？」ウェッジが訊き、ページをぱらぱらとめくった。教えてやる必要はない。自分で読めばいい。〝厦門、福州……上海〟。最後のターゲットを読んだとき、ウェッジの左眉がぴくりと上を向いた。それ以外は顔色を変えず、ハントの向かいの席に座っていた。

「いつまでに準備を整えられる?」ハントは訊いた。

「あさってになります」ウェッジはいった。あさってでいいなら、パイロットたちにひと晩ぐっすり眠らせてやれる。ホーネットも古めかしい航空機だから、二四時間の訓練休止でメンテナンスを受けさせられる。各機付長(各機を担当する整備員のチームリーダー)がアビオニクス、機体、兵器システムをすべて完全点検することもできる。どれも訓練中には点検しにくいところだ。

「それでいい」ハントはいった。「それより早く攻撃を開始する必要はない」

「三機チームを三つ」ウェッジはいった。「それでかまいませんか?」

ハントはデスクに目を落とし、うなずいた。「あなたはどのチームに入るの?」

「上海のチームになると思います」

都市名をいったとき、ハントには〝三三二四万人〟という数字しか考えられなかった。ターゲットになったほかの二都市も同じだった。福州はもう福州ではない。〝七八〇万人〟だ。厦門も同じで、〝七一〇万人〟だ。「ウェッジ――」ハントはいった。その名前が一瞬、咽喉(のど)につっかえた。「今回は自殺的任務になるというものも多い」

ウェッジはハントから渡された三枚の紙を畳み、汚い布きれを入れたポケットに一緒にしまった。「提督、自分は自殺的任務はやりません。われわれは準備を整えて、任務を遂行し、無事に帰還します」しばらく、ハントはそういう意味の特攻任務ではないといおうかと思ったが、やめておくことにした。

ウェッジは気をつけをして司令官室を出た。

二〇三四年七月二九日　19：25（GMT11：25）
北京

妻と娘が北京を離れたと気づくまで四日かかった。林保が最後にふたりの顔を見たのは、火曜日に出勤するときだった。その夜は国防部に泊まり、その次の夜もそうだった。翌朝、木曜日に家に帰り、朝の九時から午後三時まで寝てから、国防部に戻った。翌日は昼から夜、さらに土曜日に入っても仕事をしていた。そして、昼ごろに帰ると、家は空っぽだと気づいた。家族はどこに行ったのかと思いはじめた。妻に何度か電話し、三度目で妻が出た。妻は――〝これが終わるまで〟――娘と何百キロも内陸の田舎の村にある実家にいることにしたという。林保は娘と話させてくれといったが、娘は祖母と散歩に出ていた。「あとで電話させるわ」

「いつごろになる?」林保は訊いた。

「もうすぐ」妻が答えた。

林保は文句をいわなかった。文句をいう権利があるか? むしろ妻と娘がうらやましい。ふたりが一緒にすごす時間がうらやましい。安全な状況、首都からの距離、首都を離れる決断がうらやましい。林保は自分自身の幻想に浸り、海軍を辞めたらどんな暮らしが待っているのだろうかと思った。だれもいない家でくつろぎ、ほとんど空っぽの冷蔵庫をあけて夕食をあさりながら、そんな幻想に浸っていた。翌朝早くに国防部に戻り、〈鄭和〉が領海に戻るのを見届けなければならない。夕食を電子レンジで温めた。ハンバーガーとポテトフライは好きなジャンクフードだが、電子レンジではうまく温められなかった。バーガーは味気なくなり、フライはしなしなになる。アメリカで食べたものとはまるでちがう。

タイマーを見た。この戦争が終わったら教職に就けるだろうか、とまた思った。母国の大学校に戻る、あるいは兵学校に戻るのは、あまり気が進まない。中国の軍学校カリキュラムがあるとはいえ、他人の考えたことを吐き出すだけのプログラムだ。教授には自身を発展させるインプットがない。好きなように教えるためには、西側諸国に移住する必要がある。だが、現在の紛争が一日長引くたびに、そんなことはますます不可能になっていくように思えてくる。教職に就けないなら、せめて退役を機に家族に回帰したい。一〇年近く前にニューポートにいたころからすっかり冷めてしまった娘との関係を見直したい。家族を取り上げられてたまるか、と思っていたとき、電子レンジのタイマーが鳴った。

林保はビニールの容器に入った料理をとり出し、リビングルームのソファに座った。青島ビールの栓を抜き、長々と飲んだ。片手でビール瓶の首をつかみ、もう一方でリモコンをもつと、よく知らないテレビ番組を次々に切り替えた。こんなふうにひとりで夜をすごすのはいつ以来だ？　選局で頭が真っ白になり、ひとりきりで混乱しているのがわかり、どうにか落ち着こうとした。休みを利用してなにかをしようという気にはとてもなれない。結局、違法ダウンロードしたVPNソフトを使ってインターネットに繋ぎ直し、当局の検閲を受けないロンドンのBBCニュースを見ることにした。

青ざめた顔のアンカーがニュースを伝えていた。「……日本の南の公海、フィリピン海から……」リポートによると、太平洋とのあいだを行き交う貨物船の乗組員が巨大な炎を見たという。当初は海底掘削の大事故によるものだとの見方が強まった。だが、BBCをはじめ報道各社はすぐにこの仮説を否定した。フィリピン海でもあれほどの沖合で油田開発をおこなっているエネルギー会社は、ひとつもなかった。恐れを知らぬ民間パイロットが、午後の陽光を左のテイルウィングに受けつつ、日本の沖縄諸島の那覇空港から約三二〇キロメートル南東に飛んだ。BBCはパイロットの撮影でライブストリーミングを流し、その映像がなにを意味するのかを考えながら、もごもごとつぶやいていた。

林保はビールを床に、食べ物をサイドテーブルに置いた。首を前に伸ばし、顔をテレビにぐっと近づけた。

ありえない。

そうなっているなら情報が入っているはずだ。

支援要請があったはずだ。

だが、彼らはステルス・テクノロジーをすべて起動させ、規律を守って通信を遮断したうえで西に向かっていたはずだ、と林保は思った。戦史を学んだ彼は、百年近く前に日本軍潜水艦の魚雷攻撃によってフィリピン海に沈んだアメリカの重巡洋艦〈インディアナポリス〉を思い出した。なにが起きたのか米軍がつかむまで、四日を要したのだ。

林保は瞬きもせず、引き続き食い入るようにスクリーンを見ていた。

パイロットはライブストリーミングにたまに語りを入れ、安全確保のため距離をとっていなければならないと説明した。また爆発が起こり、それ以上の接近は困難になったらしい。乱流を受けて、機体が小刻みに揺れた。すると、林保にも、煙の隙間から見えた。よく知っている艦首のスロープ、錨が格納してある緩やかな舷側の曲線。かつて指揮していた艦。〈鄭和〉だ。

燃え立っている。艦体が右舷側に傾いている。

ニュース・アンカーにはその光景がまだ飲み込めていない。もごもごと放送を続け、海上に立ち上るこの煙と炎はいったいなにを意味するのか、もうひとりのアンカーとああでもない、こうでもないといい合っていた。しかし、林保はすでに立ち上がり、玄関を出て、国防部へ舞い戻ろうとしていた。テレビのスイッチを切り忘れていた。

一時間後、娘が電話をかけてきたが、林保は家におらず、出られなかった。

二〇三四年七月二九日　12：25（GMT06：55）
ニューデリー

この二週間でチョードリがインド国防省に出向くのは、これで二度目だった。一度目は顔見せという点では有意義だった。昼食時には、国防大臣、軍参謀総長と随行の参謀に紹介してもらった。国防大臣専用食堂の楕円形のテーブルを囲んでいたとき、ひとりひとりが〝ガルヴェストンとサンディエゴの大惨事〟に対してチョードリにお悔やみをいった。チョードリの前妻のことも、母を失ったばかりの娘のことも、知るものはひとりもいない。つまり、こうしたお悔やみは個人に向けたものではなく、一国家が別の国家に対して弔意を示しているようなものだ。最初の顔合わせでは実のあることなどだれもいわない。対話をはじめる下準備なのだから。

そして、パテルはもう一度、国防省に来るようにチョードリにいってきた。ふたりは入り口のセキュリティーで待ち合わせた。パテルは引退しているとはいえ、終身スタッフのバッジをつけていて、好きなときに出入りできるようだった。パテルが迎えに来て、セキュリティー・チェックのいちばん前に割り込むと、チョードリはすぐさま訪問者証を手渡された。ふたりは軍服を着て白い手袋をはめた鋭い目の兵士に回転木戸を通された。

パテルが足早に歩き、チョードリはその半歩うしろについていった。前回とはちがい、長い廊下を伝って上級勤務者がいる上階のオフィスへ向かうのではなく、パテルはチョードリを地下へ連れていった。天井が低く、ハロゲン灯がチカチカする地下は下級職員の領域だった。やがて小さな食堂にたどり着いた。「お茶を買ってやろう」おじがいった。

チョードリはおじのあとから食堂に入った。テーブルは三つだけで、どのテーブルにも人はいない。レジ打ちの女性は恩給生活を送っている、だいぶ前に戦死した兵士の未亡人だ、とパテルは教えた。そして、チップ入れの瓶にもっていたコインを何枚か入れ、その年配の未亡人に向かってにっこりと笑みを見せた。

「非公式に話をしたいと思ってな」パテルは席に着くと切り出した。「先週おまえを呼んで大臣やスタッフに会わせたのは、私が政府の最上級レベルの連中の代理として話ができることを伝えるためだった。わかるか？」

チョードリはうなずいた。おじがなぜチョードリを伝令として選んだのかはわからなかった。公式ルートで、大使あるいはもっと下級の役人を経由して進めないのだろうか？　チョードリがそんな不安を抱くことを予期していたかのように、おじは説明した。「そちらの政府内の一派が、エスカレーションを強硬に主張している。彼らは我が国の行動を故意に曲解すると思われる。したがって、我が国がしたこと、そして、今後する用意があることの両方を、おまえが確実に伝えることが重要なのだ」

チョードリはおじをじっと見た。「〝一派〟とはだれのことですか？」

「だれかはわかっているはずだ」パテルは答えた。

「ワイズカーヴァーですか？」チョードリは声を落として訊いた。

パテルはチョードリの推測を肯定も否定もしなかった。パテルはまたひと口紅茶を飲んでから説明した。「我が国の政府、とりわけこの建物にいる指導層は、いずれにも与(くみ)しない。北京も支持しない。ワシントンも支持しない。どこの国とも同盟を結ぶつもりはない。我が国が支持するのは緊張緩和(ディエスカレーション)だ。わかるか？」

チョードリはうなずいた。

「よし」パテルはいった。「これからおまえに見せるのは、おまえの国の安全保障スタッフにとっては困惑するものかもしれない」パテルはポケットから政府支給の携帯電話をとり出した。大洋上で撮影された一連の画像を次々とスクロールした。フレームの底辺に波頭が立っている。各画像には、網目状の陰影を付けたXとY軸が交差するライフル・スコープのレティクル（焦点を合わせるための十字線）のような画像が重ねてあった。パテルが各画像をスクロールしていくと、水平線上の艦船がしだいに大きくなり、やがてチョードリにもそれが空母だとはっきりわかった。パテルはしばらくスクロールを止め、またおいをちらりと見てから、次の画像を出した……。

地獄のような煙と炎が空母を覆い、焼き尽くそうとしている。

その後、パテルが次々と画像を先送りすると、燃え立つ空母が波にするりと飲み込まれていく場面がアニメのように進んでいった。最後は引き込まれるような穏やかな海が広がる画像だったが、パテルはそこで、チョードリがいままで見てきたものを言葉で表現した。「いま見せたものは、我が国の改良版カルバリ級ディーゼル・エレクトリック潜水艦の一隻が潜望鏡で撮影した画像だ。ディーゼル・エレクトリックとはいえ最新の推進システムの採用により、航続距離は事実上、無限だ。おまえの国の原子力潜水艦にも比肩する。その一隻に〈鄭和〉を撃沈させた」

おじの予言どおり、チョードリは困惑した。「〈鄭和〉を撃沈した……それでも、アメリカ合衆国には味方していないというのですか？」

「そのとおりだ」パテルはいった。「我が国の目的はこの紛争を緩和することだ。貴国の政府がガルヴェストンやサンディエゴの報復をとるなら、我が国が次に撃沈するのは中国艦ではなく、米艦になる」パテルはチョードリに別の画像を見せた。南シナ海に展開するインド海軍のおおよその配置図だった。「わかるとは思うが、虚仮威しではない」

パテルの海図はチョードリにはあり得ないことのように思われた。これが正しいとすれば、何十隻ものインド艦が、どこの国にも探知されずに南シナ海に潜入したことになる。つまり、我が国はインド軍のステルス性能とサイバー能力をお粗末なまでに見くびっていたのだ。チョードリは二日ばかり前のことを思い出した。おじは〈エンタープライズ〉が中国本土への攻撃指令を受け取ったことを知っていた。パテルはチョードリとヘンドリクソンとの電子メールを傍受してその情報をつかんだにちがいないと、チョードリはまた確信を強めた。インドが最新鋭の暗号化電子メール・システムをハッキングできるほどの技術力があるなら、〈エンタープライズ〉と中国本土のあいだに自国艦隊を隠密裏に送り込む力ぐらいないというほうがおかしいだろう。

「我が国の国防武官がホワイトハウスを訪問し、さっき見せた画像をそっちの国家安全保障担当大統領補佐官に見せた……」

「それで？」チョードリはおじに訊いた。

「礼をいわれて、建物から出された」

チョードリはうなずいた。

「私の見立てでは、おまえのところのミスター・ワイズカーヴァーは、これらの資料やうちの大使館員の情報を政権内の人間にいっさい伝えていないようだ。それに、おまえのところのミスター・ワイズカーヴァーは、我が国の政府の立場をそっちの大統領に伝えるつもりもないようだ」

「その見立てはおそらく正しいと思います」チョードリは答えた。「しかし、なぜ私にいうのですか？」

ふたりは紅茶を飲み終えた。パテルはおいに目をやり、レジ係が座っているところへ戻っていった。レジ係が二杯の紅茶を用意したが、このときはパテルはレジ係の瓶にコインを入れなかった。パテルが席に戻り、話を再開した。「おまえにすべてを話しているのは、別ルートで我が国のメッセージを伝えられるかもしれないと思っているからだ」そういって、パテルはチョードリに紅茶を手渡し、まるでおいが口をひらくのを待っているかのように、まじまじとチョードリの顔を見た。だが、チョードリはなにもいう気はなかった。こんなふうにおじに協力していると、母国を裏切る寸前でうろちょろしているような気になった。すると、パテルがチョードリの迷いを解いた。「おまえの友人のヘンドリクソンなら、われわれのメッセージを大統領に直接、伝えられるかもしれんぞ」

「ワイズカーヴァーを飛ばして大統領に伝えたりすれば、ワイズカーヴァーのキャリアは終わります」

「〈エンタープライズ〉が報復攻撃を開始すれば」パテルは深刻な面持ちで答えた。

「ひとりの男のキャリアよりはるかに多くが終わる」

　ふたりは静かに座っていた。「なぜここで、この食堂で会うことにしたのですか？」チョードリは訊いた。「安全な会議室でもなく？」チョードリはレジ係に目をやった。ゴシップ誌のページをぱらぱらとめくっているふりをしているが、最初からずっとふたりの会話を聞いているような気もする。

「われわれは公式の会合をもっているわけではないからだ」パテルが答えた。「この件はすべて非公式だ。我が国の政府は私がおまえと話をすることを認めていない。彼らにとって、われわれは私の妹の健康問題を話していることになっている」このときはじめて、チョードリはおじがだれの代弁をしているのか、よくわからなくなった。チョードリの不安を感じ取ったかのように、パテルは付け加えた。「行きづまりを打破するためには、国籍より強い絆に頼らなければならないこともある。家族ほど強い絆でなければできないこともある」パテルはおいの肩をがっしりとつかんだ。「友人のヘンドリクソンに話してくれるか？」

　チョードリはうなずいた。

「よし」パテルはいった。「会議に遅刻しそうだ。ここからひとりで出られるか？」

　チョードリはうなずいた。「ええ」

「それから、あの人は心配いらない」パテルはそういうと、腰を上げた。「ほとんど耳が聞こえんのだ……かわいそうなことがあってな」食堂から出ていくとき、パテルはもう一度レジ係を見た。そして、廊下に消えた。

チョードリは半分残っていた紅茶をゆっくり飲みながら、どうやってワイズカーヴァーを出し抜いたらいいかと考えた。〈エンタープライズ〉が中国本土に報復攻撃を開始するまで、おそらく数時間しかない。報復攻撃が開始されたら、インドがどう出るかまったくわからない。あるいは、それに対して母国がどう出るかも。おじに課せられた任務はほぼ不可能ではないか。席を立ったときのチョードリは、相当ひどいありさまだったらしい。レジ係の年老いた未亡人が気の毒そうに目を向けていた。

チョードリがその前を通りすぎるとき、ポケットから小銭をとり出して、瓶に入れた。未亡人に手首をつかまれて、チョードリはびくりとした。未亡人は目を真ん丸に見ひらき、ノスタルジーがいっぱい詰まっているような涙を浮かべていた。「ありがとう」彼女がいった。「ありがとう」

チョードリはつかまれた手首を見た。「どういたしまして」

しばらく、未亡人はチョードリを放してくれなかった。

二〇三四年七月二九日　17：49（GMT13：19）
ホルムズ海峡

ぐるぐると同じところを歩いていた。とにかくファルシャッドはそう感じていた。昼も夜も。ホルムズ島にやってきてからずっとだ。大きな円をぐるぐる描いている。ある戦闘地点――たとえば対空砲――から次の戦闘地点――たとえば砂浜に向けた機関銃――へ、そして、まったく使えそうもない新型の指向性エネルギー砲へ。行く手に落ちている小石を思い切り蹴り飛ばしながら延々と歩き、数キロメートルの円周をたどった。休憩はこちらの島からもう一方のララク島にボートで渡るときだけで、ララク島でも似たような円周を歩く。

両島の防御態勢はよくいってもみすぼらしかった。片手で数えられるくらいしかない対空砲、ろくな訓練も受けていない数百の徴集兵、有刺鉄線などの障害物。そんなところだ。バゲリ将軍は戦略上の要衝である二島を本気でこの程度の防御で守れというのか？　ばかな。もっとも、実際には、本気でそう思っているわけでもない――とにかく、ロシアの侵攻があると本気で思っていないのはたしかだ。ファルシャッドはニューデリーから戻ってすぐにロシアが侵攻してくるかもしれないと伝えた。バゲリ将軍はデスクについたまま、皿に載ったピスタチオをひとつずつつまみ、殻を割りながら、じっと聞いていた。その後、関心などなさそうに、こう訊いてきた。「それだけか？」

その後、少なくともこの一〇年で最悪の叱責が待っていた。バゲリ将軍にいわせると、ロシアがホルムズ海峡諸島に侵攻するなどばかばかしくて話にならなかった。テヘランとモスクワは何十年も同盟関係にある。しかも、情報の出所はインドだ。いずれの国ともそれほど友好な関係ではない。そこまでいうと、バゲリは人格攻撃を開始した。「ファルシャッド少佐」（どれだけ身を落としたかを思い知らせるかのように、正式な階級で呼びかけた）「もう問題を起こさないようにと思って、海軍に派遣してやったというのに、最高指導者その人の目に、ロシアによる襲撃を警告するきみの報告が入ってしまった。私の具申は聞き入れられず、インドのタンカーは解放され、私は海峡の両島の補強を命じられた。きみが問題を起こさないようにとの取り計らいは、どうやら失敗したらしい」

バゲリ将軍は、命令にしたがうしかなくなってしまったのだとファルシャッドにいった。両島を補強せざるをえなくなった、と。だが、補強はひとりになる。ファルシャッドひとりだ。ファルシャッドがバゲリ将軍のオフィスを出たあと、彼を待っていたのは、新しい荒涼たる任地に向かう小さなダウ船（中東海域でよく使われる小型船）だった。ファルシャッドは島に着いてから、いつまでこんなところにいるのかとは思わないようにしていた。ロシアの侵攻——ロシア海軍の支援を受けるスペツナズのパラシュート部隊——がなければ、バゲリはいつまで襲撃に備えて臨戦態勢をとらせておくだろう？一週間か？　一カ月か？　一年か？　この哀れな人生が果てるまでか？　インドからのメッセージを最高司令部に直接もっていったばかりに、自分で自分の追放を推し進めてしまったのだと、ファルシャッドは気づいた。

二島の防御についている数百人の徴集兵も、似たような追放の憂き目に耐えていた。なかには何年も耐えているものさえいる。そういった連中と交わっているうちに、規律違反の前科があるものばかりだとわかった。両島は〝重罪人〟の流刑地になっていた。補給基地から新鮮な食料は入らず、パッケージ入りの携帯糧食しか届けられなかった。シャワーは週に一度だけ。寝泊まりしているテントは、海峡を突き抜ける気まぐれな突風によくなぎ倒された。

バゲリ将軍とはちがい、島の連中はロシアが侵攻してくる可能性を、かなり小さいとは思ったにしろ受け入れた。確率はどれくらいか？　十にひとつか？　もっと低いか？　どうであれ、備えることぐらいしかすることはないし、まったく警戒せずに襲撃を受けたら、とても持ちこたえられない。こうして、砂嚢(さのう)に砂を詰め、三〇メートル間隔で配置した対空砲の射距離を修正し、ひっきりなしのファルシャッドの視察に耐えながら敵襲を待った。

夜、テントに入り、ほかにすることもないので、ファルシャッドは故郷に思いをはせた。戻りたかった。その願いが夢に乗り移った。脳裏に浮かんできたのは心地よいベッドでもなければ、温かい家でも、うまい料理でもなかった。先祖伝来の土地、とくに庭園だった。激しい風にテントをたたかれ、うち捨てられた兵士たちがまわりにできたこぶのような格好で眠るそばで、もうたくさんだと思った。この岩だらけの島から生きて出られたら、今度こそ故郷に戻ると誓った。そして、もう二度とそこを離れないと。

この夢は毎晩、断片的に繰り返されたが、この夜はちがった。この夜だけは朝までぐっすり眠れた。そして、この夜だけ風向きが変わり、そよ風程度に落ち着いていた。この夜、ファルシャッドはいちばん強烈な夢を見た。

ファルシャッドは庭園に戻り、革命防衛隊から追放されたあとで定着した日課をこなしている。午前中は回顧録を書く。正午ごろに散歩に出かけ、敷地のはずれにある楡の木の下で昼食をとる。食事を終え、パンくずをリスのつがいのために残しておく。そして、待っている。自分が夢を見ていることはわかっていて、二匹ともリスがまた姿を見せないものかと思う。今度は嚙まれても、リスを殺しはしないと自分を戒める。ファルシャッドは夢のなかでずっと待っている。待つほどに、景色が変わる。木々の葉が枯れ、枯れ葉がまわりに舞い落ちる。渇した草がしおれ、やがて色あせた岩肌が見える。岩はこの島と同じだ。

翌朝、ちょうど夜が明けるころ、また風が強まった。風の咆哮で目が覚めた。テントの布地を引っ張り、杭を引き抜き、テントを丸ごと海に向かって転がした。ファルシャッドは夜明けに横になっていたが、空とのあいだには風しかなくなっていた。

「見ろ！」徴集兵のひとりが声を上げた。

その兵士が東を指さした。日が昇ってくる方角を。ファルシャッドは目を細め、手で日をよけるようにして見た。

何十隻もいる。

想像をはるかに上回っていた。

渡り鳥の大群のように。

「来たぞ！」ファルシャッドは守備隊に向かって声を張り上げたが、その声は風にかき消された。

二〇三四年七月三〇日　06：32（GMT七月二九日　22：32）
南シナ海

天気はずっと不安定だった。激しい雷雨になったり、さっと晴れたりした。気温も急激に上下した。ある朝には、ゴルフボール大の雹が〈エンタープライズ〉のデッキに降ってきた。その日の夜には、気温が三三度まで上がった。乗艦している気象学者がいうには、不安定な天気はガルヴェストンとサンディエゴの放射性降下物の影響だということだった。ウェッジと九人のデス・ラトラーズの出撃のタイミングがなかなか決まらなかった。ゴーサインが出て、最後の打ち合わせのためぞろぞろと搭乗員待機室に集まってくるたびに、新しい低気圧が近づいてくるのだった。さらに事情を複雑にしているのは、作戦実施条件が、どうにか出撃できそうな天候ではなく、完璧な天候でなければならないという点だった。ウェッジや乗員が乗るホーネットにはGPS誘導の爆弾は積んでいない。GPSがないのだから、むかしながらの方法で爆弾を投下しなければならない。それには、ターゲットの三都市は快晴である必要がある。

四度か五度（ウェッジはとっくに数えるのを止めていた）出撃中止になったあと、ウェッジはひとり自室に戻り、デスクについて、時間を潰そうとした。二階層上の飛行甲板から、整備員が作業している音が聞こえてくる。出撃決定に続く警戒態勢と警戒態勢解除のたびに数時間が無駄になる。完全武装のホーネット九機を、荒天で横揺れがひどいフライト・デッキに放置しておくわけにもいかない（搭載する兵器の性質を考えればなおさらだ）。ウェッジはフライト・プランをとり出し、また見直した。

＊九機出撃、三機編制の三個編隊（ブルー隊、ゴールド隊、レッド隊）
＊攻撃起点到達（28°22′41″N　124°58′13″E）（東シナ海公海上）
＊針路と速度をターゲットに合わせる:厦門（ブルー）、福州（ゴールド）、上海（レッド）
＊一個飛行隊につき一機のみ投下
＊予備として、各機が核弾頭を搭載
＊帰還

最後の項目が――いちばん短いものの――いちばん成功確率が低いことは、ウェッジも知っている。腹の奥底でそう感じる。だが、ウェッジは自殺的任務はやらない。ハント提督にもそういったが、それは本音だ。だが、確率の低い帰還をどうするかといったことではなく、ウェッジは別のことに意識を向けた……。

手紙を書きはじめた。

〝これを読んでいるなら、ぼくはもういないでしょう〟というような死出の手紙ではない。そういうものはあまり重要だとは思っていない。自殺の書き置きと大差ない。しかし、この手紙は歴史的な文書になる。勝利の前夜に考えたことを書き残しておきたいのだ。宛名は父親にした。

いつもなら、さっき見直したばかりのフライト・プランのように箇条書きの手紙になるのだが、気がつくと、いつもとはまるでちがい、意識の流れをそのまましたためていた。こうやって書くのは気持ちがよかった。解放されるというか。自分ひとり、専用の個室にひとりきりとはいえ、想いの丈をこの瞬間に吐き出したかった。書けば書くほど、宇宙における自分の位置がわかるような気がした。まだ書き終えてもいないというのに、自分の言葉が今後何世代にもわたってアメリカの小学生に読まれる場面が見えるようだ。ウェッジ自身もゲティスバーグでの演説を暗唱したように、子供が教室でみんなの前に立ち、この手紙の一部を暗唱するさまを胸に思い描いた。自分のエゴが首をもたげているわけではない。卓越した表現力など自分にないことは知っている——大学一年生の国語の成績はCマイナスなのだから、推して知るべしだ。ウェッジにはわかっていた。注目すべきはこの瞬間そのものだ。すべてが決まる瞬間そのものなのだ。そして、彼はこう思った。おい、ウェッジ、落ち着け。

ウェッジは一枚をのぞいて、何枚もの便箋をくしゃくしゃに丸め、屑籠に放り投げた。残った一枚だけが目の前のデスクに載っている。彼は読み返さなかった。

読み返したくなかった。

残っているのはウェッジの思いだ。できるかぎり純化された、父親に託す思いだ。書いたせいで、思いのほかくたびれてしまった。ウェッジは座ったまま、頭をデスクに載せて、いつの間にか眠っていた。

時がすぎた。一時間か、もっと長い時が。ドアがノックされた。ウェッジは混乱していた。ぜんぶ夢だったのかもしれないと思うほど。ここは空母〈ブッシュ〉の自分の個室なのかもしれない。バンダルアッバスや捕虜の日々の前に戻ったのかもしれない。〝それ〟に近づこうとしていたころに。

またノックの音が聞こえた。

「どうした?」ウェッジはうなるような声でいった。

「少佐、時間です」

「いま行くと伝えろ」

体を起こすと、遠ざかる足音が聞こえた。ウェッジは搭乗員待機室に向かう前に、必要なものを集めた。ノート。サングラス。マルボロ・レッドひと箱。任務完遂して帰還したときに一本吸うつもりだった。手紙ももっていこうかと思った。死出の手紙ではないのだから。デスクに置いていく理由などどこにある?

ウェッジは手紙に疑いの目を向けた。

結局、そのまま置いていくことにした。どっちだって変わらないさ。悪天候か、メンテナンス問題か、また出撃中止になって、数時間後にはここに戻っている。戻ってきてから郵送すればいい。出撃前最後の打ち合わせのために待機室に向かっているとき、ほかの乗員が急報でもあるかのように横を駆け抜けていっても、ウェッジは通路をゆっくり歩いた。艦外へ出るハッチの前に来たとき、少し新鮮な空気でも吸おうかと思った。だが、外の光景を目にして、急いで艦内に戻った。

その日は晴れていた。からりと澄み渡っていた。記憶にないほどの完璧な飛行機日和だった。

二〇三四年七月三〇日　06：42（GMT10：42）
ワシントンDC

ヘンドリクソンはチョードリに夜のフライトに乗るよう強くいった。「朝まで待っていられない」ヘンドリクソンがいった。「いますぐ戻ってくれ」パテルがインド国防省の地下食堂でチョードリにいっていたとおりだと、ヘンドリクソンは電話で伝えた。ワイズカーヴァーはホワイトハウスに来たインドの国防武官を追い返していた。同大使館員は非公式に（スターバックスで）ヘンドリクソンに会い、危機をさらにエスカレートさせる側に対してはいずれの側にも――中国でもアメリカでも――軍事行動をとる意向であると何度も繰り返した。ヘンドリクソンとチョードリは、ワシントンとニューデリー間で暗号化されていない固定電話を使ってこの話をした。どのみちインド側にはすべての通話が傍受されているとしたら、どんな問題があるというのだ？　電子メールはすでに傍受されている。アメリカの国家安全保障担当スタッフふたりが問題に対処しようとしているとわかれば、インド側の怒りも静まるかもしれない。

大西洋上の天候が荒れていたので、チョードリのフライトはかなり揺れた。ダレス空港に着陸すると、ヘンドリクソンが出迎えに来ていた。車でバージニア州北部からワシントンＤＣに向かっているとき、ヘンドリクソンは電話ではいえなかった唯一の事実をチョードリに伝えた。「現時点で出撃していない理由は天気だけだ」

「天気？」

「〈エンタープライズ〉の準備はできている」ヘンドリクソンは重々しい口調でいった。「航空機には燃料も入り、兵器も積んでいる。パイロットのブリーフィングも終わっている。ガルヴェストンとサンディエゴへの核攻撃の影響で天候が不安定になっているだけだ」

「すると、時間はあとどれくらいある？」チョードリは訊いた。

「いまいったとおり、天気が回復するまでだ。回復すれば、彼らは出撃する」

チョードリが乗ってきた機内はほぼ空っぽで、おかげでファースト・クラスにアップグレードしてもらえた。だが、アップグレードされても、一睡もできなかった。ぐったり疲れ切っていたので、いまは頭を車のウインドウにもたせかけている。まぶたが重くなり、閉じかけたとき、道路の状況に気づいた。いまはワシントンＤＣの早朝のラッシュアワーのはずだ。だが、車は一台も見えない。車はいつ道路に戻ってくるのか、それとも戻ってこないのだろうかと思った。

ワシントンDCへは三〇分程度で早く着いたが、チョードリはもっと眠っていたような気がした。ラファイエット・パークの向かいですぐに駐車スペースを見つけた。オフィス・ビルの前にはゴミが積み上がっている。ほとんど車の走っていない通りで、信号機だけが光っている。公園を横切ったとき、〝平和の祈り(ピース・ヴィジル)〟のそばを歩いた。テントのなかは空だったが、一見しただけでは、放置されているのかどうかはわからなかった。当然だが、ホワイトハウスはいつもとまったく変わらなかった。制服を着たシークレット・サービス・エージェントが持ち場についている。受付ロビーでは、朝刊各種、それにコーヒーとペーストリーも売っている。チョードリの周囲がしだいに以前の調和をとり戻してきた。

意外だったが、チョードリのバッジはまだ通用した。ワイズカーヴァーはチョードリを二度と戻さないつもりで、ニューデリーに派遣したのではないかとも思っていた。まもなく、ヘンドリクソンとチョードリはふたりでワイズカーヴァーのオフィスの前にたどり着いた。なかから、進行中の会議のくぐもった話し声が聞こえてくる。

チョードリとヘンドリクソンは、ワイズカーヴァーとじかに会うことしか考えていなかった。ふたりはインドの国防武官の訪問があったことを知っているというつもりだった。そして、この情報を大統領に伝えるよう迫る。〈エンタープライズ〉のパイロットたちに、インドの脅威を知らせなければならない。彼らは中国軍のほかにも戦う相手がいるなどとは思いもしない。それでもワイズカーヴァーが大統領に伝えないのであれば、マスコミに駆け込むつもりだった。もっとも、そんなことをしてもたいして変わらないことはわかっている。

ワイズカーヴァーのオフィスのドアがあいた。

チョードリの知らないスタッフがひとりずつ廊下に出てきた。小声で何事かを話し、たまに笑い声も漏れ聞こえた。要するに、このスタッフ――全員ワイズカーヴァーが直々に選んだのだろう――は自信にあふれている。最後に出てきたのはワイズカーヴァーその人だった。

廊下の向かいに歩み寄り、大統領執務室(オーバル・オフィス)のドアノブに手をかけた。

「補佐官、少し時間をいただけませんか?」ヘンドリクソンは訊いた。

ワイズカーヴァーはノブをもったまま動きを止めた。ヘンドリクソンの声を聞いて、肩越しにゆっくり振り向いた。「いや、バント、いまは時間がない」この数週間ヘンドリクソンがどれほどうるさがられていたか、チョードリに信じられない気持ちがいくらかでもあったにせよ、いまその気持ちは消え去った。

「何百万人もの命がかかっているんですよ」チョードリは割り込んでいった。「放射線に誘発される国境を越えたパンデミックや世界経済の崩壊はいうまでもない。それでも時間がないというのですか？」チョードリは震えていたが、どうにか最後までいった。「あなたにはつかんだ情報を上に伝える義務がある」

　ワイズカーヴァーはドアノブから手を放した。「誤報を伝える義務もあるのか？」そういうと、彼はチョードリに向かって、不快なほど近づいた。「しかも」ワイズカーヴァーはいい、邪魔だといわんばかりにじろりとチョードリを見た。「おまえはニューデリーに帰っているはずではなかったのか？」

　またあの言葉。〝帰る〟。

　今度は疑いの余地はなかった。その言葉の意味がはっきりわかった。ここまではるばる来て、家族がこれだけ耐えてきて、帰れといわれるのか？　どこに帰れというのだ？　ここまで来たのだ。閉じたドアをひとつあければ、地上最大の権力者のオフィスに通じる。この国を――自分の国を――救えるかもしれない情報を持っているのだ。あとは、そこをどいてドアの向こう側に通してくれるようワイズカーヴァーを説得できさえすれば。

だが、説得するのは無理だ。

それは、チョードリにもよくわかる。

あの言葉。〝帰る〟――チョードリはその言葉を、これから必要になる怒りに変えた。ワイズカーヴァーがどかないなら、押しのけて入るまでだ。チョードリはドアノブに手を伸ばした。

チョードリは肩からぶつかっていった。「どこへ行くつもりだ?」ワイズカーヴァーが鋭い口調でいった。

押し合った。ふたりともけんかなどほとんどしたことがないから、つかみ合い、胸と胸とで押し合った。ふたりはもみ合い、つかみ合い、すぐにへたった。

ワイズカーヴァーもチョードリもバランスを崩し、ぶざまに床に倒れ込んだ。

ヘンドリクソンがふたりを引き離そうとした。

チョードリは必死でドアノブに手を伸ばした。ちょうど手が届かないところにあるはしごの段をつかむかのように。

ワイズカーヴァーがチョードリの腕をぴしゃりとたたき落とした。

騒ぎはすぐに収まった。三人のシークレット・サービス・エージェントが急いでやってきて、チョードリとワイズカーヴァーを立たせた。ワイズカーヴァーはドアのそばに残されたが、チョードリは廊下の反対側まで引き離された。

「そいつをたたき出せ!」ワイズカーヴァーが怒鳴った。

シークレット・サービス・エージェントが動く前に、ドアがあいた。

チョードリがいたところからなかは見えなかったが、彼女の声は聞こえた。演説のときと同じ強い意志と節度を感じる声。チョードリがだいぶ前に政権内にとどまろうと思ったのも、その声を聞いたおかげだ。

その声が訊いた。「いったいそこでなにしているの?」

二〇三四年七月三〇日　06:52(GMT02:22)
ホルムズ海峡

不思議にも長さがばらばらの数秒がすぎた。ファルシャッドは部下に混じってじっと立っていた。部下の徴集兵はブーツのレースも結ばず、ライフルを裸の肩にかけてがちゃがちゃさせながら、慌てふためいて我先に塹壕に走っていく。ファルシャッドは飛来する飛行機の編隊を見て、高度と距離を計算し、風の影響を加えた。この情報は対空砲の砲手に伝えるもので、砲手たちはすでに旋回・俯仰ハンドルを回し、砲身を上に向け、回転銃座についていた。ファルシャッドは自分の指揮所へと走った。指揮所といっても、岩と砂の地面に穴を掘って無線機を置いただけのところだ。

砂浜を走っているとき、背後で六発ほどの衝撃が走り、土や砂が噴き上げられた。そして、衝撃波に襲われた。ファルシャッドはとっさに膝を突いた。すぐに立ち上がり、歩数を数えながら走り続けた。二〇……一五……もうすぐだ。また何発か衝撃を感じた。今度はもっと近かった――衝撃波でシャツのうしろがめくれ上がるほど近い。そして、よろめきながら指揮所の入り口からなかに入り、通信兵に倒れ込んだ。通信兵が穴の片隅で膝を胸に付けて丸まった。「立て」ファルシャッドはうなるような声でいった。その若い召集兵がゆっくり立ち上がった。部下たちのあいだでは、いまもファルシャッドが死よりも恐ろしいと思っていることを示すしぐさに、ファルシャッドは満足した。

一陣の横風がさっきの弾幕の煙を消し去った。ファルシャッドは無線機のハンドセットを手に取った。射距離、高度、見越し角を砲撃兵に伝えた。その三つで敵位置を特定する能力は熟練兵の技術のひとつだが、日常生活ではなんの役にも立たない。一斉に対空砲が大きな卵形の砲弾を吐き出しはじめた。すぐさま的をだいぶはずしているのがわかった。指向性エネルギー砲の砲列もひとつあるが、様子を見てみると、発電機が作動していないのがわかった。またサイバー攻撃か？　あるいは腐ったメンテナンスをしていたのか？　どっちでも同じことだ。

またミサイルが次々と降り注ぎ、一発が指揮所のほうに飛んでくる。

ファルシャッドは両手で頭を抱え、目をしっかり閉じて伏せた。鼓膜が破れないように口をあけた。そして、待った。これまで何度もしてきたように、運命の賽を振る。

爆風の向きが次々と変わる。激しい風が反対側から交互に吹いてくるかのようだ。首のうしろが土で覆われた。静寂。そして、ファルシャッドは顔を上げた。

〝射距離……高度……見越し角……〟。真っ先に頭に浮かんだのはその三つだった。

計算し、また砲撃指示を送ったが、声にかすかな必死さがにじんでいることに気づき、思わず飲み込んだ。これが最後のチャンスだ。輸送機を少なくともある程度は撃墜しておかないと、空挺部隊員が上陸してきたら守備隊は圧倒される。

卵形の砲弾が砲口から次々と撃ち出されている。

また空に小さな爆発の花が飛び散った。

はずれた――すべてはずれた。

そのとき、ファルシャッドは自分のしでかしたことに気づいた――致命的なミスを犯してしまった。風の影響は計算に入れたが、高度ごとの風の影響は考えていなかった。異常気象によって大気が不安定になっているのだ。海抜〇メートル地点のファルシャッドが受けている横風は、高度数百メートルでは吹いていない——あるいは、少なくとも風向きはちがう。高度によって風の影響が異なることに気づいても、もう手遅れだ。何千ものパラシュートが空に整然と並んで次々と花ひらくさまを為す術なく見ながら、ファルシャッドは立ち尽くしていた。

対空砲は火を吹き続けているが、散開した空挺部隊には効き目はなかった。ファルシャッドは塹壕の縁にライフルをつけてかまえた。あちこちに目を向けた。空を見上げる部下の顔。降下してくる空挺部隊に向かってやみくもに撃っているものもいるが、大半はなにもしていない。報復を恐れているのかもしれない。数秒がすぎた。この朝はずっとそうだが、おかしなことに一秒の長さがまるでちがう。

時がゆがんでいる。

人生の一大事は飛行機が頭上を飛び去る時間で終わる。あるいは、一陣の風が埃だらけの塹壕を吹き抜ける瞬間で。あるいは、パラシュートが地上に降下するまでの時間で。降下してくる……〝高度一八〇メートル〟……ファルシャッドは見ていた……〝一五〇メートル〟……指を引き金にかける……〝一二〇メートル〟……無線機を握りしめる……〝九〇メートル〟……横風に頰を殴られる。

鋭い横風。

ファルシャッドははじめ信じられなかった。とても信じようとは思わなかった。起きてからずっと吹いていた横風が、高度六〇メートルを切っていた第一陣の降下群をとらえた。攻撃機の後流(スリップストリーム)が残っていて、それももろに受けたパラシュートが、今度は島の海岸線を一気に横切り、まるで見えない綱で引っ張られているかのように海へ流されていった。

海面にばしゃりと落ちていく。数分で数千人が落ちていった。みんな海に落ちていった。砂浜に着地したり、泳いで岸にたどり着けるほど近くに落ちた空挺部隊員も何人かはいたが、ファルシャッドの徴集兵たちがすぐさまとらえた。まもなくファルシャッドも塹壕から出て縁に立ち、まるで池の表面を覆う睡蓮の葉のような、奇跡的に公海上にぱらぱらと落ちたパラシュートを眺めた。

午後になってだいぶ経ってから、生き延びたロシア軍の空挺部隊員が砂浜にはい上がってきた。多くは飲み込んだ海水を吐き出していた。守備隊が彼らをひとりずつとらえると、ライフルを突きつけ、徴集兵が不似合いなほど勇ましく引っ立てた。この戦闘でロシア側にスペッツナズ一個師団の損害を与えたものの、ファルシャッドは自分で勝ち取った勝利だとは思わなかった。結果はまるでちがうとはいえ、自分も相手方の指揮官も、同じまちがいを犯した。風の計算を誤った。

不公平だ、とファルシャッドは思った。だが、皮肉でもある。ある状況での誤算が戦闘の勝利につながり、別の状況では負けにつながる。

最後の空挺部隊員が海面に落ちるころには、ロシアのミサイルは降ってこなくなっていた。バンダルアッバスからスクランブル発進したイラン偵察機の報告では、インド洋北部から移動してきたロシア艦隊は、空挺部隊が二島を占拠したあと増援すると思われたが、すでに北上し、紅海経由でシリアの港町タルトゥスに向かっているとのことだった。

ロシア軍捕虜は、とらえたイラン徴集兵たちと落ち着いた様子で触れ合った。煙草を交換したり、片言の互いの言葉で会話したりしていた。いずれの側も互いに対して正式な戦争状態にあるわけではないので、この一件は双方とも〝過失〟によるものだということにしていた。ロシア軍空挺部隊の場合には、どさくさ紛れにろくに考えもせず侵略を試みこと、イラン軍徴集兵の場合には、彼らを捕虜にして不自由を強いたことが過失だった。

ファルシャッドはといえば、申し訳ないとも、憎たらしいとも思わなかった――なにも感じなかった。骨の髄までくたくただった。戦闘後は――勝った戦闘ならなおさら――ふつう気持ちは高ぶる。抑えきれないほどうれしくなり、部下を回り、反撃に備えさせ、祝賀気分の最高司令部に対して無線で状況報告をする。今度はちがった。ファルシャッドには可能性の低い反撃に備えろと部下に命じる精力が残っていなかった。最高司令部はというと、日が暮れたすぐあとで、バゲリ将軍を乗せたヘリコプターがバンダルアッバスから到着したが、ファルシャッドは受け入れに対応するのもやっとだった。

バゲリはタラップを降りると、片腕を突き出して歩いてきた。ファルシャッドと握手しようと伸ばした祝福の手が、バゲリの残りの体全体をテヘランから引っ張ってきたかのようだ。「でかした」バゲリはぼそりといった。手が届くところにいた兵士ひとりひとりの肩をつかみながら出迎えの列の前を歩いていくと、祝福の輪が広がっていった。バゲリのスタッフのひとりがチャレンジ・コイン（兵士の士気を高めるために与えられる記念コイン）を配りはじめると、まごついていた徴集兵たちはやっと軍部の最高司令官に謁見しているのだとわかった。

バゲリ将軍とファルシャッドは〝指揮所〟に入った。その穴の縁に腰を下ろし、黒いスポンジのような闇を見つめた。「向こうから上陸してきたのか？」バゲリ将軍がおおまかな方角を指さして訊いた。何千というパラシュートが海面に散らばっている方角だ。

ファルシャッドはうなずいた。

バゲリ将軍が大笑いした。「きみはナポレオンのもっとも有名な金言の体現者だな。覚えておるか？」ファルシャッドは首を振った。金言を知らないからではなく（知っていた）、どうでもいいと思っていたからだった。目をあけているだけでつらかった。バゲリ将軍はべらべらと話し続けた。「ナポレオンはこういっている。『将軍についていえば、私は有能な将軍よりも幸運な将軍を選ぶ』とな」

ファルシャッドは首を目一杯うしろに反らし、顔に星明かりを浴びた。退屈な映画を観ていてうとうとしてきたときにたまにそうなるように、かすかな痙攣が体を駆け抜けるのを感じた。バゲリ将軍は話し続けている。その声——そして、メッセージ——は、ファルシャッドがますます眠りに誘われるにつれて、ほとんど届かなくなっていった。バゲリはもごもごと心にもない謝罪の言葉を漏らした。そして、この二島に脅威が迫っているというファルシャッドの報告は信じられなかったが、ファルシャッドをこの守備隊の指揮官として派遣した自分の直観をたたえた。ファルシャッドは膝に肘を載せ、頬杖を突いた。バゲリ将軍は気づいていない様子で、ファルシャッドではなく驚くべき幸運への賛美を積み重ね続けた。今回の対ロシア勝利はいくら強調しても強調しすぎることはない、とバゲリ将軍は話した。これで国はひとつにまとまるだろう。もちろん国のほうでも、ファトフ勲章を授与してファルシャッドの労をねぎらうことになる。小学生がきみの名前を覚えるぞ。ただの海軍士官にしておくわけにはいかない。いまの階級ではまずい。バゲリ将軍はその後、すでに部下がファルシャッドの革命防衛隊復帰に向けて、さらに昇進も視野に入れて、必要な書類手続きを進めているのだとファルシャッドに打ち明けた。

それでファルシャッドの目が覚めた。「そんなことはしないでください」

「ほお、なぜかね？」バゲリ将軍が訊いた。腹を立てているというより、困惑しているような声音だった。「国はきみに名誉を与えないわけにはいかん。それくらいはさせてくれ。ほかに望みの処遇はあるかね？　なんでもいってくれるだけで、そのとおりにしてやれるぞ」

ファルシャッドはバゲリ将軍が嘘をついていないと感じた。いまこそ、ほんとうに望むものを申し出るときだ。ためらうことなどない。これまで国には多くを捧げてきた。それどころか、すべてを捧げてきた。父親の暗殺、母親の悲嘆と死、自身も成人してから戦地から戦地への転戦で、これまで手に入れたものも、手に入れたいと願ったものも、すべて同じ祭壇に祀られている。

「なんだ？」バゲリ将軍がもう一度訊いた。「望みはなんだ？」

「それは」ファルシャッドは眠そうな声でいった。「家に帰ることです」

「家に？……家には帰れない。やることがたんまりある。きみの復帰は必ず認められる……そうなれば、どこで指揮してもらうか話し合う……私にも腹案はあるが……」

話していくにつれて、バゲリ将軍の声がすぼんでいった。歩きはじめた長いトンネルの入り口から、呼びかけられているように聞こえる。ファルシャッドは目をあけていることをあきらめ、岩を枕に、最高に心地よい眠りのなかに沈んでいった。

二〇三四年七月三〇日　18：57（GMT10：57）
28°22′41″N　124°58′13″E

「ブルー・リーダー、こちらレッド・リーダー。攻撃起点到着を報告せよ」

「了解、レッド・リーダー。こちらブルー・リーダー。到着した」

「了解、ブルー・リーダー……。ゴールド・リーダー、こちらレッド・リーダー。攻撃起点到達を報告せよ」

「了解、レッド・リーダー。こちらゴールド・リーダー。到着した」

「了解、ゴールド・リーダー……。」レッド・リーダーは全隊の攻撃起点付近で旋回中と確認」ウェッジは時計を見た。時間きっかりだ。計画では、攻撃起点に五分とどまることになっている。これが〈エンタープライズ〉との最後の通信機会になる。その後、姿を消す。

ウェッジは眼下に目をやった。両翼下に広大な海が広がっている。からりと晴れ渡り、視程は完璧だ。海面から渦を巻いて立ち上る煙を見るには理想的な条件だ。

二〇三四年七月三〇日　07：04（GMT11：04）
ワシントンDC

「まちがっていたら、大変なことになるぞ」

ヘンドリクソンに続いてチョードリがシチュエーション・ルームに入ってきたとき、ワイズカーヴァーはそれしかいわなかった。三人がテーブルの片側の席に並んで座っているそばでは、ひとりのスタッフがインド太平洋軍（INDOPACOM）と〈エンタープライズ〉に連絡し、緊急テレビ会議を招集していた。大統領は大統領執務室（オーバル・オフィス）で待機していた。その間、ホワイトハウスの通信担当がインド首相とのホットラインの開設を模索していた。

二〇三四年七月三〇日　07：17（GMT七月二九日　23：17）
北京

林保が国防部に到着したとき、会議室の明かりが消えていた。意外に思い、ひとつずつスイッチを入れていき、隣のオフィスにも首だけ入れて、支援職員がいないかと探した。その下級職員の一団には、テレビ会議、ドローンのストリーミング、数々の安全な通信回線をずっと設定してもらっていた。どこにもいない。

静寂ががらんどうの広いオフィスに浸透していた。どうしていいかわからず、林保はテーブルの上座に腰を下ろした。まさにちょうどそのとき、横においた電話が鳴った。林保はびくりとした。ほかにだれかがそばにいて、そのときの様子を見られていたら、ばつの悪い思いをしていただろう。だが、ひょっとすると監視されているかもしれないとも思った。そんな思いを脳裏から追い出し、林保は受話器をとった。

趙楽際からだった。「知らせは入っているな」

〈鄭和〉への攻撃はガルヴェストンとサンディエゴへの核攻撃を受けたアメリカの報復だ、と林保は答えた。〈鄭和〉が撃沈されたからには、こちらも報復をする必要がある。しかし林保は、釣り合いをとらなければならないと警告も忘れなかった。地上配備型のミサイルで日本やフィリピンのアメリカの権益をたたくこともできる。そうした報復は即時行動になる。それに、もう一度サイバー攻撃に訴えるという手段はいつでも使える。今度はもっと重要なインフラストラクチャー、たとえば電気グリッドとか、水道システムなどを攻撃してもいい。「選択肢はたくさんあります」林保は説明した。「重要なのは、アメリカへの報復を慎重に考えることです」

受話器から沈黙が流れた。

「もしもし？」林保がいった。

嘆息。そして、「アメリカがやったのではない」

今度は林保のほうから沈黙が流れた。

趙楽際が続けた。「〈鄭和〉を撃沈したのはインドだ」

「インドが？」林保の頭のなかが真っ白になった。「しかし……なぜインドが……」ふさわしい言葉がなかなか見つからなかった。「アメリカと同盟を結んだのですか？」林保はすでに同盟と同盟を秤にかけていた。米印同盟によって世界の勢力均衡（バランス・オブ・パワー）がどう変わるのかという複雑な方程式を解こうとして、分子と分母を相殺していた。「それでも、ロシアとの……あるいはイランとの関係はまったく変わりません……。インドが入ってきたとなれば、こちらは当然、パキスタンのたずなを引いておく必要がありますが……」

「林保――」趙楽際がさえぎった。「インドがこの紛争に首を突っ込んできたのは戦略的な誤算だ。〈鄭和〉の撃沈はその誤算がもたらした悲惨な帰結だ。今日これから安全な場所で党中央政治局常任委員会がひらかれる。表できみをそこに連れていく男を待たせている。我が国の出方について、きみの意見も聞いておきたい。わかったか？」

林保はわかりましたと答えた。

趙楽際が通話を切った。

会議室に沈黙が戻った。すると、ノックが聞こえてきた。ひとりの男がドアをあけた。黒いスーツを着た筋骨隆々たる体躯、感情がまったく感じられない特徴のない顔。

林保は〈ミッションヒルズ〉にいた男だと思った。

二〇三四年七月三〇日　19：16（GMT11：16）
南シナ海

出撃から三七分。サラ・ハントはその間ずっと動いていなかった。戦闘情報センターの中央で胸の前で腕を組んで立ち、〈エンタープライズ〉から三つのターゲットに向けて移動する攻撃編隊のおよその位置がプロットされているデジタル・ディスプレイを見つめている。ハントのうしろにはクイントとフーパーがいる。ふたりは無線機の周波数を調整し、空電音の嵐のなかからリターン信号を見つけようとしていた。

「周波数はそれで合ってるの？」ハントは募る焦燥が声に出ないように気をつけて、クイントに訊いた。

クイントは作業に没頭していて、答えなかった。

デジタル・マップの横の画面がふたつに分かれ、テレビ会議がつながっている。ひとつ目の画面には、ハワイのインド太平洋軍(INDOPACOM)司令部の眉をひそめた海軍中枢の提督たちが映っている。彼らは発言したいことはあまりなさそうだった。ふは、ホワイトハウスのシチュエーション・ルームが映っている。ヘンドリクソン、ハントは面識がなかったがチョードリと名乗ったスタッフ、うしろのほうに、テレビでよく見かけるトレント・ワイズカーヴァーという少人数のグループがいる。ワイズカーヴァーはしょっちゅう席を立ち、コーヒーのお代わりを注ぎにいっていた。「たしかに攻撃起点に到達しているのか？」ヘンドリクソンが穏やかな口調で訊いた。

「たしかに？」ハントは訊き直した。「いいえ、たしかではありません。攻撃起点にいるはずだといっているだけです」ウェッジは〈エンタープライズ〉と最後の通信を入れるはずだったが、呼び出しても応答がなかった。出撃から三七分が経過していた。三八分になったところで、ヘンドリクソンから連絡を受け、ほとんど説明もなく、爆撃を中止するよう命じられた。ハントは指揮官として決められているとおり、だれの権限で命じているのかと尋ねると、トレント・ワイズカーヴァーがテレビ会議の画面に入り込み、そっけなく答えた。「大統領の権限だ」

この九分間、彼らはずっとウェッジを呼び出そうとしていた。

返ってきたのは空電音だけだった。

「クイント」ハントはさっきより大きな声でいった。「周波数は合っているの？」

クイントはゆっくりと目を上げた。火をつけていない煙草をだらりとくわえている。「合ってます」クイントはハントを慰めるかのように、小声でいった。「たしかに合ってます。ウェッジは攻撃起点にいません」

「通信機会を逃すとは思えないけれど。解せないわね」ハントはいった。

クイントが答えた。「見かけどおりなのかもしれませんよ。やつはそこにいないのかもしれない。攻撃起点にたどり着く前に、中国軍かインド軍か、どこかの連中に撃ち落とされて、作戦が丸ごとおじゃんになったのかもしれません。提督、やつらみんなやられたのかもしれません」

テレビ会議では、吹き出すような声が、ほとんど笑っているような声が聞こえた。ワイズカーヴァーだった。椅子に座ってのけ反ったので、体の半分が画面からはずれた。その後、ワイズカーヴァーが前のめりになった。「まあ」ワイズカーヴァーがいった。「作戦の中止を求めているのだから、それなら都合がよかったんじゃないか？」

聞こえてくるのは無線機の空電音だけだった。

二〇三四年七月三〇日　18：58（GMT10：58）
28°22′41″N　124°58′13″E

ウェッジは右に急旋回(ブレイク)した、高度を上げた。渦を巻く煙が海面から立ち上り、空に向かってウェッジを追いかけてくる。「こちらレッド・リーダー、ミサイル攻撃を受けた、おれの二時の方角！」ウェッジは急角度でバンクした——限界まで——5G、6G、7……。脚と腹に力を入れ、Gが血液を体の下へと吸い込んだ……。ウェッジは踏ん張った。これ以上のGがかかれば失神する。見失ったミサイルと同じように機体が激しく回転すると、パパラッチのカメラ・フラッシュのように、針先に似たチカチカという光が視界に現れた。ウェッジはチャフ（敵のレーダー探知を妨害する金属片）とフレア（赤外線誘導ミサイル専用の「炎のおとり」）を胴体部のポートから打ち出した。燃え盛るマグネシウムの破片が派手な弧を描いてくるくる回転し、敵ミサイルのセンサーを混乱させた。

するとと、背後で閃光がきらめいた。ゴールド飛行隊を構成する三機のホーネットがさっきまでいたあたりだ。ウェッジは無線で呼びかけ、すでにわかっていることを確認しようとした。一機が撃ち落とされたという事実を。応答がない。「ゴールド・リーダー、こちらレッド・リーダー」ウェッジは繰り返した……その後、試しにこうも呼びかけた。「どの飛行機でもいい、こちらレッド・リーダー、オーバー」五秒ばかり、この空虚に向かって呼びかけたが、もう一機のホーネットが翼の先に現れた。二台の車が信号待ちでアイドリングしているかのように、二機は同じ位置関係を保っていた。目を向けたが、この僚機のパイロットがどちらなのかはわからなかった。見えるのは指で耳を指し示す横顔だけだった。世界のどこでも〝聞こえない〟というを意味するしぐさだ。

そして、また閃光が走った。

煙がコックピットを包んだ。破片がガラスに当たる。煙に包み込まれたときもそうだったが、煙は消えるときも早かった。ウェッジの機体は無事で、またまっすぐ水平に飛んでいた。翼の隣からもう一機のホーネットが消えていた——さっきの閃光に包まれて燃え尽きた。首を前に倒すと、炎に包まれたもう一機の機体が粉々になって海に降っていくのが見えた。さらに、海面から対空ミサイル発射を示す六本の白い排気煙が渦を巻いて立ち上ってくるのがわかった。その白いしっぽがリボンのように空に向かって延びてくる。すると、キャノピーの内側についているバックミラーを見ると、およそ六時の方角に四機の航空機の一部がちらりと見えた。

国籍マークが見える。緑、白、オレンジで、円形。

今度は中国軍ではない——インド軍だ。

ウェッジは事情がよくわからなかった。いつからインドは中国と同盟になった？　するると、また二度、閃光が走った。ひとつは左翼側、もう一方は右翼側だ。印中同盟などまったく筋が通らない気がするが、考えている暇はなかった。二度の爆発による衝撃波が別々の方角から襲ってきて、機体を振動させた。無線機は黙ったまま。だれが撃墜されたのかも、だれによって撃墜されたのかもわからない。それでも、ターゲットにたどり着かなければならない。この数秒の混乱に乗じて追跡をかわし、地表の形をなぞり、北へ向かうしかない。無線は妨害を受けているが、それでも生き残っているデス・ラトラーに呼びかけ、全機ターゲットに向かえと命じた。それに抵抗するかのように、また頭上で爆発が起こり、そちらに目を向けると、五機目のホーネットが撃墜されたのがわかった。

機首を下げ、アフターバーナーをきしらせて、ウェッジは高度三〇メートル以下に高度をとった。エンジンが海面に波を立てている。頭上では三機のホーネットが、次々と飛来するインド軍戦闘機——一〇機を超えているかもしれない——ともつれるように空中戦を繰り広げている。ウェッジの見たところ、相手はこっちの性能を上回るSu‐35だ。ホーネットではとてもかなわない。パイロットの腕もほとんど当てにならない。まったく当てにならないかもしれない。おそらく彼らはそれを知っている。彼らが盾となって空中戦で稼いだ数秒を無駄にしないというウェッジの決意を、通信できないとしても、彼らに感じ取ってほしいと思った。インド機の手がふさがっている隙にこの空域から抜け出て、北の上海へ向かう。

背後でまた爆発があった。

また爆発。

さらに爆発。

ウェッジは必要だった数秒の猶予をもらって先を急いだ。高度三〇メートル以下を保てば、もしかすると沿岸部の防御態勢をすり抜けられるかもしれない。フライト・タイムはあと二二分だ。上海まで三五〇キロか。ウェッジは時計を見た。任務開始から四三分が経過している。無線通信ができたとしても、〈エンタープライズ〉との通信時間は終わっている。

二〇三四年七月三〇日　07：14（GMT11：14）
ワシントンDC

だれもミッチェル少佐と連絡がとれなかった。ハント提督がホーネットの補助通信システムを取り去ることにしたために、ホーネットは通信機能がまったくない状況に陥っている。インド軍はホーネットが頼り切っているローテクのＵＨＦ／ＶＨＦ／ＨＦ受信機を難なく妨害した。ホワイトハウスのシチュエーション・ルームと〈エンタープライズ〉の戦闘情報センターとの通信といえば、クイントが九機編制の飛行隊に呼びかけ続ける声だけだった。その声がテレビ会議経由で双方に響いていた。大統領執務室（オーバル・オフィス）では、別の話が進んでいた。大統領がインド首相に対して、インド軍飛行隊を呼び戻すよう要請していた。

　インド首相ははぐらかした。そちらの飛行隊と交戦しているのが本当にインド軍だと、大統領は確信しておられるのですか？　当然ながら、国防大臣と参謀総長にも確認をとらないことには、国防省の資産を呼び戻すわけにはいきません。ところで、インド軍飛行隊による砲火を浴びているとされるそちらの航空機は、どんな任務を遂行しているのですか？　それから、当該九機の正確な現在地を教えていただけませんか？　一〇人程度のスタッフ——ＣＩＡ、ＮＳＡ、国務省、国防省——がホットライン通話を聞きながら、のらりくらりとかわしてばかりのインド首相の発言を猛烈な勢いで書き留めていた。

大統領執務室（オーバル・オフィス）にいたワイズカーヴァーがシチュエーション・ルームに戻り、のらりくらりという言葉で状況を伝えた。それを聞いたチョードリは廊下に出て、電話をとり出した。彼にできるのはこれしかなかった。

パテルは最初の呼び出し音で電話に出た。「コーナーに追いつめられてしまったな」おいが切り出す間も与えずに、パテルがいった。

「戦闘機を呼び戻してください」チョードリはいった。立ち聞きされないように、口元を手で隠していた。「妨害電波を切ってくれれば、こっちのパイロットたちに指示を出せます」

「〝パイロットたち〟ではない」パテルは誤りを指摘した。「我が国の迎撃機の報告によると、攻撃から逃れたのは一機だけだ。こちらは二機で追跡している」

「迎撃機を呼び戻してください」チョードリは必死で頼んだ。「うちのパイロットに連絡して任務中止を伝えさせてください」そういっているときでさえ、そんなことが果たしてできるのか、チョードリにはわからなかった。パイロットと連絡がとれるのか？　パイロットは聞き入れるのか？

電話から沈黙が流れた。チョードリが目を上げると、ワイズカーヴァーがシチュエーション・ルームの戸口に立ち、こちらを見ているのに気づいた。

「リスクが大きすぎる」パテルが答えた。「迎撃機に作戦を中止させたとしても、そちらのパイロットが上海を核爆撃しないとどうしてわかる?」

チョードリはまたワイズカーヴァーに目を向けた。すごい剣幕で近づいてくる。

「爆撃は中止させます。約束します。大統領が――」

ワイズカーヴァーがチョードリの電話をたたき落とした。チョードリが最初の一文をいい終えてから、次の文の途中までいうまでのあいだに、ワイズカーヴァーはチョードリの目の前まで来ていた。「大統領に代わって交渉させるわけにはいかん」ワイズカーヴァーは語気鋭くいい、床に落ちた電話を靴のかかとで踏みつけた。チョードリはかがんで電話を拾おうとしたが、ワイズカーヴァーの足下で平伏しているようにしか見えなかった。ある意味では、そのとおりだった。

「お願いです」チョードリはいった。「任務を中止させるチャンスだけでも」

「ガルヴェストンがああなったからには」ワイズカーヴァーは答え、首を振った。「サンディエゴがああなったからには、だめだ。現政権も、この国も」――ワイズカーヴァーはしばらくふさわしい言葉を探し、見つけたらしく、枝になっている木の実のように摘み取った――「融和政策に我慢できると思うか?」

チョードリは両膝を突き、両手で電話をつかむという哀れな格好でワイズカーヴァーを見上げた。天井のハロゲン・ライトを受けて頭の輪郭がくっきり浮き出ているせいで、ワイズカーヴァーはまるで復讐心に駆られた天使のように、奇妙な光を放っていた。「パイロットはひとりしか残っていないんだ」チョードリはか細い声でいった。「ターゲットにたどり着く可能性がどれだけあるというんです？　インド機を呼び戻せれば、ひとりだけでも救える……こんなことをぜんぶ止められるんですよ」

ワイズカーヴァーはかがんで足に手を伸ばした。チョードリの電話を拾うと、自分の上着のポケットに入れた。そして、チョードリに手を差し出し、床から引っ張り上げた。「さあ」ワイズカーヴァーはいった。「立て。はいつくばっていることはない」ふたりはほかにだれもいない廊下で並んで立ち、ふたりのあいだの緊張を薄めるかのように、静かなひとときを共有した。その後、ワイズカーヴァーはさっき自分の頭を浮き上がらせていたライトに目をむけた。「聖書にこう書いてある」彼はいった。「あるいはタルムード（ユダヤの法律と伝承の集大成）かクルアンだったか？　どっちかいつも忘れてしまう。だが、ずっとそのとおりだと思ってきた。こんな一節だ。〝ひとつの命を滅ぼすものは全世界を滅ぼし、ひとつの命を救うものは全世界を救ったと思われる……〟。

とにかく、そういうものだと私は思っている。教えてくれ、サンディ、きみは信心深い人間か？」

サンディープはちがうと首を振った。

「私もだ」ワイズカーヴァーはいった。そして、チョードリの電話をもったまま歩き去った。

二〇三四年七月三〇日　19：19（GMT11：19）
上海

はじめ陸地は水平線上の小さなしみでしかなかった。やがてスカイラインの形がくっきりしはじめた。約一・五キロメートル手前で、投下点を目指して上昇を開始した。すべては高度とタイミングしだいだ。高度一万フィート（約三〇〇〇メートル）はほしい。それくらいあれば、複雑で時間のかかる投下機構を作動させて弾頭を投下したあと、弾頭が起爆するまで、充分な時間ができる。地上に隠されている対空防衛システムにやられないように、素早く上昇しなければならない。上海に近づくにつれて、ウェッジの思考パターンが単純化していき、ほとんど原始の時代に戻った。息を吐くたびに〝来たぞ、来たぞ、来たぞ〟といっているように感じられた。

八キロメートルまで近づいたあたりで、路上の車の流れが見えた。

五キロメートルで砂浜に打ち寄せる波が見えた。

三キロメートルで摩天楼の窓が陽光をとらえ、ウェッジにウインクしはじめた――

そのとき、操縦桿を思い切り引いた。

Gが巨大な手となってウェッジの胸を押す。彼の視界のなかで、チカチカという光がいつものようにティンカー・ベルみたいなダンスを踊り出す。だれかがそこにいてウェッジのうなりを聞いたなら、ベースライン上でボールを打つテニス・プレーヤーのようだと思ったことだろう。上海上空に急上昇をしていると、曳光弾の長いしっぽが地上から弧を描いて近づいてきた。ウェッジは機体を横転(ロール)させて空に腹を向けた。コックピットを地上に向けると、か細く見える二本のミサイル発射機が見えた。中国の対空ミサイルがまっすぐウェッジに向かって飛んでくる。ウェッジは残りのチャフとフレアを使うことにし、白熱のマグネシウムをうしろに放出し、これでミサイルが騙されてくれることを祈った。

高度計が四〇〇〇フィート(約一二二〇メートル)を超えた。

中国の防空システムはウェッジのホーネットとインド機を区別していない。三機とも螺旋を描き、空を引き裂く対空砲火をすり抜けると、エンジンがわびしいうなり声とともに機体をさらに上に持ち上げた。ウェッジがなかなか投下点の高度一万フィートにたどり着けずにいると、インド軍のスホイがプレッシャーをかけ続け、ウェッジのうしろ（テイル）につけた。いつ銃撃されてもおかしくない。スホイをどうにかしないと、投下点にはたどり着けそうもない、とウェッジは判断した。

ウェッジはバレルロールで右に逸（そ）れた。

ここで、高度五〇〇〇フィートで決着をつけようぜ、と思った。

地上から四方八方に曳光弾が発射され、三機の下では、上海の街がきらきらと輝いていた。ウェッジが右に逸れると、スホイは左に逸れた。二機の飛行機は上海がすっぽり入るほどの同心円上を反対方向に向かって飛んだ。狡猾な戦術をとっているインド軍パイロットの技量には、感心しないわけにはいかない。空戦でもっとも有利な真うしろ（テイル）の位置を放棄していったん反対方向に逸れることにより、ウェッジと正面からすれちがうことになる。そうなれば、二対一の数的有利がものをいう。

ウェッジは上海周辺をなぞるように飛びつつ、どこかでインド軍パイロットと相まみえる覚悟を決めた。むかしの一騎打ちのように――槍を低くかまえ、鞍の上で身を乗り出し――互いに向かって突進する。決着は一瞬でつく。これこそ〝それ〟だ、とウェッジは思った――これまでずっと追いかけてきた〝それ〟だ。覚悟はできた。先祖に思いを馳せた。連綿と受け継いできた飛行機乗りの家系へと。父、祖父、曽祖父のぬくもりを感じる。一緒に編隊を組んで飛んでいるかのように、その存在を身近に感じる。確信が体を満たす。数的有利にあるのはスホイに乗っているふたりのまぬけではなく、四代にわたる飛行機乗りの血が流れるおれだ。ウェッジにある。

四対二だぜ、くそったれ、とウェッジは思った――声に出していたかもしれない。

一機目のスホイにロックオンし、翼端の赤外線追尾式空対空ミサイル、サイドワインダーを放ち、同時に機銃からも存分に銃弾を吐き出した。スホイもまったく同じ攻撃をし、空対空ミサイルがすれちがった。しかし、一機目のスホイはまちがいを犯した。ウェッジが二機目のスホイに向かって旋回すると、一機目のスホイが放ったサイドワインダーもそっちに向いた。ウェッジには敵のサイドワインダーをかわすチャフもフレアも残っていなかったが、自分に向けられたサイドワインダーを二機目のスホイに近づけられれば、サイドワインダーの追尾機能を混乱させられるかもしれないと思ったのだ。

二機目のスホイが自分に飛来するミサイルに気づいた。

胴体からチャフとフレアが出された。

螺旋を描いて迫ってくるサイドワインダーが見えると、ウェッジは二機目のスホイにさらに急接近した。まるで三つどもえのチキン・レースだ。すると、サイドワインダーが頭を下げ、燃えているチャフを追尾しはじめた。同時に、ウェッジと二機目のスホイが機銃を撃った。二機がすれちがうと、木の枝が折れるような音がした……。

……〝どこまでも青い空が、黒くなって、またぱっと青くなる〟。

風がウェッジの顔をたたく。

急に目が覚めると、右手が操縦桿から滑り落ちていた。ウェッジは慌ててつかみ直し、ホーネットを操縦しようとした。計器を確認すると、高度はあまり落ちていなかった。それほど長く意識を失っていたわけではなさそうだ。せいぜい一秒、ちょっと長いまばたき程度だ。足下に血溜まりが広がっている。右の太ももを触ると、なにかが突き出ている。金属片――胴体の一部だろう――が腰の下に突き刺さっていた。親指大の穴――直径三〇ミリぐらいで、ホーネットの機銃の弾より多少大きい――がコックピットの前部左と後部右にあいている。それで風が顔に当たっているのか。

うしろを、二機目のスホイとすれちがったあたりを見た。すぐにわかった。エンジンから延びているくさそうな煙の尾が見える。同じ方向のもう少し先に、油が燃えているときのもうもうとした煙が、雲ひとつない快晴の空に漂っていた。考えられるのはひとつ――一機目のスホイだ。ウェッジが放ったサイドワインダーが一機目のスホイをとらえたのだ。ウェッジは生まれてはじめてドッグファイトで勝った。頭がくらくらしてきた。出血のせいかもしれないし、この手柄に体が勝手に反応しているのかもしれない。

あとは高度一万フィートまで上昇するだけだ。弾頭を投下する任務が残っている。そのあとで帰還する手だてを考えよう。せめて海上まで出て脱出しよう。ウェッジはゆっくり上昇した。左の方向舵（ラダー）が吹き飛んでいて、上昇するにも機体が暴れ、抑えきれない。いずれのエンジンも通常の推力に達していない。燃料が漏れている。二機目のスホイがどれだけの損傷を負ったのかはわからないが、こっちも同程度の損傷を負った。そして、上昇しているとき、そのしつこい二機目のパイロットがまた後部（テイル）につき、よろよろと追尾をはじめた。

かまうか、とウェッジは思った。もう高度八〇〇〇フィートは超えている。

眼前に広がる街を一瞥した。チカチカする小さな光の点が視界に現れた。まばたきして振り払おうとした。すると、視界の周辺部から内側に向かって、闇がぐるぐると回転しながら迫り、また気を失うのかと思った。足下の血溜まりはますます深くなっている。高度計を見ると、ぼやけていたが、もうすぐ一万フィートに達するのがわかった。ウェッジは安全解除の手順を実行した。手に手袋を何枚もはめているかのように感じられ、ぎこちなくスイッチやボタンの操作をおこない、爆撃態勢に入った。スホイが背後にいるが、そいつとケリをつけるまで、ウェッジにはまだ三〇秒かそれ以上ある。

それだけあれば、いろいろできる。

準備は万端だ。ウェッジは投下ボタンの上に指をもっていった。さっきまで感じていた頭のふらつきやめまいは消え、はっきりと考えられるようになった。

ウェッジは投下ボタンを押した。

反応がない。

もう一度押す。

やはり、反応はない。スホイが高度を上げて迫り、尻に突っ込んできた。ウェッジは怒りに任せてコントロール・パネルをたたいた。飛行隊の一〇機目のホーネットのことを思い出した。同機は数日前の訓練飛行中に海に落ちた。その事故の原因となった投下機構の問題は解決したものと思っていた。どうやらちがったらしい。

かまうか。おれには任務がある。

ウェッジは操縦桿を前に倒し、急降下の態勢に入った。弾頭の安全解除手順はすでに終えている。翼につっかえているなら、自分で起爆させるまでだ。ウェッジの機動（マニューバ）の意図を感じとり、巻き添えを食らいたくないと思ったらしく、スホイは追跡を止めて飛び去った。無駄なあがきになるだろうが。スホイはそう遠くへは行けないから、もうすぐ起こることから逃れるすべはない。

無重力の感覚に包まれて、ウェッジは降下していった。

眼下の街の細部——建物、車、木々、人々さえ——次々と目に飛び込んでくる。このこと（ビジネス）、戦争、家系のことも国のことも——汚い仕事（ビジネス）だと知りつつ、ずっと受け入れてきた。ウェッジのしたことを知ったときの父と祖父——ウェッジの唯一の家族——の姿を思い浮かべた。パッピー・ボイントンと一緒に飛んだ曽祖父のことを思った。そして、おかしなことに、パッピーの逸話を思い出した。パッピーはキャノピーの外に目を転じ、日本軍の戦闘機を探して水平線を見つめていた。煙草をだらりとくわえ、やがて広大な太平洋に捨てたという。

街がウェッジに迫ってきた。

ハント提督には自殺的な作戦はしないといった。ただ、これは自殺とは思えない。必然だと感じる。創造的破壊行為とでもいおうか。自分はなにかを終わらせる。だからこそなにかのはじまりをつかみとる。

割れたキャノピーから吹き込む風を顔に受けている。

高度五〇〇〇フィートで、ご褒美のマルボロをフライトスーツの左胸のポケットに入れておいたことを思い出した。無駄だと知りつつ、左胸に手を伸ばす。これが最後の姿勢だ。片手を胸に置く。

二〇三四年七月三〇日　19：19（GMT11：19）
北京

国内安全保障部局の職員三人が〈フォーシーズンズ・ホテル〉のロビーで待っていた。その三人も林保と一緒にエレベーターに乗った。名乗るものはひとりもいない。口をひらくものもいない。国防省から林保を連れてきた黒いスーツを着た護衛が、スイート・ルームのルーム・ナンバーを知っていた。趙楽際はじめ党中央政治局常任委員会の主要メンバーがそこに秘密裏に集まり、〈鄭和〉撃沈の報復について議論しているという。

林保には報復について腹案があった。その腹案だけを考えることにした。なぜもっと安全な場所でなく〈フォーシーズンズ〉で集まっているのか、なぜ五階でエレベーターを降りて、スイートがあるとは思えないほど部屋と部屋の間隔が狭い廊下を歩いているのか、といったことは考えないようにしていた。インドの関与については、うまく利用すれば、いい方向に転がるかもしれない。インドが介入してきたとなれば、ガルヴェストンとサンディエゴの爆撃がこの戦争の最後の爆撃になる。中国が最後の一撃を加えたのだから、中国が勝ったのだと——少なくとも自国民に対しては——主張することもできる。しかも、現時点では不可避だと思われる主要都市——天津、北京、あるいは上海——への爆撃も回避できるかもしれない。

林保はそういったことを趙楽際に、そして、この会議に出席する党中央政治局常任委員にも——伝えるつもりだった。趙楽際は〈鄭和〉の責任の一部を林保に背負わせるだろう。なんといっても、展開命令には、趙楽際や党中央政治局常任委員ではなく林保の名前が載っているのだ。戦時下で自分の権限を逸脱したとして咎められるのだろうが、せいぜいそこまでだ。彼らは林保を追い出したくなるだろう。アメリカとの和平交渉が済めば、林保が国外に逃げるまで顔を背けていてもらうよう趙楽際を説得するのは簡単だ。林保は信頼できない男であり、秘密裏にアメリカに協力していた。

趙楽際がそう非難してくるのはまちがいないのだから、林保が国外逃亡すれば、趙楽際のいったとおりだったとなる。厄介払いができた、と彼らはいうだろう。そして、林保は母の生まれた国に帰る。ニューポートに戻るのもいい。家族連れで。そして、どこかで教師になる。

林保が五階廊下の突き当たりまで歩いたころ、そんな想像が彼の気持ちを落ち着かせていた。国内安全保障部局の職員がキー・カードを読み取らせ、片手を動かして、なかに入れと促したときも、林保は恐怖などみじんも感じさせずになかに入った。

だれもいない部屋に五、六歩入った。スイート・ルームではない。シングル・ルームだ。クイーンサイズのベッドがひとつ。

ドアのついた小さなキャビネット。

ドレッサー。

すべてが、カーペットを敷いた床までが、ビニール・シートで覆われている。まるでリノベーションの最中であるかのように。

林保はベッドに向かって歩いていった。

ベッドの縁に一本のゴルフ・クラブが立てかけてあった。二番アイアン。林保はそれを持ち上げた。懐かしい重みが手に心地よく感じる。メモが紐でシャフトに結わえ付けてあった。大きく息をし、空気を肺いっぱいに吸い込んだ。そんな息ができるのは、これが最後だと悟った。カードに書いてあったメモは、角張ってぎこちない筆跡だった。学のないものが書いた文字、農民の文字だ。こんな文面だった。〝今度はまちがえたな。残念だ〟。

名前は書いていない。彼らはそうやって生き延びてきたのだ、と林保は思った。絶対に自分の名前を書かないのだ。

背後で、ビニール・シートを踏む数人の足音が聞こえた。大柄な国内安全保障部局の職員がすぐうしろにいる気配を感じた。ほかの三人はきっと出入り口にいて、あとで汚れものを片付ける手伝いをするのだろう。林保は思わず目を閉じたくなったが、あらがった。この陰惨な部屋に見るものなどほとんどないが、最後までしっかり見ろ。ひとつだけの窓から外を見た。この部屋と同じくらい陰惨な北京のスカイラインを見た。こんなものが――娘の顔でも、大好きな外洋でもなく――最後に見るものなのかと思うと、後悔ばかりの自分が哀れでしかたなかった。そんな感情で咽喉が締めつけられると同時に、ひんやりする金属が首の付け根の産毛に押し当てられるのを感じた。

目をあけておけ。林保は自分に命じた。

窓の外を見つめ続けた。窓は南東向きで、朝日が昇ってくる太平洋を向いている。

遅い時間だというのに、太陽が二〇個も同時に昇ってきたかのようなまばゆい光が真正面に広がった。まるでその光そのものがすべてを飲み込む力を秘めているかのようだ。ちょうどそのとき、窓を揺らすほどの信じがたい音が轟いた。一発の銃声などだれにも聞こえなかった。

水平線の光はなんだ？　林保は思った。前のめりにベッドに倒れ込むとき、最後に頭に浮かんできたのはそんな疑問だった。

結末 coda

水平線 The Horizon

2034

A Novel of the Next World War

二〇三五年九月一二日　10：18（GMT05：48）
イスファハン

ようやく、彼は家に戻った。昇進とその後の退役から一年になるが、ガーセム・ファルシャッド少将として、今回はじめて家を離れ、バンダルアッバスに行ってきた。ファルシャッドはかばんを玄関に置くと、すぐにベッドルームに行き、軍服を脱いだ。軍服を着るのがどれほどいやだったか、彼は忘れていた。あるいは、換言するなら、軍服を着ないことがどれほど楽しいか、忘れていたともいえる。両者のちがいを考えながら、シャワーを浴び、ポリエステルのトラックスーツに着替えた。家にいるときは、それが新しい制服になっている。スニーカーの靴ひもを結んでいるとき、バゲリにも軍の最高司令部にも、そこまで恨みを抱いていないことに気づいた。この新しい暮らしを楽しみたいだけだった。

バンダルアッバスからの帰りの機内でも、ほぼ毎朝やっているように、回想録を執筆していた。そして、これからいつもの敷地周辺の散歩と、心地よい日課に戻るのが楽しみだった。数週間前、バンダルアッバスへの招待状が届いたとき、はじめは辞退した。最高司令部は先の戦闘を〝海峡の勝利〟と命名していたが、その勝利以来、イランはファルシャッドの双肩に栄誉に次ぐ栄誉を背負わせてきた。ふたつ目のファトフ勲章を授与されたり、テレビで全国放送された国会演説では、最高指導者に名前を出されたりした。風向きしだいで勝敗が変わるような戦闘ではなく、別の戦闘でそんな栄誉が与えられるのであれば、招待を受けるかどうかについて、ちがった考えを抱いていただろう。

だが、やっと家に帰って、ファルシャッドはとりあえず荷を解こうかと思ったが、それは夜にすることにした。まず長い散歩に出て、脚をほぐそう。ファルシャッドはキッチンに行き、いつもの質素な昼食を用意した。ゆで卵ひとつ、パンひと切れ、オリーブ少々。それを紙袋に入れ、敷地を歩き出した。木々の枝葉がルート上に天蓋をつくっている。葉の先にほんのり秋の色がにじみ、昼過ぎにはひんやりした風が秋のにおいを運んでいる。遅咲きの野草が行く手の両側を縁取っている。彼は敷地を二分する小川に向かって踏みならされた小道を歩いた。

あのロシア軍空挺部隊が風に吹き飛ばされていった日から、一年以上もすぎたとはとても信じられない。時間がずいぶん経ったのか、あまり経っていないのか、まだ判断できずにいる。海峡の戦いをよくよく思い返すと、たいしたことだったとは思えなかった。あれ以来の世界の変容ぶりを考えると、一年よりはるかに長い時間がすぎたように感じられる。地球規模の深い再編成につながった大きな戦争のなかで、自分は小さな役割を果たしたにすぎない、といまは思っていた。

あの島の要塞がロシア軍の攻撃を受けるかもしれないと身がまえていたとき、インド軍が平和維持のために中国軍の空母を沈め、米軍の戦闘機隊を殲滅するなどとは思いもしなかった。痛ましいことに、米軍の戦闘機隊のひとりのパイロットがインド軍迎撃機と中国軍防空システムをすり抜け、上海に核弾頭を投下した。それから何カ月も経っているが、上海は焼け野原のまま、放射線に汚染された荒廃地のままだ。死者数は三〇〇〇万人を超えている。核攻撃があるたびに、国際マーケットは急落した。穀物は不作に終わった。感染症が蔓延した。放射線汚染は数世代にわたって続くといわれている。壊滅の度合いはファルシャッドの理解を超えていた。大人になってからずっと戦いに明け暮れていたが、そんなファルシャッドにも、失ったものの大きさを把握することはできなかった。

米、中、印の三つどもえの戦いに比べれば、イランとロシアとの争いなど、いまになって思えば、内ゲバとさほど変わらないような気がする。国会でも、最高司令部内でも、とらえたロシア人たちを〝捕虜〟として扱っていいものかとの疑問を呈するものがいた。両国は正式な交戦状態にあるわけではないのだから。テヘランの政権内部では、とらえたロシア人は〝海賊〟だったことにして処刑すると息巻くものもいた。しかし、インドの仲介によるニューデリー平和協定の一環として国連が組織再編を発表すると、イラン最高指導者は狡猾にもロシア人に対する寛容な措置を見せ、国連安全保障理事会の常任理事国の席を確保した。インドも、アメリカ合衆国が咽喉から手が出るほど欲していた複数年に及ぶ包括支援を提供する前提条件として、ニューヨークにある安全保障理事会の本部をインドのムンバイに移すよう強硬に主張していた。

散歩に出ていたファルシャッドは敷地内の小川にたどり着いた。小さな橋に足を踏み出し、手すりに寄りかかり、溶けた氷河が透明な川となって足下を流れるさまを眺めていた。思索は去年のことから、この数日のことへと移ろいだ。バンダルアッバスへ赴き、いささかばかげていたがこれで最後になるであろう栄誉を、海軍から賜ったことへ。彼の名を冠した艦船の進水式があったのだ。

当然だが、はじめはファルシャッドも悪い気はしなかった。正確には、革命防衛隊の将官として退役していたが、彼のキャリアがずたずたになったとき、海軍は彼を受け入れてくれた。そして、いま、そのキャリアに新たな手柄が加わると、是が非でもファルシャッドを仲間に取り込みたかったのだろう。ファルシャッドは、艦体の脇腹に自分の名を冠したフリゲート艦か巡洋艦の優雅な艦首を思い浮かべた。堂々たる錨の歯を思い浮かべた。そして、彼の名前を輝かせて、水平線から水平線へと走っていく。デッキにはロケット、ミサイル、艦を運航する乗組員でいっぱいだ。

ファルシャッドをバンダルアッバスに呼ぶ手配に数週間を要した。その後、海軍は彼の名を冠する艦船の詳細情報を送ってきた。

フリゲート艦ではない。

巡洋艦でもない。

貧弱だが小回りの利くコルベット艦ですらない。

まだ艦名が艦体についていない艦船の写真が通知状に同封されていた。艦体の形は木靴のようで、艦首が広く、艦尾は狭い。機能的ではあるが、乗艦している自分の姿を人には見せたくないような形だ。ファルシャッドに敬意を表し、デルヴァール級兵站艦に彼の名前を付けることになった、と通知状には記されていた。

小川に架けられた橋の上に立っていたファルシャッドは、手すりから身を乗り出し、川面に映る自分の姿を見ながら、この何日かで何度も写真撮影をされたことを思い出した。バンダルアッバスに到着すると、海軍がファルシャッドに意欲的な旅程を組んでいた。命名式のあと、ファルシャッドも処女航海に付き合って航海することになった。彼が有名な戦いを繰り広げた、いまでは防御を固めてあるホルムズ海峡の二島まで行ってくるという。サプライズとして——また、イランが和解プロセスにある世界の国々を率いていく印として——ゲストも乗艦していた。ヴァシリ・コルチャーク中佐だった。コルチャークは一年前にロシアの侵攻艦隊に参加していたのだという。

ふたりはホルムズ海峡を抜ける予定だった——同盟が敵同士になり、また同盟に戻った。ファルシャッドはコルチャークの顔が見られてうれしかった。コルチャークも最後に顔を合わせてから昇進していた。命名式の航海は概して気持ちのいいものだったが、夕方、波が高くなると事情は一変した。ファルシャッドの名を冠した平べったい艦体の小振りな兵站艦の盛大な揺れ方は、ファルシャッドには過酷すぎた。処女航海の最後の数時間はトイレに閉じこもって吐き続け、その間、旧友のコルチャークがドアの前でずっと番をしていた。これがファルシャッドに見せる最後の好意だった。当代切っての海軍の偉大なる英雄が船酔いにすっかりやられ、便器に突っ伏している姿をだれにも見せないようにしていたのだ。

橋の上にたたずみ、この数日のことを思い返しながら、心地よい音を立ててちょろちょろ流れるこの小川より大きな〝水たまり〟など、金輪際見ることもないと思って安心するのだった。ファルシャッドは散歩を続けた。木漏れ日が小道に、そして、上を向いたファルシャッドの笑顔に降っている。しっかりした地面に足を付けているのは心地よい。ひとつ大きく息をすると、歩くペースを上げた。たちまち敷地の果てにたどり着いた。いつも昼食をとっていた楡の木のあたりだ。

その木の幹を背もたれ代わりにして座った。膝に昼食を広げた。卵、パン、オリーブ。船酔いが尾を引いていて、食欲がまだ戻っていなかった。ゆっくりひと口ずつしか食べられなかった。コルチャークのことを考えた。ファルシャッドの名を冠した艦上で、ふたりの静かなひとときに恵まれたとき、コルチャークが退役したらなにをするのかと訊いてきた。ファルシャッドは回顧録のことはいわなかった——それをいうのは恥ずかしすぎた。この土地のこと、散歩のこと、田舎の静かな暮らしのことを話した。コルチャークはげらげらと笑った。なにがそんなにおかしいのかとファルシャッドが訊くと、静かな暮らしが好きそうにはとても見えないという答えが返ってきた。政治かビジネスでもやってみたらどうか、その悪名を利用して、権力の最上段に手を伸ばしてみたらどうか、と。

ファルシャッドは昼食を終えた。静かな暮らしを目指すと決めたことを、かつての師ソレイマニはどう思うだろうか。ソレイマニは若いファルシャッドに戦士としての

間もルーム・クリーニングの仕事をしている。娘も仕事をして家計を助けると申し出たが、母親はそこまで落ちぶれるわけにはいかないといって断った。娘の教育を受けさせずに、きつい仕事をさせるのは落ちぶれる限度を超えてしまう。こうして、娘はフルタイムで学校に通うようになった。母親と一緒にがんばる決意を固め、娘はふたりで暮らす狭いアパートメントをいつもぴかぴかにしていた。

母親も現状に満足してはいなかった。仕事がない日は、もっといい仕事を探し回った。何度か地元の中国人コミュニティーを頼ったこともあった。この一、二世代のうちにアメリカに移り住んできた移住者のコミュニティーだから、力になってくれると思った。それに、小さな事業を経営している人もいる。レストラン、ドライ・クリーニング、ルート138沿いに何店かある車のディーラー。アメリカは人々が新しい人生を求めてやって来るところだが、母子の場合には、むかしの人生がどこまでも追いかけてきた。中国人コミュニティーは、ほかのアメリカ人の疑いの目とも戦わなければならなかった。中国人コミュニティーが最近の壊滅的被害に関与していると考えるものも多かった。フェアとはいえないが、戦時中の国民がそう思うのはアメリカの伝統でもあった——ドイツ人、日本人、イスラム教徒、そしていまは中国人。亡くなった中国海軍提督の妻子を助けたりすれば、愚かにもそんなまねをしたものへの疑いも強まる。中国人移民のコミュニティーは、結局、母子を拒んだ。

そんなわけで、母親はやはりきつい仕事を続けている。週に一度は仕事は休みだが、いつも週末が休みになるとはかぎらないから、母親と娘が丸一日一緒にいられるのは珍しいことだった。そんな日には、ふたりでいつも同じことをする。バスでゴート島に行き、マリーナでディンギーを借りる。帆を揚げて北へ向かい、ニューポート・ブリッジのつり橋をくぐり、海軍大学校に向かう。何年も前にたどったとおり。林保と一緒に。

家の近くでは、だれかに聞かれるかもしれないから、林保の名前はいっさい出さなかった。でも、ここまで来れば、見渡すかぎりの海では、だれにも聞こえない。だれも気にせず、好きなことを自由にいえる。だからこそ、ディンギーに乗ってつり橋をくぐったすぐあと、渡米してから二年がすぎたいま、母親は別の仕事を探すのをやめたと打ち明けた。「いまよりましなものは来ない」母親は娘に認めた。「これを受け入れるしかない……。お父さんも、わたしたちにそれくらい強くなってほしいと思っているはず」

「この国ではだれもわたしたちを信用してくれない。同じ民族でも。わたしたち、アメリカ人にはなれないんだわ」娘は苦々しい口調でいった。力なく隣の母親にもたれかかった。ふたりはディンギーの船尾に並んで座っていた。母親が舵をとっている。母親は娘ではなく水平線に目を向け、針路からはずれないようにしていた。

「わかってないわね」母親はやがていった。「わたしたちはなにもないところからやってきて、まだなにももっていない。つまり、あるところから逃れて、なにかを手に入れるためにここに来た。立派なアメリカ人じゃない」

ふたりはしばらく無言で座っていた。

ずっと大きな船の航跡が、乱暴な波となってふたりの小さなディンギーを飲み込みそうになった。その大波をどうにか乗り越えたが、船首から水しぶきが飛んできた。海軍大学校の岸のそばまでやって来ると、帆をたたみ、舵を上げ、小さな錨を下ろした。ディンギーはやさしく上下に揺れている。母と娘のふたりはなにもいわなかった。岸を見ていた。見慣れた歩道、かつて彼が国際課程学生として通っていた海軍大学校のオフィス、かつて三人がつかんでいた暮らし、これからまたつかめるかもしれない暮らしを、じっと見ていた。

二〇三七年六月一二日　17：27（GMT23：27）

ニューメキシコ

そのランチハウスは一〇〇エーカー（約四〇ヘクタール）の敷地の真ん中に建っていた。リノベーションに三年の月日と貯蓄の大半を費やしたが、サラ・ハントはようやく我が家のように感じはじめていた。たいした家ではない。木材や垂木がむき出しの平屋だ。壁に飾るものもまだなく、これから飾るかどうかさえわからない。大半の写真は倉庫にある。退役後何度か、汗をびっしょりかいて眠れない夜に、外に出て裏手の小屋に行き、写真の入った箱を燃やそうかと思ったこともある。

でも、そうすることはなかった。とにかく、いまのところは。

上海のことがあってから、夢はひどくなった。いや、ひどくはなっていないかもしれないが、頻繁にはなった。毎夜、ハントは岸壁に立つのだった。果てしなく連なる軍艦が次々に入港し、亡霊の乗組員を退艦させているそばで、父親を探す。見つからない。一度も見つからない。それでも、夢のなかで探しても無駄だとは割り切れずにいる。長いあいだ、家のリノベーションが終われば、夢も止まるのではないかと希望を抱いていた。それに、たとえ止まらなくても、見覚えのあるなにかが、あるいはだれかが見つかるのではないか。しかし、まだ見つかってはいない。

何度か薬も飲んでみたが、効き目はまるでなかった。

セラピストに相談したが、自分の言葉の重みに埋もれそうになったので、やめてしまった。毎日、悪いほうの脚の痛みに耐えながら、敷地をぐるりと一周している。いちばん近いご近所さんまで一二、三キロもあるので、この高地の砂漠にある家はハントにわずかばかりの安らぎを与えてくれる。夢にはうなされるけれど、この家でなら眠ることはできる。上海への爆撃のあと、ほぼ一週間まったく眠れず、神経がぼろぼろになった。おかげで、インドの仲介で停戦協議中だというのに、ヘンドリクソンが〈エンタープライズ〉に飛んできて、代わりに指揮をとらなければならなくなった。そのときのヘンドリクソンはやさしく接してくれた。三年がすぎたいまでも、それは変わらない。思ったとおり、ヘンドリクソンは海軍にとどまり、いまでは三つ星の階級章をつけ、この先さらに最高位に登りつめる勢いだ。和平交渉であれだけの重責を担った報酬——当然の報酬——だ。

ヘンドリクソンの足はしだいに遠のいているが、訪ねてくるたびに、上海の件はハントにはどうしようもなかったのだと慰める。上海攻撃命令を出したのはハントではない。九機のホーネットが〈エンタープライズ〉を飛び立ったあとでは、ハントにはどうすることもできなかった。むしろ、あの一機のホーネットがターゲットにたどり着いたことが、終戦に向けてきわめて重要な要素になったともいえる。ワイズカーヴァーのようなタカ派は、ガルヴェストンとサンディエゴの敵（かたき）をとったと主張することができた。彼らにしてみれば、停戦交渉中にそうやって面子を守らなければならなかったのだから。そう主張できなければ、停戦協定の締結もまずなかっただろう、とヘンドリクソンは考えていた。

「きみの責任じゃない」ヘンドリクソンはよくそういった。

「それなら、だれの責任なの？」ハントは訊いた。

「きみのじゃない」そこでこの話はいつも打ち切りとなった。戦後一年目から二年目にかけて、ヘンドリクソンはハントに必要だと思う形でさまざまな支援をしてくれた。「しばらくうちに遊びに来ないか？」とか、「ここでひとり暮らしだから心配だ」などといってくれた。また洋上に戻ったほうがいいのではないか、とヘンドリクソンは思っていた。〝癒やし〟という言葉を使っていた。たまたま海のないニューメキシコ州で土地を買ったわけではない、とハントは答えた。

　戦後三年目になると、ヘンドリクソンの足はますます遠のいたが、ごくたまに訪ねてきたとき、夕食前にふたりで敷地をぐるりと散歩することにした。話が途切れたところで、ハントはついに切り出した。「ちょっと手を貸してほしいことがあるのだけれど？」

「なんでも手伝うよ」ヘンドリクソンは答えた。

「養子をとろうと思うの」

「なんの養子だ？」彼は訊いた。猫か犬の子だという答えを期待しているかのような口ぶりだった。

ふたりは黙って歩き続けていたが、やがてヘンドリクソンがぶつぶついった。「〝ひとつの命を滅ぼすものは全世界を滅ぼし、ひとつの命を救うものは全世界を救ったと思われる……〟」

「いったいどういう意味？」ハントは訊いた。

「そう思ってるから、養子をとるんじゃないのか？」

「あなたが聖書の言葉を引用するなんて、はじめてじゃないかしら」

ヘンドリクソンは肩をすくめた。「あるときトレント・ワイズカーヴァーがいっていたのさ。あの人がそう信じているとは思わんが。きみは？」

ふたりはそろそろ修理しないといけないフェンスの前にやってきた。ハントは訊かれたことに答えず、かがんで重い根太を抱えた。力を振り絞って寝ていた根太を立て、大きく息を吸い込んで垂直に地面に押し付けた。これでどうにかなる。しっかり修理するまで、とりあえずのところは。根太のもう一方の側も同じように応急修理した。その後、汚れた手をジーンズの太ももでぬぐった。「もう養子縁組み手続きをはじめている」ハントは感情を交えずにいった。「あなたの考えを訊いているわけじゃない。手を貸してくれるかどうか訊いているの。身元証明書が要るんだけど。あなたは戦争の英雄だし。書いてくれたら助かるんだけど」

ヘンドリクソンは即答しなかった。散歩を終え、夕食を食べ、翌朝、帰った。一週間がすぎ、一カ月、さらに数カ月がすぎた。ハントは敷地のフェンスを修理した。家の模様替えをし、書斎を子供部屋に改造した。養子縁組みの手続きは、お役所仕事にありがちなゆっくりしたペースで続いている。銀行の取引明細書を提出した。面接、家庭訪問も受け入れた。分が悪いのはわかっていた。独身女性だし、歳は五〇を超えている——あるいは、ニューメキシコ州子供・青年・家庭課の表現を借りるなら〝高齢（アドバンスト・エイジ）〟——だ。でも、そういったことで不適格だと判定されることはない。不適格だと判定されるとすれば、三年前に外洋で起きたことが理由ではないかと恐れていた。あれだけ多くの命を奪う役目を任されたあと、ひとつの命をはぐくむ役目を任せてもらえるのだろうか？　ハントにはわからなかった。

すると、不意に、郵便で封書が届いた。封を切る必要はなかった。ヘンドリクソンがどんなことをしてくれたのか、ハントにはわかっていた。ハントはこの証明書を養子縁組みの当局に転送した。手続きはさらに続いた。ハントは一歩一歩、前に進み、同時にハント自身は未来の母親になっていき、陸の孤島のランチハウスはふさわしい家庭に変わっていった。ハントの養子縁組に割り当てられたソーシャル・ワーカーは、くだらない話はしなさそうで、地味なゴールドの十字架のネックレスをタートルネックの上から首にかけている、くそまじめな役人だった。その役人がジェイン・モリス中佐に似ていて、おかげで〈ジョン・ポール・ジョーンズ〉の記憶がよみがえった。あまりに似ていたので、家庭訪問を受けたとき、そのソーシャル・ワーカーと一緒に家のなかを回らずに、ひとりでリビングルームで座って待つことにした。そんなマナー違反をすれば、有利に働くわけがない。一時間に及ぶ視察を終えたとき、ソーシャル・ワーカーは子供部屋から出てきて、こう感想をいった。「おうちのなかを回ってみましたが、海軍にいらしたなんてぜんぜんわかりませんね。写真が一枚もないんですね」

ハントはなんと答えていいかわからなかった。とにかく、口に出してもいいと思えるような答えはもち合わせていなかった。

帰り際、ソーシャル・ワーカーは、里親になる資格について、数日後に電話がありますとハントにいった。それから数日のあいだ、ハントはほとんど眠れなかった。上海の件のすぐあと並にひどい夢が戻ってきた。

軍艦が乗組員を下艦させ……。

彼女は慌てふためいて父親を探すが、見つからないとわかっている……。

夢は延々と繰り返し、ますます激しくなっていった。やがて、ある朝、そんな夢を見ているさなか、ある音によっていつもの恐怖から解放された。

電話が鳴っている。

二〇三八年一一月一二日　17：12（GMT23：12）
ミズーリ州カンザスシティー

ベッドルームは二〇年間変わっていない。太平洋戦争でゼロ戦と戦ったコルセアから、ベトナム戦争で暴れたファントム、中東で活躍したホーネットまで、戦闘機のポスター。二〇一七年のスーパー・ボウル優勝チーム・ポスター。ペイトリオッツのクォーターバックだったトム・ブレイディがＧＯＡＴ（史上最高の意味）になった年だ。大学代表チームのトロフィーが無造作にデスクに置いてある。アメリカン・フットボールの選手がラッシングしている像、バッターが打っている像。選手の肩は厚い埃の膜で覆われている。トロフィーの横に歴史の本が積み重なり、そのなかに、グレゴリー・〝パッピー〟・ボイントン少佐の自叙伝『海兵隊コルセア空戦記』の耳折れのペーパーバックもあった。デスク中央に、四年前にはじめて開封された手紙がある。封筒の四隅が時間とともに黄ばんでいる。〈エンタープライズ〉から、彼の身の回りの品と一緒に届けられた。父親はそれをそこに置いた。息子に会えない寂しさに耐えられなくなると、朝までこの部屋のデスクにつき、手紙を読み返す。

やあ、父さん

この手紙を受け取る前に、たぶん電話で話してると思う。でも、電話するまでだいぶ時間が空くかもしれないから、ペンをとろうかと思った。ここ何日か、ポップポップのことをよく考えてる。ぼくが覚えてるいちばん古いポップポップの記憶は、太平洋戦争の話をしてもらったことだ。そのあと、ポップのベトナムの話も覚えてる。もちろん、父さんの話も覚えてるよ。〈父さんがここにいたら、もう一回ヒヨケムシとシート・ケーキの話を聞かせてよと頼むところだ）でも、いろんな話を覚えてるけど、これからぼく自身の話をつくりたい。父さんにも話せるような話をね。こっちで絶対にいくつかつくってやるよ。

もう何日も出撃を待ってる（天気が悪くて）から、おかげで考える時間ができた。いっておくけど、ぼくはよくわかったうえで出撃する。家族の名だけは絶対に汚したくない。これまではそうしてこられたような気がする。でも、もうすぐ別のことがぼくに託されると思う。父さんも、ポップも、ポップポップもやったことがないことだ。もしそれをやることになっても、ぼくは大丈夫だから。この家族で飛行機に乗るのがぼくで最後になるのだとしたら、人になにかをしてやれる力が、ぼくにいちばんあるってことになる。チェーンをつくるときには、最後の輪をほかのより少し太くするだろ。要（かなめ）だからね。いちばん重圧がかかるのが要（かなめ）だ。

そんなこと――そういうことを考えてた。

心臓の薬、ちゃんと飲みなよ。

マルボロ・レッドのカートン、ありがとう。

愛してるよ

クリス

年老いた男は読み終えた。窓の外のよく息子と遊んだ野原に目を向けた。晩秋だった。落ち葉が集められて大きな山がいくつかできている。彼は手紙を丁寧に折りたたみ、封筒に戻した。ひとり椅子に座っていると、午後が暗闇に移ろいでいった。ときどき、遠くから、飛行機が姿もなく上空を飛ぶ鈍い音が聞こえる。

二〇三九年四月一六日　07：40（GMT02：10）
ニューデリー

サンディープ・チョードリは飛行機に乗らないといけなかった。空港に向かうタクシーがあと数分で到着する。前夜、周到に荷造りしていた。五年前に和平交渉代表団の一員としてワシントンを発ってから、今回はじめてアメリカに戻る。フォーマルな会合で着るスーツを含め、服はいろいろもっていくが、ガルヴェストンとサンディエゴ近辺の避難民収容施設(キャンプ)で着るものが大半だ。そこには、まだ行き場の定まっていない国内避難民であふれている。アメリカの都市に行くのに、予備の石鹼や歯ブラシをもっていったほうがいいだろうかと考えるのは、不思議な感じがした。むかしはなんでも買えた。だが、いまはちがう。少なくともムンバイの国連本部の警備隊員はそういっていた。

実をいえば、チョードリがアメリカから離れはじめたのは、母親と娘をニューデリーに疎開させたときからだった。母親は年老いてきた兄と和解し、兄のもとを離れたくないといってきた。母親がチョードリのおじのもとを離れたくないのなら、チョードリは母親から離れられなかった——アシュニがすっかり祖母になついてしまっているのだからなおさらだ。アシュニは自分の母親を亡くしたり、すでにいろんなことがあった。そうした家族に対する責務が積み重なり、チョードリは米政権の役職を辞し、おじが〝おまえの故国〟と表現する国にとどまることにした。その決断をすると、チョードリのような専門知識をもった人は引く手あまただとわかった。それはうれしい誤算だった。ニューデリー和平協定が締結されると、チョードリの前には政治の世界とビジネスの世界の両方の扉が、まったく予想していなかった形でひらかれた。チョードリはアメリカの行政府の最上層にいただけでなく、インドの専門家でもある(履歴書を読んでいない不届きものなら、インド人にしか見えないだろう)。

国際ロビイスト、シンクタンク、ベンチャー・キャピタリスト、政府系ファンド――そういった連中が、重役の椅子やら、ストック・オプションやら、〝特別上級フェロー〟といったたいそうな肩書きやらを用意するといって、果敢に誘いをかけてきた。それもこれも、インドが政治経済の巨人（ジャガーノート）として台頭してきたのを受けて、インドを理解しようという狂騒が世界的に広がったからだった。

チョードリにとっては、これでアメリカに戻る理由がなくなった。しかし、今回の渡米のために荷造りをしていて、例の〝帰る〟という言葉が脳裏に浮かんできた。ニューデリーに落ち着いてから、相次ぐ成功に恵まれてきたが、母国をあんなふうに離れたからか、苦々しい思いが残っていた。ちがった決断をしていたら、ちがった結果になっていたのだろうかと思いながら、五年前の出来事を、頭のなかで何度巻き戻したことだろう。ワイズカーヴァーのことも思い出す。インドの国防武官をはねつけたことが明るみに出て、そのスキャンダルのせいで政府は次の選挙で負けた。もしチョードリが辞めずに残っていたとしても、結局は職にあぶれていたことになる。しかし、そういったことも、もっと深い傷の痛みを和らげはしなかった。その痛みとは、人命の損失――それもおおいに痛ましいことだが――ではなく、アメリカそのもの、アメリカという概念が犠牲になったことだった。

チョードリはスーツケースひとつ、機内持ち込み手荷物ひとつ、それから、キャンプに行くときのためにバックパックももっていくことにした。彼の職場である国連難民高等弁務官事務所からは、寝袋ももっていったほうがいいといわれていた。道路と利用できる宿泊施設しだいでは、代表団が粗末なキャンプで一、二泊する可能性もあると。そんなことを母親にいえば、アメリカ行きを許可しないだろうからいわなかった。発疹チフス、嚢虫(のうちゅう)、さらに天然痘までが、穴が浅い便所と何列ものビニール・シートのテントから繰り返し発生していた。そうした疾病があちこちのコミュニティーを荒廃させ、戦争のコストをますます高めていた。故郷のワシントンDCでは、二年前にワクチン耐性をもったはしかの変種が大流行し、五万人の住民が亡くなっていた。当時、チョードリは帰国して支援したかったが、ニューデリーにとどまり、さらにインドの市民権を申請するよう母親に説得されたのだった。結局、チョードリはしぶしぶ母親のいうとおりにした。「ここがおまえの故郷になるかもしれない。それは受け入れないといけないよ」母親にはそういわれた。しかし、自分の記憶にあるアメリカが、ケネディとレーガンの両者が〝丘の上の町〟と称したアメリカが、消え去るかもしれないとは、チョードリにはとても思えなかった。

もっとも、アメリカは概念だ。概念はめったなことでは消えたりしない。

絶望しそうになると、チョードリはいつもそのことを思い出す。

荷物を玄関に置くと、チョードリは書斎に入った。かつてはおじの書斎だった部屋、ガルヴェストンとサンディエゴが爆撃されたことを知った部屋だ。デスクの片隅に一枚の写真が立ててある。チョードリの高祖父、ラージプターナ・ライフル銃隊のイムラン・サンディープ・パテル伍長の写真だ。何年か前に〈デリー・ジムカーナ〉でおじが見せてくれた写真ではなく、高祖父の晩年に撮られた写真だ。陸軍のキャリアを終え、印パ分離・独立時に新生インド政府に武器を売ってひと儲けしたあとだ。四〇年の年月が二枚の写真を隔てているのだから、ひとりの男の若いころと年老いたころの姿は似ても似つかないが、まなざしはまちがえようがない。まだ報われていない、さらに多くを求めるまなざし――もっとやれる、もっとつかめる、もっとよくなれる、もっと安心に、もっと安全に、もっと堂々となれる。チョードリにいわせれば、まちがいなくアメリカ人のまなざしだ。高祖父はアメリカの土を踏んだことはないとはいえ。

高祖父を思うと、レーガンとケネディ――別の意味でおじいさんのようだ――を思うと、さらに、そのふたりに共通する〝丘の上の町〟という国家観を思うと、概念としてのアメリカは特定の国境などなくても存続するにちがいないと思った。実際、今回の国連の資金提供で実現した人道支援派遣で、チョードリはアメリカの理想をその国土に復興させるためにひと役買うつもりだった。

外にタクシーが停った。チョードリはちょっと待ってくれと伝えた。まったく別のことが脳裏に浮かんだ。これも別のアメリカ人の父祖が考えたことだ。アメリカ南北戦争という惨事が起きる二〇年前、若き日のエイブラハム・リンカーンが語った言葉だ。〝ヨーロッパ、アジア、アフリカの軍勢をすべて合わせ〟とリンカーンはいっている。〝地上のすべての宝物（我が国のものは除く）を軍資金にし、ボナパルトに指揮をとらせたところで、千年試みても力づくでオハイオ川の水を飲むことも、ブルーリッジ山脈に足を踏み入れることもできはしない……破壊がわれわれの運命なら、われわれがその創造主となり、終わらせるものになるよりない。われわれは自由の民として、あらゆる時代を生き、自分の手で死んでいかなければならないのだ〟。

自由の民。

チョードリは自分もその民だと思っていた。その民がどこにいようとかまわない。ワシントンでも、ニューデリーでも、ほかの場所でも。そしてチョードリは、アメリカの精神がまだあの土地を見放していないことを願いつつ、アメリカへ戻る。あとひとつだけ、もっていくものがある。チョードリはデスクの引き出しをあけ、二冊のパスポートを手にとる。インドのものとアメリカのもの。どちらも青色だが、色合いはちがう。

チョードリの手が両者の上で迷っている。飛行機に乗らないといけない。時間がなくなっていく。タクシーがクラクションを鳴らしはじめた。彼は腰を上げる。時が刻一刻となくなっていく。どうしても、どちらかに決められなかった。

なぜなら、戦いに勝利などないからだ……。戦うということすらない。
戦場は人間自身の愚行と絶望を見せつけるだけであり、
勝利など哲学者と愚か者の幻想にすぎない。

——ウィリアム・フォークナー

謝辞

エリオット・アッカーマンは次の方々にお礼を申し上げる。スコット・モイヤーズ、ミア・カウンシル、P・J・マーク、そして、もちろん、リー・カーペンター。

ジェイムズ・スタヴリディスは以下の方々にお礼を申し上げる。アンドリュー・ワイリー、ビル・ハーロウ大佐、スコット・モイヤーズ、ミア・カウンシル、そして、艦隊の最高の妻、ローラ・スタヴリディス。

解説

梶原みずほ

二〇三四年、米国と中国はついに戦争に突入する――。米中対立が先鋭化している今の時代ならではのタイムリーなテーマである。米国での出版に先駆けて、オンライン雑誌『ワイアード』が本書の前半部分を六回にわけて公開して話題になっていた。後半部分も読みたい人たちが出版と同時に買い求めると、ニューヨーク・タイムズ紙の週間ベストセラーリストのフィクション部門（ハードカバー）で六位に入った。米国のロバート・ゲーツ元国防長官が「絶対に避けなければならない悪夢」、ジェームズ・マティス元国防長官が「われわれにとっても世界にとっても、もっとも危険なシナリオ」と評したこのベストセラーはすでに、世界約二十カ国で翻訳、出版されている。

著者の一人のエリオット・アッカーマン氏は過去に海兵隊特殊部隊に従軍しており、イラクやアフガニスタンなどでの体験を生かしたフィクションやノンフィクションを執筆している。複数の賞を受賞しており、全米図書賞（ノンフィクション部門）にノミネートもされた。

もう一人の著者、ジェイムズ・スタヴリディス提督はアメリカ海軍の重鎮（じゅうちん）であり、退役後、二〇一八年まで名門タフツ大学フレッチャースクール学長も務めた人物。いまはコラムニスト、オピニオンリーダーとしてメディアの露出も多い。これまで『*The Accidental Admiral: A Sailor Takes Command at NATO*』『*Sea Power: The History and Geopolitics of the World's Oceans*』（日本では早川書房から『海の地政学』として出版されている）など九冊の著書があるが、小説を手がけるのは今回が初めてとなる。

スタヴリディス氏は「第二次世界大戦以降、米海軍でもっとも頭脳明晰であり、もっとも優れた戦略家」ともいわれている。海軍作戦本部や統合参謀本部において戦略と長期計画部長や、国防長官の上級軍事補佐官などを歴任し、イージス駆逐艦艦長を経て空母打撃部隊司令官としてアフガニスタンやイラク作戦の実戦においても部隊を指揮した。その秀でた能力とリーダーシップが評価され、アメリカ軍の地域別統合軍の一つで中南米を管轄する南方軍司令官や、欧州軍司令官兼北大西洋条約機構（NATO）軍最高司令官に、それぞれ初の海軍軍人として任命されている。一九世紀末期、著書『海上権力史論』などを通して「シーパワー」という概念を生み出した近代海軍の父、米海軍軍人アルフレッド・マハンになぞらえて、「現代のマハン」とも称される。

アナポリス海軍兵学校時代から交流があり、二〇〇八年のコロンビアでのアメリカ人人質救出作戦などの作戦をともにした太平洋軍のハリー・ハリス元司令官は、「大きな戦略を描け、深い洞察力がある人物。提督にはワシントン政治との向き合い方も教えてもらった」と、本稿の筆者に語ったことがある。

話は若干それるが、建国以来、アメリカ海軍には軍事組織と学問の世界をつなぐ「ネイバルアカデミズム」が脈々と継承されている。スタヴリディス氏のような、フレッチャースクールやハーバード大学ケネディ・スクールなどから安全保障の博士号を取得している人は多い。また、たとえば、米海軍が所有するすべての潜水艦は原子力潜水艦であるが、潜水艦艦長や潜水艦隊司令を務める人物の多くは、物理学や原子力工学の博士号をもっている。軍幹部には、自らの組織の部下たちに加え、国防・外交政策を担うワシントンの政治家たちや連邦政府職員の文民たちに、組織の存在理由や任務の意義を納得させるだけの知性の裏付け——それは歴史的な文脈であったり、グローバルな視点であったり、科学的な知識であったり——が求められているのである。

その背景には、海洋国家として発展し、世界の覇権国家になったアメリカ特有の事情がある。第二次世界大戦以降も、朝鮮戦争やベトナム戦争、湾岸戦争、アフガニスタンやイラクでの「テロとの戦い」など、数多くの戦争や戦闘に関わり、軍人の犠牲は後を絶たない。筆者が米国ハワイで暮らしていたとき、戦争や任務中の事故で亡くなった米軍人の追悼式に何度か参列したことがある。何のために彼らが命を捧げたのか、軍のリーダーたちは自ら言葉をつむぎ、国家のビジョンや世界観を、遺族や市民社会に向かって示そうとする姿を見た。実際に戦場で血を流して戦っている軍隊にとって、戦略を語るための知性やそれを実効する胆力は、最新鋭の兵器や装備と同じように〝武器〟なのである。

そんな知行合一のネイバルアカデミズムを代表するスタヴリディス氏の人柄を表すエピソードがある。二〇二〇年、南シナ海で「航行の自由作戦」にあたる米海軍の原子力空母「セオドア・ルーズベルト」艦内で多数のコロナの陽性者が確認された。ブレット・クロージャー艦長は上申書をあえて複数の幹部にメールで送り、軍人が戦争以外で不必要に死ぬことを許すことはできないとして、未感染の乗組員をグアムで降ろし、艦外での宿泊施設の確保と艦内の消毒を要請した。しかしながら、これが指揮系統を逸脱した行為などと問題視され、トランプ政権の海軍トップ、トーマス・モドリー海軍長官代行はクロージャー艦長を解任した。艦長が空母を去るとき、大勢の乗組員が彼の名を連呼し、盛大な拍手と歓声で称えた動画はまたたく間に広がり、世論の批判の高まりも受け、結局、モドリー海軍長官代行は辞任する。

この混乱のなか、スタヴリディス氏はメディアのインタビューやツイッターで、かつての部下でもあったクロージャー艦長を支持した。曰く、自らのキャリアと引き換えに五千人の乗組員の健康と安全を優先した名誉ある行動だった、と。一連の騒動は、軍の指揮系統や情報保全のあり方について議論の余地を残した。また、艦長の更迭(こうてつ)と、作戦中の空母の一時的な行動不能という力の空白を狙ってか、中国海警局の船がベトナムの漁船を沈没させる事件も起き、パンデミック下での抑止力や即応能力の面でも課題を残した。しかし、この件が海軍に突きつけた究極的な問いは「シーマンシップとは何か」ということであろう。それは単なる航海の知識や技能だけでない、不確定要素が多い、つねにリスクが伴う厳しい条件である海上でのミッションや戦闘で求められる人間性や資質である。

この小説の面白さは、まさにその「シーマンシップ」が描かれている点である。広大な海を舞台に、おのおのが信じるミッションに命をかける軍人たちの姿が、日々の営みや上司、同僚、元恋人との関係を通して描写されている。

主人公の女性である米海軍大佐のサラ・ハント第二一駆逐艦隊司令、サラの元恋人の米海軍少将で現在は国家安全保障担当大統領補佐官次席のジョン・ヘンドリクソン、四代続く戦闘機乗りの家柄に誇りをもつ米海兵隊パイロットのクリス・〝ウェッジ〟・ミッチェルの三人のアメリカ海軍の軍人たちを軸に、中国やイラン、インドの海の男たち――在米中国大使館の駐在武官、中国軍の空母艦長、イラン・イスラム革命防衛隊の准将、退役したインド海軍高官――それぞれの運命が交差していく。

スタヴリディス氏は筆者とのインタビューのなかで「これは警告の物語。小説という形にしたのは、読者が自らを登場人物と重ね合わせることで強く記憶に残ると思ったから」と語っている。米中戦争のシナリオは、政府内で本格的に検討される機密性の高いものから、メディアやシンクタンクで研究・発信されるものまで数多くあるが、それは一定の人にしか読まれないし、情報の一つとして処理されるにすぎない。小説なら、読者は自分と重ね合わせて感情移入し、心が揺さぶられ、脳裏に強く刻まれていく。その狙いは「核兵器の本当の恐ろしさを知っているのは被爆国である日本だけで、ほかの国々はつねに想像力を働かせなければいけないから」という。なるほど、本書では「真珠湾」「ヒロシマ」「ナガサキ」「山本五十六提督」といった言葉が出てくるが、核兵器を知らない人たちが、その恐ろしさを想像し、疑似体験するツールでもあるわけだ。

さて、ここからはあらすじを含むので、ご注意いただきたい。小説のはじまりの舞台は二〇三四年三月——。

＊　＊　＊

米海軍第七艦隊のミサイル駆逐艦など三隻が南シナ海で「航行の自由」作戦中、炎上する船籍不明のトロール船に遭遇し、作戦を中断して救助しようとしたことが引き金となり、中国の空母が米艦二隻を撃沈する。同じころ、中東のホルムズ海峡上空でテスト飛行していた米海兵隊新型F‐35ステルス戦闘機が制御不能になり、着陸したイランでパイロットは捕虜となる。実はこの二つの出来事は偶然ではなかった。中国がF‐35にサイバー攻撃を仕掛けたうえで、軍事同盟関係であるイランの手に落ちたF‐35の返還とパイロットの解放を取引材料にし、アメリカに南シナ海を中国の領海だと認めさせようと仕組んだことだった。アメリカは南シナ海へ二個の空母打撃群を派遣するものの、その大半が中国に撃沈されてしまい、数千人の犠牲者を出す。一方、中国は台湾に上陸して制圧する。

この米中対立を好機とみたのがロシアやイランだ。米国は欧州の同盟国に背を向けていたため、NATOはすっかり弱体化している。米海軍の艦隊が管轄海域を離れて南へと向かう隙をついて、ロシアはバレンツ海において、通信の大動脈である通信用海底ケーブルを切断した。さらにロシアはポーランドに侵攻して併合する。イランもペルシャ湾からの石油輸出ルートと原油価格をコントロールしようと、戦略的要衝のホルムズ海峡の封鎖を企んで、インド船籍のタンカーを拿捕した。

アメリカ全土のインターネット接続はほぼ停止し、大停電が起き、空港は閉鎖され、株式市場は大混乱。ホワイトハウスの通信もダウンし、大統領は核兵器を管理する戦略軍司令官を除けば、国防長官とも現場の指揮官とも直接の交信ができなくなっている。「台湾の主権侵害」という「レッド・ライン」を超えたとして、米国は中国南部の港湾都市、湛江（たんこう）市に戦術核兵器で先制攻撃をする。その報復として、中国はカリフォルニア州サンディエゴと、テキサス州ガルヴェストンの二都市を選んで核攻撃をする。アメリカは再び核兵器で反撃しようとし、中国の三都市をターゲットに定める。

この米中の核の応酬に介入したのがインドだった。インドの潜水艦が中国の空母を撃沈することで、アメリカにこれ以上の軍事行動をやめるよう警告する。米国はこの仲裁により核攻撃を中止しようとするが、サイバー攻撃を避けるためハイテク装備を取りはずした戦闘機がすでに空母を飛び立っており、攻撃中止命令も届かない。このためインド空軍が撃墜するのだが、最後の一機はパイロットともに上海に突っ込んでいく。この核攻撃によって三千万人の死者が出る。

米中はまさに核兵器の使用という「パンドラの箱」を開けてしまったわけだが、ここまでの展開はわずか四カ月のことだ。登場人物たちが「誤算」という言葉を繰り返すが、「核報復をちらつかせるなど時代錯誤」「海底ケーブルにちょっといたずらしても世界は気にしないだろう」というふうに、それぞれの国の誤解や判断ミスが積み重なり、短期間でエスカレートしてしまう。そもそも中国も、孫子の「戦わずして勝つ」という兵法の考え方に基づき、台湾周辺で軍事的圧力をかけるだけで、台湾立法院が自ら解散し、台湾側の抵抗がないまま併合できるだろう、と考えていた。

核戦争後、世界をリードするのはインドだ。インド主導でニューデリー平和条約が締結され、ニューヨークの国連安全保障理事会本部をムンバイに移すことにも成功。一方、すっかり衰退してしまった米国は経済が悪化し、インドから長期の経済支援を受けることに。劣悪な衛生環境のなか、各地で伝染病が蔓延し、大勢が命を落としていく――。

＊＊＊

果たして、この『２０３４　米中戦争』で示された、誤算がさらなる誤算を招くシナリオは、どれだけ起こる可能性があるのか――。読み終えたときに、おそらく多くの読者が考えるだろう。とくに小説に出てくる台湾有事が日本の安全保障にも関わってくるとなれば、なおさらだ。

現実世界では二〇二一年、様々な動きがあった。中国は、我が国の領土である東シナ海の尖閣諸島を自国の領土と主張し、日本の接続水域への入域、領海侵入をほぼ毎日、繰り返してきたが、この年、海警局の船に武器使用を認める「中国海警法」を施行した。また台湾について、米インド太平洋軍司令官のフィリップ・デヴィッドソン司令官（当時）は「今後六年以内に中国が台湾に侵攻する可能性がある」と議会で証言した。菅義偉首相（当時）とジョー・バイデン米大統領との初の日米首脳共同声明では、一九六九年以来、五十二年ぶりに「台湾」を明記して、台湾海峡の平和と安定の重要性を強調した。その台湾が出入り口を扼している南シナ海では近年、中国が環礁を埋め立てて人工島を造成し、爆撃機や戦闘機を配備して軍事拠点化してきている。が、中国共産党創設一〇〇年の式典で習近平党総書記（国家主席）は「台湾問題を解決し、祖国の完全な統一を実現することは中国共産党の歴史的な責務」「いかなる台湾独立のたくらみも粉砕する」と演説した。こうした〝力〟によって一方的に現状変更して海洋権益の拡大をねらう中国に対して、日本、アメリカ、オーストラリア、インドの四カ国による枠組み「クアッド」の強化や、イギリスやフランス、ドイツによる南シナ海や太平洋への空母や潜水艦、フリゲート艦の展開など、包囲網の形成が一気に進んだのが二〇二一年である。

このような情勢で、中国による台湾侵攻（もしくは台湾海峡や台湾周辺の島への介入）と同時に、尖閣諸島の占領というシナリオは現実世界で十分に予想されるシナリオである。サイバー攻撃をはじめ、物理的な海底ケーブル切断によって大混乱を招くこともまた、おおいにありうる。たとえば、台湾の山頂にある、米国から導入した中国ミサイル探知の早期警戒レーダー・システムＥＷＲの監視能力を喪失させ、台湾社会の混乱を招いて政権中枢をまひさせるかもしれない。前後して台湾が実効支配する太平島や中国大陸に近接する馬祖島を奪取してミサイルを配備したり、尖閣諸島に大量の海警の船を配備したり、あるいは軍事作戦で占領したりすることもありうる。つまり、台湾と尖閣諸島が連動し、日本の安全保障を脅かし、日米の防衛力が試される事態は十分起こりえる。

ただ、米政府のなかには「小説のようなシナリオはありえない」という声もある。

その理由は、中国軍の戦略は、平時でもない有事でもない、軍事と非軍事の境界を曖昧にしたいわゆる「グレーゾーン」の事態をつくる可能性が高く、武力攻撃にあたらない範囲でじわじわと圧力をかけながら要求を強要し、現状を変更していくというシナリオの方が、現実的だと考えるからだ。ただ、いずれにせよ、中国がサイバー攻撃で通信や重要インフラを妨害する手法は彼らも否定していないし（というよりその蓋然性は高いとみている）、最悪のシナリオを描いたうえで最善の策を練り、備えるということが政治家や軍人の仕事であろう。

本書では中国のサイバー攻撃能力はもはやアメリカのそれを凌駕（りょうが）しているが、主人公のサラ・ハントは「テクノロジーに勝つのは、さらなるテクノロジーではない。テクノロジーを使わないこと」という。最新鋭の兵器誘導システムも衛星ネットワークシステムも中国のサイバー攻撃によって次々と無力化されていき、アメリカはもはや敵の艦隊も、自国の兵力の位置すらも探知できなくなる。ＡＩ（人工知能）もステルス性能も使いものにならないのだ。その背景にはアメリカのイノベーションや経済成長の原動力となった規制緩和が、結果的に通信インフラ基盤の分散につながり、有事には脆弱（ぜいじゃく）だった、ということのようだ。

結局、上海に核爆弾を落とすのは、司令部からの指令も届かない状態で、パイロットの経験と勘で突っ込んでいく一世代前の戦闘攻撃機ホーネットだった、という結末……。このことについて、スタヴリディス氏は筆者とのインタビューのなかで「高度な軍事技術をリードしていくことは最優先課題だが、もし衛星システムが使えなくなったらどうするか、通信が遮断されたらどうするか、大事なのは『プランB』をもっておくことだ」と話した。実際に、米海軍では全地球測位システム（GPS）などが使えない状況を想定し、六分儀で星の位置から自分の位置を割り出すという二千年前からある天測航法の訓練を復活させている。ハイテク兵器に勝るのがローテクという皮肉なシナリオは、けっしてファンタジーの世界の話ではない。

ところで、この小説のユニークさは女性軍人が主人公であることに加えて、米国の大統領までもが女性である点だ。しかも、この大統領は共和党、民主党のいずれの政党にも属さない大統領という設定になっている。というのも、アッカーマン、スタヴリディス両氏がこの小説のアイデアを構想したのはちょうどトランプ政権のころ。トランプ氏は社会の分断をあおって支持者を鼓舞し、さらにコロナが追い打ちをかけて双方の溝が深まり、その結果、本書が米国で出版される直前、米連邦議会議事堂がトランプ支持者たちによって襲撃・占拠されるという前代未聞の事件が起きた。このような社会的背景に鑑(かんが)みて、本書は、核戦争というテーマだけでなく、いがみ合い、ののしり合い、弱体化する足元のアメリカ社会に対し、風刺の意味も込めた「警告の物語」でもあるのだろう。

人類滅亡につながる戦略核兵器ではなく、戦術核兵器にとどめるという理性が働いたことはせめての救いだ。そして、もしこの物語に希望や未来を見いだすとしたら、それは核戦争から三年後の主人公のサラ・ハントではなかろうか。家族は海軍なのだと自らに言い聞かせ、キャリアを優先し、結婚や出産をあきらめてきた彼女は、除隊してニューメキシコ州に移り住み、五十歳を過ぎて初めて家族を持ちたいとの思いに至り、養子を迎える決断を元恋人に打ち明けるのだ。

とはいえ、サラが生きていくのは米中両国の大都市がカオスに陥った勝者なき世界……。アメリカは復活するのか、インドは覇権国家になるのか、そしてあまり登場しなかった日本の行く末は……？　未来が気になるところだが、スタヴリディス氏に聞いたところ、続編として『２０５４』『２０７４』のアイデアが現在進行中だという。

『２０５４』は生き残った登場人物たちのその後が描かれ、ＡＩ（人工知能）や日本の役割に焦点があたり、三部作を締めくくる『２０７４』では、気候変動とその影響によって引き起こされる危機が描かれるという。現実世界で起こらないことを祈りつつ、次の小説の展開が待ち遠しい。

最後にスタヴリディス氏から日本の読者へのメッセージを、お伝えしておきたい。「長い海軍キャリアのなかで、私はたくさんの時間を日本で過ごしてきた。素晴らしい同盟国であり、友人であり、米海軍をサポートしてくれていることにいつも感謝している。パンデミックが落ち着いたら、再び日本を訪れたい」。

二〇二一年九月

（朝日新聞編集委員／テレビ朝日『報道ステーション』コメンテーター）

本書の訳出にあたり、元海上自衛隊自衛艦隊司令官、香田洋二氏に監修していただきました。訳者はその知識量に圧倒され、海の男の心意気に魅了されました。また、二見書房の小川郁也氏にもたいへんお世話になりました。おふたりに心からお礼を申し上げます。しかしながら、本文にいたらない点があるとすれば、すべて訳者の責任であることはいうまでもありません。

熊谷千寿